La isla del árbol perdido

La isla del árbol perdido

Elif Shafak

Traducción del inglés de
Inmaculada C. Pérez Parra

Lumen

narrativa

Papel certificado por el Forest Stewardship Council®

MIXTO
Papel procedente de
fuentes responsables
FSC® C117695

Penguin
Random House
Grupo Editorial

Título original: *The Island of Missing Trees*

Primera edición: abril de 2022

© 2022, Elif Shafak
© 2022, Penguin Random House Grupo Editorial, S. A. U.
Travessera de Gràcia, 47-49. 08021 Barcelona
© 2021, Josie Staveley-Taylor, por las ilustraciones
© 2022, Inmaculada C. Pérez Parra, por la traducción

Printed in Spain – Impreso en España

ISBN: 978-84-264-1140-2
Depósito legal: B-3.192-2022

Compuesto en M. I. Maquetación, S. L.
Impreso en Unigraf, S. L. (Móstoles, Madrid)

H 4 1 1 4 0 2

*A los inmigrantes y exiliados de todas partes,
a los desarraigados, a los vueltos a arraigar,
a los sin raíces y a los árboles que dejamos atrás,
enraizados en nuestros recuerdos...*

Quien no conoce el bosque chileno, no conoce este planeta. De aquellas tierras, de aquel barro, de aquel silencio, he salido yo a andar, a cantar por el mundo.

PABLO NERUDA,
Confieso que he vivido

Será con sangre: dicen que la sangre llama a la sangre. Se ha sabido de piedras que se mueven, y de árboles que hablaron...

WILLIAM SHAKESPEARE,
Macbeth

Isla

Recuérdase una vez, en los confines del mar Mediterráneo, había una isla tan hermosa y azul que los muchos viajeros, peregrinos, cruzados y mercaderes que se enamoraban de ella deseaban o no dejarla nunca, o intentar remolcarla con sogas de cáñamo de regreso a sus propios países.

Leyendas, quizá.

Aunque las leyendas existen para contarnos lo que la historia ha olvidado.

Han pasado muchos años desde que hui de aquel lugar a bordo de un avión, dentro de una maleta hecha con suave cuero negro, para no regresar jamás. Desde entonces he adoptado otra tierra, Inglaterra, en la que he crecido y prosperado, pero no pasa un solo día en que no anhele volver. A casa. A la tierra natal.

Debe de seguir allí donde la dejé, surgiendo y hundiéndose con las olas que rompen y espuman contra sus costas escarpadas. En la encrucijada de tres continentes —Europa, África, Asia— y del Levante, aquella región vasta e impenetrable ha desaparecido por completo de los mapas actuales.

Un mapa es una representación bidimensional con signos arbitrarios y líneas grabadas que establecen quién será nuestro enemigo y quién será nuestro amigo, quién merece nuestro amor y quién merece nuestro odio y quién nuestra pura indiferencia.

«Cartografía» es otro nombre que se le da a las historias que cuentan los vencedores.

Porque historias contadas por quienes han perdido no hay ninguna.

Así es como la recuerdo: playas doradas, aguas turquesas, cielos luminosos. Todos los años, las tortugas marinas llegaban a la orilla para desovar en la arena fina. El viento de última hora de la tarde traía el aroma de la gardenia, el ciclamen, la lavanda, la madreselva. Las ramas abrazadoras de las glicinas trepaban por las paredes encaladas, aspirando a alcanzar las nubes, esperanzadas de esa manera que solo conocen los soñadores. Cuando la noche te besaba la piel, como siempre hacía, podías oler el jazmín en su aliento. La luna, allí más cerca de la tierra, colgaba brillante y delicada sobre los tejados, lanzando un resplandor vívido sobre los estrechos callejones y las calles adoquinadas. Y aun así, las sombras encontraban la forma de reptar a través de la luz. Susurros de recelo y conspiración se propagaban en la oscuridad. Porque la isla estaba desgarrada en dos partes: el norte y el sur. Un lenguaje distinto, una escritura distinta, una memoria distinta prevalecían en cada una, y cuando los isleños rezaban, rara vez lo hacían al mismo dios.

La capital estaba dividida mediante una partición que la rebanaba como un tajo en el corazón. A lo largo de la línea de demarcación —la frontera— había casas ruinosas acribilladas de orificios de bala, patios vacíos con cicatrices de los estallidos de las granadas, tiendas tapiadas convertidas en ruinas, cancelas ornamentadas colgando en ángulo de sus goznes rotos, coches de lujo de otra época herrumbrados bajo capas de polvo... Las carreteras estaban bloqueadas por rollos de alambre de espino, pilas de sacos terreros, barriles llenos de cemento, zanjas antitanques y torres de vigilancia. Las calles terminaban de manera abrupta, como pensamientos inconclusos, como sentimientos no resueltos.

Los soldados hacían guardia con ametralladoras cuando no estaban haciendo rondas; hombres jóvenes, aburridos, solitarios, de diversos rincones del mundo, que poco sabían de la isla y de su compleja historia hasta que se vieron destinados a aquel entorno desconocido. Los muros estaban cubiertos de letreros oficiales con colores llamativos y letras mayúsculas:

PROHIBIDO EL PASO

¡NO ACERCARSE, ZONA RESTRINGIDA!

NO SE PERMITE HACER FOTOGRAFÍAS NI GRABACIONES

Después, más adelante, siguiendo la barricada, un añadido ilícito que había garabateado con tiza alguien que pasaba por allí:

BIENVENIDOS A TIERRA DE NADIE

La línea que desgarraba Chipre de una punta a la otra, una zona neutral por la que patrullaban las tropas de las Naciones Unidas, medía unos ciento ochenta kilómetros de largo y tenía unos seis de ancho en algunos puntos, mientras que en otros solo unos cuantos metros. Atravesaba todo tipo de paisajes —pueblos abandonados, costas remotas, humedales, tierras en barbecho, pinares, llanuras fértiles, minas de cobre y yacimientos arqueológicos—, serpenteando a lo largo de su curso como si fuese el fantasma de algún antiguo río. Pero era allí, a través y alrededor de la capital, donde se hacía más visible, tangible y, por lo tanto, inquietante.

Nicosia, la única capital dividida del mundo.

Descrita de ese modo, sonaba casi como algo positivo; tenía algo especial, si no único, una sensación de desafiar la gravedad, como si un solo grano de arena flotase hacia el cielo en un reloj de arena recién girado. Pero en realidad Nicosia no era ninguna excepción, era un nombre más añadido a la lista de lugares segregados y de comunidades separadas, de los que ya han quedado relegados a la historia y de los que están todavía por llegar. En aquel momento, sin embargo, era una peculiaridad. La última ciudad dividida de Europa.

Mi ciudad natal.

Hay muchas cosas a las que una frontera —incluso una tan inequívoca y bien vigilada como aquella— no puede impedirles cruzar. A los vientos etesios, por ejemplo, el *meltemi* o *meltem*, de nombre suave pero fuerza sorprendente. A las mariposas, los saltamontes y lagartos. A los caracoles tampoco, por penosamente lentos que sean. En algunas ocasiones, un globo de cumpleaños se escapa de la mano de algún niño y se va sin rumbo por el cielo, se aleja hacia el otro lado, al territorio enemigo.

Luego, a los pájaros. Las garzas azules, los escribanos cabecinegros, los abejeros europeos, las lavanderas boyeras, los mosquiteros musicales, los alcaudones núbicos y mis favoritos, las oropéndolas. Desde el lejano hemisferio norte, migran sobre todo durante la noche; mientras la oscuridad se congrega en las puntas de sus alas y les graba círculos rojos alrededor de los ojos, se detienen en Chipre, a mitad de camino de su largo viaje, antes de proseguir hacia África. La isla para ellos es un lugar de descanso, una laguna en el relato, una intermediedad.

Hay una colina en Nicosia a la que pájaros de todos los plumajes van buscando alimento. Está cubierta por zarzales crecidos, ortigas punzantes y matas de brezo. En mitad de esa densa vegetación hay un viejo pozo con una polea que chirría al menor tirón y un cubo de metal atado a una cuerda raída y cubierta de algas por la falta de uso. En lo más hondo la oscuridad es siempre total y el frío helador, incluso cuando el feroz sol del mediodía cae a plomo directamente desde lo alto. El pozo es una boca hambrienta esperando su próxima comida. Se traga todos los rayos de luz, todo rastro de calor, retiene todas las motas en su alargada garganta de piedra.

Si alguna vez os encontráis por la zona y si, llevados por la curiosidad o el instinto, os inclináis sobre el borde, miráis abajo y esperáis a que se os acostumbren los ojos, quizá captéis un destello allí al fondo, como el fugaz resplandor de las escamas de un pez antes de que vuelva a desaparecer en el agua. No dejéis que eso os engañe, sin embargo. No hay peces allí abajo. No hay serpientes. No hay escorpiones. No hay arañas colgando de sedosos hilos. El destello no proviene de un ser vivo, sino de un antiguo reloj de bolsillo de oro de dieciocho quilates recubierto de madreperla, grabado con los versos de un poema:

Llegar allí es tu meta.
Pero no te des prisa en tu viaje...*

Y en la parte de atrás hay dos letras, o más exactamente, la misma letra escrita dos veces:

Y & Y

El pozo tiene diez metros de profundidad y un metro veinte de ancho. Está construido con sillares de piedra de suaves curvas que

---

* C. P. Cavafis, *Ítaca y otros poemas*, trad. de Luis Alberto de Cuenca, Madrid, Reino de Cordelia, 2020. *(N. de la t.).*

descienden en trayectorias horizontales e idénticas hasta el fondo, hasta las aguas calladas con olor a moho. Atrapados en el fondo hay dos hombres. Los propietarios de una famosa taberna. Ambos de complexión delgada y estatura mediana, de orejas grandes y protuberantes sobre las que ellos solían bromear. Ambos nacidos y criados en aquella isla y ambos con cuarenta y tantos años cuando fueron secuestrados, apaleados y asesinados. Fueron arrojados a aquel hueco después de haber sido encadenados primero el uno al otro, y a una lata de tres litros de aceite de oliva llena de cemento después, para asegurarse de que nunca volvieran a emerger a la superficie. El reloj de bolsillo que uno de ellos llevaba el día de su rapto se detuvo ocho minutos exactos antes de la medianoche.

El tiempo es un pájaro cantor y, como cualquier pájaro cantor, puede ser hecho cautivo. Puede mantenerse preso en una jaula y durante más tiempo incluso del que pudiera parecer posible. Pero el tiempo no puede retenerse de manera perpetua.

Ninguna cautividad es para siempre.

Algún día el agua oxidará el metal y las cadenas se romperán y el corazón inflexible del cemento se suavizará como tienden a hacer hasta los corazones más inflexibles con el paso de los años. Solo entonces los dos cadáveres, libres por fin, nadarán hacia el resquicio de cielo en lo alto, resplandecientes a la luz del sol refractada; ascenderán hacia ese azul idílico, despacio primero, deprisa y desesperados después, como pescadores de perlas boqueando, buscando el aire.

Antes o después, ese pozo viejo y ruinoso en aquella isla solitaria y hermosa en los confines del mar Mediterráneo se desplomará sobre sí mismo y su secreto saldrá a la superficie, como se ven obligados a hacer al final todos los secretos.

PRIMERA PARTE

Cómo enterrar un árbol

Una muchacha llamada «isla»

Inglaterra, finales de la década de 2010

Era la última clase del trimestre en el instituto Brook Hill, en el norte del Londres. Aula de primero de bachillerato. Clase de historia. Faltaban solo quince minutos para que sonara el timbre y los alumnos se iban inquietando, ansiosos por que empezasen las vacaciones de Navidad. Todos los alumnos; es decir, todos menos una.

Ada Kazantzakis, de dieciséis años, estaba sentada con callada intensidad en su asiento habitual junto a la ventana, en la parte de atrás del aula. Llevaba el pelo, del color de la caoba pulida, recogido en una coleta baja; sus facciones delicadas se veían marcadas y tensas y sus grandes ojos castaños de corza parecían delatar la falta de sueño de la noche anterior. Ni deseaba la época festiva ni sentía ninguna emoción ante la posibilidad de que nevase. De vez en cuando lanzaba miradas furtivas fuera, aunque su expresión se mantenía casi inalterada.

Hacia el mediodía había granizado; las bolitas congeladas de color blanco lechoso habían roto en pedazos las últimas hojas de los árboles, golpeado el techo del cobertizo de las bicicletas, rebotado en el suelo con un zapateado salvaje. Ahora todo se había quedado tranquilo, pero se notaba que el tiempo había empeorado de manera contundente. Se acercaba un temporal. Aquella mañana la radio había anunciado que, al cabo de no más de cuarenta y ocho horas, Gran Bretaña se vería embestida por un vórtice polar que traería bajas temperaturas sin precedentes, lluvias glaciales y ventiscas. Se esperaba que la escasez de agua, los cortes de electricidad y los reventones de las cañerías paralizasen amplias áreas de Inglaterra y Escocia, así como zonas del norte de Europa. La gente había estado haciendo acopio de reservas —latas de pescado, habichuelas en salsa de tomate, paquetes de pasta, papel higiénico— como si estuviese preparándose para un asedio.

Durante todo el día, los alumnos habían estado hablando solo del temporal, preocupados por sus planes para las vacaciones y sus preparativos de viaje. Pero Ada no. Para ella no había a la vista ni reuniones familiares ni destinos exóticos. Su padre no pensaba ir a ninguna parte. Tenía que trabajar. Siempre tenía que trabajar. Su padre era un adicto al trabajo incurable —todos los que lo conocían lo atestiguarían—, y, desde que la madre de Ada había muerto, se había refugiado en sus investigaciones como un topo que se esconde en su madriguera buscando seguridad y calor.

En algún momento del transcurso de su joven vida, Ada había comprendido que su padre era muy distinto de los otros padres, pero seguía resultándole difícil tomarse con filosofía su obsesión por las plantas. Los padres de todos los demás trabajaban en oficinas, tiendas o en la administración pública, vestían traje, camisa blanca y lustrados zapatos negros, mientras que el de ella solía ir con un chubasquero, un par de pantalones de molesquín verde oliva o marrones, botas resistentes. En vez de maletín, tenía un morral en el que llevaba objetos diversos, como lupas, equipo de disección, prensa para plantas, brújula y cuadernos.

Otros padres parloteaban sin cesar sobre negocios y planes de jubilación, pero el de ella estaba más interesado en los efectos tóxicos de los pesticidas en la germinación de las semillas o el daño ecológico provocado por las explotaciones forestales. Hablaba del impacto de la deforestación con una pasión que sus homólogos reservaban para las fluctuaciones de sus carteras personales de acciones; no solo hablaba, sino que también escribía sobre ello. Ecologista y botánico evolutivo, había publicado doce libros. Uno de ellos se titulaba *El reino misterioso: cómo los hongos conformaron nuestro pasado y cambiarán nuestro futuro*. Otra de sus monografías trataba sobre antoceros, briofitas y musgos. La portada mostraba un puente de piedra sobre un riachuelo burbujeando entre piedras recubiertas de un verde aterciopelado. Justo encima de aquella imagen de ensueño estaba el título con letras doradas: *Guía de campo de las briofitas comunes de Europa*. Debajo, su nombre impreso con letras mayúsculas: KOSTAS KA-ZANTZAKIS.

Ada no tenía ni idea de qué tipo de personas leería la clase de libros que escribía su padre, pero no se había atrevido a mencionárselos a nadie en su instituto. No tenía intención de dar a sus compañeros de clase otro motivo más para que llegasen a la conclusión de que ella —y su familia— eran raros.

No importaba la hora del día que fuese: su padre parecía preferir la compañía de los árboles a la compañía de los humanos. Él siempre había sido así, pero cuando la madre de Ada vivía, había sido capaz de atemperar las excentricidades de él, posiblemente porque también ella tenía sus propias peculiaridades. Desde que había muerto, Ada había tenido la sensación de que su padre se había distanciado de ella, o quizá fuese ella la que se había estado distanciando de él; era difícil decir quién evitaba a quién en una casa sumida en las miasmas del duelo. Así que se quedarían en casa, los dos, no solo el tiempo que durase el temporal, sino todas las navidades. Ada esperaba que su padre se hubiese acordado de hacer la compra.

Bajó la mirada a su cuaderno. En la página abierta, abajo, había esbozado una mariposa. Despacio, trazó las alas, tan frágiles, tan fáciles de romper.

—Oye, ¿tienes un chicle?

Despertando de su ensoñación, Ada se dio la vuelta. Le gustaba sentarse al fondo del aula, aunque eso supusiera estar emparejada con Emma-Rose, que tenía la molesta costumbre de hacerse crujir los nudillos y masticar un chicle tras otro —aunque no estaba permitido en clase—, y una tendencia a dar la lata con asuntos que no le interesaban a nadie más que a ella.

—No, lo siento. —Ada negó con la cabeza y dirigió una mirada nerviosa a la profesora.

—La historia es un tema de lo más fascinante —estaba diciendo la señora Walcott, con los zapatos bajos de cuero calado plantados con firmeza detrás del escritorio, como si necesitase una barricada tras la cual enseñar a sus alumnos, a los veintinueve—. Si no entendemos nuestro pasado, ¿cómo esperamos modelar nuestro futuro?

—Ay, no puedo soportarla —masculló Emma-Rose.

Ada no hizo ningún comentario. No estaba segura de si Emma-Rose se había referido a ella o a la profesora. Si era lo primero, no tenía nada que decir en su propia defensa. Si era lo segundo, no iba a participar en el vilipendio. Le caía bien la señora Walcott, quien, aunque bien intencionada, estaba claro que le costaba mantener la disciplina en clase. Ada había oído decir que se había quedado viuda unos años antes. No pocas veces se había imaginado cómo sería la vida cotidiana de su profesora: cómo arrastraría fuera de la cama su cuerpo redondo por las mañanas, correría a darse una ducha antes de que se acabase el agua caliente, rebuscaría en el armario un vestido apropiado no muy distinto del vestido apropiado del día anterior, improvisaría un desayuno para sus mellizos antes de dejarlos en la guardería, con la cara colorada, el tono de disculpa. También se había imaginado a su profesora tocándose por las noches, trazando círculos con la mano debajo del camisón de algodón, invitando a veces a su casa a hombres que le dejarían huellas húmedas en la alfombra y amargura en el alma.

Ada no tenía ni idea de si sus fantasías se correspondían con la realidad, pero sospechaba que sí. Era un talento suyo, quizá el único. Podía detectar las tristezas de otras personas de igual manera que un animal es capaz de oler a otro de su especie a dos kilómetros de distancia.

—Muy bien, chicos, una última nota antes de que os vayáis —dijo la señora Walcott dando una palmada—. El trimestre que viene estudiaremos la emigración y el cambio generacional. Es un proyecto bonito y divertido antes de ponernos a trabajar en serio y de que sigamos con el repaso de cara a los exámenes para el certificado de secundaria. Para ir preparándolo, quiero que durante las vacaciones entrevistéis a alguna persona anciana de vuestra familia. Lo ideal serían vuestros abuelos, pero puede ser cualquier otro miembro de la familia. Preguntadles cómo eran las cosas cuando eran jóvenes y presentadme una redacción de entre cuatro y cinco páginas.

Un coro de suspiros de infelicidad se propagó por toda la clase.

—Aseguraos de sustentar vuestra redacción con hechos históricos —dijo la señora Walcott, ignorando la reacción—. Quiero ver una investigación bien hecha, corroborada con pruebas, nada de especulaciones.

A continuación hubo más suspiros y quejidos.

—¡Ah! Y no os olvidéis de comprobar si tenéis alguna reliquia de familia por ahí: un anillo antiguo, un vestido de novia, un juego de porcelana de otra época, una colcha hecha a mano, una caja de cartas o recetas familiares, cualquier recuerdo que haya quedado como herencia.

Ada bajó la vista. Nunca había conocido a ningún miembro de su familia, de ninguna de las dos ramas. Sabía que vivían en alguna parte de Chipre, pero todo su conocimiento acababa más o menos ahí. ¿Qué clase de personas eran? ¿Cómo pasaban los días? ¿La reconocerían si se cruzasen con ella por la calle o si se encontrasen en el supermercado? La única familia cercana de la que había oído hablar era de una tía, una tal Meryem, que les mandaba alegres postales de playas soleadas y praderas de flores silvestres que contrastaban con su ausencia total en sus vidas.

Si su familia seguía siendo un misterio, Chipre era otro aún mayor. Había visto fotos en internet, pero no había viajado ni una sola vez al lugar al que debía su nombre.

En el idioma de su madre, su nombre significaba «isla». Cuando era más pequeña, había asumido que era una referencia a Gran Bretaña, la única isla que había conocido, pero más adelante se enteró de que, de hecho, era por otra isla muy lejana, y de que la llamaron así porque había sido concebida allí. Aquel descubrimiento le había dejado confusa, por no decir incómoda. Primero, porque le recordaba que sus padres habían mantenido relaciones sexuales, algo en lo que jamás quería pensar; segundo, porque la ataba, de forma inevitable, a un lugar que hasta entonces solo había existido en su imaginación. Desde entonces había añadido su propio nombre a la colección de palabras no inglesas que se guardaba para sí, palabras que, si bien curiosas y pintorescas, sentía todavía lo bastante distantes y desconocidas para que siguieran resultándole incomprensibles, como piedrecitas perfectas que se recogen en la playa y se llevan a casa, pero con las que después no se sabe qué hacer. A esas alturas, ya tenía bastantes de aquellas. También algunos modismos. Y canciones, alegres melodías. Pero eso era más o menos todo. Sus padres no le habían enseñado sus lenguas maternas, habían preferido comunicarse en casa exclusivamente en inglés. Ada no sabía hablar ni el griego de su padre ni el turco de su madre.

Mientras fue creciendo, cada vez que preguntaba por qué no habían ido todavía a Chipre a que conociera a sus familias o por qué sus familias no habían ido a Inglaterra a visitarlos, tanto su padre como su madre le habían dado un sinfín de excusas. Que no era el momento apropiado; que tenían mucho trabajo que hacer o demasiados gastos que sufragar... Poco a poco, una sospecha había arraigado en ella: quizá el matrimonio de sus padres no tenía la aprobación de sus familias. En ese caso, conjeturó, en realidad tampoco tenía ella, producto de aquel matrimonio, su aprobación. Sin embargo, hasta donde fue capaz, Ada había conservado la esperanzada creencia de que si cualquiera de los miembros de las dos familias pasaba un tiempo con sus padres y con ella, les perdonarían por lo que fuese que no les habían perdonado.

Desde que había muerto su madre, sin embargo, Ada había dejado de hacer preguntas sobre sus parientes más cercanos. Si eran de esas personas que no iban al funeral de una de las suyas, era muy improbable que sintieran ningún cariño por la hija de la fallecida, una niña a la que nunca habían visto.

—Cuando hagáis las entrevistas, no juzguéis a las generaciones de vuestros mayores —dijo la señora Walcott—. Escuchadles con atención, intentad ver las cosas a través de sus ojos. Y aseguraos de grabar toda la conversación.

Jason, que estaba sentado en la primera fila, la interrumpió.

—Así que si entrevistamos a un criminal nazi, ¿tenemos que ser amables con él?

La señora Walcott suspiró.

—Bueno, es un ejemplo un poco extremo. No, no espero que seáis amables con esa clase de personas.

Jason sonrió burlón, como si se hubiese anotado un punto.

—¡Profesora! —intervino Emma-Rose—. En casa tenemos un violín antiguo, ¿cuenta como reliquia familiar?

—Si ha pertenecido a tu familia durante generaciones, por supuesto.

—Ah, sí, lo tenemos desde hace muchísimo tiempo —dijo Emma-Rose con una sonrisa radiante—. Mi madre dice que lo hicieron en Viena en el siglo XIX. ¿O era en el XVIII? Como sea, es muy valioso, pero no lo vamos a vender.

Zafaar levantó la mano.

—Nosotros tenemos el arcón del ajuar de mi abuela. Lo trajo consigo desde el Punjab. ¿Eso sirve?

Ada sintió que el corazón le daba un vuelco, ni siquiera oyó la respuesta de la profesora ni el resto de la conversación. Todo su cuerpo se puso rígido mientras intentaba no mirar a Zafaar, por temor a que su cara revelase sus sentimientos.

El mes anterior los habían emparejado a los dos de manera inesperada para un proyecto de la clase de ciencias: montar un aparato que midiese cuántas calorías contenían distintos tipos de alimentos. Después de días de intentar coordinar una reunión y fracasar, Ada se había dado por vencida y había hecho la mayor parte de la investigación sola: había encontrado artículos, comprado el equipo, montado el calorímetro. Al final les habían puesto un sobresaliente a los dos. Zafaar le había dado las gracias con una minúscula sonrisa en la comisura de los labios, y con una incomodidad que podía deberse al cargo de conciencia, pero que también podría haber sido indiferencia. Fue la última vez que habían hablado.

Ada nunca había besado a un chico. Todas las chicas de su clase tenían algo que contar —real o imaginario— cuando se juntaban en el vestuario antes y después de la clase de educación física, pero ella no. Aquel silencio absoluto suyo no había pasado inadvertido y había dado lugar a muchas tomaduras de pelo y burlas. Una vez se encontró en su mochila una revista porno, que habían metido allí unas manos desconocidas, estaba segura de ello, para que le diese un ataque. Pasó angustiada el día entero por si algún profesor la descubría e informaba a su padre; no porque le tuviese miedo a su padre como sabía que otros alumnos se lo tenían a los suyos. No era temor lo que sentía; ni siquiera culpa, después de haber decidido quedarse con la revista. No era ese el motivo por el que no le había contado el incidente u otros incidentes. Había dejado de compartir cosas con su padre desde el momento en que intuyó, con un instinto primario, que era ella quien debía protegerlo del sufrimiento.

Si su madre estuviese viva, Ada podría haberle enseñado la revista. Podrían haberla hojeado juntas, con risitas nerviosas. Podrían haber hablado mientras sostenían entre las manos y contra el pecho tazas de chocolate caliente y aspiraban el vapor que se elevaba hasta sus caras. Su madre habría entendido los pensamientos díscolos, los pensamientos subidos de tono, la cara oculta de la luna. Una vez le había dicho, medio en broma, que era demasiado rebelde para ser buena madre y demasiado maternal para ser buena rebelde. Solo después, cuando ya se había muerto, reconoció Ada que, a pesar de todo, era buena madre... y buena rebelde. Hacía once meses y ocho días exactos de su muerte. Aquellas serían las primeras navidades que pasaría sin ella.

—¿Qué te parece, Ada? —preguntó la señora Walcott de pronto—. ¿Estás de acuerdo con eso?

Como había vuelto a su dibujo, Ada tardó un instante en levantar la vista de la mariposa y darse cuenta de que la profesora la estaba mirando. Se ruborizó hasta la raíz del pelo. La espalda se le tensó como si su cuerpo hubiese sentido un peligro que ella todavía no había comprendido. Cuando recobró la voz, le salió tan temblorosa que no estaba segura de haber hablado en realidad.

—¿Perdón?

—Te preguntaba si te parece que Jason tiene razón.

—Perdón, profesora, ¿razón con qué?

Hubo risitas reprimidas.

—Hablábamos de reliquias familiares —dijo la señora Walcott con una sonrisa cansada—. Zafaar ha mencionado el arcón del ajuar de su abuela. Entonces Jason ha dicho que por qué son siempre las mujeres las que se aferran a esos recuerdos y bagatelas del pasado. Y yo quería saber si estás de acuerdo con esa afirmación.

Ada tragó saliva. El pulso le latía en las sienes. El silencio, denso y glutinoso, fue inundando el espacio que la rodeaba. Se lo imaginaba extendiéndose como tinta oscura sobre tapetes blancos de ganchillo, como los que había encontrado en el cajón del tocador de su madre. Cortados con esmero y de manera obsesiva en trocitos pequeños, destrozados, su madre los había colocado entre capas de papel de seda, como si no pudiese ni guardarlos tal como estaban ni tuviese fuerzas para tirarlos.

—¿Alguna idea? —dijo la señora Walcott, con voz amable aunque insistente.

Despacio y sin reflexionar, Ada se levantó arrastrando la silla contra el suelo de baldosas y haciendo mucho ruido. Carraspeó, aunque no tenía ni idea de qué decir. Se le había quedado la mente en blanco. En la página abierta que tenía delante, la mariposa, asustada y desesperada por huir, salió volando, aunque sus alas, sin terminar y con los bordes imprecisos, apenas eran lo bastante fuertes.

—Yo... No creo que sean siempre las mujeres. Mi padre también lo hace.

—¿En serio? —preguntó la señora Walcott—. ¿A qué te refieres con exactitud?

En ese momento, todos sus compañeros de clase la miraban fijamente, esperando a que dijese algo que tuviese sentido. En los ojos de algunos se veía una leve lástima, en otros una cruda indiferencia, que ella prefería con mucho. Aquella expectación colectiva hizo que se sintiera a la deriva, con la presión acumulándose en los oídos como si se estuviese hundiendo en el agua.

—¿Puedes ponernos un ejemplo? —dijo la señora Walcott—. ¿Qué guarda tu padre?

—Hum..., mi padre... —dijo Ada arrastrando las palabras, y luego se interrumpió.

¿Qué les podía contar sobre él? ¿Que a veces se olvidaba de comer o incluso de hablar, que dejaba pasar días enteros sin consumir comida decente o pronunciar una frase completa, o que si pudiese es probable que se pasara el resto de su vida en el jardín de atrás o, mejor aún, en un bosque en alguna parte, con las manos enterradas, rodeado de bacterias, hongos y todas aquellas plantas creciendo y descomponiéndose por momentos? ¿Qué les podía contar de su padre que les hiciese comprender cómo era, cuando a ella misma le costaba mucho saber ya quién era?

En cambio, dijo una sola palabra.

—Plantas.

—Plantas... —repitió la señora Walcott, con una mueca de incomprensión.

—A mi padre le gustan mucho —añadió Ada con rapidez, arrepintiéndose al instante de la elección de sus palabras.

—Ay, qué mono... ¡Le gustan las flores! —comentó Jason con tono empalagoso.

La risa se extendió por la clase, ya sin restricciones. Ada se dio cuenta de que hasta su amigo Ed evitaba mirarla y fingía leer algo en su libro de texto, con los hombros caídos y la cabeza gacha. Entonces se fijó en Zafaar y se encontró con que sus brillantes ojos negros, que rara vez la miraban, ahora la estudiaban con una curiosidad rayana en la preocupación.

—Bueno, eso es muy bonito —dijo la señora Walcott—. Pero ¿se te ocurre algún objeto al que le tenga cariño? Algo que tenga un valor sentimental.

En aquel momento no había nada que Ada deseara más que encontrar las palabras apropiadas. ¿Por qué se escondían de ella? El estómago se le contrajo con una punzada de dolor, tan afilada que por unos segundos creyó que no podría respirar y aún menos hablar. Y, sin embargo, se recobró y, cuando lo hizo, se oyó decir:

—Pasa mucho tiempo con sus árboles.

La señora Walcott asintió levemente mientras se le iba borrando la sonrisa de los labios.

—Sobre todo con una higuera, creo que es su favorita.

—Muy bien, ya puedes sentarte —dijo la señora Walcott.

Pero Ada no obedeció. El dolor, que le había atravesado la caja torácica, buscaba una escapatoria. Sintió una opresión en el pecho, como si lo apretasen unas manos invisibles. Estaba desorientada y el aula se mecía levemente bajo sus pies.

—¡Dios mío, qué patética es! —susurró alguien lo bastante alto para que lo oyese.

Ada cerró los ojos con fuerza mientras sentía que el comentario le quemaba como un hierro candente en la carne. Pero nada de lo que hicieran o dijeran podía ser peor que el desprecio que sentía por sí misma en aquel momento. ¿Qué problema tenía? ¿Por qué no podía responder a una pregunta sencilla como todos los demás?

De niña le encantaba girar en círculos sobre la alfombra turca hasta marearse y caer al suelo, desde donde observaba luego el mundo dar vueltas y vueltas. Recordaba los dibujos tejidos a mano de la alfombra disolviéndose en mil chispas, los colores mezclándose unos con otros, el escarlata con el verde, el azafrán con el blanco. Pero lo que estaba experimentando en ese momento era un tipo diferente de mareo. Tenía la sensación de estar entrando en una trampa, de que una puerta se cerraba tras ella, de que un pestillo hacía clic al cerrarse. Se sentía paralizada.

Muchas veces en el pasado había sospechado que llevaba dentro una tristeza que no era del todo suya. En la clase de ciencias habían aprendido que todo el mundo heredaba un cromosoma de su madre y otro de su padre; largas cadenas de ADN con miles de genes que formaban miles de millones de neuronas y los miles de millones de conexiones entre ellas. Toda aquella información genética pasaba de padres a hijos —supervivencia, crecimiento, reproducción, el color del pelo, la forma de la nariz, si tenías pecas o estornudabas con la luz del sol—; todo estaba allí. Pero nada de aquello respondía a la única pregunta que ardía en su mente: ¿era posible también heredar algo tan intangible e inconmensurable como la tristeza?

—Puedes sentarte —repitió la señora Walcott.

Ada siguió sin moverse.

—Ada..., ¿no me has oído?

Siguió erguida mientras intentaba contener el miedo que le llenaba la garganta y le congestionaba los orificios nasales. Le recordaba al sabor del mar bajo un sol violento, abrasador. Lo tocó con la punta de la lengua. No era la salada salmuera marina después de todo, era sangre caliente. Se había estado mordiendo el interior de la mejilla.

Deslizó la mirada hacia la ventana, más allá de la cual se aproximaba el temporal. Percibió en el cielo gris pizarra, entre los bancos de nubes, una franja carmesí sangrando en el horizonte, como una vieja herida no del todo curada.

—Siéntate, por favor —oyó decir a la profesora.

Y una vez más, no obedeció.

Después, mucho después, cuando lo peor ya había pasado y estaba sola en su cama por la noche, incapaz de quedarse dormida, escuchando a su padre también insomne pasear de un lado a otro por la casa, Ada Kazantzakis repasaría aquel momento, aquella fisura en el tiempo, cuando podría haber hecho lo que le habían mandado y haber vuelto a sentarse para seguir siendo más o menos invisible para toda la clase, para pasar desapercibida, aunque también sin que la molestasen; las cosas podrían haber seguido como estaban si se hubiese impedido hacer lo que hizo a continuación.

Higuera

Esta tarde, mientras las nubes de tormenta descendían sobre Londres y el mundo se ponía del color de la melancolía, Kostas Kazantzakis me ha enterrado en el jardín. Es decir, en el jardín de atrás. Por lo general, me gustaba estar aquí, entre las exuberantes camelias, las madreselvas de agradable fragancia y los hamamelis con sus flores con forma de araña, pero hoy no era un día normal. He intentado alegrarme y ver el lado bueno de las cosas, pero ha sido en vano. Estaba nerviosa, llena de aprensión. Nunca antes me habían enterrado.

Kostas había estado fuera, expuesto al frío, trabajando duro, desde primera hora de la mañana. Un leve velo de sudor se le había formado en la frente, que relucía cada vez que forzaba el filo de la pala a entrar en la tierra sólida. Tras él se extendían las sombras de los espaldares de madera que en verano se cubren de rosas trepadoras y tallos de clemátides, pero que en esa época no eran más que una barrera traslúcida que separa nuestro jardín de la terraza del vecino. Acumulándose lentamente junto a sus botas de cuero, a lo largo del trazo plateado dejado por un caracol, había una pila de tierra fría y húmeda que se desmoronaba al tocarla. El aliento se le condensaba delante de la cara, tenía los hombros tensos dentro de la parka marinera —la que se compró en una tienda de segunda mano en Portobello Road—

y los nudillos rojos y en carne viva le sangraban un poco, aunque él no parecía notarlo.

Yo tenía frío y, aunque no quería admitirlo, miedo. Deseaba compartir mis preocupaciones con él. Pero incluso aunque yo hubiese podido hablar, estaba demasiado distraído para oírme, absorto en sus propios pensamientos mientras seguía cavando sin siquiera echar un vistazo hacia donde yo me encontraba. Una vez hubo terminado, dejó a un lado la pala, me miró con esos ojos color verde salvia, que yo sabía que habían visto cosas tanto placenteras como dolorosas, y me empujó dentro del hoyo.

Faltaban solo unos días para la Navidad, y por todo el barrio brillaban las lucecitas de colores y los espumillones metalizados, los Papás Noel hinchables y los renos con sonrisas de plástico. Parpadeaban las guirnaldas brillantes colgadas de las marquesinas de las tiendas y titilaban las estrellas en las ventanas de las casas, ofreciendo atisbos furtivos a las vidas de los otros, que de alguna manera siempre parecían menos complicadas, más emocionantes, más felices.

Dentro del seto empezó a cantar —notas veloces, ásperas— una curruca zarcera. Me pregunté qué hacía un sílvido norteafricano en nuestro jardín en esa época del año; por qué no se había ido en busca de lugares más cálidos con todos los demás, que deben de estar ahora de camino al sur y que, si hiciesen un leve cambio en su plan de vuelo, muy bien podrían dirigirse a Chipre y visitar mi tierra natal.

Sabía que en ocasiones las aves paseriformes se pierden. Rara vez, pero aun así ocurre. Y a veces, sin más, no pueden hacer más el viaje de cada año, el mismo pero nunca el mismo, kilómetros de vacío extendiéndose en todas direcciones, así que se quedaban, aunque eso significase el hambre y el frío y, muchas veces, la muerte.

Ya estaba siendo un largo invierno, muy distinto del clima templado del año anterior, con sus cielos nublados, sus lluvias dispersas, caminos embarrados, una cascada de tiempo plomizo y gris. Nada extraordinario para la querida y vieja Inglaterra. Pero ese año, desde principios del otoño, el tiempo había sido imprevisible. Por la noche oíamos el aullido del temporal, que nos hacía rememorar cosas indómitas e inesperadas, cosas dentro de cada uno de nosotros que todavía no estábamos preparados para afrontar, aún menos comprender. Muchas mañanas, al despertarnos, nos encontrábamos las carreteras escarchadas de hielo y briznas de hierba endurecidas como lascas de esmeralda. En Londres, miles de personas sin hogar dormían en la calle, y no había albergues suficientes ni siquiera para una cuarta parte de ellas.

Esa noche iba a ser la más fría del año hasta el momento. Ya el aire, como si estuviese compuesto por esquirlas de cristal, atravesaba todo lo que tocaba. Por eso Kostas se estaba dando prisa, empeñado en acabar su tarea antes de que la tierra se convirtiese en piedra.

«Temporal Hera»: así habían llamado al inminente ciclón. Ni George ni Olivia ni Charlie ni Matilda esta vez, sino un nombre mitológico. Decían que sería el peor en siglos, peor que la Gran Tormenta de 1703, que arrancó las tejas de los tejados, le quitó a las señoras sus corsés de barbas de ballena, a los caballeros sus pelucas empolvadas y a los mendigos los andrajos que llevaban encima; destrozó por igual las mansiones con entramado de madera y las chabolas hechas de barro; destrozó los barcos de vela como si fuesen barquitos de papel e hizo volar todas las aguas residuales que flotaban Támesis abajo hacia las riberas del río.

Cuentos, quizá, pero yo me los creía. Igual que creía en las leyendas y en el trasfondo de verdad que intentan transmitir.

Me dije que si todo salía según lo planeado, solo estaría enterrada tres meses, quizá incluso menos. Cuando los narcisos florecieran a lo largo de los senderos y los jacintos silvestres alfombrasen los bosques y toda la naturaleza estuviese animada de nuevo, sería desenterrada; erguida y despabilada. Pero, por mucho que lo intentase, no podía aferrarme a aquel ápice de esperanza mientras el invierno, feroz e implacable, parecía haber llegado para quedarse. De todas formas, nunca se me había dado bien el optimismo. Debe de estar en mi ADN. Desciendo de un largo linaje de pesimistas. Así que hice lo que suelo hacer: empecé a imaginarme todas las maneras en que podían salir mal las cosas. ¿Y si ese año no llegaba la primavera y tenía que seguir debajo de la tierra... para siempre? ¿O y si la primavera hacía su aparición por fin, pero Kostas Kazantzakis se olvidaba de desenterrarme?

Una ráfaga de viento pasó veloz, penetrando en mí como un cuchillo serrado.

Kostas debió de darse cuenta, porque dejó de cavar.

—¡Mírate! Te estás helando, pobrecita.

Se preocupaba por mí, siempre lo había hecho. En el pasado, cada vez que el tiempo se volvía glacial, tomaba precauciones para mantenerme con vida. Recuerdo una tarde helada de enero en que instaló cortavientos a mi alrededor y me envolvió con capa sobre capa de arpillera para reducir la pérdida de humedad. Otra vez me cubrió con mantillo. Colocó lámparas de infrarrojos en el jardín para proporcionarme calor a lo largo de la noche y, lo que era más crucial, antes del despuntar del alba, la hora más oscura del día y a menudo la más fría. Es cuando la mayoría de nosotros cae en un sueño del que nunca despierta: los sin techo en las calles y nosotras...

... las higueras.

Soy una *Ficus carica*, conocida como higuera común, aunque os aseguro que no tengo nada de común. Soy una orgullosa miembro de la gran familia de las moráceas del género *Ficus* del reino *Plantae*. Provengo de Asia Menor, se me puede encontrar a lo largo de una vasta geografía, desde California a Portugal y el Líbano, desde las costas del mar Negro a las colinas de Afganistán y los valles de la India.

Enterrar las higueras en zanjas bajo tierra durante los inviernos más duros y desenterrarlas en primavera es una curiosa tradición, si bien está muy arraigada. Los italianos instalados en las ciudades con temperaturas bajo cero de Estados Unidos y Canadá la conocen. Igual que los españoles, portugueses, malteses, griegos, libaneses, egipcios, tunecinos, marroquíes, israelíes, palestinos, iraníes, kurdos, turcos, jordanos, sirios, judíos sefardíes... y nosotros, los chipriotas.

Quizá hoy en día esta costumbre no es tan conocida para los jóvenes, pero sí lo es para los ancianos, los que emigraron primero desde los climas más templados del Mediterráneo a las ciudades borrascosas y las conurbaciones de todo Occidente. Los que, después de tantos años, siguen inventándose maneras ingeniosas de pasar de contrabando por las fronteras su queso apestoso favorito, pastrami ahumado, tripas de oveja rellenas, *manti* congelado, *tahini* casero, sirope de algarroba, *karidaki glyko,* sopa de estómago de vaca, salchichas de bazo, ojos de atún, criadillas de carnero..., aunque podrían, si se molestasen en buscar, encontrar algunas de esas exquisiteces en la sección «Internacional» de los supermercados de sus países de adopción. Aunque ellos asegurarían que no saben igual.

Los inmigrantes de primera generación son una especie en sí mismos. Se visten mucho de beis, gris o marrón. Colores que no destacan. Colores que susurran, que nunca gritan. Hay una tendencia a la formalidad en sus modos, un deseo de ser tratados con dignidad. Se mueven con cierto desgarbo, no muy cómodos en sus entornos. Tanto eternamente agradecidos por las oportunidades que les ha dado la vida como marcados por lo que les ha sido arrebatado, siempre fuera de lugar, separados de los demás por alguna experiencia no expresada, como supervivientes de un accidente de tráfico.

Los inmigrantes de primera generación les hablan a sus árboles todo el tiempo; es decir, cuando no hay nadie cerca. Se confían a nosotros, nos describen sus sueños y aspiraciones, también a quienes dejaron atrás, como mechones de lana que se quedan enganchados en los alambres de espino al cruzar las cercas. Pero la mayoría de las veces disfrutan de nuestra compañía sin más, nos hablan como si fuésemos sus viejos amigos a los que echaban de menos desde hace mucho tiempo. Son bondadosos y delicados con las plantas, sobre todo con aquellas que trajeron consigo desde sus perdidas tierras natales. Saben, en lo profundo de su ser, que cuando salvas a una higuera de la tormenta, lo que estás salvando es el recuerdo de alguien.

Aula

—Ada, por favor, siéntate —dijo la señora Walcott una vez más, con un tono más severo debido a la tensión.

Pero, una vez más, Ada no se movió. No era que no hubiese oído a la profesora. Entendía a la perfección lo que le estaba pidiendo y no tenía ninguna intención de desafiarla, pero en aquel momento simplemente no podía conseguir que el cuerpo obedeciese a la mente. Con el rabillo del ojo vislumbró un punto sobrevolando: la mariposa que había dibujado en su cuaderno revoloteaba por el aula. La observó con inquietud, preocupada por si alguien más la veía, aunque una parte pequeña y separada de ella sabía que no la verían.

Trazando un rumbo en zigzag, la mariposa se posó en el hombro de la profesora y se subió a uno de sus pendientes colgantes de plata, tipo *chandelier*. Con la misma rapidez, despegó y giró hacia Jason, reposó en sus hombros estrechos. Entonces Ada pudo visualizar los cardenales ocultos bajo la camiseta interior de Jason, la mayoría de ellos antiguos y descoloridos, aunque había uno bastante grande y reciente. De un color deslumbrante, morado crudo. Aquel chico, que estaba siempre haciendo bromas y rezumando confianza en sí mismo en el instituto, en casa recibía golpes de mano de su propio padre. Ada sofocó un grito. Dolor, había tanto dolor en todas partes y en todo el mundo...

La única diferencia estaba entre los que se las arreglaban para esconderlo y los que ya no podían hacerlo.

—¿Ada? —dijo la señora Walcott más alto.

—¡A lo mejor es sorda! —bromeó uno de los alumnos.

—¡O retrasada!

—No usamos ese tipo de palabras en clase —dijo la señora Walcott, sin convencer a nadie.

Volvió a fijar la mirada en Ada, en su cara ancha se iban alternando la confusión y la preocupación.

—¿Pasa algo malo?

Petrificada, Ada no dijo ni una palabra.

—Si hay algo que quieras contarme, puedes hacerlo después de clase. ¿Por qué no hablamos más tarde?

Aun así, Ada no obedeció. Sus extremidades, actuando por voluntad propia, se negaban a reaccionar. Se acordó de que su padre le había contado que, a temperaturas extremadamente frías, algunos pájaros, como el carbonero cabecinegro, se sumían en cortos periodos de letargo a fin de conservar la energía para cuando llegasen las peores inclemencias del tiempo. Así se sentía exactamente ella en aquel momento, desmoronada en una especie de inercia preparatoria para lo que estaba por venir.

«¡Siéntate, idiota, te estás poniendo en evidencia!».

¿Fue otro alumno el que le susurró aquellas palabras o una voz maliciosa en su cabeza? Nunca lo sabría. Con la boca apretada formando una línea y la mandíbula contraída, se aferró al borde de su pupitre, desesperada por agarrarse a algo, preocupada por si al soltarse perdía el equilibrio y caía. Con cada inhalación, el pánico se revolvía y circulaba por sus pulmones, se filtraba en todos sus nervios y células y, en cuanto volvió a abrir la boca, se desparramó y salió a borbotones una corriente subterránea ansiosa por escapar de sus confines. Un sonido a la vez muy conocido y demasiado extraño para ser suyo surgió de algún lugar de su interior: alto, ronco, salvaje, inapropiado.

Gritó.

Tan imprevista y contundente y extremadamente aguda fue su voz que los demás alumnos enmudecieron. La señora Walcott se quedó quieta, con las manos apretadas contra el pecho y las arrugas de alrededor de los ojos más pronunciadas. En todos sus años de enseñanza nunca había visto nada igual.

Pasaron cuatro segundos, ocho, diez, doce... El reloj de la pared avanzaba lenta y dolorosamente. El tiempo se combó y se dobló sobre sí mismo, como vigas de madera seca, carbonizada.

Ahora la señora Walcott estaba a su lado, intentando hablarle. Ada sentía los dedos de su profesora en el brazo y sabía que la mujer estaba diciéndole algo, pero no podía distinguir las palabras mientras seguía gritando. Pasaron quince segundos. Dieciocho, veinte, veintitrés...

Su voz era como una alfombra voladora que la levantaba y se la llevaba contra su voluntad. Tenía la sensación de estar flotando, observándolo todo desde una lámpara del techo, salvo que no parecía como si estuviese en lo alto, sino más bien como si estuviese fuera, con la sensación de salir de sí misma, de no ser parte del momento presente ni de este mundo.

Se acordó de un sermón que había escuchado una vez, quizá en una iglesia, quizá en una mezquita, ya que en diferentes etapas de su infancia había visitado ambas, aunque no por mucho tiempo. «Cuando el alma abandona el cuerpo, asciende hacia el firmamento, y en su trayecto se detiene para observar yace debajo, inmutable, impasible, no afectado por el dolor». ¿Fue el obispo Vasilios quien dijo aquello o el imán Mahmud? Iconos de plata, velas de cera de abeja, cuadros con caras de santos y apóstoles, el ángel Gabriel con un ala abierta y la otra plegada, un ejemplar desgastado de la Biblia ortodoxa con las páginas muy manoseadas y el lomo fatigado... Alfombras de oración de seda, rosarios de ámbar, un libro de hadices, un volumen ajado de la *Interpretación islámica de los sueños*, consultado después de cada sueño y de cada pesadilla... Ambos hombres habían intentado persuadir a Ada para que eligiese su religión, para que se pusiera de su parte. A ella le parecía, cada vez más, que al final había elegido el vacío. La nada. Una cáscara ingrávida que seguía salvaguardándola en su interior, que la mantenía separada de los demás. Sin embargo, mientras siguió gritando en la última hora del último día de clase, sintió algo casi trascendental, como si no estuviese y no hubiese estado nunca confinada dentro de los límites de su cuerpo.

Pasaron treinta segundos. Una eternidad.

Se le quebró la voz, pero persistió. Había algo profundamente humillante y sin embargo igual de electrizante en oírse gritar a una misma; desprenderse, desvincularse, sin control, sin restricciones, sin saber lo lejos que la llevaría aquella fuerza indómita que le salía de dentro. Era una cosa animal. Una cosa salvaje. En aquel momento, nada suyo pertenecía a su ser anterior. Sobre todo, su voz. Aquello podría haber sido el agudo chillido de un halcón, el aullido de un lobo que inquieta el alma, el ronco gañido de un zorro rojo a medianoche. Podría haber sido cualquiera de ellos, pero no el grito de una colegiala de dieciséis años.

Los demás alumnos, con los ojos agrandados por el asombro y la incredulidad, miraban fijamente a Ada, hechizados por aquel alarde de demencia. Algunos habían ladeado la cabeza como si estuviesen intentando desentrañar cómo podía salir un alarido tan perturbador de una chica tan tímida. Ada percibía ese miedo y, por una vez, se sintió bien por no ser ella la que estaba asustada. Con el rabillo del ojo los veía a todos juntos, indistinguibles con sus caras desconcertadas y sus gestos coincidentes, una cadeneta de papel de cuerpos idénticos. No formaba parte de aquella cadeneta. No formaba parte de nada. En su perfecta soledad, estaba completa. Nunca se había sentido tan expuesta y sin embargo tan poderosa.

Pasaron cuarenta segundos.

Y Ada Kazantzakis siguió gritando, y su rabia, si es que aquello era rabia, se autopropulsaba, un combustible que se consumía a toda velocidad sin dar señales de que fuera a aplacarse. Se le había cubierto la piel de manchas de color grana, la base de la garganta le raspaba y le palpitaba de dolor, las venas del cuello le latían con la corriente sanguínea y seguía con las manos abiertas frente a ella, aunque para entonces ya no agarraban nada. Una visión de su madre le cruzó la mente justo en ese momento y, por primera vez desde su muerte, pensar en ella no hizo que se le saltaran las lágrimas.

Sonó el timbre.

Fuera del aula, se multiplicaban por los pasillos los pasos apresurados, las conversaciones animadas. Emoción. Risas. Un breve tumulto. El comienzo de las vacaciones de Navidad.

Dentro del aula, la locura de Ada era un espectáculo tan cautivador que nadie se atrevía a moverse.

Pasaron cincuenta y dos segundos —casi, pero no un minuto exacto— y su voz se agotó, dejándole la garganta seca y hueca por dentro como una caña agostada. Hundió los hombros, le temblaron las rodillas y la expresión se le empezó a alterar como si se hubiese despertado de un sueño agitado. Se quedó callada. De la misma manera repentina que había empezado, se detuvo.

—¿Qué demonios ha sido eso? —farfulló Jason en voz alta, aunque nadie le ofreció una respuesta.

Sin mirar a nadie, Ada se derrumbó sobre su silla, sin aliento y exhausta, sin energía, como una marioneta cuyos hilos se hubiesen roto sobre el escenario en mitad de una obra. Todo aquello lo describiría luego Emma-Rose exagerando los detalles, pero, por el momento, hasta Emma-Rose guardaba silencio.

—¿Estás bien? —volvió a preguntar la señora Walcott, con semblante conmocionado, y esta vez Ada la oyó.

Mientras los bancos de nubes se juntaban en el cielo distante y una sombra caía sobre los muros como las alas de un pájaro gigante en vuelo, Ada Kazantzakis cerró los ojos. Un sonido le reverberaba en la cabeza, un ritmo pesado, constante —crac, crac, crac— y lo único en lo que podía pensar en ese instante era que en algún sitio fuera del aula, muy lejos de su alcance, a alguien se le estaban rompiendo los huesos.

Higuera

—Cuando estés enterrada, vendré a hablar contigo todos los días —dijo Kostas mientras hundía la pala en la tierra; presionó hacia abajo el mango, levantó un terrón y lo tiró al montículo creciente que tenía al lado—. No te sentirás sola.

Ojalá pudiese haberle dicho que la soledad es una invención humana. Los árboles nunca están solos. Los seres humanos creen saber con certeza dónde termina su ser y empieza el de los demás. Con las raíces enredadas y atrapadas bajo tierra, ligadas a hongos y bacterias, los árboles no albergamos ilusiones semejantes. Para nosotros, todo está interconectado.

Aun así, me alegré al saber que Kostas planeaba visitarme con frecuencia. Incliné las ramas hacia él en señal de aprecio. Estaba tan cerca en ese momento que me llegó el olor de su colonia: sándalo, bergamota, ámbar gris. Había memorizado todos los rasgos de su hermosa cara: la frente alta, suave, la nariz prominente, fina y afilada, los ojos claros sombreados por las pestañas que se rizaban con forma de media luna..., las ondas marcadas de su pelo, todavía abundante, todavía oscuro, aunque plateado aquí y allá y enecieciendo en las sienes.

Ese año, el amor, un poco como el insólito invierno, me había sorprendido, tan gradual y sutil en su intensidad que cuando quise darme cuenta de lo que estaba pasando ya era demasiado tarde para protegerme. Estaba enamorada de una forma estúpida, vana, excesiva, de un hombre que jamás pensaría en mí de manera íntima. Me avergonzaba de aquella súbita necesidad que se había apoderado de mí, de aquel anhelo profundo por lo que no podía tener. Me recordé que la vida no era un acuerdo comercial, un calculado toma y daca, y que no era necesario devolver en especie todos los afectos, pero la verdad era que no podía dejar de preguntarme qué pasaría si Kostas Kazantzakis me correspondiese algún día; si un ser humano se podía enamorar de un árbol.

Sé lo que estáis pensando. ¿Cómo era posible que yo, una *Ficus carica* ordinaria, estuviese enamorada de un *Homo sapiens*? Lo entiendo, no soy ninguna belleza. Nunca he sido muy atractiva. No soy ningún sakura, el deslumbrante cerezo japonés con sus adorables flores rosas que se extienden en las cuatro direcciones, todo pompa y glamur y arrogancia. No soy ningún arce azucarero, refulgente con sus deslumbrantes tonos de rojo rubí, naranja azafrán y amarillo dorado, bendecido con sus hojas de forma perfecta, un seductor total. Y desde luego no soy ninguna glicina, esa *femme fatale* morada exquisitamente esculpida. Tampoco soy la perenne gardenia con su perfume embriagador y follaje verde y lustroso, o la buganvilla con su esplendor magenta trepando y desbordándose sobre los muros de adobe bajo el sol abrasador. O la davidia, que se hace esperar muchísimo tiempo y luego ofrece las más encantadoras y románticas brácteas y flores que aletean con la brisa como pañuelos perfumados.

No tengo ninguno de sus encantos, lo admito. Si pasarais por mi lado en la calle, es probable que no me miraseis dos veces. Pero me gustaría creer que soy atractiva a mi encantadora manera. Lo que me falta en belleza y popularidad lo compenso con misterio y fortaleza interior.

A lo largo de la historia he atraído hasta mi copa a multitudes de pájaros, murciélagos, abejas, mariposas, hormigas, ratones, monos, dinosaurios... y también a cierta pareja confusa que vagaba sin rumbo por el jardín del Edén con los ojos vidriosos. No os confundáis: aquello no fue por una manzana. Ya iba siendo hora de que alguien corrigiese ese grave malentendido. Adán y Eva se rindieron al encanto de un higo, la fruta de la tentación, el deseo y la pasión, no al de una manzana crujiente. No es mi intención menospreciar a una colega, pero ¿qué posibilidades tiene una manzana desabrida al lado de un exquisito higo que aun hoy, eones después del pecado original, sabe al paraíso perdido?

Con todo el respeto debido a los creyentes, no tiene ningún sentido asumir que el primer hombre y la primera mujer se viesen tentados al pecado por comerse una sencilla y familiar manzana y que, al verse desnudos, temblorosos y mortificados y a pesar de temer que Dios los pillara en cualquier momento, se diesen sin embargo un paseo por el jardín encantado hasta que se toparon con una higuera y decidieron cubrirse con sus hojas. Es una historia interesante, pero algo no cuadra en ella y sé lo que es: ¡yo! Porque desde el principio fui yo el árbol del bien y del mal, de la luz y de la oscuridad, de la vida y la muerte, del amor y el desamor.

Adán y Eva compartieron un higo tierno, maduro, deliciosamente atrayente, aromático, lo abrieron justo por la mitad y, mientras la carnosa y opulenta dulzura se disolvía en sus lenguas, empezaron a ver el universo que los rodeaba bajo una luz completamente nueva, porque eso es lo que les sucede a los que alcanzan el conocimiento y la sabiduría. Entonces se cubrieron con las hojas del árbol bajo el que casualmente estaban. En cuanto a la manzana, lo siento, ni siquiera figura en la historia.

Si profundizáis en todas las religiones y los credos, allí me encontraréis, presente en cada historia de la creación, siendo testigo de las costumbres de los seres humanos y de sus interminables guerras, combinando mi ADN en tantas formas nuevas que hoy se me puede encontrar en casi todos los continentes del mundo. He tenido amantes y admiradores en abundancia. Algunos se han vuelto locos por mí, lo bastante locos para olvidarse de todo lo demás y quedarse conmigo hasta el final de sus cortas vidas, como mis pequeñitas avispas de los higos.

Aun así, lo entiendo, nada de eso me da derecho a amar a un ser humano y esperar que me corresponda. No es cosa muy sensata, lo admito, enamorarse de alguien que no es de tu especie, alguien que solo te complicará la vida, interrumpirá tu rutina y malogrará tu sensación de estabilidad y arraigo. Pero, por otro lado, cualquiera que espere que el amor sea sensato quizá no haya amado nunca.

—Estarás calentita bajo la tierra, *Ficus*. Todo va a salir bien —dijo Kostas.

Después de todos estos años en Londres, sigue hablando inglés con marcado acento griego. A mí me resultaban reconfortantemente familiares su *r* rasposa, su *h* sibilante, su *sh* imprecisa, sus vocales truncadas, la cadencia apresurada cuando se sentía ansioso o ralentizada cuando estaba pensativo o inseguro de sí mismo. Yo reconocía cada giro y cada vuelta de su voz cuando se propagaba y vibraba y me inundaba como el agua clara.

—De todas formas, no será durante mucho tiempo —dijo Kostas—, solo unas cuantas semanas.

Estaba acostumbrada a que me hablase, pero nunca tanto como me ha hablado hoy. Me pregunté si, en el fondo, el temporal invernal podría haberle provocado sentimientos de culpa. Fue él, al fin y al cabo, quien me trajo desde Chipre a este país donde no da el sol, escondida en una maleta de cuero negro. Fui, a decir verdad, metida de contrabando en el continente europeo.

En el aeropuerto de Heathrow, mientras Kostas tiraba de la maleta bajo la mirada atenta de un corpulento oficial de aduana, me puse tensa, esperando que en cualquier momento lo retuviesen y lo registraran. Su mujer, mientras tanto, caminaba por delante de nosotros, con zancadas enérgicas, resueltas e impacientes, como siempre. Defne estaba embarazada de Ada en aquel momento, aunque todavía no lo sabían. Creían que solo me estaban trayendo a mí a Inglaterra, ignoraban que también traían a su futura hija.

Cuando se abrieron de par en par las puertas de LLEGADAS, Kostas exclamó, incapaz de contener la emoción:

—¡Estamos aquí, lo hemos conseguido! Bienvenida a tu nueva casa.

¿Le estaba hablando a su mujer o me estaba hablando a mí? Me gustaría pensar que era lo segundo. De cualquier manera, eso fue hace más de dieciséis años. Desde entonces no he vuelto a Chipre.

Sin embargo, sigo llevando la isla conmigo. Los lugares donde nacemos conforman nuestras vidas, incluso cuando estamos lejos de ellos. Sobre todo entonces. De vez en cuando en mis sueños me veo en Nicosia, bajo un sol conocido, mi sombra cayendo contra las piedras, alargándose hasta los arbustos de retamas reventando de flores, cada una tan perfecta y radiante como las monedas doradas de una fábula infantil.

Del pasado que dejamos atrás lo recuerdo todo. El litoral grabado en el terreno arenoso como rayas en la palma de una mano esperando a ser leídas, los coros de cigarras contra el calor creciente, las abejas zumbando sobre los campos de lavanda, las mariposas extendiendo las alas con la primera promesa de luz... Muchos podrán intentarlo, pero nadie pone en práctica el optimismo mejor que las mariposas.

La gente supone que la diferencia entre optimistas y pesimistas es una cuestión de personalidad, pero yo creo que todo es una cuestión de incapacidad para olvidar. Cuanto mayor es la capacidad de retención, más escasas son las posibilidades de ser optimista. Y no estoy aduciendo que las mariposas no tengan recuerdos. Los tienen, probablemente. La mariposa es capaz de recordar lo que aprendió cuando era oruga. Pero a las de mi especie y a mí nos afligen los recuerdos imperecederos, y con eso no me refiero a años o a décadas. Me refiero a siglos.

Una memoria perpetua es una maldición. Cuando las ancianas chipriotas le desean el mal a alguien, no piden que les suceda algo abiertamente malo. No rezan pidiendo rayos, accidentes imprevistos o súbitos reveses de fortuna. Se limitan a decir:

Ojalá no seas capaz de olvidar nunca.
Ojalá te vayas a la tumba recordando todavía.

Así que supongo que llevo en los genes esta melancolía de la que nunca puedo zafarme por completo. Tallada con un cuchillo invisible en mi piel arborescente.

—Bueno, esto debería bastar —dijo Kostas mientras examinaba la zanja, al parecer satisfecho con su longitud y su profundidad. Enderezó la espalda dolorida y se limpió el barro de las manos con un pañuelo que se sacó del bolsillo.

—Tengo que podarte un poquito, así será más fácil.

Cogió una podadora y recortó mis obstinadas ramas laterales con movimientos diestros, experimentados. Ayudándose de una cuerda de nailon me circundó, ató juntas mis ramas más gruesas. Con cuidado apretó el fardo e hizo un nudo de rizo, lo bastante flojo para evitar dañarme, pero lo bastante ceñido para que yo cupiese en la zanja.

—Casi he terminado —dijo—. Hay que darse prisa. ¡Ese temporal no anda muy lejos!

Pero lo conocía lo bastante bien para darme cuenta de que el temporal inminente no era el único motivo por el que tenía tanta prisa por enterrarme. Quería terminar la tarea antes de que su hija volviese del instituto. No quería que la pequeña Ada presenciara otro entierro.

El día que la mujer de Kostas entró en un coma del que nunca despertó, la pena se instaló en esta casa como un buitre que no se iría hasta que hubiese devorado todo rastro de ligereza y alegría. Durante meses después de la muerte de Defne y todavía de vez en cuando, sobre todo antes de la medianoche, Kostas salía al jardín y se sentaba a mi lado, envuelto en una manta fina, con los ojos rojos e irritados, con movimientos apáticos, como si lo hubiesen dragado contra su voluntad desde el fondo de un lago. Nunca lloraba dentro de la casa porque no quería que su hija lo viese sufrir.

En noches semejantes sentía tanto amor y tanto afecto por él que dolía. Era en esos momentos cuando más me entristecía la diferencia que había entre nosotros. Cómo lamentaba que mis ramas no pudiesen convertirse en brazos para abrazarlo, mis ramitas dedos para acariciarlo, mis hojas mil lenguas para susurrarle sus palabras de vuelta y mi tronco un corazón para acogerlo.

—Bien, ya está todo —dijo Kostas, echando una ojeada alrededor—. Ahora te meteré dentro.

Tenía una expresión de ternura y en los ojos un suave destello que reflejaba el sol que se ponía lentamente allá lejos en el oeste.

—Se te romperán algunas raíces, pero no te preocupes —dijo Kostas—. Las que te queden serán más que suficientes para mantenerte con vida.

Intentando mantener la compostura y no entrar en pánico, mandé una rápida advertencia hacia abajo para informar a mis extremidades subterráneas de que muchas de ellas morirían. Con la misma velocidad, respondieron con cientos de mínimas señales para decirme que sabían lo que venía. Estaban preparadas.

Kostas inhaló con fuerza, se inclinó hacia delante y me empujó hacia abajo en el agujero del suelo. Al principio no cedí. Kostas colocó las palmas de las manos contra mi tronco y lo intentó con más fuerza esta vez, con una presión cuidadosa y equilibrada, pero igual de firme y constante.

—Estarás bien. Confía en mí, querida *Ficus* —dijo con cariño.

La dulzura de su tono me envolvió y me sostuvo con fuerza en mi sitio; incluso una sola palabra suya de ternura tenía una solemnidad propia que me atraía hacia él.

Despacio, todos mis miedos y mis dudas me abandonaron, se fueron flotando como volutas de bruma. Supe en aquel instante que me desenterraría en cuanto viese que las campanillas de invierno despuntaban de la tierra o que las doradas oropéndolas volaban de regreso por el cielo azul. Supe, con la misma claridad que me conozco a mí misma, que volvería a ver a Kostas Kazantzakis, y que seguiría ahí, detrás de sus hermosos ojos, grabada en su alma, esa tristeza abrasadora que se había instalado en él desde que había perdido a su mujer. Cómo deseaba que me amase igual que la había amado a ella.

«Adiós, Kostaki, hasta la primavera, pues...».

Una sombra de sorpresa le cruzó la cara, tan rápida y fugaz que por un instante pareció que quizá me hubiese oído. Reconocido, casi. Estuvo ahí, luego desapareció.

Sujetándome con más firmeza, Kostas dio un último y enérgico empujón hacia abajo. El mundo se ladeó, el cielo se inclinó y se hundió, las plúmbeas nubes bajas y los terrones de tierra se fundieron en una sola ciénaga fangosa.

Me preparé para la caída mientras oía a mis raíces torcerse y chascarse una a una. Un extraño y apagado crac, crac, crac surgió del suelo que tenía debajo. Si fuese humana, habría sido el sonido de mis huesos al romperse.

Noche

De pie junto a la ventana de su habitación, con la frente apoyada contra el cristal, Ada observaba a su padre en el jardín iluminado de manera espectral con la luz de dos faroles, dándole la espalda mientras rastrillaba las hojas secas sobre la tierra virgen. Desde que habían vuelto a casa juntos aquella tarde, había estado allí fuera, trabajando en el frío. Dijo que cuando recibió la llamada del instituto había dejado la higuera tumbada y desatendida, fuera lo que fuese eso. Otra de las rarezas de su padre, supuso Ada. Dijo que ahora tenía que cubrir el árbol de manera urgente, le prometió que terminaría al cabo de pocos minutos, pero esos minutos se habían alargado hasta convertirse en una hora, y él seguía allí fuera.

Su mente no dejaba de recordar los acontecimientos de la tarde. La vergüenza era una serpiente enrollada dentro de su estómago. La mordía una y otra vez. Seguía sin creerse lo que había hecho. ¡Allí, frente a toda la clase, gritar a voz en cuello de aquella manera! ¿Qué le había pasado? La cara de la señora Walcott, lívida, aterrorizada. Aquella expresión debía de ser contagiosa, porque Ada la vio en las caras de los demás profesores cuando los fueron informando de lo que había acontecido. Las entrañas se le contrajeron al recordar el momento en que la llamaron desde el despacho del director. Para entonces, todos los demás alumnos se habían ido, el edificio resonaba como una cáscara vacía.

La habían tratado con amabilidad, aunque con visible inquietud, ambos preocupados por ella y muy desconcertados por su comportamiento. Hasta aquel día, es probable que la hubiesen considerado como a una de las introvertidas, ni tímida ni callada, solo que no demasiado aficionada a hacerse notar. Una chica meditabunda que había preferido siempre vivir en su propio mundo, pero que se había vuelto todavía más distante y retraída desde la muerte de su madre. Ahora no sabían qué pensar de ella.

Habían llamado a su padre de inmediato y él se había dado prisa por llegar enseguida, sin siquiera quitarse la ropa que usaba para trabajar en el jardín, las botas con barro apelmazado, una hojita enredada en el pelo. El director había tenido una conversación en privado con él mientras Ada esperaba en el pasillo sentada en un banco, balanceando la pierna.

De camino a casa, su padre no había dejado de hacerle preguntas, intentando comprender por qué había hecho algo así, pero su persistencia solo había conseguido que Ada se quedase más callada. En cuanto llegaron a casa, ella se había retirado a su habitación, su padre a su jardín.

Se le llenaron los ojos de lágrimas cuando llegó a la conclusión de que ahora tendría que cambiar de instituto. No había otra solución. Mientras tanto, ¿le pondría un castigo el director o algo similar? Si lo hacía, sería la menor de sus preocupaciones. Ningún castigo que se le ocurriese sería tan horrible como las miradas que sin duda los demás alumnos le lanzarían cuando empezase el siguiente trimestre. A partir de entonces, ningún chico querría salir con ella jamás. Ninguna chica la invitaría a su fiesta de cumpleaños o a ir de compras. A partir de entonces, las etiquetas «bicho raro» y «psicópata» se le quedarían colgadas, pegadas, como tatuadas en la piel, y cada vez que entrase en el aula sería lo que vería primero todo el mundo. Solo pensar en ello la ponía enferma, sentía un peso en las tripas, como arena mojada.

Sumida ya en un estado frenético, no podía quedarse sola en su habitación ni un minuto más. Salió, atravesó el vestíbulo con las paredes adornadas con dibujos enmarcados y fotos familiares de vacaciones, cumpleaños, pícnics, aniversarios de boda... Instantáneas de momentos felices, radiantes y luminosos perdidos hacía mucho, como estrellas muertas emitiendo su última luz.

Después de cruzar la sala de estar, Ada abrió la puerta corredera que daba al jardín de atrás. El viento arremetió en el acto, agitando las hojas de los libros que había sobre la mesa, dispersando los folios por el suelo. Los recogió y echó un vistazo al que estaba en lo alto del montón; reconoció la pulcra caligrafía de su padre: «Cómo enterrar una higuera en diez pasos». Era una lista con instrucciones detalladas y dibujos rudimentarios. A su padre —a diferencia de su madre— nunca se le había dado bien dibujar.

En cuanto Ada salió al jardín, el frío cortante la hizo estremecer. Absorta en sus preocupaciones, no había pensado mucho en el temporal Hera, pero en aquel momento le pareció muy real. Un olor a humedad, acre, flotaba en el aire: a hojas podridas, a piedra mojada, a leña húmeda ardiendo.

Caminó resuelta por el camino pedregoso, la gravilla crujió bajo sus pantuflas forradas de pelo, abiertas por detrás, de color crema. Tendría que habérselas cambiado por las botas, pero ya era demasiado tarde. Tenía la mirada fija en su padre, que estaba más adelante, a pocos metros. Muchas noches Ada lo había observado desde la ventana de su habitación, en aquel mismo lugar junto a la higuera, mientras la oscuridad se agolpaba a su alrededor como los cuervos alrededor de la carroña. Un contorno hundido contra el cielo impenetrable, afligido por el dolor. No había salido ni siquiera una vez, presintiendo que él no querría que ella lo viese en aquel estado.

—¿Papá? —La voz sonó temblorosa a sus propios oídos.

Él no la oyó. Ada se acercó, advirtiendo en aquel momento de que en el jardín había algo diferente, un cambio que no pudo captar de inmediato. Miró alrededor, y al darse cuenta de lo que era se quedó sin aliento: la higuera no estaba allí.

—¡Papá!

Kostas se volvió. La cara se le iluminó al verla.

—Cariño, no deberías haber salido sin chaqueta. —Miró los pies de su hija—. ¿Sin botas? Ada *mou*, vas a pillar un resfriado.

—Estoy bien. ¿Dónde ha ido a parar la higuera?

—Ah, está aquí debajo. —Kostas señaló hacia unos tableros de madera contrachapada que había colocado con cuidado sobre el suelo, al lado de sus pies.

Ada se acercó más mientras miraba con atención y curiosidad la zanja parcialmente tapada. Cuando aquella mañana en el desayuno su padre había mencionado que planeaba enterrar la higuera, no le había prestado verdadera atención, sin entender del todo lo que quería decir con aquello.

—¡Uau, así que lo has hecho de verdad! —murmuró ahora.

—Tenía que hacerlo. Me preocupaba que pudiese sufrir muerte regresiva.

—¿Qué es eso?

—Es como se mueren los árboles en climas extremos. A veces es la escarcha la que provoca el daño o las heladas y los deshielos reiterados. Entonces mueren.

Kostas se agachó, arrojó una brazada de mantillo sobre la madera contrachapada y la aplanó con las manos desnudas.

—¿Papá?

—¿Mmm...?

—¿Por qué siempre hablas del árbol como si fuese una mujer?

—Bueno, es... hembra.

—¿Cómo lo sabes?

Kostas se incorporó y reflexionó un momento antes de responder.

—Algunas especies son dioicas; eso significa que cada árbol es hembra o macho de manera inequívoca. Sauces, álamos, tejos, moreras, chopos temblones, enebros, acebos..., son todos así. Pero muchas otras especies son monoicas, tienen flores tanto masculinas como femeninas en el mismo árbol. Robles, cipreses, pinos, abedules, avellanos, cedros, castaños...

—¿Y las higueras son hembras?

—Las higueras son complicadas —dijo Kostas—. La mitad más o menos son monoicas, la otra mitad dioicas. Hay variedades cultivadas de la higuera y luego están los cabrahígos del Mediterráneo, que producen frutos no comestibles que por lo general se le dan como alimento a las cabras. Nuestra *Ficus carica* es hembra, es de una variedad partenocarpia, lo que significa que puede producir frutos por sí misma, no necesita que haya un árbol macho cerca.

Se interrumpió, consciente de haber dicho más de lo que pretendía, preocupado por si su hija se había perdido por el camino, como parecía pasar siempre que hablaba aquellos días. El viento arreció e hizo crujir los matorrales.

—No quiero que te enfríes, cariño. Vuelve dentro. Estaré contigo dentro de un minuto.

—Eso has dicho hace una hora —dijo Ada encogiéndose de hombros—. Estoy bien. ¿Puedo quedarme y echarte una mano?

—Claro, si quieres.

Kostas intentó no demostrar sorpresa ante el ofrecimiento de ayudarle. Desde la muerte de Defne, tenía la impresión de que su hija y él se habían quedado atascados en un péndulo emocional. Cada vez que le preguntaba a Ada por el instituto y por sus amigos, ella se cerraba en banda y solo se abría un poco cuando él se retraía en su trabajo. Notaba cada vez con mayor frecuencia que para conseguir que avanzase un paso hacia él, él tenía que alejarse un paso. Le recordaba a cuando era pequeña e iban al parque infantil todos los fines de semana, cogidos de la mano. Era un lugar encantador con una pista de obstáculos y mucho equipamiento de madera, aunque Ada apenas les prestaba atención, solo le interesaba el columpio. Cada vez que Kostas la empujaba en el columpio y la miraba alejarse de él volando, arriba en el aire, riéndose y dando pataditas con las piernas, Ada gritaba: «¡Más alto, papaíto, más alto!». Batallando con el temor de que pudiese caerse o de que las cadenas de metal se rompieran, la empujaba con más fuerza y entonces, cuando el columpio volvía, él tenía que apartarse para dejarle espacio. Y así seguía siendo, ese vaivén, con el padre cediéndole espacio a la hija para que pudiese tener su libertad. Excepto que, en aquellos primeros tiempos, tenían tanto que decirse el uno al otro que hablaban todo el tiempo; aquel silencio extraño y doloroso todavía no se había instalado entre ambos.

—¿Qué tengo que hacer entonces? —preguntó Ada al darse cuenta de que él no le daba instrucciones.

—Bien. Hemos de cubrir la zanja con tierra y hojas y un poco de paja que tengo aquí.

—Puedo hacerlo yo—dijo ella.

Codo con codo, empezaron a trabajar: él, concentrado y concienzudo; ella, distraída y lenta.

En algún lugar, a lo lejos, la sirena de una ambulancia atravesó la calma de la noche. Calle abajo, ladró un perro. Luego volvió el silencio, salvo por la verja suelta de delante de la casa, que golpeaba sobre sus goznes de vez en cuando.

—¿Duele? —dijo Ada, tan bajito que era casi un murmullo.

—¿El qué?

—Cuando entierras a un árbol, ¿siente dolor?

Kostas levantó la cabeza, la mandíbula se le tensó.

—Hay dos posibles respuestas. El consenso científico es que los árboles no son seres sintientes de la manera en que la mayoría de la gente usa la palabra...

—Pero parece que tú no estás de acuerdo.

—Bueno, creo que todavía hay mucho que no sabemos, apenas estamos empezando a descubrir el lenguaje de los árboles. Pero lo que sí sabemos con certeza es que pueden oír, oler, comunicarse y sin duda recordar. Son capaces de sentir el agua, la luz, el peligro. Pueden mandar señales a otras plantas para ayudarse unas a otras. Están mucho más vivos de lo que la mayoría de la gente se cree. —«Sobre todo nuestra *Ficus carica*. Si solo supieras lo especial que es...», quiso añadir, pero se contuvo.

Bajo el vago resplandor de los faroles del jardín, Ada observó la cara de su padre. Había envejecido de manera notable en aquellos últimos meses. Se le habían formado unos semicírculos debajo de los ojos, dos medialunas crecientes. El dolor había esculpido de nuevo su semblante, le había añadido nuevos planos y ángulos. Ada apartó la vista y le preguntó:

—Pero ¿por qué siempre le hablas a la higuera?

—¿Eso hago?

—Sí, le hablas, todo el tiempo. Te he oído otras veces. ¿Por qué lo haces?

—Bueno, sabe escuchar.

—¡Venga, papá! Hablo en serio. ¿Sabes lo loco que suena? ¿Y si te oye alguien? Pensarán que se te ha ido la cabeza.

Kostas sonrió. Se le ocurrió que quizá una de las diferencias más reveladoras entre los jóvenes y los mayores estribaba en aquel detalle. Conforme envejeces, te preocupa cada vez menos lo que los demás piensan de ti, y solo entonces puedes ser más libre.

—No te preocupes, Ada *mou*, no le hablo a los árboles cuando hay gente cerca.

—Sí, pero aun así... un día de estos te pillarán —repuso ella mientras esparcía un puñado de hojas secas sobre la zanja—. Y lo siento, pero ¿qué estamos haciendo aquí, en todo caso? Si nos ven los vecinos, creerán que estamos enterrando un cadáver. ¡Podrían llamar a la policía!

Kostas bajó los ojos, su sonrisa se vio reemplazada por algo incierto.

—En serio, papá, no quiero herir tus sentimientos, pero tu higuera me pone los pelos de punta. Tiene algo raro, lo noto. A veces siento como si «ella» estuviese escuchándonos. Espiándonos. Es una locura, lo sé, pero así me siento. Quiero decir, ¿es eso posible? ¿Los árboles pueden escuchar lo que decimos?

Por un fugaz instante, Kostas pareció incómodo; luego dijo:

—No, cariño. No tienes que preocuparte por esas cosas. Los árboles son criaturas extraordinarias, pero yo no iría tan lejos.

—Vale, bien. —Ada se echó a un lado y lo observó un rato en silencio—. ¿Entonces cuánto tiempo planeas tenerla enterrada?

—Unos cuantos meses. La desenterraré en cuanto el tiempo sea lo bastante cálido.

Ada silbó.

—Unos cuantos meses es mucho tiempo. ¿Estás seguro de que sobrevivirá?

—Estará bien —dijo Kostas—. Ha sufrido mucho, nuestra *Ficus carica*; tu madre siempre la llamaba la Guerrera.

Hizo una pausa, como si le preocupase haber hablado demasiado. Rápidamente, extendió una lona sobre la zanja y colocó piedras en las cuatro esquinas para asegurarse de que no se la llevaba el viento.

—Me parece que hemos terminado. —Se sacudió el polvo de las manos—. Gracias por ayudarme, cariño. Te lo agradezco.

Volvieron juntos a la casa, con el pelo enredado por el viento. E incluso aunque Ada sabía que no había manera de que la higuera, sujetada a la tierra con las raíces que le quedaban, pudiese salir de aquel agujero y seguirlos, justo antes de que cerrase la puerta no pudo evitar mirar de soslayo por encima del hombro hacia el suelo oscuro y frío y, al hacerlo, un escalofrío le recorrió la espalda.

Higuera

«Tu higuera me pone los pelos de punta», dice Ada. ¿Y por qué dice eso? Porque sospecha que quizá haya en mí más de lo que parece a simple vista. Bien, así es, pero eso no significa que yo sea espeluznante.

¡Cómo son los seres humanos! Después de observarlos durante tanto tiempo, he llegado a una conclusión desoladora: en realidad no quieren saber más cosas de las plantas. No quieren verificar si tenemos las virtudes de la voluntad, el altruismo y la afinidad. Por muy interesantes que consideren esas cuestiones a un nivel abstracto, prefieren dejarlas sin investigar, sin responder. Les parece más sencillo, imagino, suponer que los árboles, como no tienen cerebro en el sentido convencional del término, solo pueden experimentar una existencia de lo más rudimentaria.

De acuerdo, ninguna especie está obligada a que le guste otra especie, de eso no cabe duda. Pero si vais a sostener, como hacéis los seres humanos, que sois superiores a todas las demás formas de vida, pasadas y presentes, entonces deberíais comprender a los organismos vivientes más antiguos de la Tierra, que estaban aquí mucho antes de que vosotros llegaseis y seguirán aquí después de que hayáis desaparecido.

Mi hipótesis es que los seres humanos evitan de forma deliberada saber más de nosotros, quizá porque sienten, de alguna manera instintiva, que lo que descubran podría ser perturbador. ¿Les gustaría saber, por ejemplo, que los árboles son capaces de adaptar su comportamiento a un propósito y que, si eso fuera cierto, quizá no habría que depender de un cerebro para tener inteligencia? ¿Se alegrarían al descubrir que mediante el envío de señales a través de una red de hongos entramados en el suelo los árboles pueden advertir a sus vecinos de los peligros que están por llegar —un depredador que se aproxima o insectos patógenos— y que tales señales de auxilio han aumentado en los últimos tiempos debido a la deforestación, la degradación de los bosques y las sequías, todas ellas provocadas directamente por el ser humano? ¿O que la enredadera leñosa trepadora *Boquila trifoliolata* puede alterar sus hojas para imitar la forma o el color de la planta que la sustenta, lo que da lugar a que los científicos se pregunten si la enredadera tiene algún tipo de capacidad visual? ¿O que los anillos de los árboles no solo revelan su edad, sino también los traumas que han superado, incluidos los incendios incontrolados y que, por lo tanto, grabadas en lo profundo de cada círculo hay experiencias cercanas a la muerte, heridas sin cicatrizar? ¿O que el olor del césped recién cortado, ese aroma que los seres humanos asocian con la limpieza y la restitución y con todas las cosas nuevas y vivaces, es de hecho otra señal de auxilio lanzada por la hierba para advertir al resto de la flora y pedir ayuda? ¿O que las plantas son capaces de reconocer a sus parientes y amigos y sienten cuando las tocan y que algunas, como la venus atrapamoscas, incluso saben contar? ¿O que los árboles del bosque se dan cuenta de cuando los ciervos están a punto de comérselos y se defienden infundiendo en sus hojas un tipo de ácido salicílico que ayuda a producir taninos que sus enemigos detestan, repeliéndolos así de manera ingeniosa? ¿O que, hasta no hace mucho, había una acacia en el desierto del Sáhara

—«el árbol más solitario del mundo», la llamaban— en la encrucijada de las antiguas rutas de las caravanas, y que esa criatura milagrosa, extendiendo sus raíces a lo lejos y en las profundidades, sobrevivió sola a pesar del calor extremo y de la falta de agua hasta que un conductor borracho la derribó? ¿O que muchas plantas, cuando se ven amenazadas, atacadas o cortadas, pueden producir etileno, que funciona como una especie de anestésico, y que esa liberación química ha sido descrita por los investigadores como similar a oír gritar a las plantas estresadas?

La mayor parte del sufrimiento arbóreo es provocado por el género humano.

Los árboles de las zonas urbanas crecen más rápido que los de las zonas rurales. También tendemos a morir antes.

¿Le gustaría a la gente saber estas cosas, en realidad? No lo creo. Francamente, ni siquiera estoy segura de que nos vean.

Los seres humanos pasan junto a nosotros todos los días, se sientan y duermen, fuman y hacen pícnics bajo nuestra sombra, nos arrancan las hojas y se atiborran de nuestros frutos, nos rompen las ramas, de niños cabalgan sobre ellas como si fuesen caballos o las usan para azotar a otros a fin de que se sometan cuando se hacen mayores y más crueles, graban el nombre de su amor en nuestros troncos para jurarle amor eterno, entrelazan nuestras acículas para hacerse collares y plasman nuestras flores en su arte, nos parten en troncos para calentar sus hogares y a veces nos talan solo porque les obstruimos la vista; fabrican cunas, corchos para el vino, chicle y muebles rústicos y producen la música más fascinante a partir de nosotros y nos transforman en libros en que perderse en las frías noches de invierno, usan nuestra madera para fabricar ataúdes en los que terminan sus vidas, enterrados a dos metros bajo la tierra, con nosotros, y hasta nos componen poemas románticos, afirman que somos el vínculo entre la tierra y el cielo, y aun así no nos ven.

Creo que un motivo por el que a los seres humanos les resulta difícil entender a las plantas es porque, para conectar con algo distinto de sí mismos y preocuparse de forma sincera por ello, necesitan interactuar con una cara, una imagen que refleje la suya con la mayor precisión posible. Cuanto más visibles son los ojos de un animal, más simpatía recibirá del género humano.

Gatos, perros, caballos, lechuzas, conejitos, monos pigmeos, hasta esos avestruces sin dientes que se tragan piedrecitas como si fuesen bayas, todos ellos consiguen su buena cuota de afecto. Pero serpientes, ratas, hienas, escorpiones, erizos de mar, no tanto... Las criaturas con los ojos más pequeños o sin ojos no tienen ninguna oportunidad. Pero, por otra parte, tampoco los árboles la tienen.

Los árboles quizá no tengan ojos, pero sí visión. Reacciono a la luz. Detecto ondas ultravioletas e infrarrojas y electromagnéticas. Si no me enterrasen ahora, la próxima vez que Ada se acercara a mí podría decir si lleva el abrigo azul o el rojo.

Adoro la luz. La necesito no solo para convertir el agua y el dióxido de carbono en azúcares, crecer y germinar, también la necesito para sentirme a salvo y segura. Una planta siempre se inclina hacia la luz. Después de haber descubierto eso sobre nosotras, los humanos utilizan ese conocimiento para engañarnos y manipularnos para sus propios fines. Los floricultores encienden las lámparas en mitad de la noche, embaucan a los crisantemos para que florezcan cuando no deberían. Con un poco de luz se puede conseguir que hagamos mucho. Con una promesa de amor...

«Unos cuantos meses es mucho tiempo...», le oí decir a Ada. No sabe que medimos el tiempo de manera diferente.

El tiempo humano es lineal, un continuo delimitado a partir de un pasado que se supone que ha concluido y con el que se ha terminado y un futuro que se considera intacto, inmaculado. Cada día tiene que ser un día nuevo, lleno de acontecimientos originales, cada amor completamente diferente del anterior. El apetito de la especie humana por la novedad es insaciable y no estoy segura de que les haga mucho bien.

El tiempo arbóreo es cíclico, recurrente, perenne; el pasado y el futuro respiran en este momento y el presente no fluye necesariamente en una sola dirección; al contrario, traza círculos dentro de círculos, como los anillos que os encontráis cuando nos taláis.

El tiempo arbóreo es equivalente al tiempo de los cuentos, y, como en los cuentos, un árbol no crece en líneas perfectamente rectas, curvas precisas o ángulos rectos exactos, sino que se dobla y se tuerce y se bifurca en formas fantásticas, lanza ramas de maravillas y arcos de invenciones.

El tiempo de los humanos y el tiempo de los árboles son incompatibles.

Cómo enterrar una higuera en diez pasos

1. *Espera hasta que una helada intensa o un temporal invernal le haga perder las hojas al árbol.*

2. *Cava una zanja delante de tu árbol antes de que la tierra se congele. Asegúrate de que sea lo bastante larga y ancha para que quepa todo el árbol de forma cómoda.*

3. *Poda las ramas laterales y los brotes verticales más altos.*

4. *Con la ayuda de una soga de cáñamo, amarra las ramas verticales restantes, con cuidado de no atarlas demasiado apretadas.*

5. *Cava alrededor de la parte delantera y de la parte trasera del árbol treinta centímetros más o menos. Quizá te haga falta utilizar*

una pala o una azada para romper las raíces, pero no toques las que están a los lados, ya que es importante no desbrozarlas todas. Asegúrate de que el cepellón central está intacto y se puede pivotar con facilidad dentro de la zanja.

6. *Con cuidado, inclina el árbol hacia abajo. Sigue empujando hasta que esté tumbado en horizontal dentro de la zanja (las ramas quizá se quiebren y se tronchen, así como las raíces capilares, pero las raíces más grandes sobrevivirán).*

7. *Llena la zanja con materia orgánica, como hojas secas, paja, abono vegetal o mantillo de madera. Es necesario que el árbol esté cubierto con al menos treinta centímetros de tierra. Puedes usar tablas para un aislamiento mayor.*

8. *Coloca tiras de madera contrachapada sobre tu árbol, dejando huecos para que circulen el aire y el agua.*

9. *Cubre todo con tela porosa o lona, lástrala con cinco centímetros de mantillo o con piedras colocadas en los bordes para que el viento no se la lleve.*

10. *Dile algunas palabras tranquilizadoras a tu higuera, confía en ella y espera a la primavera.*

Desconocida

Al día siguiente, el mercurio había descendido tanto que, a pesar de despertarse temprano, Ada no tenía ningunas ganas de salir de debajo del edredón. Se podría haber pasado toda la mañana dormitando y leyendo si no hubiese empezado a sonar el teléfono fijo. Alto, persistente. Saltó de la cama, con el temor irracional de que pudiera ser de nuevo el director del instituto, aunque fuese fin de semana, dispuesto a decirle a su padre qué tipo de castigo consideraba apropiado para ella.

El corazón se le aceleraba con cada paso que daba por el vestíbulo. A mitad de camino de la cocina se detuvo al oír que su padre descolgaba el auricular.

—¿Diga? —contestó Kostas—. Ah, hola... Hola. Tenía previsto llamarte hoy.

Había algo nuevo en su voz: una chispa de expectación.

Con la espalda contra la pared, Ada intentó averiguar con quién podría estar hablando su padre. Tenía la sensación de que al otro lado del teléfono había una mujer. Podría ser cualquiera, por supuesto: una colega, una amiga de la infancia, incluso alguien que hubiese conocido en la cola del supermercado, aunque su padre no era de los que entablaban amistades con facilidad. También había otras posibilidades, si bien improbables, pero no estaba preparada para sopesarlas.

—Sí, por supuesto, la invitación sigue en pie —prosiguió Kostas—. Puedes venir cuando quieras.

Respirando hondo, Ada reflexionó sobre las palabras de su padre. Rara vez tenía invitados, no desde la muerte de su madre, y cuando los tenía solían ser compañeros de trabajo. Aquello sonaba a otra cosa.

—Me alegro de que hayas conseguido subirte a un avión, han cancelado muchos vuelos. —Su tono bajó hasta convertirse en un murmullo cuando añadió calladamente—: Es solo que todavía no he tenido oportunidad de decírselo a Ada.

Ada sintió que le ardían las mejillas. Un manto de pesadumbre se abatió sobre ella cuando se dio cuenta de que aquello solo podía significar una cosa: su padre tenía una novia secreta. ¿Cuánto hacía de eso? ¿En qué momento exacto había empezado? ¿Justo después de la muerte de su madre o quizá incluso antes? Debía de ser una relación seria; de lo contrario. no la estaría metiendo en aquella casa donde el recuerdo de su madre estaba por todas partes.

Con cautela, fisgó a través de la puerta de la cocina.

Su padre estaba sentado en un extremo de la mesa, con la mirada baja, moviendo inquieto el cable del teléfono. Parecía un poco nervioso.

—¡No, no! ¡Por supuesto que no! Nada de irte a un hotel. Insisto —continuó—. Es una pena que hayas llegado con un tiempo tan horrible. Me habría encantado enseñarte cosas. Sí, deberías venirte directa a casa desde el aeropuerto. Todo va bien, de verdad. Solo necesito un poco de tiempo para hablar con ella.

Cuando su padre colgó, Ada contó hasta cuarenta y entró en la cocina. Se sirvió cereales en un cuenco y les echó un poco de leche.

—¿Y? ¿Quién era? —preguntó, a pesar de que en principio había decidido fingir no haber oído la conversación.

Ladeando un poco la cabeza, Kostas le hizo un gesto para que se sentara en la silla que tenía más cerca.

—Ada *mou*, por favor, siéntate. Tengo algo importante que decirte.

No era una buena señal, se dijo Ada, aunque obedeció a su padre.

Kostas bajó los ojos a su taza, el café se le había enfriado. Aun así, dio un sorbo.

—Era tu tía.

—¿Quién?

—La hermana de tu madre, Meryem. Te encantaban las postales que nos mandaba, ¿te acuerdas?

Y aunque Ada había leído aquellas postales innumerables veces desde que era pequeña, ahora no quería reconocerlo. Irguió la espalda y preguntó:

—¿Qué quería?

—Meryem está en Londres. Ha volado desde Chipre y le gustaría visitarnos.

Ada parpadeó, sus pestañas oscuras le rozaron las mejillas.

—¿Por qué?

—Cariño, quiere vernos; pero, sobre todo, quiere conocerte. Le he dicho que podía quedarse con nosotros unos cuantos días... Bueno, un poco más. Pensé que sería bueno para ti que os conocierais.

Ada dejó caer la cuchara en el cuenco, un hilo de leche se derramó por los bordes. Despacio, revolvió los cereales, guardando la compostura.

—Entonces ¿no tienes novia?

La expresión de Kostas cambió.

—¿Eso es lo que has pensado?

Ada se encogió de hombros.

Kostas alargó el brazo sobre la mesa, le cogió la mano a su hija y se la apretó suavemente.

—Ni tengo novia ni estoy buscando novia. Lo siento, debería haberte hablado de Meryem antes. Me llamó la semana pasada. Dijo que estaba planeando visitarnos, pero no estaba segura de si podría. Han cancelado tantos vuelos que, francamente, pensé que tendría que retrasar sus planes. Iba a hablarte de ello este fin de semana.

—Si tenía tantas ganas de vernos, ¿por qué no vino al funeral de mamá?

Kostas se arrellanó en la silla; la luz del techo le cincelaba las arrugas de la cara.

—Mira, sé que estás molesta. Y tienes todo el derecho a estarlo. Pero ¿por qué no oyes lo que tenga que decir tu tía? Quizá pueda responderte ella misma.

—No comprendo por qué estás siendo amable con esa mujer. ¿Por qué la tienes que invitar a nuestra casa? Si tantas ganas tienes de verla, puedes ir a tomarte un café con ella a alguna parte.

—Cariño, conozco a Meryem desde que era pequeño. Es la única hermana de tu madre. Es familia.

—¿Familia? —se mofó Ada—. Para mí es una completa desconocida.

—Vale, lo entiendo. Mi sugerencia es que la dejemos venir: si te cae bien, te alegrarás de haberla conocido; y si no te cae bien, te alegrarás de no haberla conocido antes. De cualquier manera, no tienes nada que perder.

Ada negó con la cabeza.

—Ese es un enfoque muy raro, papá.

Kostas se levantó y fue hasta el fregadero, con una fatiga en los ojos que no podía ocultar. Tiró lo que quedaba de café, fregó la taza. Fuera, cerca de donde estaba enterrada la higuera, un pardillo picoteaba en el comedero, al parecer sin prisa, como si tuviera la sensación de que siempre habría comida en aquel jardín.

—Muy bien, cariño —cedió Kostas volviendo a la mesa—. No quiero que te sientas presionada. Si no estás cómoda, me parece bien. Veré a Meryem por mi cuenta. Después de quedarse con nosotros, planeaba visitar a una vieja amiga suya. Supongo que podrá irse allí directamente. Lo entenderá, no te preocupes.

Ada se llenó de aire las mejillas, luego lo soltó despacio. Todas las palabras que había preparado le parecían inútiles ahora. La invadió otro tipo de rabia. No quería que su padre renunciase con tanta facilidad. Estaba cansada de verlo perder todas sus batallas contra ella, ya fuesen triviales o relevantes, de que se retirase a su rincón todas las veces como un animal herido.

Su rabia se ablandó y se convirtió en pena y la pena en resignación y la resignación en una sensación de aturdimiento que se fue hinchando y espesándose, llenando el vacío de su interior. Al final, ¿qué cambiaba si su tía iba a visitarlos unos cuantos días? Todo seguiría siendo igual de fugaz y sin sentido que las postales que les había enviado en el pasado. Sí, sería molesto tener a una desconocida dando vueltas por la casa, pero quizá su presencia, de alguna manera disimularía un poquito aquel lamentable abismo que iba ensanchándose entre su padre y ella.

—¿Sabes qué?, en realidad, me da igual —dijo Ada—. Haz lo que quieras. Que venga. Pero no esperes que le siga la corriente, ¿de acuerdo? Es tu invitada, no la mía.

Higuera

¡Meryem! Aquí, en Londres. Qué extraño. Hace tantísimo tiempo desde la última vez que oí su ronca voz en Chipre...

Supongo que ha llegado el momento en que es necesario que os cuente algo importante sobre mí: no soy lo que creéis, una joven y delicada higuera plantada en un jardín en alguna parte en el norte de Londres. Soy eso y mucho más. O quizá debería decir que en una sola vida he vivido varias vidas, que es otra manera de decir que soy vieja.

Nací y me crie en Nicosia, hace mucho tiempo. Los que me conocían entonces no podían evitar sonreír al verme, con un destello de ternura en los ojos. Fui atesorada y amada hasta tal punto que incluso le pusieron mi nombre a una taberna. ¡Y qué taberna era aquella, la mejor en kilómetros a la redonda! El letrero dorado que había encima de la entrada decía:

LA HIGUERA FELIZ

Fue dentro de aquella famosa casa de comidas y taberna —abarrotada, tumultuosa, dichosa y hospitalaria— donde extendí mis raíces y crecí a través de una cavidad del techo que abrieron expresamente para mí.

Todos los que visitaban Chipre querían cenar allí —y probar sus famosas flores de calabacín rellenas, seguidas de *souvlaki* de pollo cocinado a la brasa—, si era lo bastante afortunado para encontrar una mesa. En aquel local se ofrecía la mejor comida, la mejor música, el mejor vino y el mejor postre, especialidad de la casa: higos al horno con miel y helado de anís. Pero el lugar tenía algo más, o eso decían sus clientes habituales: te hacía olvidar, aunque fuese por unas horas, el mundo exterior y sus penas desmedidas.

Yo era alta, robusta, segura de mí misma y, lo que resultaba sorprendente para mi edad, todavía estaba cargada de abundantes higos dulces, que emanaban su aroma perfumado. Durante el día me gustaba escuchar el entrechocar de los platos, la charla de los clientes, el canto de los músicos: canciones en griego y en turco, canciones de amor, traición y desengaño. De noche, dormía el sueño tranquilo de los que no han tenido nunca ningún motivo para dudar de que el día siguiente sería mejor que el anterior. Hasta que de repente todo acabó.

Mucho después de que la isla fuese dividida y la taberna cayese en el abandono, Kostas Kazantzakis sacó una estaca de una de mis ramas y la metió en su maleta. Supongo que siempre le estaré agradecida por eso, de otra manera no habría quedado nada de mí. Porque me estaba muriendo, me refiero al árbol que yo fui en Chipre. Pero la estaca también era yo sobrevivida. Una cosa chiquitita, de veinticinco centímetros de largo, no más ancha que un meñique. Aquella estaca pequeña creció hasta convertirse en un clon, genéticamente idéntica a mí. Y a partir de aquel clon eché retoños en mi nuevo hogar de Londres. La configuración de mis ramas no sería exactamente la misma, pero la que fui en Chipre y en la que me convertiría en Inglaterra éramos idénticas en todos los demás detalles. La única diferencia era que había dejado de ser un árbol feliz.

A fin de que sobreviviese al largo viejo desde Nicosia a Londres, Kostas me envolvió con mucho cuidado en capas de arpillera húmeda antes de arroparme al fondo de su maleta. Era un riesgo, él lo sabía. El clima inglés no era lo bastante cálido para que yo prosperase, menos todavía para que diese frutos comestibles. Él corrió el riesgo. No le fallé.

Me gustaba mi nuevo hogar en Londres. Me esforcé mucho por encajar, por pertenecer. De vez en cuando, echaba de menos a mis avispas de los higos, pero por suerte, durante los últimos varios miles de años de evolución, ha habido higueras partenocárpicas, las que no necesitan polinización, y yo soy una de ellas. A pesar de todo, me llevó siete años volver a dar frutos. Porque eso es lo que nos hacen las emigraciones y las mudanzas: cuando abandonas tu casa hacia costas desconocidas, no sigues como antes; una parte de ti se muere en tu interior para que otra parte pueda volver a empezar de nuevo.

Hoy, cuando otros árboles me preguntan qué edad tengo, me cuesta dar una respuesta precisa. Tenía noventa y seis años la última vez que me recuerdo en la taberna de Chipre. Yo, que crecí de una estaca plantada en Inglaterra, tengo ahora poco más de dieciséis.

¿Hay que calcular siempre la edad de alguien sumando los meses y los años con aritmética simple y directa, o hay ocasiones en las que es de hecho más sabio compensar tramos de tiempo transcurrido para llegar al número correcto? Y nuestros ancestros, ¿pueden ellos también seguir existiendo a través de nosotros? ¿Esa es la razón por la que cuando conoces a algunos individuos —lo mismo pasa con algunos árboles— no puedes evitar tener la impresión de que son mucho más viejos que su edad cronológica?

¿Dónde empieza la historia de alguien cuando todas las vidas poseen más de un hilo y lo que llamamos «nacimiento» no es el único comienzo, y tampoco la muerte es exactamente un final?

Jardín

Sábado por la tarde; Ada acababa de terminarse una botella de Coca-Cola light y Kostas su último café del día cuando el sonido del timbre de la puerta atravesó la casa.

Ada se estremeció.

—¿Podría ser ella? ¿Ya?

—Yo abro —dijo Kostas, mirando a su hija como disculpándose mientras salía de la sala de estar.

Ada dejó caer las manos sobre el regazo, se puso a examinarse las uñas, todas mordidas hasta dejarse los dedos en carne viva. Se puso a toquetearse la cutícula del pulgar derecho, tirando despacio. Segundos más tarde, llegaron las voces procedentes del vestíbulo.

—¡Meryem, has venido! Qué alegría verte.

—¡Kostas, Dios mío, qué bien te veo!

—Y yo a ti... Pero si no has cambiado nada.

—¡Ah, qué mentira más grande! Pero ¿sabes qué?, a mi edad, acepto cualquier cumplido.

Kostas se rio.

—Te llevaré las maletas.

—Gracias, me temo que pesan un poco. Lo siento, sé que debería haber llamado a lo largo de la semana para confirmar que llegaba. Las cosas se precipitaron mucho. No creí que pudiese encontrar un vuelo hasta el último momento, hasta tuve que pelearme un poco con la agencia de viajes...

—Está bien —dijo Kostas con tono amable—. Me alegro de que hayas venido.

—Yo también. Estoy tan contenta de estar aquí por fin...

Mientras escuchaba, Ada se sentó derecha, sorprendida por el deje de intimidad de la conversación. Se tiró con más fuerza de la cutícula. Un charquito rojo brillante apareció entre la carne y la uña del pulgar. Rápidamente, lo chupó.

Un instante después entró la mujer, envuelta en un abrigo de pelo color topo con una capucha que hacía que su cara redonda pareciese más redonda y su piel olivácea más cálida. Tenía los ojos de un color avellana cambiante con motas cobrizas, un poco separados, bajo unas cejas depiladas muy finas; el pelo le caía sobre los hombros en rizos ondulados de color castaño rojizo. La nariz era sin duda su rasgo más prominente: fuerte, aquilina. En la aleta nasal izquierda brillaba un minúsculo cristal. Ada estudió a su invitada y llegó a la conclusión de que no se parecía en nada a su madre.

—¡Ay, vaya, esta debe de ser Ada!

Mordiéndose la parte interior de la mejilla, Ada se levantó.

—Hola.

—¡Dios mío, esperaba ver a una niña pequeña, y me encuentro con una jovencita!

Ada le alargó una mano cautelosa, pero la mujer ya había dado un bandazo hacia ella con rapidez y la había estrechado en su abrazo, a su pecho, grande y suave, que se hallaba ahora contra la barbilla de Ada. Tenía las mejillas frías del viento y olía como a una mixtura de agua de rosas y colonia de limón.

—¡Déjame que te mire! —Meryem la liberó de su abrazo y la sujetó por los hombros—. ¡Ay, qué guapa eres, igual que tu madre! Más que en las fotos.

Ada retrocedió un paso, zafándose de la mujer.

—¿Tienes fotos mías?

—¡Por supuesto, cientos! Tu madre me las mandaba. Las guardo en álbumes. ¡Incluso tengo tus huellas diminutas de bebé grabadas en arcilla, qué adorables!

Con la mano izquierda, Ada se agarró el pulgar sangrante que había empezado a latirle con fuerza, con un ritmo regular, pulsátil.

Justo entonces Kostas entró en la habitación con tres maletas grandes, cada una de un tono de rosa y con la cara de Marilyn Monroe impresa.

—Ay, bendito seas. Por favor, no te molestes, déjalas ahí mismo —dijo Meryem, nerviosa.

—Ni hablar —dijo Kostas—. Tu habitación está lista si quieres descansar. O podríamos tomar un té. Como prefieras. A lo mejor tienes hambre.

Meryem se desplomó en el sillón más cercano y se quitó el abrigo mientras tintineaban sus muchos brazaletes y anillos. Un collar de oro, con un talismán enhebrado contra el mal de ojo, azul e imperturbable, centelleaba en su cuello.

—Estoy llena, gracias. Toda esa comida del avión son porciones chiquititas, pero te dejan hinchada como un pez globo. Así que no quiero nada, gracias. Pero una taza de té siempre me apetece, aunque sin leche. ¿Por qué hacen eso los ingleses? Nunca lo he entendido.

—Claro.

Kostas dejó las maletas en el suelo y se dirigió a la cocina.

Al encontrarse de pronto sola con aquella escandalosa desconocida, Ada sintió que se le tensaban los hombros.

—Ahora dime, ¿a qué instituto vas? —preguntó Meryem, con una voz que repicaba como campanas de plata—. ¿Cuál es tu asignatura favorita?

—Perdona, será mejor que vaya a ayudar a mi padre —dijo Ada, y salió disparada del salón sin esperar una reacción.

Fue a la cocina, donde su padre estaba llenando la tetera.

—¿Y bien? —susurró Ada mientras se acercaba a la encimera.

—¿Y bien? —repitió Kostas.

—¿No le vas a preguntar por qué está aquí? Debe de haber algún motivo. Me apuesto a que tiene que ver con dinero. A lo mejor se han muerto mis abuelos, hay alguna disputa por la herencia y quiere quedarse con la parte de mamá.

—Ada *mou*, tranquila, no saques conclusiones precipitadas.

—¡Entonces pregúntale, papá!

—Lo haré, cariño. Lo haremos. Juntos. Ten paciencia —dijo Kostas mientras colocaba la tetera en el fuego.

Dispuso las tazas de té en una bandeja y abrió un paquete de galletas, dándose cuenta de que se les estaban acabando. Se había olvidado de ir a comprar.

—No me cae bien —dijo Ada mordiéndose el labio—. Es muy exagerada. ¿Has oído lo que ha dicho de mis huellas de bebé? Qué insufrible. No puedes irrumpir en casa de alguien a quien no has visto nunca y esperar que enseguida todo sean cariñitos.

—Oye, ¿por qué no haces tú el té? La tetera está lista, solo hay que echarle el agua, ¿vale?

—Bueno —dijo Ada con un suspiro.

—Iré a charlar con ella. Tómate tu tiempo. Sin presión. Puedes unirte a nosotros cuando quieras.

—¿Tengo que ir?

—Venga, Aditsa, démosle una oportunidad. Tu madre quería a su hermana. Hazlo por ella.

Mientras esperaba a que el agua hirviese, sola en la cocina, Ada se puso a reflexionar reclinada contra la encimera.

«Qué guapa eres —había dicho su tía—. Igual que tu madre».

Se acordó de una somnolienta tarde del penúltimo verano. Los parterres de petunias y caléndulas teñían el jardín de intensos naranjas y morados, y la muerte todavía no había tocado la casa. Su madre y ella estaban sentadas en butacas reclinables, descalzas, con las piernas calientes al sol. Su madre mordisqueaba la punta de un lápiz mientras resolvía un crucigrama. Sorbiendo limonada a su lado, Ada estaba escribiendo una redacción para el instituto sobre las deidades griegas, pero le costaba concentrarse.

—Mamá, ¿es verdad que Afrodita era la diosa más guapa del Olimpo?

Apartándose un mechón de pelo de los ojos, Defne la miró.

—Era guapa, sí, pero en cuanto a buena, esa es otra cuestión.

—¡Ah! ¿Era mala?

—Bueno, podía ser una zorra, con perdón. No era amiga de las mujeres. Su nota en feminismo era lamentable, en mi opinión.

Ada soltó una risita.

—Hablas como si la conocieras.

—¡Pues claro que la conozco! Todas venimos de la misma isla. Nació en Chipre, de la espuma de Pafos.

—No lo sabía. Entonces ¿es la diosa de la belleza y del amor?

—Sí, es ella. También del deseo y del placer; y de la procreación. Aunque parte de eso se le atribuyó más tarde, a través de Venus, su encarnación romana. La Afrodita anterior era más rebelde y egoísta. Bajo aquella hermosa cara había una abusona que intentaba controlar a las mujeres.

—¿Cómo?

—Bueno, había una chica joven y brillante llamada Polifonte. Inteligente, tenaz. Observó a su madre y observó a su tía y decidió que quería una vida distinta para sí misma. ¡Nada de matrimonio, nada de marido, nada de posesiones, nada de obligaciones domésticas, gracias! En vez de eso, viajaría por el mundo hasta que encontrase lo que estaba buscando. Y si no podía encontrarlo, entonces iría y se uniría a Artemisa como sacerdotisa virgen. Ese era su plan. Cuando Afrodita se enteró, se puso incandescente de ira. ¿Y sabes qué le hizo a Polifonte? La condujo a la locura. La pobre chica perdió la cabeza.

—¿Por qué haría eso una diosa?

—Excelente pregunta. En todos los mitos y cuentos de hadas siempre se castiga a la mujer que rompe las convenciones sociales. Y por lo general el castigo es psicológico, mental. Típico, ¿verdad? ¿Te acuerdas de la primera mujer del señor Rochester en *Jane Eyre*? Polifonte es nuestra versión mediterránea de la mujer trastornada, salvo que no la encerramos en el ático: se la dimos de comer a un oso. Un final incivilizado para una mujer que no quería formar parte de la civilización.

Ada intentó sonreír, pero algo en su interior se lo impidió.

—Bueno, pues ahí tienes a Afrodita —dijo Defne—. No era amiga de las mujeres, pero ¡guapa sí era!

Cuando Ada volvió a la sala de estar con la bandeja cargada con la tetera, las tazas de porcelana y un plato con galletas de mantequilla, se sorprendió al encontrársela vacía.

Dejó la bandeja en la mesita del centro y miró alrededor.

—¿Papá?

La puerta que daba a la habitación de invitados estaba entreabierta. Su tía no estaba allí, solo sus maletas, tiradas sobre la cama.

Ada miró en el estudio y en las demás habitaciones, pero su padre y su tía no estaban en ninguna parte. Solo cuando volvió a la sala de estar se dio cuenta de que, detrás de las gruesas cortinas, las puertas vidriadas que daban al jardín no estaban cerradas con llave. Las empujó para abrirlas y salió.

Frío. Hacía un frío que calaba hasta los huesos y la luz era tenue. Uno de los faroles debía de haberse apagado. El pálido destello de la luna menguante se proyectaba sobre el camino de piedra. Conforme se le fue adaptando la vista a la semioscuridad que la rodeaba, distinguió dos siluetas cercanas. Su padre y su tía estaban allí, debajo de la cellisca, que caía a pesar del temporal que se acercaba, de pie uno al lado del otro en el lugar donde estaba enterrada la higuera. Tan peculiar era la visión de sus siluetas acurrucadas contra la noche que Ada retrocedió.

—¿Papá? ¿Qué estás haciendo? —dijo, pero el viento se llevó su voz.

Se acercó un paso más, luego otro. Ahora podía verlos bien. Su padre permanecía erguido, con los brazos cruzados, la cabeza un poco ladeada, sin hablar. Su tía llevaba entre los brazos una pila de piedras que seguramente había recogido del jardín, sus labios se movían en oración, las palabras le salían rápido, chocando unas contra otras en una súplica entrecortada. ¿Qué estaría diciendo?

Cuando terminó, la mujer empezó a colocar las piedras en el suelo, apilándolas en torrecitas, una sobre otra. El sonido rítmico le recordó a Ada al suave chapoteo de las olas contra el costado de una barca.

Y entonces Ada oyó una melodía: profunda, salvaje, plañidera. Sin poder evitarlo, se inclinó hacia delante. Su tía estaba cantando. Con una voz grave, intensa. Una endecha en un idioma que Ada no entendía, pero de cuya tristeza no podía dudar.

Se quedó inmóvil, sin atreverse a interrumpir lo que fuese que estaban haciendo. Esperó, con el pelo moviéndose al viento por encima de su cabeza, las uñas clavadas profundamente en las palmas de las manos, aunque de eso no se daría cuenta hasta más tarde. Medio oculta entre las sombras, observó a los dos adultos junto a la higuera enterrada, sintiendo atracción y al mismo tiempo desapego por la extrañeza de su comportamiento, como si estuviese presenciado el sueño de otra persona.

Higuera

Era un ritual fúnebre. Un antiguo rito para guiar hasta un lugar seguro al espíritu de los seres queridos, para que no vagasen por las vastas cuencas del éter. Por lo general, la ceremonia debía llevarse a cabo debajo de una higuera, pero —dada mi ubicación actual—, supongo que esta vez tuvo que ser encima.

Desde donde yazco oí el grave, resonante, continuo golpeteo —tap, tap, tap— de una piedra colocada sobre otra, levantándose como una columna para sustentar la bóveda del cielo. Los que creen en tales cosas dicen que el sonido representa los pasos del alma perdida hollando el puente de Sirat, más estrecho que una hebra de cabello, más afilado que una espada, precariamente suspendido sobre el vacío que hay entre este mundo y el siguiente. A cada paso, el alma tira por la borda otra más de sus innumerables cargas, hasta que por fin se deshace de todo, incluido el dolor que acumulaba dentro.

Hace mucho que las higueras —los que nos conocen os lo dirán— son consideradas sagradas. En numerosas culturas se cree que nuestros troncos albergan espíritus, algunos buenos, algunos malos y algunos indecisos, todos invisibles para el ojo no iniciado. Otros aseguran que todo el género *Ficus* es, en realidad, un punto de encuentro, una especie de lugar de reunión. Debajo, alrededor y encima de nosotras se congregan no solo humanos y animales, sino también criaturas de las luces y de las sombras. Se cuentan muchas historias sobre cómo las hojas del baniano, un familiar mío, pueden ponerse a susurrar de repente en ausencia de toda brisa. Mientras los demás árboles permanecen inmóviles, cuando todo el universo parece quedarse quieto, el baniano se agita y habla. El aire se espesa como una premonición. Si alguna vez llegáis a verlo, es una visión escalofriante.

Los seres humanos han intuido siempre que en mí y en las de mi clase había algo misterioso. Por eso acuden a nosotras en caso de necesidad o cuando tienen problemas y atan lazos de terciopelo rojo o tiras de tela en nuestras ramas. Y a veces los ayudamos sin siquiera darnos cuenta. ¿Cómo creéis si no que a esos hermanos gemelos, Rómulo y Remo, los habría encontrado una loba si su cesta, flotando de manera peligrosa en las aguas del Tíber, no se hubiese quedado enredada en las raíces del *Ficus ruminalis*? En el judaísmo, sentarse bajo una higuera se asocia desde hace mucho tiempo con el estudio profundo y devoto de la Torá. Y, aunque Jesús quizá desaprobara a cierta higuera estéril, no olvidemos que fue una cataplasma hecha de nosotras la que, al ser aplicada sobre su herida, salvó a Ezequías. El profeta Mahoma dijo que la higuera es el único árbol que deseaba ver en el paraíso; una sura en el Corán lleva nuestro nombre. Mientras meditaba bajo un *Ficus religiosa*, Buda alcanzó la iluminación. ¿Y he mencionado el afecto que nos tenía el rey David y cómo les insuflamos esperanza y nuevos comienzos a todos los animales y seres humanos a bordo del arca de Noé?

Cualquiera que busque refugio bajo una higuera, por el motivo que sea, tiene mi más profunda simpatía, y los seres humanos llevan haciendo eso siglos, desde la India a Anatolia, de México a El Salvador. Los beduinos resuelven sus discrepancias bajo nuestra sombra, los drusos besan nuestra corteza con reverencia, colocan objetos personales a nuestro alrededor, rezan para alcanzar el *ma'rifa*. Tanto árabes como judíos realizan los preparativos de sus bodas junto a nosotras, con la esperanza de que los matrimonios sean lo suficientemente robustos para capear los temporales que les quedan por delante. Los budistas quieren vernos florecer cerca de sus templos, igual que los hinduistas. Las mujeres kikuyu en Kenia se embadurnan con la savia de las higueras cuando quieren quedarse embarazadas, y son esas mismas mujeres las que nos defienden con valentía cuando alguien intenta talar un *mugumo* sagrado.

Bajo nuestra copa se mata a los animales sacrificiales, se toman votos, se intercambian anillos y se resuelven las reyertas de sangre. Y algunos incluso creen que si rodeas una higuera siete veces mientras quemas incienso y murmuras las palabras adecuadas en el orden adecuado, puedes cambiar el sexo que te fue atribuido al nacer. Luego están los que martillan los clavos más afilados a nuestros troncos para pasarnos la enfermedad o dolencia que sea que los aqueja. También eso lo soportamos en silencio. No por casualidad nos llaman «árboles sagrados», «árboles de los deseos», «árboles malditos», «árboles espectrales», «árboles sobrenaturales», «árboles siniestros», «árboles robadores de almas»...

Y no por casualidad Meryem insistió en celebrar un ritual para su hermana muerta bajo —o sobre— una *Ficus carica*. Mientras golpeaba unas piedras contra otras, la oí cantar una elegía, lenta y lúgubre, un lamento tardío por el funeral al que no había podido asistir.

Entre tanto, estaba segura de que mi amado Kostas mantenía la distancia, sin decir mucho. No me hacía falta verle la cara para saber que debía de haber adoptado una expresión de educada desaprobación. Como hombre de ciencia, razón e investigación, nunca daría crédito a lo sobrenatural, aunque tampoco menospreciaría a quien lo hiciera. Científico podía ser, pero primero y sobre todo, era un isleño. Él, también, había sido criado por una madre propensa a la superstición.

Una vez oí a Defne decirle a Kostas: «La gente de las islas turbulentas nunca puede ser normal. Podemos fingir, podemos hacer avances asombrosos incluso, pero no podemos aprender a sentirnos a salvo en realidad. El suelo que para otros es duro como la roca es como un mar picado para quienes son como nosotros».

Kostas la escuchó con atención, como siempre hacía. A lo largo de su matrimonio y mucho antes, mientras eran novios, había intentado asegurarse de que aquellas aguas bravías no se la tragasen y, sin embargo, al final lo habían hecho.

No sé por qué aquel recuerdo me caló esa noche, mientras yacía enterrada bajo el suelo, pero me pregunté si las piedras que Meryem colocaba sobre la fría tierra eran una forma de consuelo para ella, un símbolo reconfortante cuando nada más parecía sólido.

Banquete

Cuando Ada se despertó a la mañana siguiente, la casa estaba llena de olores insólitos. Su tía había preparado el desayuno o, más bien, un banquete. Dispuestos en orden sobre la mesa, había *halloumi* a la brasa con zatar, feta al horno con miel, *halva* de sésamo, tomates rellenos, aceitunas verdes con hinojo, panecillos untados con paté de aceitunas negras, pimientos fritos, embutido picante, *börek* de espinacas, cañas de hojaldre con queso, melaza de granada con *tahini*, gelatina de majuelo, carne de membrillo y una gran sartén de huevos escalfados con yogur al ajo.

—¡Uau! —exclamó Ada al entrar en la cocina.

Meryem, que estaba picando perejil sobre una tabla de madera en la encimera, se volvió hacia ella sonriendo. Llevaba una falda larga negra y una rebeca gris de lana gruesa que le llegaba casi a las rodillas.

—¡Buenos días!

—¿De dónde ha salido toda esta comida?

—Bueno, he encontrado unas cuantas cosas en las alacenas y lo demás lo traje yo. ¡Ay, tenías que haberme visto en el aeropuerto! Estaba aterrorizada por si esos perros rastreadores olían el *halva*. Crucé la aduana con el corazón en la boca. Porque siempre paran a la gente como yo, ¿no es verdad? —dijo mientras se señalaba la cabeza—. Pelo oscuro, pasaporte equivocado.

Ada se sentó en un extremo de la mesa, escuchando a su tía. La observó mientras cortaba un gran trozo de *börek* y servía con una cuchara una generosa porción de huevos escalfados y salchichas en un plato.

—¿Para mí? Gracias, pero es demasiado.

—¡Cómo demasiado, si no es nada! Las águilas no se alimentan de moscas.

Aunque a Ada le pareció una expresión muy rara, su cara no dejó traslucir nada. Miró alrededor.

—¿Dónde está mi padre?

Meryem se acercó una silla para ella, con un vaso de té en la mano. Parecía que también había traído de Chipre un juego de vasos de té y un samovar de latón, que ahora hervía y silbaba en un rincón.

—¡Fuera, en el jardín! Dijo que tenía que salir y hablarle al árbol.

—Ya, bueno, no me sorprende —murmuró Ada mientras clavaba un tenedor en el hojaldre—. Está obsesionado con esa higuera.

La cara de Meryem se ensombreció.

—¿No te gusta la higuera?

—¿Por qué no iba a gustarme un árbol? ¿Qué más me da a mí?

—No es un árbol cualquiera, ¿sabes? Tu madre y tu padre se lo trajeron nada menos que desde Nicosia.

Ada no lo sabía, así que no pudo contestar nada. La *Ficus carica* siempre había estado allí, en el jardín de atrás, desde que podía acordarse. Le dio un bocado al *börek* y masticó despacio. No se podía negar que su tía era buena cocinera, en llamativo contraste con su madre, a quien nunca le había interesado nada de la vida doméstica.

Apartó el plato.

Meryem alzó las cejas, depiladas tan finas que parecían un par de arcos dibujados a lápiz en sus amplios rasgos.

—¿Cómo, eso es todo? ¿Ya no comes más?

—Perdona, no soy muy de desayunar.

—¿Eso es ahora un grupo aparte? ¿No somos todas las personas del mundo de desayunar? Todos nos despertamos hambrientos.

Ada le echó un rápido vistazo a su tía. Aquella mujer tenía una manera peculiar de hablar, que le parecía divertida y molesta a partes iguales.

—Buenos días a ambas —dijo Kostas a sus espaldas, entrando con pasos enérgicos en la cocina, con las mejillas enrojecidas por el frío y algún copo de nieve por el pelo—. Qué fabuloso banquete.

—Sí, pero alguien no está comiendo —dijo Meryem.

Kostas le sonrió a su hija.

—Ada no tiene mucho apetito por las mañanas. Seguro que más tarde comerá.

—Más tarde no es lo mismo —dijo Meryem—. Hay que desayunar como un sultán, almorzar como un visir y cenar como un mendigo. Si no, todo el orden se quiebra.

Ada se echó hacia atrás y se cruzó de brazos. Estudió a aquella mujer que había aparecido en sus vidas sin avisar: las generosas dimensiones de su cara, su presencia ruidosa y estridente.

—Bueno, aún no nos has dicho por qué estás aquí.

—¡Ada! —exclamó Kostas.

—¿Qué? Me dijiste que podía preguntar.

—Está bien. Es bueno que pregunte. —Meryem se echó un terrón de azúcar en el té y lo removió. Cuando volvió a hablar, su voz era distinta—: Mi madre ha fallecido; hace diez días exactamente.

—¿Madre Selma ha muerto? —preguntó Kostas—. No lo sabía. Siento mucho tu pérdida.

—Gracias —dijo Meryem, aunque sus ojos seguían fijos en Ada—. Tu abuelita tenía noventa y dos años, se murió mientras dormía. Una muerte bendita, como solemos decir nosotros. Me encargué del funeral, luego reservé el primer vuelo que encontré.

Ada se volvió a su padre.

—Te dije que era por una herencia.

—¿Qué herencia? —la interrumpió Meryem.

Kostas negó con la cabeza.

—Ada cree que necesitas arreglar algún tipo de papeleo y que por eso estás aquí.

—Ah, entiendo, como un testamento. No, mis padres eran personas de medios modestos. No tengo ningún papeleo del que hablar con vosotros.

—Entonces ¿por qué has aparecido aquí de repente? —dijo Ada mientras su miraba adquiría un tinte febril.

En el silencio que siguió, algo pasó entre Meryem y Kostas, un intercambio silencioso. Ada lo sintió, pero no podía decir qué era. Luchando contra el impulso de preguntarles qué le estaban ocultando, se mantuvo tiesa como un palo, como le había enseñado su madre.

—Siempre quise venir a visitaros —dijo Meryem después de una breve pausa—. ¿Cómo no iba a querer conocer a la hija de mi hermana? Pero había hecho una promesa. Mi padre falleció hace catorce años, cuando eras un bebé. Pero hasta que mi padre y mi madre muriesen, estaba obligada por mi palabra.

—¿Qué clase de promesa? —preguntó Ada.

—Que nunca os vería a ninguno de vosotros mientras mis padres estuviesen vivos —contestó Meryem, con la respiración un poco entrecortada—. Cuando murió mi madre, me sentí libre para viajar.

—No lo entiendo —dijo Ada—. ¿Por qué hiciste una promesa tan horrible? ¿Y qué clase de persona te pediría que hicieras eso?

—Ada *mou*, cálmate —dijo Kostas con delicadeza.

Ada miró a su padre con los ojos encendidos de rabia.

—Venga, papá, no soy una niña. Lo entiendo. Eres griego, mamá es turca, tribus enfrentadas, reyerta de sangre. Ofendisteis a algunas personas cuando os casasteis, ¿no es verdad? ¿Y qué? Nada disculpa este tipo de comportamiento. No han venido ni una vez a vernos. No solo ellos. Ninguno de nuestros familiares, de ninguna de las dos partes. No vinieron al funeral de mamá. ¿Quieres llamar «familia» a esto? ¡No me voy a sentar aquí a comer falafel y escuchar proverbios y fingir que todo esto me parece bien!

Distraída, Meryem se echó otro terrón de azúcar en el té, olvidándose de que ya lo había hecho. Tomó un sorbo. Demasiado dulce. Apartó el vaso.

—Lo siento si estoy siendo maleducada. —Ada negó con la cabeza y, con un solo movimiento fluido, empujó atrás la silla y se levantó—. Tengo que ir a estudiar.

Cuando salió, en la cocina se hizo un silencio incómodo. Meryem se quitó los anillos, uno a uno, y volvió a ponérselos. Murmuró para sí:

—No he hecho falafel. Ni siquiera es un plato de nuestra gastronomía.

—Lo siento —dijo Kostas—. Ada ha sufrido mucho este año. Ha sido muy duro para ella.

—Y para ti también —dijo Meryem, levantando la cabeza y mirándolo—. Pero el parecido es asombroso. Es... es igualita a su madre.

Kostas asintió con una media sonrisa.

—Lo sé.

—Y tiene todo el derecho a hacer esas preguntas —dijo Meryem—. ¿Cómo es que tú no estás enfadado conmigo?

—¿De qué serviría? ¿No hemos tenido bastante de todo eso, de rabia, de odio, de dolor? Más que suficiente.

Meryem miró alrededor como si hubiese extraviado algo. Su voz se convirtió en un susurro cuando volvió a hablar.

—¿Cuánto sabe Ada?

—No mucho.

—Pero es curiosa. Es joven y lista, quiere aprender.

—Le he contado unas cuantas cosas, aquí y allá.

—Dudo que baste para satisfacerla.

Kostas ladeó la cabeza, los surcos de su frente se hicieron más profundos.

—Es una niña británica. No ha estado nunca en Chipre. Defne tuvo razón desde el principio. ¿Por qué cargar a nuestros hijos con nuestro pasado o con el desastre que hemos hecho de él? Esta es una nueva generación. Borrón y cuenta nueva. No quiero que se angustie por una historia que no nos causó más que dolor y desconfianza.

—Como quieras —dijo Meryem, pensativa.

Se echó otro terrón de azúcar en el té y lo observó disolverse.

SEGUNDA PARTE

Raíces

Amantes

Chipre, 1974

Faltaba una hora para la medianoche. El día anterior había habido luna llena, una luna brillante y alegre. Y aunque en condiciones normales a Defne eso le habría gustado, esa noche necesitaba la protección de la oscuridad.

Se levantó de la cama, se quitó el pijama y se puso una falda azul, ceñida con un cinturón de piel bordado y una blusa blanca con volantes que todo el mundo le decía que le quedaba bien. Se puso pendientes, no los de oro —que apenas se veían, tan diminutos sobre sus lóbulos—, sino los de cristal que le colgaban hasta los hombros y brillaban como estrellas. Le hacían sentir mayor y glamurosa. Ató juntos los cordones de sus zapatillas de deporte y se las colgó alrededor del cuello. Tenía que ser tan silenciosa como la noche misma.

Levantó la ventana de guillotina, se deslizó sobre el alféizar y se quedó agachada en la cornisa unos cuantos segundos. Oyó un ruido a lo lejos, una suave llamada de dos notas, lo más probable era que fuese una lechuza persiguiendo a su presa. Aguantó la respiración, se quedó escuchando. Kostas le había enseñado la secuencia precisa de su ulular: nota corta, silencio corto, nota larga, silencio largo. Un código Morse lechuza solo para ellos.

Alargó la mano para agarrarse a una rama de la morera y con cuidado se lanzó sobre ella. Desde allí descendió, de rama en rama, como había hecho tantas veces de niña. En cuanto saltó al suelo, miró hacia arriba para comprobar que no la hubiera visto nadie. Por un instante creyó atisbar una sombra en una ventana. ¿Podía ser su hermana? Pero Meryem debía de estar durmiendo en su habitación. Había ido a verla un poco antes.

Con el estómago encogido por la ansiedad, Defne salió a hurtadillas del jardín. La luz de la luna se reflejaba en los adoquines de piedra a lo largo de la estrecha calle, formando riachuelos de plata que resplandecían ante ella como si se estuviese deslizando sobre el agua. Apretó el paso sin dejar de echar vistazos por encima del hombro cada pocos segundos para asegurarse de que nadie la seguía.

Solían encontrarse allí tarde, por la noche, en aquel recodo de la carretera, junto a un viejo olivo. Paseaban un poco o se sentaban en un murete, acomodándose entre las sombras; la oscuridad era un suave chal que envolvía su inquietud. A veces un martinete volaba sobre sus cabezas o un erizo pasaba arrastrándose, criaturas nocturnas tan sigilosas como los mismos amantes.

Ese día llegaba tarde. Conforme fue acercándose a su punto de encuentro, se le aceleró la respiración. Sin farolas ni casas próximas, en algunos sitios la oscuridad era casi total. Cuando estuvo más cerca, entornó los ojos tratando de identificar el contorno familiar de él, pero no veía nada. El corazón le dio un vuelco. Debía de haberse ido. Aun así, siguió andando, esperanzada.

—¿Defne?

La voz de él confería a su nombre un tono más suave, con las vocales un poco redondeadas. Entonces distinguió su contorno.

Alto, delgado, inconfundible. Un diminuto brillo naranja se movía en conjunto con su mano.

—¿Eres tú? —susurró Kostas.

—Sí, bobo, ¿quién iba a ser si no? —Defne se acercó, sonriendo—. No sabía que fumabas.

—Yo tampoco —dijo Kostas—. Estaba nervioso. Le he robado el paquete a mi hermano.

—Pero ¿por qué fumas, *askim*? ¿No sabes que solo son unas pocas caladas que desaparecen en cuanto las exhalas? —Al ver su expresión de aflicción, se rio—. Es una broma, no pasa nada. No me hagas caso. Mi padre y mi madre fuman. Estoy acostumbrada.

Se cogieron de la mano, con los dedos entrelazados. Defne notó que él se había puesto demasiada colonia. Estaba claro que no era la única que intentaba causar impresión. Lo atrajo hasta ella y lo besó. Como era un año mayor que él, se consideraba más madura.

—Estaba preocupado por si no venías —dijo Kostas.

—Te lo prometí, ¿no es verdad?

—Sí, pero aun así...

—En mi familia siempre cumplimos con nuestra palabra. Padre nos educó así, tanto a Meryem como a mí.

Kostas tiró la colilla y la aplastó con el zapato.

—Entonces ¿nunca has roto ninguna promesa en tu vida?

—A decir verdad, no. Tampoco creo que mi hermana lo haya hecho. No estoy orgullosa de eso, es bastante aburrido. Una vez que damos nuestra palabra, tenemos que cumplirla. Por eso intento no hacer muchas promesas. —Echó la cabeza atrás y lo miró con fijeza a los ojos—. Pero hay una cosa que puedo prometer sin problema: siempre te querré, Kostas Kazantzakis.

Podía oír el corazón de él latiendo con fuerza contra su pecho. Aquel chico que era dulce como el rocío en el frescor de la mañana y sabía cantar las baladas más conmovedoras en un idioma que ella no comprendía; aquel chico que hablaba con entusiasmo de matorrales de hoja perenne y abubillas con crestas parecía ahora haberse quedado sin palabras.

Se inclinó hacia delante, tanto que él sintió la respiración de ella en la cara.

—¿Y tú?

—¿Yo? Pero si yo ya me he comprometido. Hace mucho. Sé que nunca dejaré de quererte.

Defne sonrió, a pesar de que su cinismo habitual no le permitía creerlo. Tampoco se permitió dudar de él. No aquella noche. Quería envolverse en sus palabras, protegerlas como cuando se ahuecan las manos alrededor de una llama contra con el viento.

—Te he traído algo —dijo Kostas mientras se sacaba del bolsillo un objeto pequeño, sin envolver.

Era una cajita de música de madera de cerezo con una incrustación de mariposas de colores vivos en la tapa y una llave con una borla de seda roja.

—Ay, es preciosa, gracias...

Defne sostuvo la cajita contra el pecho, sintiendo su suave frialdad. Sabía que Kostas habría tenido que ahorrar para comprarla. Con cuidado, dio cuerda a la llave que había debajo y sonó una dulce melodía. La escucharon hasta que terminó.

—Yo también tengo algo para ti.

Sacó un papel enrollado de su bolso. Era un esbozo a lápiz de él sentado en una piedra, con unos pájaros en vuelo en el horizonte y una serie de arcos de piedra extendiéndose a ambos lados. La semana anterior los dos habían paseado cerca del viejo acueducto que antiguamente llevaba el agua a la ciudad desde las montañas del norte. Aunque de día era siempre más arriesgado, habían pasado allí toda la tarde, inhalando el aroma de la hierba, y ese era el momento que había querido capturar.

Kostas levantó el dibujo para contemplarlo a la luz de la luna.

—Me has dibujado para que parezca guapo.

—Bueno, no era difícil.

Kostas estudió la expresión de Defne, trazando la suave línea de su mandíbula con los dedos.

—Tienes tanto talento...

Se besaron, esta vez durante más rato, buscándose el uno al otro con urgencia, como si temieran caer. Sin embargo, también había timidez en sus movimientos, aunque cada caricia, cada susurro los iba enterneciendo más. Porque el cuerpo de un amante es una tierra sin fronteras. Eso no se descubre enseguida, sino un paso ansioso tras otro, perdiendo el camino, perdiendo el sentido, pisando sus valles soleados y sus campos ondulados, encontrándolo cálido y acogedor, y luego topándose con cavernas invisibles e inesperadas, ocultas en rincones tranquilos, donde uno tropieza y se corta.

Kostas abrazó a Defne y apoyó la mejilla contra su cabeza. Defne apretó la cara contra su cuello. Los dos eran conscientes de que, por muy improbable que fuese a una hora tan tardía, alguien podía verlos e informar a sus familias. Una isla, grande o pequeña, estaba llena de ojos que observaban detrás de todas las ventanas enrejadas, de todas las grietas de los muros y mediante todos los busardos colirrojos que ascendían muy alto en el viento: una mirada fija imperturbable, de ave rapaz.

Cogidos de la mano, con cuidado de permanecer en las sombras, pasearon, sin prisa por llegar a ninguna parte. Había refrescado un poco. Ella temblaba dentro de su fina blusa. Él le ofreció su chaqueta, pero Defne la rechazó. Cuando Kostas insistió, ella se enfadó, porque no quería que la tratase como si fuese más débil que él. Era así de cabezota.

Él tenía diecisiete; ella, dieciocho.

Higuera

Aquí, bajo el suelo, estoy tumbada y quieta, escuchando el más mínimo sonido. Aislada de todas las fuentes de luz —el sol o la luna—, mi reloj circadiano está trastornado y el sueño regular se me escapa. Supongo que es un poco como sufrir un desfase horario. Los ciclos del día y de la noche están sumidos en la confusión, dejándome en una niebla perpetua. Terminaré adaptándome, pero me llevará un tiempo.

La vida bajo la superficie no es ni sencilla ni monótona. El subsuelo, al contrario de lo que piensa la mayoría de la gente, bulle de actividad. Si excavaseis en lo más profundo, os sorprendería ver cómo el suelo adquiere tonos inesperados. Rojo óxido, melocotón delicado, mostaza cálido, verde lima, turquesa... Los seres humanos enseñan a sus hijos a pintar la tierra de un solo color. Se imaginan el cielo azul, la hierba verde, el sol amarillo y la tierra completamente marrón. Si supieran que tienen un arcoíris bajo los pies...

Tomad un puñado de tierra, apretadla entre las manos, sentid su calidez, su textura, su misterio. Hay más microorganismos en ese pequeño terrón que personas en el mundo. La tierra, atestada de bacterias, hongos, arqueas, algas y esas lombrices de tierra retorciéndose, por no mencionar los fragmentos de loza antigua —todos trabajando en pro de la conversión de la materia orgánica en nutrientes con los que nosotras, las plantas, nos alimentamos y prosperamos con gratitud—, es complicada, resiliente, generosa. Cada pizca de tierra es resultado de un duro trabajo. Hacen falta multitud de gusanos y microorganismos, cientos de años de labor incesante, para producir siquiera eso. La tierra sana y margosa es más valiosa que los diamantes y los rubíes, aunque nunca he oído que los seres humanos la alaben de esa manera.

Los árboles tenemos mil oídos en todas direcciones. Puedo detectar el masticar de las orugas mientras comen mis hojas y dejan agujeros en ellas, el zumbido de las abejas que pasan, el chirrido del ala de un escarabajo. Puedo reconocer el suave borboteo de las columnas de agua rompiéndose dentro de mis ramitas. Las plantas son capaces de detectar las vibraciones, y muchas flores tienen forma de cuenco para atrapar mejor las ondas de sonido, algunas de las cuales son demasiado agudas para el oído humano. Los árboles estamos llenos de canciones y no nos da vergüenza cantarlas.

Postrada aquí en pleno invierno, busco refugio en mis sueños arbóreos. No me aburro nunca, pero hay muchas cosas que ya echo de menos: los rayos de luz de las estrellas; la belleza de la luna, perfecta y delicadamente moteada como un huevo de petirrojo contra el cielo nocturno; el aroma del café que emana de la casa cada mañana..., y, sobre todas las cosas, a Ada y a Kostas.

También echo de menos Chipre. Quizá por el clima helado, no puedo evitar evocar mis días al sol. Puede que me haya convertido en un árbol británico, pero algunos días todavía tardo un rato en entender dónde estoy, en qué isla exactamente. Los recuerdos vuelven en tromba a mí, y si escucho con atención, todavía puedo oír los cantos de las alondras y los gorriones, el silbido de las currucas y las marecas, los pájaros de Chipre, pronunciando mi nombre.

Refugio

Chipre, 1974

En su siguiente encuentro, Defne parecía intranquila, un fulgor de aprensión ardía en sus ojos oscuros.

—La otra noche, en el camino de vuelta, me crucé con mi tío —dijo—. Me preguntó qué hacía fuera tan tarde. Me costó lo mío inventarme una excusa.

—¿Qué le dijiste? —preguntó Kostas.

—Le dije que mi hermana no se encontraba bien y que yo había tenido que ir a la farmacia. Pero ¿sabes qué paso?, ¡a la mañana siguiente se encontró con Meryem! Le preguntó si se sentía mejor y Meryem, bendita sea, le siguió el juego. Luego ella volvió a casa y me interrogó. Tuve que contárselo, Kostas. Ahora mi hermana lo sabe todo de nosotros.

—¿Puedes confiar en ella?

—Sí —contestó Defne sin pestañear—. Pero si mi tío hubiese hablado con mis padres, las cosas habrían sido muy distintas. No podemos seguir viéndonos así.

Kostas se pasó los dedos por el pelo.

—Llevo un tiempo pensándolo. He estado buscando un lugar seguro.

—¡No lo hay!

—Bueno, en realidad, hay uno.

—¿Dónde?

—Es una taberna. —Kostas observó cómo los ojos de ella se agrandaban y luego se entrecerraban—. Sé lo que vas a decir, pero escucha. Ese sitio está vacío durante el día. Los clientes empiezan a aparecer al caer el sol. Antes, solo está el personal. Y hasta por las noches, si nos las arreglamos para vernos en un cuarto de la parte trasera y salimos por la puerta de la cocina, es más seguro que estar por la calle. De todas maneras, en una taberna la gente está en su propio mundo.

Defne se mordió el labio mientras le daba vueltas a la idea.

—¿Cuál sería?

—La Higuera Feliz.

—¡Ah! —Se le iluminó la cara—. he estado nunca, pero he oído hablar mucho de ella.

—Mi madre les vende cosas todas las semanas. Yo les llevo mermelada de algarroba y *melitzanaki glyko*.

Defne sonrió, sabiendo lo unido que estaba Kostas a su madre y cuantísimo la quería.

—¿Conoces al dueño?

—Los dueños son dos tipos. Son muy amables. Aunque completamente opuestos. Uno es un hablador incurable, siempre está contando alguna historia o algún chiste. El otro es callado. Lleva un tiempo conocerlo.

Defne asintió, aunque en realidad no estaba escuchando del todo. En aquel instante, el temor con el que había estado cargando se había esfumado, y volvía a sentirse ligera, audaz. Le acarició los labios a Kostas; estaban un poco agrietados, ásperos por el sol. Debía de habérselos estado mordiendo, igual que hacía ella.

—¿Qué te hace pensar que nos ayudarán? —preguntó.

—Tengo la sensación de que no me dirán que no. Llevo mucho tiempo observando a esos tipos. Son honestos y trabajadores, se meten solo en sus propios asuntos. Imagínate, conocen a toda clase de gente, pero nunca cotillean sobre nadie. Eso me gusta de ellos.

—De acuerdo. Intentémoslo —dijo Defne—. Pero si no funciona, tendremos que encontrar otra manera.

Kostas sonrió; el alivio corría por sus venas. Nunca se lo había confesado, pero temía que un día ella pudiese decirle que verse se había vuelto demasiado peligroso, que era un secreto demasiado difícil de guardar, que deberían romper antes de que la situación se les fuera de las manos. Cada vez que sentía ese miedo, lo empujaba hasta meterlo en algún sitio en el sótano de su alma, donde guardaba todos los pensamientos incontrolados y dolorosos. Lo colocaba junto a los recuerdos de su padre.

Higuera

Antes de que os encontréis conmigo en la taberna, tengo que contaros unas cuantas cosas más sobre mí y mi tierra natal.

Vine al mundo en 1878, el año en que el sultán Abdul Hamid II, sentado en su trono dorado en Estambul, llegó a un acuerdo secreto con la reina Victoria, sentada en su trono dorado en Londres. El Imperio otomano accedió a cederle la administración de nuestra isla al Imperio británico a cambio de protección contra las agresiones rusas. Aquel mismo año, el primer ministro británico, Benjamin Disraeli, llamó a mi tierra natal «la llave de Asia occidental» y añadió: «Al tomarla, nuestro avance no tiene un objetivo mediterráneo, sino indio». Aunque a sus ojos la isla no tenía mucho valor económico, tenía la ubicación ideal para las lucrativas rutas comerciales.

Unas semanas más tarde, la bandera británica fue izada sobre Nicosia. Después de la Primera Guerra Mundial, durante la que el Imperio otomano y el Imperio británico fueron adversarios, los británicos se anexionaron Chipre y así nos convertimos en territorio británico de ultramar.

Recuerdo el día que llegaron las tropas de su majestad, cansadas y sedientas del largo viaje y un poco confundidas por quiénes iban a ser en realidad sus súbditos coloniales. Los ingleses, aunque ellos mismos sean isleños en el fondo, nunca han sabido muy bien cómo clasificarnos. En un momento dado, ante sus ojos éramos tranquilizadoramente familiares, al siguiente, extrañamente exóticos y orientales.

Aquel día fatídico, sir Garnet Wolseley, el primer alto comisionado, se presentó en nuestras costas con una fuerza numerosa de soldados con gruesos uniformes: pantalones de campaña ingleses y guerreras de lana roja. El termómetro marcaba cuarenta y tres grados centígrados. Acamparon en Lárnaca, cerca del lago salado, montaron tiendas de campaña piramidales individuales que poco podían protegerles del sol abrasador. En las cartas que le escribió a su mujer, Wolseley se quejaría luego: «Ha sido una jugada muy insensata enviar aquí a los regimientos británicos durante la estación calurosa». Pero lo que más lo decepcionó fue el árido paisaje: «¿Dónde están los bosques que creíamos que cubrían Chipre?».

«Buena pregunta», concedimos nosotros, los árboles. La vida no era sencilla para nosotros. La isla llevaba demasiado tiempo sufriendo plagas de langostas que llegaban en forma de nubes densas y oscuras, devorando todo lo que fuera verde. Los bosques habían sido diezmados, desbrozados, para plantar viñedos y otros cultivos, y para extraer leña, y a veces los habían destruido de forma deliberada durante las interminables *vendettas*. Las talas constantes de árboles, los múltiples incendios incontrolados y la pura ignorancia eran responsables de nuestra desaparición, por no hablar de la negligencia flagrante de la administración anterior. Pero también lo eran las guerras: ya habíamos sufrido demasiadas a lo largo de los siglos. Conquistadores de Oriente, conquistadores de Occidente: hititas, egipcios, fenicios, asirios, griegos, persas, macedonios, romanos, bizantinos, árabes, francos, genoveses, venecianos, otomanos, turcos, británicos...

Estábamos allí cuando a principios de la década de los cincuenta empezaron los violentos ataques contra los británicos en nombre de la *Enosis* —la unión con Grecia— y estallaron las primeras bombas. Estábamos allí cuando unos jóvenes manifestantes prendieron fuego al Instituto Británico que había en la plaza Metaxas y a la biblioteca que contenía, la mejor biblioteca inglesa de Oriente Próximo, y todos aquellos libros y manuscritos hechos con nuestra pulpa quedaron reducidos a cenizas. Para 1955, las cosas se habían deteriorado tanto que se declaró el estado de emergencia. Los floristas y los floricultores locales, cuyos negocios habían sufrido un declive tremendo quizá porque, nadie se sentía con derecho a la belleza mientras reinaban el miedo y el caos, extraían entonces la mayoría de sus ganancias de preparar coronas para los funerales de los Gordon Highlanders y otros británicos muertos durante el conflicto.

En 1958, la organización nacionalista griega, conocida como EOKA, había prohibido todos los letreros ingleses en la isla. Los nombres ingleses de las calles se tacharon y se recubrieron de pintura. No tardarían en ser suprimidos también los nombres turcos. Después, la organización nacionalista turca, llamada TMT, empezó a borrar los nombres griegos. Y llegó un momento en que las calles de mi pueblo natal se quedaron sin nombre y eran solo pintura fresca sobre pintura fresca, como aguadas acuarelas que se iban destiñendo poco a poco hasta la nada.

Y nosotros, los árboles, observábamos, esperábamos y éramos testigos.

Taberna

Chipre, 1974

La Higuera Feliz era un garito muy conocido frecuentado por griegos, turcos, armenios, maronitas, soldados de la ONU y visitantes de paso por la isla que enseguida adoptaban las costumbres locales. Lo gestionaban dos socios, un grecochipriota y un turcochipriota, ambos con cuarenta y tantos años. Yiorgos y Yusuf habían abierto el lugar en 1955 con dinero prestado por sus familiares y amigos y mantuvieron el negocio a flote, incluso se las arreglaron para prosperar, a pesar de las tensiones y los problemas que acosaban a la isla por todos lados.

La entrada de la taberna estaba recubierta en parte por ramas enredadas de madreselva. Dentro, vigas macizas ennegrecidas recorrían a lo largo y a lo ancho el techo, del que colgaban ristras de ajos, cebollas, hierbas puestas a secar, pimientos y embutidos curados. Había veintidós mesas con sillas desparejadas, una barra de madera tallada con taburetes de roble y una parrilla de carbón al fondo de la que todos los días salía el olor a pan ácimo, junto con los tentadores aromas de las carnes cocinándose. Con más mesas fuera, en el patio, la taberna se abarrotaba todas las noches.

Era un lugar con historia y pequeños milagros propios. En ella se compartían historias de triunfos y penurias, se saldaban antiguas cuentas, se mezclaban risas y lágrimas, se reconocían cosas y se hacían promesas, se confesaban pecados y secretos. Entre sus paredes, los desconocidos se convertían en amigos y los amigos, en amantes; las antiguas llamas se reavivaban, los corazones rotos se recomponían o volvían a hacerse pedazos. Muchos bebés de la isla habían sido concebidos después de una alegre velada en la taberna. La Higuera Feliz había afectado a la vida de la gente de muchísimas maneras desconocidas.

Cuando Defne, siguiendo a Kostas, entró en ella por primera vez, no sabía nada de todo eso. Mientras se pasaba un mechón de pelo detrás la oreja, echó un vistazo alrededor con curiosidad. El lugar parecía decorado por alguien que sin duda adoraba el azul. La entrada era de un azul celeste radiante, con cuentas contra el mal de ojo colgantes y herraduras clavadas encima. Los manteles de cuadros eran azul marino y blanco, las cortinas de un vívido color zafiro, los azulejos de las paredes estaban adornados con motivos aguamarina e incluso los grandes y lánguidos ventiladores del techo eran de una tonalidad similar. Había dos columnas repletas de fotos enmarcadas de famosos que habían visitado la taberna a lo largo de los años: cantantes, actrices, estrellas de la televisión, jugadores de fútbol, diseñadores de moda, periodistas, campeones de boxeo...

A Defne le sorprendió ver un loro posado en lo alto de un armario, absorto mientras se comía una galleta, un pájaro exótico de cola corta, con la cabeza amarilla y el plumaje verde chillón. Pero fue lo que encontró en el centro de la taberna lo que de inmediato llamó su atención. Enclavado en mitad de la zona de comedor, creciendo a través de una cavidad que había en el tejado, había un árbol.

—¡Una higuera! —Sus rasgos se iluminaron con una expresión de regocijada sorpresa—. ¿Es de verdad?

—¡Oh, no te quepa la menor duda! —dijo una voz a sus espaldas.

Al darse la vuelta, Defne vio a dos hombres de estatura y complexión media, uno al lado del otro. Uno de ellos, con el pelo rapado y un crucifijo de plata al cuello, se quitó un sombrero imaginario en dirección a ella.

—Deberías ver este árbol por la noche, con todas las luces encendidas. ¡Parece electrizado, mágico! No es un árbol cualquiera; tiene más de noventa años, pero sigue dando los higos más dulces de todo el pueblo.

El otro hombre, probablemente de la misma edad, lucía un bigote bien cuidado y la barbilla rasurada, marcada por un hoyuelo pronunciado; el pelo le caía en largos mechones sobre los hombros. Hizo un gesto hacia Kostas y dijo:

—Así que esta es la a-a-amiga de la que nos hablaste.

Kostas sonrió.

—Sí, esta es Defne.

—¡Ah! ¿Es t-t-turca? —dijo el hombre, cambiando de expresión—. No nos lo habías dicho.

—¿Por qué lo dices? —soltó Defne al instante, y al no obtener respuesta enseguida, se le endureció la mirada—. ¿Tienes algún problema con eso?

El primer hombre se metió en la conversación:

—¡Oye, no te enfades! Él mismo, Yusuf, es turco. No tenía mala intención, es solo que habla despacio. Si le atosigas, empieza a tartamudear.

Apretando los labios para reprimir una sonrisa, Yusuf lo confirmó asintiendo con la cabeza. Acto seguido se inclinó hacia su amigo y le murmuró algo inaudible al oído que le hizo soltar unas risitas.

—Yusuf pregunta si siempre se enfada con tanta facilidad.

—Uy, sí —dijo Kostas sonriendo.

—Entonces ¡que Dios nos ayude! —exclamó el primer hombre. Luego le agarró la mano a Defne y se la apretó con suavidad mientras decía—: Me llamo Yiorgos, por cierto. El árbol no tiene nombre. El loro se llama Chico. Tengo que hacerte una advertencia sobre él: que no te sorprenda si te aterriza en el hombro e intenta robarte la comida. ¡Ese pájaro está muy consentido! Creemos que debe haber vivido en un palacio o en algún sitio así antes de encontrarse con nosotros. Sea como sea, bienvenida a nuestro humilde local.

—Gracias —dijo Defne, un poco avergonzada por su salida de tono.

—Ahora, seguidme los dos.

Los condujo a un cuarto en la parte de atrás donde guardaban las cajas de patatas, las cestas de manzanas y cebollas, las cosechas de los huertos locales y los barriles de cerveza. En un rincón había una mesita con dos sillas, preparada mucho antes de su llegada, y una cortina de terciopelo verde en la entrada que podía cerrarse para mayor privacidad.

—Me temo que no es muy lujoso —dijo Yiorgos—. Pero al menos aquí nadie os molestará, jovencitos. Podéis hablar todo lo que queráis.

—Esto es perfecto, gracias —dijo Kostas.

—¿Y qué queréis que os traigamos de comer?

—Ah, no queremos nada. —Kostas tocó con el dedo las pocas monedas que llevaba en el bolsillo—. Solo agua.

—Sí —dijo Defne con firmeza—. Con agua nos vale.

Apenas hubo terminado la frase cuando apareció un camarero con una bandeja con hojas de parra rellenas, *saganaki* de langostinos, *souvlaki* de pollo con *tzatziki*, musaka, pan de pita y una jarra de agua.

—Yusuf os manda esto. Invita la casa —dijo el camarero—. ¡Me ha pedido que os diga que comáis!

Un minuto después, por fin solos en el cuarto de atrás y sin tener que preocuparse, por primera vez en meses, de quién podía verlos e informar a sus familias, Kostas y Defne se miraron y se echaron a reír. Una risa incrédula, el tipo de liviandad efervescente que solo llega después de la angustia y del miedo constantes.

Comieron despacio, saboreando cada bocado. Hablaron sin cesar, sacándole el máximo partido a lo que podía ofrecerles el lenguaje, como si no confiaran en que las palabras fuesen a seguir disponibles cuando llegase el día siguiente. Mientras, los olores y los sonidos dentro del local se fueron intensificando. Las sombras de la luz de la vela que había sobre la mesa jugaban por las paredes encaladas. Cada vez que se abría la puerta de la taberna y una nueva corriente de aire hacía ondear las cortinas, las mismas sombras hacían un bailecito solo para ellos.

Oyeron llegar a los clientes. Los sonidos de los cubiertos, de las charlas banales. Luego un plato seguido de la risa de una mujer. Alguien empezó a cantar en inglés:

So kiss me and smile for me,
Tell me that you'll wait for me...

Otros se le unieron. Un coro espontáneo, ruidoso, alborotado. Eran soldados británicos, muchos de ellos recién salidos de la academia. Sus voces ascendían y descendían, se sujetaban unas a otras buscando apoyo y camaradería, una sensación de hogar, de pertenencia. Hombres jóvenes atrapados en una zona de conflicto, varados en una isla cuyos idiomas no hablaban, que no entendían en realidad las sutilezas del panorama político; soldados cumpliendo órdenes, sabiendo que alguno de ellos quizá no llegaría al día siguiente.

Dos horas después, Yusuf abrió la puerta de la cocina y los dejó salir con discreción.

—Vo-o-olved. No solemos tener a jóvenes amantes por aquí, nos traeréis suerte.

Salieron a la brisa nocturna sonriéndole a su anfitrión, de pronto tímidos. ¡Jóvenes amantes! Nunca habían pensado en sí mismos en aquellos términos, pero ahora que alguien lo había dicho en voz alta, sí, claro, supieron que eso era exactamente lo que eran.

Higuera

Y así es como entró en mi vida. Defne.

Era una tarde tranquila. Yo dormitaba en la taberna, disfrutando de un momento de calma antes del ajetreo de la noche, cuando se abrió la puerta y entraron ellos, pasando del resplandor luminoso del sol a la fresca sombra.

—¡Una higuera! ¿Es de verdad?

Eso recuerdo que dijo Defne en cuanto posó sus ojos en mí. Su expresión de sorpresa era inequívoca.

Me espabilé, curiosa por conocer a la persona que había hecho aquel comentario. Vanidad, quizá, pero siempre me ha interesado lo que ven los humanos —o no son capaces de ver— en nosotras.

Recuerdo a Yiorgos diciendo algo sobre cómo de noche yo parecía electrizada. Utilizó la palabra *mágica*. Me gustó oír aquello. Era verdad. Por las noches, cuando el personal encendía las lámparas y prendía las velas colocadas en distintos rincones, una luz dorada se reflejaba en mi corteza y brillaba a través de mis hojas. Mis ramas se estiraban confiadas, como si todo lo que había allí fuese una extensión mía, no solo las mesas de caballete y las sillas de madera, sino también los cuadros de las paredes, las ristras de ajos que colgaban del techo, los camareros corriendo de un lado a otro, los clientes que procedentes de diversas partes del mundo, hasta Chico, revoloteando en una explosión de colores, como si todo pasara bajo mi supervisión.

Por entonces no tenía preocupaciones. Mis higos eran jugosos, abundantes, suaves al tacto, y mis hojas, fuertes y de un verde impecable, las más nuevas más grandes que las viejas, lo que era señal de un crecimiento sano. Tal era mi atractivo que incluso elevaba el estado de ánimo de los clientes. Los ceños fruncidos en sus frentes se relajaban, lo agudo de sus voces se suavizaba. Quizá lo que decían de la felicidad fuese cierto después de todo: era contagiosa. En una taberna llamada La Higuera Feliz, con un árbol floreciente en el centro, era difícil no sentirse lleno de esperanza.

Sé que no debería decir esto, sé que está mal por mi parte, es desagradecido y nada cariñoso, pero desde aquella tarde fatídica de hace muchos años, más de unas cuantas veces, he lamentado haber conocido a Defne y he deseado que nunca hubiese cruzado el umbral de nuestra puerta. Quizá entonces nuestra hermosa taberna no habría sido consumida por las llamas, destruida. Quizá yo seguiría siendo aquel mismo árbol feliz.

Soledad

Londres, finales de la década de 2010

El temporal llegó con toda su fuerza a Londres de madrugada. El cielo, oscuro como el pecho de una grajilla, se abatió sobre la ciudad con inmensa intensidad de acero. Los relámpagos destellaban en lo alto, expandiéndose en ramas y brotes fluorescentes, como si hubiesen arrancado un bosque fantasmagórico y lo hubiesen arrastrado.

Sola en su habitación con las luces apagadas salvo una lámpara de lectura que tenía junto a ella, Ada yacía quieta en la cama, con el edredón hasta la barbilla, escuchando los truenos y pensando, preocupándose. Por muy espeluznante que hubiese sido gritar frente a sus compañeros de clase, había algo que le parecía todavía más espeluznante: darse cuenta de que podía volver a pasar.

Durante el día, distraída por la presencia de su tía, de alguna manera había desterrado el incidente de su cabeza, pero ahora todo le había vuelto de golpe: la expresión de la señora Walcott, las burlas de sus compañeros, la expresión confundida de Zafaar. Aquella sensación lacerante en el estómago. Algo debía de andar mal en ella, pensó. Algo andaba mal en su cabeza. Quizá también tenía lo mismo que su madre, eso de lo que nunca hablaban.

Creía que no sería capaz de quedarse dormida y, sin embargo, se durmió. Un sueño poco profundo, intermitente, en mitad del cual abrió los ojos, no muy segura de lo que la había despertado. Fuera llovía con fuerza, el mundo estaba sumergido en un aguacero torrencial. El espino blanco que había delante de su habitación rozaba contra la ventana con cada ráfaga de viento, como queriendo decirle algo a través del vidrio.

Pasó un coche por la calle. Debía de tratarse de una urgencia para salir con aquel tiempo. Los faros hicieron un barrido sobre las persianas, así que durante un momento fugaz todos los objetos de la habitación cobraron vida, surgieron de la oscuridad. Las siluetas se alzaron como sombras chinescas e, igual de rápido, desaparecieron. Se acordó, como había hecho innumerables veces en los últimos meses, del tacto de su madre, de la cara de su madre, de la voz de su madre. La pena se devanó alrededor de todo su ser, la apretó como si fuese una bobina de cuerda.

Se incorporó despacio en la cama. ¡Cómo anhelaba una señal! Porque la verdad era que no importaba el miedo o el escepticismo que le provocaran los fantasmas o los espíritus o todas esas criaturas invisibles en las que sospechaba que su tía creía: una parte de ella esperaba que si pudiese encontrar una puerta a otra dimensión o si permitiese que aquella dimensión se le revelara, podría ver a su madre una última vez.

Ada esperó. Su cuerpo se aquietó, incluso aunque el corazón le palpitaba desbocado contra el pecho. No pasó nada. Nada de señales sobrenaturales, nada de misterios extraterrenales. Respiró con fuerza, desorientada. La puerta que había estado buscando, si es que había alguna, siguió cerrada.

Entonces pensó en la higuera, enterrada sola en el jardín, con las raíces colgando junto a ella. Recorrió con la mirada el vacío que se extendía más allá de la ventana. En ese instante tuvo la extraña sensación de que el árbol también estaba despierto, en sintonía con todos sus movimientos, escuchando todos los crujidos de la casa, esperando, igual que ella, esperando sin saber qué.

Ada salió de la cama y encendió las luces. Sentada frente al espejo del tocador, se estudió la nariz, que siempre le había parecido demasiado grande, la barbilla, que se temía que era demasiado prominente, su pelo ondulado, que se esforzaba mucho por alisar... Se acordó de un día no tan lejano en que había estado observando a su madre trabajar en un cuadro en su estudio.

—Cuando termine esto, te haré un retrato nuevo, Adacim.

Desde que era un bebé, su madre había pintado cuadros de ella; la casa estaba llena de sus retratos, algunos de colores alegres, otros monocromos.

Pero, aquella tarde, por primera vez, Ada se negó.

—No lo quiero.

Dejando el pincel, su madre fijó los ojos en ella.

—¿Por qué no, cariño?

—No me gustan mis cuadros.

Su madre se quedó un momento callada. Una expresión parecida al dolor afloró en su rostro, y entonces preguntó:

—¿Cómo se llama?

—¿Cómo se llama quién?

—El chico..., o la chica... ¿Cómo se llama el idiota que te ha hecho sentir así?

Ada notó que le ardían las mejillas y por un segundo casi estuvo a punto de hablarle a su madre de Zafaar. Pero no dijo nada.

—¡Escúchame, Ada Kazantzakis! Las mujeres de Chipre, ya sean del norte o del sur, somos hermosas. ¿Cómo no íbamos a serlo? Estamos emparentadas con Afrodita y, aunque fuese una zorra, no se puede negar que era despampanante.

Ada soltó un largo silbido.

—Mamá, habla en serio.

—Oye, que estoy hablando en serio. Y quiero que entiendas una regla fundamental sobre el amor. Verás, hay dos clases: el agua superficial y la profunda. Bien, Afrodita nació de la espuma, ¿te acuerdas? El amor espuma es una sensación agradable, pero igual de superficial. Cuando termina, termina, no queda nada. Siempre hay que aspirar al amor que surge de las profundidades.

—¡No estoy enamorada!

—Muy bien, pero cuando lo estés, acuérdate: al amor espuma le interesa la belleza espuma. El amor marino busca la belleza marina. Y tú, cariño mío, te mereces un amor marino, fuerte y profundo y cautivador.

Mientras volvía a agarrar el pincel, su madre añadió:

—En cuanto a ese chico o chica cuyo nombre no sé, si no se da cuenta de lo especial que eres, no se merece ni una pizca de tu atención.

Ahora, sentada frente al espejo inspeccionándose la cara como si estuviese buscando defectos en una superficie recién enlucida, Ada se dio cuenta de que nunca le había preguntado a su madre si el amor entre su padre y ella había sido de la primera o de la segunda clase. Pero en realidad, por supuesto, lo sabía. En sus entrañas sabía que era hija de la clase de amor que surgía del fondo del océano, de un azul tan oscuro que era casi negro.

Ada sacó el teléfono, había perdido el interés en el espejo y en lo que veía en él. A pesar de las advertencias de su padre sobre no utilizar la tecnología de noche, pues aseguraba que retrasaba los ritmos circadianos, le gustaba navegar por internet cuando no conseguía dormirse. En cuanto encendió el móvil, saltó un mensaje. De un número desconocido.

¡¡¡Mira esto, sorpresa!!!

Una garra de ansiedad se le clavó en el pecho mientras dudaba por un segundo de si hacer clic o no en el enlace adjunto al mensaje. Entonces pulsó el botón de *play*.

Era un vídeo feo, muy feo. Alguien la había grabado en su clase de historia mientras gritaba. Debía de haber sido uno de sus compañeros, que habría metido en clase un móvil de forma ilícita. Se le encogió el estómago y aun así consiguió ver el vídeo hasta el final. Allí estaba ella, su perfil era un vago resplandor contra la luz de la ventana, pero todavía se la podía identificar, mientras su voz se elevaba hasta un tono ensordecedor, perturbador.

Una puñalada de vergüenza la atravesó, se clavó en su autoestima. Ya era bastante aterrador que hubiese hecho algo tan alarmante e inesperado, pero enterarse de que la habían grabado sin ella saberlo sobrepasaba la mortificación. La cabeza le empezó a dar vueltas mientras el pánico se adueñaba de ella y un sabor ácido le subía hasta la boca. Era horrible presenciar la exhibición de su propia locura a la vista de todo el mundo.

Con la mano temblando, visitó una red de vídeos compartidos.

Quienquiera que hubiese grabado aquello ya lo había subido a las redes sociales, como ella se temía. Debajo, la gente había estado dejando comentarios.

¡Uau, menudo bicho raro!

Está claro que está fingiendo.

Algunas hacen lo que sea por llamar la atención.

¿Qué le pasa? —había preguntado alguien, y otra persona le había respondido—: ¡A lo mejor se ha visto en el espejo!

Y así sucesivamente, palabras de desprecio, de ridículo; toneladas de chistes sexuales y comentarios obscenos. Había fotos y también emojis. Una copia del cuadro de Munch, con la figura que grita en primer plano reemplazada con una chica con pinta de loca.

Ada apretó el teléfono, temblando. Caminó por la habitación como un animal enjaulado, los nervios se le tensaban más y más a cada paso. Aquel vídeo humillante estaría en internet para siempre, durante toda su vida. ¿A quién podía pedir ayuda? ¿Al director? ¿A algún profesor? ¿Escribir una carta a la plataforma digital..., como si fuese a importarles? Ni ella ni nadie, ni siquiera su padre, podían hacer nada. Estaba completamente sola.

Se desplomó en la cama y se acercó las piernas al pecho. Balanceó el cuerpo con lentitud y empezó a llorar.

Higuera

Hacia la medianoche, capté un extraño sonido. Alarmada, me tensé. Pero resultó ser mi viejo amigo el espino blanco, una especie nativa, un tierno hermafrodita, que me mandaba señales a través de sus raíces y sus hongos preguntándome cómo estaba. Me emocionó su amabilidad, la pura sencillez que había en ella. Porque la amabilidad siempre es directa, ingenua, natural.

Debajo de la tierra y sobre ella, nosotros, los árboles, nos comunicamos todo el tiempo. Compartimos no solo agua y nutrientes, sino también información esencial. Aunque a veces tenemos que competir por los recursos, se nos da bien protegernos y apoyarnos unos a otros. La vida de un árbol, por pacífica que pueda parecer, está llena de peligros: ardillas que nos arañan la corteza, orugas que invaden y destruyen nuestras hojas, fogatas en nuestras inmediaciones, leñadores con motosierras... Deshojados por el viento, abrasados por el sol, atacados por los insectos, amenazados por los incendios, tenemos que trabajar juntos. Incluso cuando parecemos distantes y crecemos apartados de los demás o en los lindes de los bosques, seguimos conectados a través de fajas enteras de tierra y mandamos señales químicas por el aire y a lo largo de nuestras redes de micorrizas compartidas. Los seres humanos y los animales pueden vagar sin rumbo durante kilómetros, horas y horas en busca de alimento o refugio o de una pareja, adaptándose a los cambios medioambientales, pero nosotros tenemos que hacer todo eso y más estando siempre enraizados en un mismo lugar.

El dilema entre el optimismo y el pesimismo es más que un debate teórico para nosotros. Es una parte integral de nuestra evolución. Observad a las plantas de sombra. A pesar de la exigua luz que hay en su medio, se conserva el optimismo, la planta producirá hojas más gruesas para que el volumen de los cloroplastos aumente. Si no tiene tantas esperanzas en el futuro, si no espera que las circunstancias cambien en algún momento próximo, mantendrá un grosor mínimo en sus hojas.

Un árbol sabe que en la vida todo es cuestión de autoconocimiento. Sometidos a estrés, creamos combinaciones nuevas de ADN, nuevas variaciones genéticas. No solo lo hacen las plantas estresadas, sino también sus retoños, incluso cuando aún no han padecido ningún trauma medioambiental o físico similar. Podríamos llamarla «memoria transgeneracional». A fin de cuentas, todos recordamos por el mismo motivo que intentamos olvidar: sobrevivir en un mundo que ni nos entiende ni nos valora.

Donde haya trauma, buscad las señales, porque siempre las hay. Pueden aparecer grietas en nuestros troncos, tajos que no se curan, hojas que presentan colores otoñales en primavera, cortezas que se desprenden como piel sin mudar. Pero con independencia del tipo de problemas por los que esté pasando, un árbol siempre sabe que está unido a formas de vida infinitas —desde los hongos del género *Armillaria* y los seres vivientes más grandes hasta las bacterias y arqueas más pequeñas— y que su existencia no es una casualidad aislada, sino que es intrínseca a una comunidad mayor. Incluso los árboles de especies distintas se muestran solidarios entre sí, a pesar de sus diferencias, lo que es más de lo que puede decirse de muchos seres humanos.

Fue el espino blanco el que me informó de que la joven Ada no estaba bien. Entonces me inundó una inmensa pena. Porque me sentía conectada con ella, a pesar de que a ella pudiese no parecerle yo gran cosa. Habíamos crecido juntas en esta casa, un bebé y un arbolito.

Las palabras vuelan

Chipre, 1974

El jueves por la tarde, Kostas entró en La Higuera Feliz silbando una melodía que había oído en la radio, «Bennie and the Jets». En aquellos días era difícil escuchar nada sin que lo interrumpieran con noticias de última hora de ataques terroristas en algún lugar de la isla o con un informe sobre las tensiones políticas que se iban intensificando, y había seguido canturreando la melodía como para prolongarla, para permanecer dentro de otro reino de luz y belleza.

Era todavía temprano, así que no había ningún cliente. En la cocina estaba el cocinero solo, con una cesta de higos y un cuenco de nata montada delante y la mano en la barbilla. No levantó la cabeza para ver quién había entrado de tan absorto como estaba en su trabajo.

Yiorgos se encontraba detrás del mostrador secando jarras, con un trapo blanco al hombro.

—*Yassou* —dijo Kostas—. ¿Qué está haciendo el cocinero?

—¡Ah! No lo molestes —dijo Yiorgos—. Está practicando el postre del que nos ha hablado Defne. Es la receta de su padre, ¿te acuerdas? Estamos pensando añadirla al menú.

—Eso es genial. —Kostas miró alrededor—. ¿Y dónde está Yusuf?

Yiorgos señaló con el mentón hacia el patio de atrás.

—Ahí fuera, regando las plantas. Les canta, ¿sabes?

—¿De verdad?

—Sí, y todos los días charla con la higuera. ¡Lo juro por Dios! La cantidad de veces que lo he pillado... Lo raro es que cuando habla con seres humanos tartamudea y masculla las palabras, pero cuando les habla a las plantas, tiene un pico de oro. Es el hombre más elocuente que he oído en mi vida.

—¡Increíble!

—Sí, bueno. Quizá tenga que convertirme en cactus para que me diga más de dos palabras —dijo Yiorgos y se rio; cogió otro vaso del estante, lo limpió con el trapo con delicadeza y miró a Kostas con ojos penetrantes—. Tu madre ha estado aquí antes.

Kostas palideció.

—¿De verdad?

—Sí, preguntaba por ti.

—¿Por qué? Sabe que vengo a veros. Ella es la que me manda aquí a vender cosas.

—Sí, pero quería saber si vienes a vernos otras veces y, si es así, cuál sería el motivo.

Sus ojos se cruzaron por un momento.

—Me imagino que alguien te ha visto saliendo de aquí con Defne. En una isla, las palabras vuelan más rápido que un halcón, ya lo sabes.

—¿Qué le has dicho?

—Le he dicho que eres un buen chico y que Yusuf y yo estamos orgullosos de ti. Le he dicho que a veces pasas por aquí por las noches a echarnos una mano, eso es todo. Le he dicho que no debería preocuparse.

Kostas bajó la cabeza.

—Gracias.

—Mira... —Yiorgos dejó el trapo a un lado y apoyó las manos en el mostrador—. Lo entiendo. Yusuf lo entiende. Pero hay muchos en Chipre que no lo entenderán nunca. Debéis tener cuidado los dos. No hace falta que te diga que las cosas están mal. A partir de ahora, salid siempre por separado por la puerta trasera. No salgáis juntos. No os podéis arriesgar a que os vea un solo cliente.

—¿Y el personal? —preguntó Kostas.

—Mi personal es fidedigno. Confío en ellos. No hay que preocuparse por eso.

Kostas sacudió levemente la cabeza.

—Pero ¿estás seguro de que está bien que sigamos viniendo aquí? No quiero causaros ningún problema.

—Para nosotros no es un problema, *palikari mou*, no te preocupes por eso —dijo Yiorgos; luego se sonrojó al hilo de un pensamiento, quizá de algún recuerdo—. Pero espero que no te importe que te diga esto: cuando somos jóvenes, creemos que el amor es para siempre.

Kostas sintió que un escalofrío le recorría la espalda, una oleada siniestra se propagó bajo su piel.

—Lo siento si esa ha sido tu experiencia, pero para nosotros es diferente. Nuestro amor es para siempre.

Yiorgos no dijo nada. Solo una persona joven haría aquella afirmación y solo las personas mayores reconocerían su falsa promesa.

En aquel instante se abrió la puerta y Defne entró dando zancadas enérgicas, con un vestido verde helecho con una bastilla de hilo plateado, los ojos ardientes y brillantes. El loro, Chico, emocionado al verla, empezó a batir las alas y a graznar su nombre:

—¡Dapnee! ¡Dapnee! ¡Beso, beso!

LA HIGUERA FELIZ

*Nuestra cocina es una mezcla de las muchas culturas
que han habitado esta divina isla a lo largo de los siglos.
Nuestros alimentos son frescos, nuestro vino viejo
y nuestras recetas eternas.
Somos una familia, una familia que da, comparte,
escucha, canta, ríe, llora, perdona y, lo más importante,
aprecia la buena comida.
¡Que aproveche!*

Y &Y

Aperitivos
Baba *ganoush* con *tahini*
Fava de almorta (servida en pan ácimo)
Pimientos rellenos (*dolmadakia/dolma*)
Flores de calabacín rellenas con sorpresa en el interior
Carne picada y arroz envueltos en hojas de parra

Sopas
Sopa fermentada de trigo molido (*trahanas/tarhana*)
Sopa del pescador hambriento

Ensaladas
Ensalada de pueblo chipriota
Ensalada de sandía y granada con feta batido
Ensalada de *halloxumi* a la brasa con naranja y menta

Especialidades del chef
Albóndigas en salsa de yogur (*keftedes/köfte*)
Cerdo asado con orégano silvestre
Filetes de platija fritos
Saganaki
Cordero asado con cebollas embutido en tripa de cordero
Musaka picante al horno
Guiso de alcachofas con mejillones
Souvlaki de pollo, patatas y azafrán
(servido con patatas fritas y *tzatziki*)

Postres
Higos asados con miel y helado de anís
(receta secreta pasada de contrabando
por una de nuestras clientes favoritas)
Arroz con leche a la antigua (sin secretos)
Hojaldres crujientes con miel (*loukoumades/lokma*)
Baklava nómada (griega/turca/armenia/libanesa/siria/
marroquí/argelina/jordana/israelí/palestina/egipcia/
libanesa/iraquí... ¿Nos hemos olvidado de alguien?
Si es así, por favor, añadidlo)

Licores
¡Mirad nuestra exquisita carta de vinos!

Bebidas calientes
Café cosmopolita tostado con cardamomo
Té de la montaña mediterránea
Infusión de algarroba con raíz de diente de león
Chocolate caliente pícaro, con nata montada y vodka

Para recuperar la sobriedad
Sopa de tripa con ajo, vinagre, lima seca, siete especias
y hierbas (la cura más antigua para las resacas de todo
el Levante)

Santos

Chipre, 1974

Su madre era profundamente religiosa. Kostas no podía acordarse de una época en que no lo fuera, pero conforme fueron pasando los años, la religión se había vuelto mucho más presente en sus vidas. En lo alto de las paredes pintadas de blanco, a lo largo de las estanterías de madera, en recovecos salpicados de gotas de cera de vela, hacían guardia grupos de iconos que los observaban desde un mundo desconocido y los vigilaban en silencio.

—No olvides que los santos están siempre contigo —decía Panagiota—. Nuestros ojos ven solo lo que tenemos delante, pero para los hombres santos es distinto. Lo ven todo. Así que si haces algo en secreto, *levendi mou*, lo sabrán de inmediato. A mí podrás engañarme, pero a los santos jamás podrás engañarlos.

Cuando era pequeño, Kostas se había pasado muchas horas ociosas reflexionando sobre la estructura óptica de los ojos de los hombres santos. Se imaginaba que debían de tener una visión de trescientos sesenta grados, no muy diferente a la de las libélulas, aunque no esperaba que su madre aprobase aquella idea. A él mismo le habría encantado tener las cualidades de las libélulas: qué espectacular sería cernerse en el aire como un helicóptero, con ese vuelo tan único que había inspirado a científicos e ingenieros de todo el mundo.

En algunos de los recuerdos más vívidos de su infancia había siempre un fuego de turba en la cocina, y Kostas, sentado junto a él, observaba a su madre mientras guisaba y un velo de sudor se iba formando poco a poco en su frente. Siempre estaba trabajando, como atestiguaban sus manos: la piel áspera por los callos, los nudillos en carne viva por los detergentes fuertes.

Su padre había muerto cuando él solo tenía tres años, de una enfermedad pulmonar por exposición prolongada al amianto. Muerte negra por polvo blanco. Chipre exportaba grandes cantidades del mineral, extraído de las laderas orientales de Troodos. A lo largo de la isla, las compañías mineras sacaban de la tierra hierro, cobre, cobalto, plata, pirita, cromo y tierras ocres auríferas. Las multinacionales sacaban beneficios enormes mientras que en las minas, las plantas siderúrgicas y las fábricas los trabajadores locales iban envenenándose poco a poco.

Kostas tardaría años en averiguar que las mujeres y los hijos de los trabajadores del amianto sufrían por la exposición secundaria a la sustancia tóxica. Sobre todo las mujeres. Una muerte insidiosa, gradual, sin ningún diagnóstico y mucho menos compensación. Entonces no se sabía nada de eso. No eran conscientes de que el cáncer que había empezado a arrasar las células de Panagiota era consecuencia de lavar los monos de su marido a diario y de abrazarlo en la cama por la noche, mientras inhalaba el polvo blanco del amianto posado en su pelo. Panagiota estaba enferma, aunque quien no la conocía bien no lo podría haber adivinado, viéndola siempre corriendo de una tarea a la siguiente.

Kostas apenas recordaba nada de su padre. Sabía que su hermano mayor tenía muchos recuerdos de él y que su hermano pequeño, un recién nacido entonces, no tenía absolutamente ninguno. Pero él, el mediano, era como si se hubiese quedado inmerso en la niebla, con la ilusión frustrante de que si pudiese abrirla con las manos, podría encontrar allí la cara de su padre, sin que faltasen ya partes, completa al fin.

Panagiota no se había vuelto a casar y crio a los tres niños sola. Sin otro ingreso desde que falleció su marido, se había puesto a vender productos caseros a los tenderos locales y, con el paso de los años, había levantado su propio negocio. Las verdaderas ganancias provenían del licor de algarroba, una bebida muy fuerte que quemaba la garganta y se acomodaba con calor en el riego sanguíneo, como un agradable fuego de campamento; y cada cierto tiempo su hermano, que vivía en Londres, le mandaba algún dinero.

Fuerte y resiliente, Panagiota era cariñosa y estricta a partes iguales. Creía que había espíritus maliciosos por doquier, acechando a sus víctimas inocentes. El alquitrán que se te quedaba pegado a los zapatos, el barro que se adhería a las ruedas, el polvo que se te metía en los pulmones, el olor del jacinto que te cosquilleaba en la nariz e incluso el sabor a mástique que persistía en la lengua muy bien podían estar mancillados por el aliento de los espíritus profanos. Para mantenerlos a raya, había que permanecer vigilante. Aun así, entraban a hurtadillas en las casas a través de las rendijas de las puertas, las grietas de las ventanas, las dudas en el alma humana.

Quemar hojas de olivo ayudaba, y Panagiota lo hacía de manera regular; el olor era muy penetrante, ligeramente sofocante, y lo impregnaba todo de tal manera que, en muy poco tiempo, se te insinuaba en la piel. También encendía carbón porque era bien sabido que el demonio odiaba su humo. Haciendo la señal de la cruz una y otra vez, andaba con pies de plomo por toda la casa, rezando con los labios apretados, aferrando un *kapnistiri* bañado en plata con los dedos. Cada vez que Kostas salía de casa y cada vez que volvía tenía que persignarse, siempre con la mano derecha, la buena.

Cuando Kostas no se encontraba bien o no podía dormir, Panagiota sospechaba que detrás había un mal de ojo. Para deshacer el embrujo, llevaba a cabo una *xematiasma*: colocaba a su hijo en un taburete frente a ella, con un vaso de agua en una mano y una cuchara con aceite de oliva en la otra. ¿Cuántas veces había visto Kostas caer en el agua aquellas gotas doradas, esperando a ver si se juntaban o se extendían para que así su madre pudiese calcular el poder del maleficio? Después le pedía que se bebiese el agua, cargada entonces de encantamientos, y él así lo hacía, apurando hasta el último sorbo, esperando ser liberado del padecimiento que de repente se había apoderado de él, fuese el que fuese.

Cuando era más pequeño, en las tardes tranquilas Kostas se escapaba muchas veces para sentarse bajo de un árbol y sumergirse en un libro mientras mordisqueaba una rebanada de pan untada de espeso yogur espolvoreado con azúcar. Con una curiosidad que lo abarcaba todo, estudiaba un tronco cubierto de musgo, inhalaba los aromas de la aliaria y la fitolaca, escuchaba a un escarabajo abrirse paso masticando a través de una hoja y se maravillaba ante el miedo de su madre por este mundo tan lleno de maravillas.

Las normas eran lo que le daban estructura a la vida y las normas había que obedecerlas. La sal y los huevos y el pan no podían sacarse de la casa después de la puesta de sol; si se sacaban, nunca volverían. Derramar aceite de oliva era un augurio particularmente malo; si pasaba, tenías que tirar un vaso de vino tinto para equilibrar las cosas. Cuando se cava la tierra, no se debe poner nunca la pala sobre el hombro porque podría morir alguien. Igual de importante era abstenerse de contar el número de verrugas del cuerpo (se multiplicarían) o las monedas que se llevaban en el bolsillo (desaparecerían). De todos los días de la semana, el menos propicio era el martes. No había que casarse nunca o embarcarse en un viaje o dar a luz en martes si se podía evitar.

Panagiota explicaba que fue un martes de mayo, hacía siglos, cuando los otomanos tomaron a la reina de las ciudades, Constantinopla. Sucedió después de que una estatua de la Virgen María, que estaban llevando a un refugio para evitar el tumulto del asedio en curso, se cayó, se hizo añicos en trocitos tan pequeños que no podían volver a ensamblarse. Fue una señal, pero la gente no la reconoció a tiempo. Panagiota decía que una siempre debía estar atenta a las señales. Una lechuza ululando en la oscuridad, una escoba cayéndose sola, una polilla revoloteándote en la cara... Ninguna de esas cosas presagiaba nada bueno. Creía que unos árboles eran cristianos, otros mahometanos y otros paganos y que había que asegurarse de tener a los correctos plantados en el jardín.

Era cautelosa sobre todo con tres cosas: sentarse bajo un nogal, porque provocaba pesadillas; plantar un *koutsoupia*, el árbol de Judas, porque Judas se había ahorcado de una de sus ramas después de traicionar al Hijo de Dios; y talar un lentisco, que se sabía que había llorado dos veces en su larga historia: una vez cuando los romanos torturaron a un mártir cristiano y otra cuando los turcos otomanos conquistaron Chipre y se establecieron allí.

Cada vez que su madre decía cosas semejantes, Kostas sentía que se le encogía el corazón. Él amaba a todos los árboles, sin excepción, y en cuanto a los días de la semana, en lo que a él respectaba, se dividían solo en dos clases: los que pasaba con Defne y los que pasaba echándola de menos.

Una o dos veces lo había intentado, pero había cambiado de idea enseguida. Sabía que nunca podría contarle a su madre que estaba enamorado de una turca musulmana.

El castillo

Londres, finales de la década de 2010

Ada se quedó en su habitación toda la mañana, observando cómo el temporal se transformaba en una tempestad Se saltó el desayuno y el almuerzo, picoteó de un paquete de palomitas que encontró en la mochila. Su padre fue a verla dos veces, pero las dos lo echó con el pretexto de estar haciendo un trabajo para el certificado de secundaria.

Por la tarde, llamaron a su puerta. Golpes fuertes, insistentes. Al abrirla, Ada se encontró con su tía.

—¿Cuándo vas a salir? —preguntó Meryem; su collar con el talismán contra el mal de ojo destellaba con la luz del techo.

—Lo siento, tengo cosas que hacer... Deberes —dijo Ada, enfatizando la última palabra, que sabía que surtía un efecto calmante en los mayores; una vez que la mencionabas, siempre te dejaban en paz.

Salvo que no pareció funcionar con su tía. Si acaso, parecía molesta.

—¿Por qué hacen esto los colegios ingleses? Mírate, tan joven y encerrada en tu habitación como una prisionera. Ven, olvídate de los deberes. ¡Vamos a cocinar!

—No me puedo olvidar de los deberes, se supone que tienes que animarme a estudiar —dijo Ada—. Además, no sé cocinar.

—No importa, yo te enseñaré.

—Ni siquiera me gusta.

Los ojos color avellana de Meryem eran inescrutables.

—Eso no puede ser verdad. Venga, inténtalo. Ya sabes lo que dicen: si te encuentras en un pueblo feliz, busca a la cocinera.

—Lo siento —dijo Ada con rotundidad—. De verdad que tengo que irme.

Despacio, cerró la puerta, dejando a su tía en el pasillo con sus accesorios y sus proverbios, desvaneciéndose como otra fotografía familiar más en la pared.

El año en que empezó la escuela primaria, Ada cogía el autobús escolar para volver a casa todas las tardes. Se paraba al final de su calle. Siempre llegaba a casa más o menos a la misma hora y se encontraba con su madre esperándola delante de la puerta del jardín, con la mirada perdida, dando golpecitos contra la verja con la punta de la pantufla, como siguiendo el ritmo de una melodía que solo ella pudiese oír. Lloviese o nevase, Defne estaría ahí fuera. Pero un día a mitad de junio, no estuvo.

Ada se bajó del autobús, sujetando con cuidado, en equilibrio, la manualidad que había hecho en clase. Había construido un castillo con vasitos de yogur, palitos de helado y cartones de huevos. Las torres eran tubos de cartón pintados de naranja fuerte. El foso de alrededor, reproducido con envoltorios de chocolate, brillaba en el sol poniente como azogue. Le había llevado una tarde entera terminar la pieza, estaba ansiosa por enseñársela a sus padres.

En cuanto entró en la casa, Ada se detuvo en seco debido a una canción que sonaba de fondo, alto, demasiado alto.

—¿Mamá?

Encontró a su madre en el dormitorio de sus padres, sentada en un banco junto a la ventana, con el mentón apoyado en la mano. Tenía la cara pálida, casi traslúcida, como drenada de sangre.

—Mamá, ¿estás bien?

—¿Mmm...? —Defne se giró, parpadeando deprisa. Parecía confusa—. Cariño, estás aquí. ¿Qué hora es? —Su voz sonaba ininteligible, arrastrada—. ¿Ya estás aquí...?

—Me ha dejado el autobús.

—Ay, cariño, lo siento. Solo me he sentado aquí un momento. Debo de haber perdido la noción del tiempo.

Ada no podía apartar la mirada de los ojos de su madre, hinchados, enrojecidos. Con cuidado, colocó el castillo en el suelo.

—¿Estabas llorando?

—No... Solo un poco. Hoy es un día especial. Es un aniversario triste.

Ada se acercó más a ella.

—Tenía dos amigos a los que quería mucho, Yusuf y Yiorgos. Llevaban un sitio precioso, un restaurante. ¡Ay, la comida era increíble! Te podías llenar el estómago solo con aquellos olores deliciosos.

Defne se volvió hacia la ventana, la luz del sol le caía sobre los hombros como un chal de hilo de oro.

—¿Qué les pasó?

—¡Zas! —Su madre chasqueó los dedos como un mago que acabase de conseguir hacer un truco complicado—. Desaparecieron.

Por un momento, ninguna de las dos dijo una sola palabra. En el silencio Defne asintió con la cabeza, resignada.

—Desaparecieron tantos en Chipre en aquel entonces... Sus seres queridos los esperaban, anhelaban que estuviesen vivos, prisioneros en alguna parte. Fueron unos años horribles. —Defne alzó la barbilla, apretó tanto los labios que estos adquirieron una palidez enfermiza—. La gente sufrió en ambos lados de la isla, y en ambos lados la gente detestaría que se dijera eso en voz alta.

—¿Por qué?

—Porque el pasado es un espejo oscuro, distorsionado. Miras en él y solo ves tu propio dolor. No hay sitio en él para el dolor de otros.

Al advertir la expresión confusa de Ada, Defne intentó sonreír, una sonrisa tan fina como una cicatriz.

—¿Y tenían helado en aquel sitio? —Ada preguntó lo primero que se le ocurrió.

—¡Oh, claro que sí! Tenían postres fabulosos, pero mi favorito eran los higos asados con miel y helado de anís. Era una mezcla insólita de sabores: dulce, picante, ácido solo un poquito. —Defne hizo una pausa—. ¿Te he contado alguna vez algo de tu abuelo? Era cocinero, ¿lo sabías?

Ada negó con la cabeza.

—Era el jefe de cocina de un famoso hotel, el Ledra Palace. Todas las noches se daban grandes cenas. Mi padre solía hacer ese postre para los comensales. Lo había aprendido de un cocinero italiano. Pero yo sabía cómo se hacía y se lo conté a Yusuf y Yiorgos. Les encantó, tanto que lo añadieron a su menú. Yo estaba orgullosa, pero también asustada por si mi padre llegaba a enterarse. ¡Estaba preocupada por un estúpido postre! Qué ingenuas son las cosas que nos preocupan en la juventud. —Defne guiñó un ojo, como si estuviese divulgando un secreto—. Ya sabes que no cocino nunca. Antes solía hacerlo. Lo dejé.

Empezó a sonar de fondo una canción nueva. Ada intentó captar las palabras en turco, pero no lo consiguió.

—Será mejor que vaya a lavarme la cara —dijo Defne y se puso de pie.

Al hacerlo, estuvo a punto de perder el equilibrio y se tambaleó hacia delante, aunque consiguió enderezarse en el último segundo.

Ada oyó el chasquido de los vasitos de yogur aplastados bajo los pies de su madre.

—Dios mío, ¿qué acabo de hacer? —Defne se agachó y levantó los tubos de cartón arrugados—. ¿Era tuyo esto?

Ada no dijo nada, temiéndose que si abría la boca podría romper a llorar.

—¿Era tu trabajo de clase? Lo siento, cariño. ¿Qué era?

—Un castillo —consiguió decir Ada.

—¡Ay, corazón!

Cuando Defne la atrajo hacia sí para abrazarla, Ada sintió que se le tensaba todo el cuerpo. Se encorvó como si la aplastase algo invisible para lo que no tenía nombre. En aquel momento, detectó el olor a alcohol en el aliento de su madre. No se parecía al vino que pedían sus padres cuando iban los tres a un buen restaurante o al champán que abrían cuando celebraban con sus amigos. Era diferente, metálico.

Olía a tristeza.

Por la tarde, Ada salió de su habitación, hambrienta, y arrastrando los pies fue a la cocina. Su tía estaba allí, fregando los platos, con las muñecas sumergidas en el agua, mientras veía lo que parecía un culebrón turco en el teléfono.

—Hola.

—¿Eh? —Meryem se sobresaltó—. ¡Me has asustado! —Levantó la mano y se empujó el pulgar contra el cielo de la boca.

Ada la observó, perpleja.

—¿Haces eso cuando te asustas?

—Pues claro —repuso Meryem—. ¿Qué hacen los ingleses?

Ada se encogió de hombros.

—Tu padre está comprobando otra vez cómo está la higuera —dijo Meryem mientras apagaba el teléfono—. ¡Ahí fuera, con este temporal! Le he dicho que hace demasiado frío para salir, el viento es bestial, pero no me ha hecho caso.

Ada abrió la nevera y sacó una botella de leche. Cogió sus cereales favoritos y se echó unos cuantos en un cuenco.

Meryem la observaba con el ceño fruncido.

—No me digas que vas a comerte ese plato de solteros.

—Me gustan los cereales.

—¿De verdad? A mí me huelen a chicle. Los cereales no huelen así. Algo malo tienen.

Ada se sentó en una silla y empezó a comer, aunque ahora tenía una fuerte impresión de que los cereales desprendían un extraño olor dulzón.

—¿Entonces aprendiste a cocinar con tu padre? Era cocinero, ¿no?

Meryem se quedó quieta.

—¿Has oído hablar de *baba*?

—Mamá me lo dijo, una vez. No estaba sobria, si te interesa saberlo. Si no, nunca hablaba de Chipre. En esta casa, nadie habla de Chipre.

Meryem volvió a su fregado y se quedó callada un rato. Enjuagó una taza, la colocó boca abajo en el escurridor y preguntó con cautela:

—¿Qué quieres saber?

—Todo —contestó Ada—. Estoy cansada y harta de que me traten como a una niña.

—Todo —repitió Meryem—. Pero nadie sabe eso. Ni yo, ni tu padre... Cada uno de nosotros solo capta trocitos y pedacitos, y a veces tus trocitos y pedacitos no casan con los míos y entonces ¿de qué sirve hablar del pasado? Solo consigues ofender a todo el mundo. Ya sabes lo que dicen: guarda la lengua prisionera en la boca. La sabiduría tiene diez partes: nueve de silencio, una de palabras.

Ada se cruzó de brazos.

—No estoy de acuerdo. Hay que hablar siempre, de lo que sea. No entiendo a qué le tenéis todos tanto miedo. Y además, ya he estado leyendo por mi cuenta sobre el tema. Sé que hubo un montón de hostilidades y violencia entre griegos y turcos. Los británicos estaban implicados también, no podemos pasar por alto el colonialismo. Es todo obvio. No entiendo por qué mi padre es tan misterioso, como si todo esto fuese una especie de secreto. No parece darse cuenta de que está todo en internet. La gente de mi edad no tiene miedo a hacer preguntas. El mundo ha cambiado.

Meryem quitó el tapón de la pila y se quedó observando el agua, que borboteaba en el desagüe en círculos agitados. Se secó las manos en el delantal y sonrió con una sonrisa que no se reflejaba en su mirada.

—¿Tanto ha cambiado el mundo? Espero que tengas razón.

Mientras sujetaba con las manos la manualidad pisoteada como si fuese un pájaro herido, aquella tarde su madre le había hablado de Chipre, le había contado cosas que nunca antes había mencionado.

—Nací cerca de Kirenia, corazón. Conozco un castillo, justo como el que has hecho, solo que el mío estaba en lo alto de las rocas. Dicen que inspiró a Disney. ¿Te acuerdas de *Blancanieves*? ¿De la casa de la reina malvada rodeada de matorrales silvestres y precipicios terroríficos?

Ada asintió.

—Aquel castillo tenía el nombre de un santo de Palestina, san Hilarión. Era un ermitaño.

—¿Qué es eso?

—Los ermitaños se apartan del mundo. No es un misántropo, que quede claro. Los ermitaños no odian a los seres humanos, de hecho se interesan por ellos, pero no quieren mezclarse con ellos.

Ada volvió a asentir, aunque en lo que a ella respectaba, no le había quedado claro nada.

—San Hilarión era un viajero. Fue a Egipto, Siria, Sicilia, Dalmacia...; luego llegó a Chipre. Ayudaba a los pobres, alimentaba a los hambrientos, curaba a los enfermos. Tenía una gran misión: mantenerse alejado de la tentación.

—¿Qué es la tentación?

—Es como cuando te doy una chocolatina y te pido que no te la comas hasta el día siguiente y la metes en el cajón, pero entonces abres el cajón, solo para ver si sigue ahí, y piensas: «¿Por qué no puedo darle un bocadito?», y terminas zampándotela entera. Eso es la tentación.

—¿Y al santo no le gustaba eso?

—No, no era aficionado al chocolate. San Hilarión había resuelto liberar a Chipre de todos los demonios. Iba arriba y abajo por los valles, dando muerte a los duendes, liquidando a bestias infernales, hasta que un día fue a Kirenia y se encaramó a unas rocas para ver bien toda la isla. Pensó que su trabajo estaba casi acabado y que podía zarpar hacia otro puerto. Satisfecho consigo mismo, observó lo que lo rodeaba, los pueblos a lo lejos durmiendo con placidez gracias a su duro trabajo. Pero entonces oyó una voz: «Oh, Hilarión, hijo de Gaza, caminante perdido... ¿Estás seguro de haber aniquilado a todos los malvados infernales?». «Por supuesto que sí», contestó el santo, un poco engreído. «Si queda alguno, muéstramelo, Dios, y lo venceré al instante». La voz dijo: «¿Y los que llevas dentro? ¿Los has matado también?». Y entonces el santo se dio cuenta de que había destruido a los demonios hasta donde alcanzaba la vista, pero no los que llevaba dentro. ¿Y sabes qué hizo?

—¿Qué?

—Para no oír las voces inmorales e impías de su cabeza, san Hilarión se echó cera derretida en los oídos. Horrible, ¿verdad? ¡Nunca hagas algo así! Se destrozó los oídos y se negó a bajar de la montaña. Pasó un año, después otro, y el santo empezó a pensar que, aunque estaba satisfecho en su silencio, echaba de menos algunos sonidos: el susurro de las hojas, el borboteo de los arroyos, el tamborileo de la lluvia y sobre todo el gorjeo de los pájaros. Los animales, al ver su tristeza, no dejaban de llevarle todo tipo de objetos brillantes para animarlo: anillos, collares, pendientes, diamantes... Pero al santo no le importaban las riquezas. Cavó una fosa y las enterró todas. Por eso la gente que sube ahora al castillo busca en secreto el tesoro.

—¿Papá y tú fuisteis allí?

—Sí, *canim*. Incluso pasamos allí la noche. Nos prometimos que, a pesar de lo que pudieran decir nuestros familiares y conocidos, nos casaríamos, y que si alguna vez teníamos un hijo le pondríamos el nombre de nuestra isla. Si era un niño, un nombre griego, Nisos; si era niña, un nombre turco, Ada. No sabíamos entonces que aquello también significaba que no volveríamos nunca.

—¿Encontrasteis algún tesoro? —preguntó Ada, esperando desviar la conversación hacia un tema más alegre.

Higuera

En 1974, Kostas Kazantzakis visitaba muy a menudo La Higuera Feliz, tanto para encontrarse en secreto con Defne como para llevar las exquisiteces que su madre preparaba en casa.

Recuerdo una tarde templada, agradable, en que tenía a los dos propietarios de la taberna a ambos lados, charlando con Kostas.

—¡Dile a tu madre que su licor de algarroba estaba divino! Tráenos más —dijo Yiorgos.

—No te lo está pidiendo p-p-para los c-c-clientes —intervino Yusuf, y sus ojos oscuros centellearon—. Es todo p-p-para él.

—¿Y qué tiene eso de malo? —protestó Yiorgos—. El licor es el néctar de los dioses.

—Eso es la miel, n-n-no el licor —repuso Yusuf negando con la cabeza; era abstemio, el único en aquella taberna.

—Miel, leche, vino... Si ese régimen era lo bastante bueno para el poderoso Zeus, debería ser lo bastante bueno para mí. —Yiorgos le guiñó un ojo a Kostas—. Y *pastelli*, por favor. Necesitamos más con urgencia.

Desde hacía poco, Kostas había empezado a vender las barritas de sésamo de su madre. Panagiota seguía la antigua receta, con un ligero toque moderno. El secreto estaba en la calidad de la miel y en la lavanda que le añadía, para que tuviese aquel aroma característico y aquel sabor terroso.

Mientras se dirigía a la puerta, Kostas sonrió.

—Se lo diré a mi madre, estará encantada. Tenemos cinco algarrobos y aun así no damos abasto con los pedidos.

Cuando le oí decir eso, debo confesar que sentí algo de celos. ¿Por qué tal alabanza por esos correosos algarrobos, con sus cáscaras curtidas y su pulpa amarillenta? No son tan especiales.

Es verdad que los algarrobos tienen mucho mundo, llevan por aquí más de cuatro mil años. En griego se llaman *keration*, «cuerno»; en turco, *keciboynuzu*, «cuerno de cabra» (por lo menos, en eso griegos y turcos están de acuerdo). Con sus ramas robustas, su corteza gruesa, basta, y sus semillas durísimas, protegidas por una cáscara impermeable, resisten los climas más secos. Si queréis saber cómo son de duros, id a verlos en la temporada de la cosecha. Los seres humanos recolectan las algarrobas de la manera más extraña, golpeando las vainas con palos, con redes de fibra bien extendidas debajo. Es una escena violenta.

Así que sí, los algarrobos son fuertes. Eso se lo reconozco. Pero, a diferencia de nosotras, las higueras, están desprovistos de emoción. Son fríos y pragmáticos, y les falta alma. Su perfeccionismo me saca de quicio. Sus semillas son casi idénticas en peso y tamaño, tan uniformes que en los tiempos antiguos los mercaderes las usaban para pesar el oro, de ahí proviene la palabra *quilate*. En el pasado constituían el cultivo más importante de la isla, su principal exportación agrícola. Así que, ya veis, allí de donde vengo hay un poco de competencia entre algarrobos e higueras.

Las higueras son sensuales, suaves, misteriosas, emocionales, líricas, espirituales, reservadas e introvertidas. A los algarrobos les gusta que las cosas sean poco sentimentales, materiales, prácticas, mensurables. Preguntadles sobre asuntos del corazón y no obtendréis respuesta. Ni siquiera un pálpito. Si fuese un algarrobo el que contase su historia, os aseguro que habría sido muy diferente a la mía.

En Nicosia hay un algarrobo con dos balas alojadas en el tronco. Han aprendido a vivir juntos, fundidos en un solo ser, metal y planta. Sin que Kostas lo supiera, su madre visitaba aquel árbol de vez en cuando y ataba ofrendas votivas a sus ramas, aplicaba bálsamos a sus lesiones, besaba su corteza herida.

Corría el año 1956. Kostas no había nacido todavía, pero yo estaba viva y coleando. Fueron tiempos terribles. Todos los días al atardecer, en Nicosia se imponía el toque de queda. La radio retransmitía noticias de sangrientos ataques contra soldados y civiles por igual. Muchos emigrantes británicos, entre ellos escritores, poetas y artistas, se estaban yendo de la isla que era su casa, porque ya no se sentían seguros. Algunos, como Lawrence Durrell, habían empezado a llevar una pistola para defenderse. Solo en noviembre —Noviembre Negro lo llamaron—, había habido cuatrocientos dieciséis ataques terroristas: bombas, tiroteos, emboscadas y ejecuciones a quemarropa. Las víctimas eran británicos, turcos y griegos que no estaban de acuerdo con los objetivos o los métodos de la EOKA.

Nosotros, los árboles, también sufríamos, aunque nadie se daba cuenta. Aquel fue el año en que bosques enteros se incendiaron durante las persecuciones de los grupos insurgentes que se escondían en las montañas. Pinos, cedros, coníferas..., todos quemados hasta los tocones. Por aquella misma época se erigió la primera barrera entre comunidades griegas y turcas en Nicosia: una valla de alambre de espino con postes de hierro y puertas que se podían cerrar con rapidez cuando estallaba la violencia. Una enorme y espinosa chumbera, a pesar de encontrarse atrapada en aquel obstáculo inesperado, siguió creciendo, extendiendo sus brazos verdes a través de los hilos de alambre, retorciéndose y doblándose cuando el acero le cortaba la carne.

Aquel día, el sol iniciaba su descenso y el toque de queda estaba a punto de comenzar. Los pocos lugareños que aún andaban por la calle se apresuraban a volver a casa, decididos a que no los pillaran los soldados de patrulla. Salvo un hombre con las mejillas hundidas y los ojos verdes, del color de un río de montaña. Parecía no tener prisa, iba fumando plácidamente mientras caminaba por la carretera, con la mirada fija en el suelo. Detrás del fino velo del tabaco, se le veía la cara demacrada, pálida. Aquel hombre era el abuelo de Kostas. También se llamaba Kostas.

Unos minutos más tarde, un grupo de soldados británicos dobló la esquina. Solían patrullar en grupos de cuatro, pero aquella vez eran cinco.

Uno de ellos, al divisar la figura de delante, comprobó su reloj y luego gritó en griego:

—*Stamata!*

Pero el hombre ni se detuvo ni redujo el paso. Es más, en ese momento pareció acelerar.

—¡Alto! —ordenó otro soldado en inglés—. ¡Eh, tú! ¡Detente! Te lo advierto.

Pero el sospechoso ni se inmutó y siguió andando.

—*Dur!* —gritaron los soldados en turco esta vez—. *Dur dedim!*

Para entonces, el hombre había llegado al final de la carretera, donde un viejo algarrobo se alzaba imponente sobre una verja rota. Le dio una calada a su cigarrillo y retuvo el humo. Con los labios tensos y alargados, por un instante pareció que estaba sonriendo, burlándose de los soldados que le seguían.

—*Stamata!*

Una última advertencia.

Los soldados abrieron fuego.

El padre de Panagiota cayó junto al algarrobo, golpeó con la cabeza el pie del tronco. Escapó de él un sonido sofocado y luego apenas un hilo de sangre. Todo pasó muy deprisa. Un momento antes estaba conteniendo la respiración y al siguiente estaba en el suelo, acribillado por balas de múltiples armas de fuego, dos de las cuales pasaron zumbando y perforaron el algarrobo.

Cuando los soldados se acercaron al hombre caído para vaciarle los bolsillos, no encontraron armas de ninguna clase. Le buscaron el pulso, en vano. Avisaron a la familia a la mañana siguiente, informaron a sus hijos de que su padre había desafiado las órdenes abiertamente, a pesar de las repetidas advertencias.

Solo entonces se supo la verdad: Kostas Eliopoulos, de cincuenta y un años, había nacido sordo. No había oído ninguna de las palabras que le gritaron, ya fuesen en griego, en turco, en inglés. Panagiota, que estaba recién casada entonces, no olvidaría nunca, no perdonaría nunca. Cuando dio a luz a su primer hijo, estaba decidida a bautizarlo con el nombre de su padre asesinado, pero su marido se mostró inflexible: su primer hijo debía llevar el nombre de pila de su propio padre. Así que cuando llegó su segundo hijo, Panagiota no aceptó un no como respuesta. Kostas Kazantzakis, pues, recibió el nombre de su abuelo, un hombre sordo, inocente, asesinado bajo un algarrobo.

Por mucho que no me gusten los algarrobos y su rivalidad, tengo que incluirlos, por este motivo, en nuestro relato. Justo igual que todos los árboles se comunican, compiten y cooperan de forma perenne, tanto por encima como por debajo de la tierra, así también germinan las historias, crecen y florecen sobre las raíces invisibles de las otras.

Caja de música

Londres, finales de la década de 2010

La segunda mañana del temporal, toda la ciudad se oscureció, como si la noche por fin hubiese ganado su batalla eterna contra el día. Una cellisca afilada serraba el aire y, justo cuando parecía que duraría para siempre, se desvaneció, dando paso a una ventisca procedente del norte.

Enclaustrados en la casa, los tres se sentaron en la sala de estar a ver las noticias. La lluvia torrencial había provocado que se desbordaran los ríos y se inundaran miles de casas y negocios por todo el país. Hubo desprendimientos de tierra en el distrito de los Lagos. Un vendaval arrancó el tejado entero de un bloque de pisos de una ajetreada calle de Londres, aplastando varios coches, causando heridos. Los árboles caídos bloqueaban las carreteras y las vías del tren. Los partes meteorológicos advirtieron que lo peor estaba todavía por llegar y se pidió a la población que, excepto en casos de estricta necesidad, no saliera de casa.

Cuando apagaron el televisor, Meryem suspiró de forma audible, negando con la cabeza.

—Me parecen señales del apocalipsis. Me preocupa que el fin de la humanidad esté cerca.

—Es el cambio climático —dijo Ada, sin levantar la vista del teléfono—. No es un dios vengativo. Esto lo estamos haciendo nosotros. Veremos más inundaciones y huracanes si no actuamos ahora. Nadie va a salvarnos. No tardará en ser demasiado tarde para las barreras de coral, para las mariposas monarca.

Kostas, que estaba escuchándola con atención, asintió. Estuvo a punto de decir algo, pero se contuvo, esperando darle a Ada la oportunidad de intimar con su tía.

Meryem se dio una palmada en la frente.

—¡Ay, sí, mariposas! Ahora me acuerdo. ¿Dónde tengo la cabeza? Me he olvidado de darte algo importante. Ven conmigo, está en alguna parte de mi habitación.

Pero Ada ya había perdido el interés en la conversación, después de ver otro comentario cruel colgado debajo de su vídeo. Tardó unos segundos en entender lo que le estaba pidiendo su tía.

—Ve, cariño —dijo Kostas, haciéndole un gesto con la barbilla para animarla.

A regañadientes, Ada se levantó. Para entonces su vídeo se había compartido tantas veces que se había vuelto viral. Completos desconocidos estaban haciendo comentarios sobre su comportamiento como si la conocieran. Memes, caricaturas. Aunque no todos eran malos. También había mensajes de apoyo; de hecho, muchos. Una mujer de Islandia se había grabado delante de un paisaje magnífico, gritando a todo pulmón mientras un géiser brotaba al fondo. Debajo había añadido una etiqueta que Ada vio que se había usado en muchos otros mensajes: #meoyesahora.

Sin saber qué hacer con todo aquello, pero necesitando con desesperación un descanso de sus propios pensamientos, que la tenían atrapada, se metió el teléfono en el bolsillo y siguió a su tía.

Cuando entró en la habitación de invitados, Ada casi no la reconoció. Contra las paredes pintadas de lila y los muebles verde pastel que su madre había elegido con mimo, estaban las maletas de su tía abiertas de par en par como animales corneados, sangrantes; había ropa, zapatos y accesorios esparcidos por todas partes.

—Perdona el desorden, *canim* —dijo Meryem.

—No pasa nada.

—Para mí, es culpa de la menopausia. Me he pasado la vida poniendo orden detrás de mi hermana, mi marido, mis padres. Incluso cuando iba a un restaurante limpiaba la mesa para que el camarero no pensara mal de nosotros. Es *ayip*. ¿Conoces esa palabra? Significa *vergüenza*. Es la palabra de mi vida. «No lleves falda corta. Siéntate con las piernas juntas. No te rías fuerte. Las chicas no hacen eso. Las chicas no hacen lo otro». Es *ayip*. Siempre he sido ordenada y organizada, pero en los últimos tiempos algo me ha pasado. No quiero limpiar más. No me voy a molestar más.

Sorprendida por el soliloquio de Meryem, Ada se medio encogió de hombros.

—No me importa.

—Bien. Ven, siéntate.

Apartando una pila de collares, Meryem despejó un trocito de la cama. Ada se encaramó allí y observó maravillada el batiburrillo de objetos esparcidos por todos lados.

—Ah, mira lo que he encontrado —dijo Meryem mientras sacaba una caja de delicias turcas de debajo de una montaña de ropa y la abría—. Me estaba preguntando dónde estarían. He traído cinco cajas de estas. Toma, cógela.

—No, gracias, no me gustan mucho los dulces —dijo Ada, un poco decepcionada porque la cosa importante que su tía quería darle resultó ser repostería.

—¿En serio? Creía que a todo el mundo le gustaban los dulces. —Meryem se metió un *lokum* en la boca y lo chupó a conciencia—. Estás muy flaca. No te hace falta hacer dieta.

—No estoy haciendo dieta.

—Muy bien, solo era un comentario.

Suspirando, Ada se inclinó hacia delante y eligió un *lokum*. Hacía bastante que no probaba uno. El olor a agua de rosas y la textura gomosa y pegajosa le recordaron a cosas del pasado, cosas que creía olvidadas hacía mucho.

Cuando Ada tenía siete años, había visto una caja de terciopelo igual que aquella junto a la cama de su madre. Convencida de encontrar una chuchería, la abrió sin pensarlo. Dentro, de varios colores y tamaños, solo había pastillas. De alguna manera, le pareció inapropiado que un recipiente tan bonito contuviese todos aquellos comprimidos y cápsulas. Sintió una tensión repentina, una sensación de malestar en la boca del estómago. A partir de ese día, de vez en cuando había inspeccionado la caja, advirtiendo que su contenido iba menguando con rapidez y enseguida se renovaba. En ningún momento había encontrado el valor para preguntarle a su madre por qué tenía la caja en la mesita de noche o por qué tomaba tantos medicamentos todos los días.

Mientras se tragaba el *lokum*, Ada echó un vistazo a la ropa amontonada sobre la alfombra. Una chaqueta con cuentas de color coral, un vestido azul eléctrico con mangas abullonadas de organza, una blusa de volantes y estampado de leopardo, una falda verde pistacho de una tela tan brillante que te reflejabas en ella...

—¡Uau, de verdad te encantan los colores!

—Eso quisiera —dijo Meryem, lanzando una ojeada al vestido que llevaba aquel día, de color carbón, sencillo, holgado—. Toda mi vida me he vestido de negro, marrón y gris. Tu madre se burlaba de mi gusto. Decía que yo debía de ser la única adolescente que se vestía como una viuda. No creo que fuese la única, pero Defne tenía razón.

—Entonces, toda esta ropa ¿no es tuya?

—¡Sí que es mía! Empecé a comprarla cuando firmé los papeles del divorcio, pero nunca me la he puesto. Solo la guardo en el armario con las etiquetas puestas. Cuando decidí venir a Londres, me dije: «Esta es tu oportunidad, Meryem. Nadie te conoce en Inglaterra, nadie dirá que es *ayip*. Si no lo haces ahora, ¿cuándo lo harás?». Así que me la he traído toda conmigo.

—Pero, entonces, ¿por qué no te la pones?

Las mejillas de Meryem se tiñeron de rosa.

—No puedo. Es demasiado subida de tono para mi edad, ¿no te parece? La gente se reiría de mí. Ya sabes lo que dicen: Come según tu gusto, vístete según el gusto de los demás.

—¡Hay un temporal fuera, estamos encerrados en casa! ¿Quién se va a reír de ti? Y además, ¿qué más te da?

Apenas hizo este comentario, Ada flaqueó al sentir el peso de su teléfono móvil en el bolsillo, su fría superficie pulida y todas las palabras despiadadas que contenía. Estuvo a punto de decirle a su tía que no tenía que importarle tanto lo que pensaran los demás, que la gente podía ser mala y que, aunque se burlara de ti, no había que hacerles caso. Pero no podía decir nada de eso, ya que ella misma no lo creía.

Mordiéndose el interior de la mejilla, Ada levantó la vista. Frente a ella, en el armario abierto, vio el único objeto que había sido colocado con cuidado en una percha: un abrigo de piel largo y suave.

—Espero que esa cosa sea falsa.

—¿Qué cosa? —dijo Meryem girándose—. ¡Ah, eso! ¡Es cien por cien conejo!

—Es horrible. Matar animales por la piel es espantoso.

—En Chipre comemos estofado de conejo —repuso Meryem con toda tranquilidad—. Está muy rico con ajo picado y cebollitas. Yo le añado también una ramita de canela.

—No como conejo. Tú tampoco deberías.

—No lo compré yo, si eso te consuela —dijo Meryem—. Fue un regalo de mi marido. Me lo compró en Londres, en 1983, justo antes de Año Nuevo. Osman me llamó. Me dijo: «¡Tengo una sorpresa para ti!». Entonces aparece con un abrigo de piel. ¡En Chipre! Con el calor sofocante. Siempre sospeché que lo compró para otra, pero cambió de opinión. Quizá alguna amante que vivía en un sitio frío. Solía viajar mucho. Por «negocios». Siempre tenía alguna excusa. Si una gata se quiere comer a sus gatitos, dirá que todos parecen ratones. Él era igual. En cualquier caso, Osman lo compró en Harrods, me apuesto cualquier cosa a que le costó un ojo de la cara. En aquellos tiempos no estaba mal visto llevar pieles. Quiero decir que sé que no está bien, pero hasta Margaret Thatcher las llevaba. Fue el mismo día en que el IRA puso una bomba en Harrods. Mi marido podría haber muerto: un turista tonto buscando un regalo para su amante que terminó regalándole a su mujer.

Ada no dijo nada.

Meryem fue al armario y acarició distraída el abrigo, resiguiendo el borde del cuello con el dorso de la mano.

—No sabía qué hacer con esto. Tenía demasiada historia, ¿sabes? Nunca me lo he puesto. ¿Y cuándo iba a usarlo en Nicosia? Pero, repito, cuando decidí venir a veros y oí lo del temporal invernal, pensé: «¡Ahora sí! ¡Este es mi momento! ¡Por fin me lo voy a poner!».

—¿Qué pasó con tu marido? —preguntó Ada con cautela.

—Exmarido. Necesito acostumbrarme a llamarlo así. Nada, que me dejó. Se ha casado con una mujer más joven. Él le dobla la edad. Está embarazada. Sale de cuentas cualquier día de estos. Van a tener un niño. Él está loco de contento.

—¿Tú no tienes niños?

—Lo intentamos... Durante años lo intentamos, pero nada funcionó. —Meryem se despertó como de un sueño, con la cara seria—. Ya me estaba olvidando otra vez: te he traído una cosa.

—Se puso a rebuscar en una maleta, apartó unas cuantas bufandas y medias y sacó un paquete de regalo—. ¡Ah, aquí esta! Toma, toma. Esto es para ti.

Ada alargó la mano para recibir el regalo que le tendía su tía y rompió despacio el envoltorio. Dentro había una caja de música de madera de cerezo barnizada, con mariposas en la tapa.

—A tu madre le encantaban las mariposas —dijo Meryem.

Girando la llave con su alegre borla de seda roja, Ada abrió la caja. Sonó una música, las últimas notas de una canción que no reconoció. En un compartimento oculto encontró un fósil: un amonites con intrincadas líneas de sutura.

—Defne guardaba esta caja debajo de su cama —dijo Meryem—. No sé de dónde la sacó, nunca me lo dijo. Cuando se escapó con tu padre, mi madre estaba tan enfadada con ella que tiró todas sus pertenencias. Pero me las arreglé para esconder esto en un sitio seguro. Pensé que deberías tenerla tú.

Ada cerró los dedos alrededor del fósil, tan rígido como extrañamente delicado contra la palma de su mano. En la otra sostenía la caja de música.

—Gracias. —Se levantó para irse, pero se detuvo un instante—. Creo que deberías ponerte la ropa. Excepto al abrigo, claro. Todo lo demás, te sentaría bien.

Meryem sonrió, su cara era un palimpsesto de emociones cambiantes, y por primera vez desde que había llegado, Ada sintió achicarse la distancia que había entre ellas, solo un poquito.

Higuera

Si, como se dice, las familias se parecen a los árboles, esas estructuras arborescentes con raíces enredadas y ramas individuales que sobresalen en ángulos extraños, los traumas familiares son como la resina espesa, traslúcida, que gotea desde un tajo en la corteza. Se infiltran de generación en generación.

Rezuman con lentitud, con un flujo tan leve que resulta imperceptible, y avanzan a través del tiempo y el espacio hasta que encuentran una grieta donde asentarse y coagularse. El recorrido de un trauma heredado es arbitrario; nunca se sabe quién puede contraerlo, pero a alguien le tocará. Entre los niños que crecen bajo el mismo techo, a algunos los afecta más que a otros. ¿Habéis conocido alguna vez a dos hermanos que hayan tenido más o menos las mismas oportunidades y sin embargo uno sea más melancólico y dado a recluirse? Eso pasa. A veces el trauma familiar se salta una generación entera y redobla su poder en la siguiente. Os podéis encontrar con nietos que cargan en silencio con los dolores y sufrimientos de sus abuelos.

Las islas divididas están recubiertas por la resina de los árboles que, aunque se queda incrustada por los bordes, sigue siendo líquida en el interior, sigue goteando como sangre. Siempre me he preguntado si por eso los isleños, igual que los marineros de los tiempos antiguos, son curiosamente propensos a las supersticiones. No hemos sanado de la última tormenta, de aquella vez en que los cielos se vinieron abajo y el mundo quedó despojado de color, no nos hemos olvidado de los restos carbonizados y enmarañados flotando por doquier y llevamos dentro el miedo ancestral de que la próxima tormenta quizá no ande muy lejos.

Ese es el motivo por el que, con amuletos y hierbas, susurraciones y sales, intentamos apaciguar a los dioses o a los espíritus errantes, a pesar de que sean tremendamente caprichosos. Los chipriotas, mujeres y hombres, jóvenes y viejos, del norte y del sur, temen por igual al mal de ojo, ya lo llamen *mati* o *nazar*. Enhebran cuentas de cristal azul para confeccionar collares y pulseras, las cuelgan en las entradas de sus casas, las pegan en los salpicaderos de sus coches, las atan en las cunas de los recién nacidos, incluso las prenden en secreto a su ropa interior y, aun así insatisfechos, escupen al aire para invocar toda la protección posible. Los chipriotas también escupen cuando ven a un bebé sano o a una pareja feliz; cuando consiguen un trabajo mejor o ganan un dinero extra; también lo hacen cuando se sienten eufóricos, consternados o desconsolados. En nuestra isla, los miembros de ambas comunidades, convencidos de que el destino es veleidoso y de que ninguna alegría dura por siempre, seguirán escupiendo al viento sin siquiera pensar que, en ese mismo instante, habrá gente al otro lado, de la tribu contraria, que quizá esté haciendo lo mismo exactamente por el mismo motivo.

Nada acerca más a las chipriotas que los embarazos. En esta cuestión no existen las fronteras. Siempre he creído que las mujeres embarazadas de todo el mundo son un país aparte: siguen las mismas reglas no escritas y, de noche, cuando se acuestan, devanan los mismos miedos y preocupaciones en sus mentes. Durante esos nueve meses, tanto las chipriotas griegas como las chipriotas turcas no le tenderán un cuchillo a otra persona ni dejarán unas tijeras abiertas sobre la mesa; no mirarán a animales peludos o a los animales que se consideran feos ni bostezarán con la boca abierta, no vaya a ser que se les cuele un espíritu. Cuando nazcan sus bebés, se abstendrán de arreglarles las uñas o cortarles el pelo durante meses. Y cuando después de cuarenta días les presenten a esos bebés a amigos y familiares, esas mismas mujeres los pellizcarán en secreto para hacerlos llorar: una precaución contra el mal de ojo.

Nos asusta la felicidad, ¿sabéis? Desde la más tierna infancia nos enseñaron que en el aire, en los vientos etesios, obra un misterioso intercambio, de modo que a cada bocado de contento le seguirá un bocado de sufrimiento, por cada carcajada habrá una lágrima dispuesta a caer, porque así funciona este mundo raro, y por eso intentamos no parecer demasiado felices, incluso los días en los que nos sentimos así por dentro.

Tanto a los niños turcos como a los griegos se les enseña a demostrar respeto si ven un trozo de pan en la acera. El pan es sagrado, hasta la última miga. Los niños musulmanes lo recogen y lo tocan con la frente con la misma reverencia con que les besan las manos a sus mayores durante los días sagrados del Aíd. Los niños cristianos cogen la rebanada y hacen la señal de la cruz, colocando las manos sobre el corazón, tratándola como si fuese el pan de la comunión hecho de harina pura de trigo y con dos capas, una para el cielo, una para la tierra. Los gestos también son idénticos, como si se reflejasen en un oscuro estanque de agua.

Mientras las religiones se enfrentan por tener la última palabra y los nacionalismos propagan un sentido de superioridad y exclusividad, las supersticiones a ambos lados de la frontera coexisten en rara armonía.

Hermanos

Chipre, 1968-1974

Una noche cuando tenía once años, Kostas estaba sentado a la mesa de la cocina junto a la ventana abierta, como era su costumbre, con la cabeza inclinada sobre un libro. Sus hermanos preferían pasar el tiempo en el dormitorio que compartían todos, pero a él le gustaba estar allí, leyendo o estudiando mientras veía trabajar a su madre. Aquel era su lugar favorito de la casa, con el vapor subiendo de las cacerolas sobre los fogones, los trapos tendidos de una cuerda balanceándose en la brisa y, sobre su cabeza, colgando de las vigas, ramos de hierbas secas y cestos tejidos.

Aquella noche, Panagiota estaba haciendo conserva de pajaritos cantores. Les abría el pecho con los pulgares y los rellenaba de sal y especias mientras canturreaba bajito para sí misma. De vez en cuando, Kostas le echaba una ojeada a su madre, a su cara esculpida por la luz de la lámpara de aceite. En el aire flotaba un olor penetrante a vinagre, tan fuerte que les llenaba los orificios nasales.

Kostas sintió un acceso de náuseas cuando el olor del escabeche le quemó la garganta. Apartó el libro que estaba leyendo. Por mucho que lo intentaba, no podía apartar la vista de las filas de diminutos corazones bermellón ordenados sobre la encimera de madera o de las currucas destripadas en tarros de cristal con los picos entreabiertos. En silencio, empezó a llorar.

—¿Qué pasa, *paidi mou?* —Panagiota se limpió las manos en el delantal y corrió hacia él—. ¿Estás malo? ¿Te duele el estómago?

Kostas negó con la cabeza, sin conseguir hablar.

—Dime, ¿te ha dicho alguien algo, cariño mío?

Se le cerró la garganta mientras señalaba la encimera.

—No hagas eso, mamá. No quiero comerlos nunca más.

Su madre lo miró asombrada.

—Pero nosotros comemos animales: vacas, cerdos, pollos, pescado. Si no, nos moriríamos de hambre.

A Kostas no se le ocurría ninguna réplica buena para aquello y no fingió tener una. En cambio, murmuró:

—Son pajaritos cantores.

Ella arqueó las cejas, se le ensombreció el rostro, pero enseguida la sombra desapareció. Pareció a punto de añadir algo, pero cambió de opinión. Con un suspiro, le revolvió el pelo.

—Muy bien, si tanto te disgusta...

Pero, en aquel momento, mientras el mundo giraba dando vueltas lentas, Kostas detectó un destello en los ojos de su madre, lleno de compasión y aprensión. Intuyó lo que ella estaba pensando. Sabía que a su madre le parecía demasiado sensible, demasiado sentimental y, de alguna manera, más difícil de entender que sus otros hijos.

Los tres hermanos eran muy diferentes entre sí y, conforme habían ido pasando los años, sus diferencias solo se habían acentuado. Por mucho que le apasionaran los libros, Kostas no deseaba ser un poeta, un pensador, como su hermano mayor: Michalis vivía en el lenguaje, siempre a la búsqueda impenitente de la palabra precisa, como si los significados fuesen algo que hubiese que perseguir y cazar. Se definía como marxista, sindicalista, anticapitalista, etiquetas que se enredaban en la mente de su madre como buganvillas trepando por un muro. Decía que la gente de clase trabajadora de todo el mundo algún día se uniría para derrocar a su opresor común, a los ricos, y que, por ese motivo, un campesino griego y un campesino turco no eran enemigos, sino simples camaradas.

Michalis no aprobaba la EOKA, ni ningún tipo de nacionalismo, en realidad. No se guardaba para sí sus opiniones, criticaba sin ambages los letreros pintados de azul que para entonces habían empezado a aparecer en casi todas los muros del barrio: LARGA VIDA A LA *ENOSIS*, MUERTE A LOS TRAIDORES...

Si Kostas no era como su hermano mayor, tampoco se parecía a su hermano menor. Andreas, un chico alto, ágil, de grandes ojos castaños y sonrisa tímida, había cambiado mucho en apenas unos cuantos meses. Hablaba de Grivas, el líder de la EOKA-B, que había muerto hacía poco en la clandestinidad, como si fuese un santo, incluso lo llamaba Digenis, por el legendario héroe bizantino. Andreas decía que estaba listo para prestar el juramento sobre la Biblia de liberar a Chipre de los enemigos —tanto británicos como turcos— y que estaba dispuesto a matar o a morir por ello. Pero como tenía la tendencia a verbalizar cualquier cosa que le pasara por la cabeza y como era el menor de la familia, tan querido y mimado, nunca terminaron de creerse que hablase del todo en serio.

Los tres hermanos, aunque muy unidos en otro tiempo, vivían ahora bajo el mismo techo, pero sus mundos apenas se cruzaban. De acuerdo con las normas de Panagiota, rara vez se peleaban, y pasaban de puntillas por los límites de las convicciones de los otros.

Así era su vida hasta que una mañana de marzo, a plena luz del día, Michalis fue asesinado. Le dispararon en la calle, con un libro bajo el brazo y el poema que estaba leyendo todavía señalado. La identidad del pistolero no se reveló nunca. Algunos decían que habían sido los nacionalistas turcos, que lo habían convertido en su objetivo por ser cristiano y griego; otros decían que habían sido los nacionalistas griegos, que lo odiaban por ser un crítico bocazas. Y si bien nunca se demostró de manera oficial quién lo había hecho, Andreas, mediante sus propias fuentes, estaba convencido de haberlo averiguado. Kostas vio la llama de la venganza prender en el alma de su hermano pequeño y arder cada día con más fuerza. Entonces, una noche, Andreas no volvió a casa, su cama quedó intacta.

Nunca hablaron de ello, pero tanto Panagiota como Kostas sabían que Andreas se había ido a unirse a las filas de la EOKA-B. Desde entonces no habían recibido noticias suyas, y no tenían ni idea de si estaba vivo o muerto. Ahora solo quedaban Kostas y su madre en aquella casa que se había encogido y oscurecido por los bordes, enroscándose sobre sí misma como una carta salvada de las llamas.

Por las noches, cuando la luna brillaba en lo alto sobre los limoneros y un estremecimiento de insectos invisible a los ojos recorría el aire, o de hadas enviadas al exilio a la Tierra, algunas veces Kostas sorprendía a su madre mirándolo fijamente con expresión afligida. No podía evitar cuestionarse si, a pesar de su corazón generoso y afectuoso, en ocasiones se preguntaba a sí misma o a los santos en los que tanto confiaba por qué había sido su hijo más elocuente y apasionado el que había sido asesinado y por qué había sido su hijo más aventurero e idealista el que había abandonado el hogar, dejando atrás a aquel hijo mediano tímido y distraído al que nunca había sido capaz de entender del todo.

Higuera

Una vez le oí decir a un periodista inglés mientras cenaba en La Higuera Feliz que los políticos de Europa y de Estados Unidos estaban intentando entender la situación de nuestra isla. En el periodo posterior a la crisis de Suez, hubo protestas en Londres, en un sitio llamado Trafalgar Square. La gente llevaba pancartas que rezaban: SÍ A LA LEY, NO A LA GUERRA. Ahora, cuando miro atrás, me doy cuenta de que los jóvenes no habían empezado todavía con el cántico de «Haz el amor y no la guerra». Eso llegaría después.

El mismo periodista les explicó a sus compañeros de mesa que allí en Inglaterra, en la Cámara de los Comunes, donde se tomaban todas las decisiones importantes, los miembros del Parlamento estaban hablando del «problema chipriota». Dijo que, según su experiencia, no era buen presagio para un país o una comunidad que empezasen a etiquetarlos como problema y que eso era en lo que se había convertido ahora nuestra isla a los ojos de todo el mundo, en «una crisis internacional».

Aun así, en aquel entonces, los expertos creían que la tensión y la violencia que se habían apoderado de nuestra tierra no eran más que «agitación sobre el papel»; dijeron que era una tormenta en un vaso de agua y que pasaría pronto. No había necesidad de temer un tumulto o derramamiento de sangre porque ¿cómo iba a estallar una guerra civil en una isla tan bonita y pintoresca, de plantas florecientes y colinas onduladas? *Civilizada* era la palabra que usaban sin parar. Aquellos políticos y especialistas parecían suponer que los seres humanos civilizados no podían masacrarse unos a otros, al menos no con el idílico telón de fondo de las colinas verdes y las playas doradas: «No hay necesidad de intervenir al respecto. Los chipriotas son... gente civilizada. Nunca harán nada violento o drástico».

Solo unas cuantas semanas después de aquellas declaraciones en el Parlamento británico, se habían producido cuatrocientos atentados por todo Chipre. Se había derramado sangre británica, turca y griega, y la tierra la había absorbido toda, como siempre hace.

En 1960, Chipre consiguió independizarse del Reino Unido. Dejó de ser una colonia británica de ultramar. Aquel fue un año lleno de esperanza, con la sensación de un nuevo comienzo y de una especie de calma reinante entre griegos y turcos. De pronto, una paz permanente pareció posible, al alcance de la mano, como un melocotón flamante y aterciopelado colgando de una rama inclinada, ahí, ante la punta de tus dedos. Se formó un nuevo gobierno con miembros procedentes de ambas partes. Por fin, cristianos y musulmanes estaban trabajando juntos. En aquellos días, la gente que creía que las distintas comunidades podían vivir en paz y armonía como ciudadanos iguales solía aludir a un pájaro nativo como emblema: un tipo de perdiz, la perdiz chukar, que anida a ambos lados de la isla, indiferente a las divisiones. Durante un tiempo, se convirtió en un símbolo perfecto de la unidad.

No duraría mucho. Los líderes políticos y espirituales que se acercaron al otro lado fueron silenciados, rechazados e intimidados, y algunos, perseguidos y asesinados por extremistas de su propio bando.

Es una criatura pequeña, encantadora, la perdiz chukar, toda veteada de rayas negras. Le gusta posarse sobre las piedras y, cuando canta, lo hace con notas tímidas, agudas, como si estuviese trinando por primera vez. Si escucháis con atención, podréis oír que dice *chukarchukar-chukar*. Es el único pájaro que gorjea con ternura su propio nombre.

Su número ha mermado de manera significativa porque las han cazado de forma implacable en toda la isla, en el norte y en el sur por igual.

Baklava

Londres, finales de la década de 2010

Por la noche, Meryem se lanzó a hacer su postre favorito, el *baklava*. Molió un tarro entero de pistachos. El ruido del robot de cocina era tan fuerte que ahogaba el aullido de la ventisca. Preparó la masa a mano, dándole palmadas y golpes antes de cubrirla y dejarla apartada para que se echase una pequeña «siesta».

Ada, entretanto, observaba a su tía desde el extremo de la mesa, donde estaba sentada. Tenía el cuaderno de historia abierto delante. No exactamente para estudiar, sino para terminar la mariposa que había dejado a medias el último día de clase, justo antes de ponerse a gritar.

—¡Vaya! ¡Qué buena estudiante eres! —chilló alegre Meryem, mirando de reojo a su sobrina mientras abría el robot de cocina y colocaba su contenido en un plato con una cuchara—. Me alegro mucho de que estés haciendo los deberes conmigo.

—Bueno, no tenía demasiada elección, ¿verdad? —dijo Ada con aire de cansancio—. No dejabas de llamar a la puerta y de pedirme que saliera.

Meryem soltó una risita.

—¡Pues claro! Si no, te ibas a pasar todas las vacaciones en tu habitación. No es sano.

—¿Y el *baklava* sí lo es? —no pudo evitar preguntar Ada.

—¡Por supuesto! La comida es el corazón de la cultura —contestó Meryem—. Si no conoces la cocina de tus antepasados, no sabes quién eres.

—Bueno, todo el mundo hace *baklava*. Se compra en el supermercado.

—Todo el mundo hace *baklava*, es verdad, pero no a todo el mundo le sale bien. Los turcos lo hacemos crujiente con pistachos tostados. Esa es la manera correcta. Los griegos usan frutos secos crudos, y solo Dios sabe cómo se les ocurrió eso. Estropea el sabor.

Divertida, Ada dejó descansar la barbilla en la punta de su dedo índice.

Aunque todavía sonreía, el rostro de Meryem se ensombreció. No tuvo el valor de decirle a Ada que por un instante había visto a Defne en aquel gesto, tan dolorosamente familiar.

—Hablas como si debiésemos juzgar una cultura no por su literatura o su filosofía o su democracia, sino solo por su *baklava* —dijo Ada.

—Mmm... Sí.

Ada puso los ojos en blanco.

—Has vuelto a hacerlo.

—¿El qué?

—Esa cosa que haces todo el tiempo con los ojos, típica de adolescente.

—Bueno, técnicamente, soy una adolescente.

—Lo sé —dijo Meryem—. Y en este país eso es un privilegio. Lo mejor después de ser de la realeza. Incluso mejor. Privilegio sin *paparazzi*.

Ada se irguió.

—No es una crítica, solo una constatación. Es culpa del idioma inglés. En inglés, «trece» es *thir-teen* y *teen* es «adolescente»,

¿no? Igual que *four-teen*, «catorce»; *fif-teen*, «quince»; *six-teen*, «dieciséis»; *seven-teen*, «diecisiete»... De donde yo vengo, a los diecisiete lo normal es que estés haciéndote el ajuar. A los dieciocho estás en la cocina preparando café porque tu futuro marido está en el salón con sus padres pidiéndote en matrimonio. A los diecinueve estás sirviéndole la cena a tu suegra y si quemas la comida, te echan la bronca. No me malinterpretes. No estoy diciendo que sea bueno. ¡Ni hablar! Lo único que digo es que en el mundo hay criaturas, chicas y chicos, que no pueden disfrutar de su adolescencia.

Ada escrutó a su tía.

—Háblame de tu exmarido.

—¿Qué quieres saber?

—¿Lo querías? ¿Por lo menos al principio?

Meryem agitó una mano, sus pulseras tintinearon.

—Todo el mundo está siempre a vueltas con el amor, en las canciones, en las películas. Lo entiendo, es precioso, pero no se construye una vida sobre lo que es precioso. No, el amor no era mi prioridad. Mis padres eran mi prioridad, mi comunidad era mi prioridad. Tenía responsabilidades.

—Entonces ¿no fue un matrimonio por amor?

—No. No fue como el de tus padres.

En la voz de Meryem se insinuó algo nuevo, y Ada se dio cuenta.

—¿Estás enfadada con ellos? ¿Crees que se portaron de forma irresponsable?

—Tus padres, ¡ay!, fueron temerarios. Pero eran tan jóvenes..., solo un poco mayores que tú.

Ada sintió calor en el cuello.

—Un momento... Entonces, mamá y papá eran... ¿qué, novios de instituto?

—Los colegios eran separados. Los niños griegos y los niños turcos no se mezclaban tanto entonces, aunque había pueblos mezclados y barrios mezclados, como el nuestro. Nuestras familias se conocían. Me caía bien Panagiota, la madre de tu padre. Era una señora muy amable. Pero luego las cosas se pusieron muy feas... Dejamos de hablarnos.

Ada apartó la mirada.

—Creía que mis padres se conocieron cuando ya tenían treinta y tantos o algo así. Me refiero a que madre me tuvo ya pasados los cuarenta. Siempre decía que fue un embarazo tardío.

—Sí, pero eso sucedió luego. Porque rompieron, ¿sabes? Y después, años más tarde, volvieron a estar juntos. La primera vez solo eran niños, en realidad. Yo siempre estaba encubriendo a Defne. Si nuestro padre la hubiese pillado, habría sido un desastre. Yo estaba muerta de miedo. Pero tu madre... era imparable. Ponía almohadas debajo de las colchas y se escapaba de casa en mitad de la noche. Era valiente... y estúpida. —Meryem respiró hondo—. Tu madre era un espíritu libre. Incluso de pequeña tenía esa vena salvaje, impredecible. Si le decías que se alejara del fuego, iba y hacía una fogata. Fue un milagro que no quemase la casa. Yo tenía cinco años más que ella, pero incluso a su edad iba con cuidado para no decepcionar a mis padres, siempre intentaba hacer lo correcto y, ¿sabes qué? *Baba* quería más a Defne. No estoy resentida, solo es un hecho.

—¿Tú también te opusiste a la boda de mis padres? —dijo Ada.

Meryem se secó las manos en el delantal y se miró las palmas, como buscando una respuesta.

—No quería que tu madre se casara con un griego, Dios sabe que intenté impedirlo. Pero ella no escuchaba. E hizo lo correcto. Kostas era el amor de su vida. Tu madre adoraba a tu padre.

Sin embargo, ambos pagaron un alto precio: has crecido sin ver a tu familia. Lo siento mucho.

En el silencio que siguió, Ada oyó a su padre tecleando en el ordenador en su habitación, con un sonido como de mil martillitos golpeando. Se quedó escuchando un rato, luego ladeó la cabeza con aire decidido.

—¿No sabías que mi madre era alcohólica?

Meryem se estremeció.

—No digas esas cosas. Es una palabra horrible.

—Pero si es verdad.

—Tomarse una copa de vez en cuando está bien. Bueno, yo no bebo, pero no me importa si los demás lo hacen... de vez en cuando.

—No era de vez en cuando. Mi madre bebía en exceso.

La cara de Meryem se ensombreció; tenía la boca entreabierta, como un cuenco vaciado. Tocó el filo del mantel y quitó una mota de polvo invisible, concentrada por completo en el movimiento de sus dedos.

Mientras observaba a su tía, de repente incómoda y sin palabras, Ada vio por primera vez la fragilidad del universo que aquella mujer se había construido para sí misma, con sus recetas, proverbios, oraciones y supersticiones. Cayó en la cuenta de que quizá no era la única que sabía tan poco del pasado.

Higuera

Se llama la Línea Verde a la partición que divide a Chipre, cuyo propósito es separar a griegos de turcos, a cristianos de musulmanes. Adquirió su nombre no porque estuviese marcada con kilómetros y kilómetros de bosque primigenio, sino solo porque cuando un general de división británico se propuso dibujar la frontera en un mapa extendido ante él, resultó que utilizó un lápiz de Chinagraph de color verde.

La elección del color no fue arbitraria. El azul habría sido demasiado griego, y el rojo, demasiado turco. El amarillo representaba el idealismo y la esperanza, pero también se podía interpretar como cobardía o falsedad. El rosa, asociado a la juventud y a la alegría, así como a la femineidad, simplemente no habría funcionado. Tampoco el morado, que simboliza la ambición, el lujo y el poder, habría producido el resultado deseado. Ni el blanco ni el negro habrían servido, eran demasiado concluyentes. Mientras que el verde, usado en los mapas para marcar los senderos, parecía menos polémico, una alternativa más unificadora y neutral.

Verde, el color de los árboles.

A veces me pregunto qué habría pasado si en aquel día en concreto, porque hubiese ingerido demasiada cafeína o por un efecto secundario de algún medicamento que hubiese tomado un poco antes, o solo por los nervios, al general de división Peter Young le hubiese temblado un poquito la mano... ¿Habría cambiado la frontera una fracción de centímetro arriba o abajo, incluyendo aquí, excluyendo allá? Y de haber sido así, ¿aquella variación involuntaria habría cambiado mi destino o el de mis parientes? ¿Se habría quedado una higuera más en el lado griego, por ejemplo, o se habría incluido una higuera de más en territorio turco?

Intento imaginarme ese punto de inflexión temporal. Igual de efímero que un aroma en la brisa, la más breve de las pausas, la más leve de las vacilaciones, el chirrido de un lápiz sobre la superficie satinada del mapa, el trazo verde dejando su marca irrevocable con consecuencias perpetuas para las vidas de las generaciones pasadas y presentes, y las que han de venir.

La historia entrometiéndose en el futuro.

Nuestro futuro...

TERCERA PARTE

Tronco

Ola de calor

Chipre, mayo de 1974

Fue el día en que una ola de calor se abatió sobre Nicosia. Por encima de los tejados, el sol era una bola brillante de rabia; quemaba las antiguas callejuelas venecianas, los patios genoveses, los gimnasios griegos y los *hamam* otomanos. Las tiendas estaban cerradas, las calles vacías, salvo por el ocasional gato callejero acurrucado en una pequeña sombra, o un lagarto letárgico, tan quieto que podría haber pasado por un ornamento de la pared.

El calor había empezado de madrugada, había ido aumentando con rapidez. Alrededor de las diez en punto había estallado del todo, justo después de que turcos y griegos, en sendos lados de la Línea Verde, se hubiesen terminado sus cafés matutinos. Ahora ya había pasado el mediodía y el aire era denso, difícil de respirar. Las carreteras estaban agrietadas en algunos tramos, el asfalto se derretía en riachuelos del color de la madera carbonizada. En alguna parte, un coche revolucionaba el motor, los neumáticos de caucho rodaban con dificultad sobre el asfalto pegajoso. Después, silencio.

Sobre las tres en punto, el calor se había transformado en una criatura montaraz, una serpiente acechando a su presa. Siseaba y reptaba cruzando el pavimento, su lengua ardiente se metía por las cerraduras. La gente se acercaba más a los ventiladores, chupaba con más fuerza los cubitos de hielo y abría las ventanas, pero las cerraba al instante. Se podrían haber quedado dentro de casa todo el tiempo si no hubiese sido porque un olor peculiar, acre e inesperado, empezó a impregnar el aire.

Al principio, los turcos sospecharon que el olor procedía del barrio griego y los griegos asumieron que llegaba del barrio turco. Pero nadie podía precisar con exactitud su origen. Era casi como si hubiese brotado de la tierra.

De pie junto a la ventana, con un libro de poesía entre las manos —una edición vieja de *Romiosini* que había sido de su hermano mayor—, Kostas miraba fijamente el jardín, seguro de haber oído un sonido en la quietud somnolienta de la tarde. Recorrió con la mirada las ramas más altas del algarrobo más cercano, pero no vio nada fuera de lo normal. Justo cuando estaba a punto de volverse, vislumbró un destello con el rabillo del ojo. Había caído algo al suelo, tan rápido que no había podido saber qué era. Salió corriendo de la casa, cegado por el brillo del sol veteado a través de las hojas. Se apresuró hacia las sombras a lo lejos, aunque al principio no podía distinguirlas bajo la luz cegadora. Solo cuando estuvo lo bastante cerca pudo identificar lo que había estado mirando hasta ese momento.

¡Murciélagos! Docenas de murciélagos de la fruta. Algunos esparcidos por el suelo como frutos podridos, otros suspendidos de las ramas, colgando cabeza abajo por los pies, envueltos en sus alas, como necesitando abrigo. La mayoría medían unos veinticinco centímetros, pero algunos solo cinco. Las crías habían sido las primeras en sucumbir al calor. Algunas eran tan jóvenes que todavía estaban mamando, aferradas a los pezones de sus madres, incapaces de regular la temperatura de sus cuerpos. Con la piel deshidratada y escamada, el cerebro hirviéndoles en los cráneos, aquellos astutos animales se habían quedado débiles y aturdidos.

Con una presión constriñéndole el pecho, Kostas echó a correr. Se tropezó con un cajón de madera y se cayó, se hizo un corte en la frente con el borde de metal. Se levantó y siguió corriendo, a pesar de la punzada que sentía sobre su ceja izquierda. Cuando llegó al primer murciélago, se arrodilló y levantó el diminuto cuerpo, ligero como el aire. Se quedó allí inmóvil, agarrando al animal muerto, sintiendo su satinada tersura bajo los dedos, sus últimos vestigios de vida evaporándose.

No había llorado cuando llevaron a su casa el cuerpo de Michalis, de rostro tan plácido que no podían creerse que estuviese muerto; la bala que lo perforó estaba oculta, como si se avergonzase de lo que había hecho. Tampoco cuando se había unido a los porteadores que cargaron con el féretro hasta la iglesia, una leve presión pesándole en el hombro en que se apoyaba la madera pulida, el sabor de la plata que le quedó en los labios después de besar la cruz, el olor a óleo y polvo en la nariz. Tampoco cuando, en el cementerio, bajaron el ataúd a la fosa entre sollozos, y lo único que Kostas pudo ofrecerle a su hermano fue un puñado de tierra.

No había llorado cuando Andreas, de solo dieciséis años, se había ido de casa para unirse a un ideal, a un sueño, a un terror, dejándolos en un estado de miedo constante. En el transcurso de todos esos acontecimientos, Kostas no había derramado ni una lágrima, del todo consciente de que su madre lo necesitaba a su lado. Pero ahora, mientras sostenía al murciélago muerto entre las manos, la pena se volvió tangible, como si una prenda cosida se estuviese desgarrando. Empezó a sollozar.

—¡Kostas! ¿Dónde estás? —lo llamó Panagiota desde la casa, con un temblor de inquietud en la voz.

—Estoy aquí, *mána* —consiguió decir Kostas.

—¿Por qué has salido corriendo así? Me he preocupado. ¿Qué estás haciendo?

Conforme se fue acercando, su expresión cambió de preocupación a confusión.

—¿Estás llorando? ¿Te has hecho daño?

Kostas le enseño el murciélago.

—Están todos muertos.

Panagiota se persignó, movió los labios en una rápida oración.

—No los toques. Ve a lavarte las manos.

Kostas no se movió.

—¿Me oyes? Transmiten enfermedades, son animales asquerosos. —Señaló alrededor, recuperando la seguridad—. Vete. Iré por una pala y los echaré a la basura.

—No, a la basura no —dijo Kostas—. Déjame a mí, por favor. Yo los enterraré. Me lavaré las manos.

Al ver el dolor en sus ojos, Panagiota no insistió, pero cuando se dio la vuelta no pudo evitar murmurar:

—Nuestros jóvenes están siendo asesinados en las calles, *moro mou*, las madres no saben ya dónde están sus hijos, si en la montaña o en la sepultura, ¿y tú lloras por un puñado de murciélagos? ¿Así es como te he criado?

Kostas tuvo una sensación de soledad tan aguda que era casi tangible. Después de aquel día, no hablaría más de murciélagos de la fruta y de lo importantes que eran para los árboles de Chipre y, por lo tanto, para sus habitantes. En una tierra asediada por los conflictos, la gente se tomaba como indiferencia, como un insulto a su dolor, que se prestase demasiada atención a nada que no fuese el sufrimiento humano. Aquel no era ni el momento ni el lugar apropiados para hablar sin parar de plantas y animales, de la naturaleza en todas sus formas y su esplendor, y así fue como Kostas Kazantzakis se fue encerrando poco a poco en sí mismo, labrándose una isla dentro de otra isla, aislándose en el silencio.

Higuera

El día en que la ola de calor asoló Nicosia permanecerá siempre grabado a fuego en mi memoria, inscrito en mi tronco. Cuando los isleños descubrieron de dónde venía el olor a rancio, se pusieron a deshacerse de los cadáveres. Barrieron las calles, limpiaron los huertos, desinfectaron las cuevas, comprobaron las canteras de piedra caliza y las viejas galerías de las minas. Allá donde miraban, encontraban cientos de murciélagos muertos. Aquella muerte súbita colectiva los marcó. En aquella extinción en masa, quizá reconocieron su propia mortalidad. Aun así, según mi experiencia, puedo afirmar una cosa de los seres humanos: reaccionarán a la desaparición de una especie de la misma manera en que reaccionan a todo lo demás, colocándose ellos mismos en el centro del universo.

A los seres humanos les importa más el sino de los animales que consideran bonitos: los pandas, los koalas, las nutrias marinas y los delfines, de los que también tenemos muchos en Chipre, nadando y retozando en nuestras costas. Existe una leyenda romántica sobre cómo perecen los delfines: arrastrados hasta la playa con sus hocicos con forma de pico y sus sonrisas inocentes, como si acudiesen a dar su último adiós a la humanidad. La verdad es que solo un reducido número de delfines hace eso. Cuando se mueren, se hunden hasta el fondo del mar, tan pesados como los temores de la infancia; así es como parten, lejos de miradas entrometidas, hacia abajo, hacia el azul.

Los murciélagos no se consideran bonitos. En 1974, cuando murieron a miles, no vi a mucha gente llorando por ellos. Los seres humanos son así de raros, llenos de contradicciones. Es como si necesitasen odiar y excluir tanto como necesitan amar y acoger. Sus corazones se cierran de forma hermética y luego se estiran al máximo, solo para volver a contraerse, como un puño indeciso.

A los seres humanos, los ratones y las ratas les parecen despreciables, pero los hámsteres y los jerbos, adorables. La paloma blanca es el símbolo de la paz mundial, mientras que las otras palomas solo son transportadoras de la porquería urbana. Declaran que los cerditos son encantadores, los jabalíes apenas soportables. Admiran a los cascanueces, aunque evitan a sus ruidosos primos, los cuervos. Los perros suscitan en ellos una sensación de mullida calidez, mientras que los lobos les evocan cuentos de terror. A las mariposas las ven con aprecio, a las polillas sin ninguno. Sienten debilidad por las mariquitas y, sin embargo, si viesen una cantárida la aplastarían de inmediato. Prefieren a las abejas en marcado contraste con las avispas. Aunque los cangrejos herradura se consideran encantadores, otra historia muy distinta es cuando se trata de sus parientes lejanas, las arañas... He intentado encontrarle la lógica a todo eso, pero he llegado a la conclusión de que no la hay.

Nosotras, las higueras, tenemos a los murciélagos en alta estima. Sabemos lo esenciales que son para todo el ecosistema y los apreciamos, con sus grandes ojos del color de la canela tostada. Nos ayudan a polinizar, llevan a todas partes nuestras semillas con puntualidad y exactitud. Los considero mis amigos. Me destrozó verlos caer hacia la muerte como hojas secas.

Aquella misma tarde, mientras los isleños se afanaban en deshacerse de los murciélagos muertos, Kostas fue caminando desde su casa hasta La Higuera Feliz. Me sorprendí cuando apareció. La taberna estaba cerrada y no esperábamos a nadie, al menos mientras el calor siguiese cayendo a plomo.

Kostas subió con dificultad por el sinuoso camino, avanzando despacio por la cuesta levemente inclinada. Con las puntas de mis ramas que se extendían desde la abertura del techo podía observar todos sus movimientos.

Al llegar se encontró con la puerta principal cerrada. Dio golpes con la aldaba de metal varias veces, uno detrás de otro. Fue entonces cuando empecé a sentirme inquieta, embargada por un presentimiento.

—¡Yiorgos! ¡Yusuf! ¿Estáis ahí?

Volvió a intentarlo. La puerta estaba cerrada por dentro.

Kostas se dio la vuelta, mirando con ansiedad los murciélagos tendidos en el suelo. Tocó con cautela a unos cuantos con un palo, por si alguno seguía vivo. Dejó el palo, y estaba a punto de irse cuando se detuvo al detectar un susurro en el aire. Una voz masculina hablaba con tono bajo y soñador.

Kostas se giró, aguzando el oído. Avanzó hacia el patio de atrás, al darse cuenta de que el sonido provenía de allí. Saltó sobre unas cajas de botellas vacías y latas de aceite de oliva, se acercó a una de las ventanas de hierro forjado, se puso de puntillas y echó un vistazo dentro.

En ese momento creció el pánico dentro de mí, porque sabía exactamente lo que Kostas estaba a punto de ver.

Yusuf y Yiorgos estaban en el patio, sentados el uno junto al otro en un banco de piedra. Kostas estaba a punto de llamarlos, pero entonces se detuvo, al ver algo que su mente no fue capaz de interpretar de inmediato.

Los dos hombres se sonreían mientras se estrechaban las manos, los dedos entrelazados. Yiorgos se acercó al oído de Yusuf y murmuró unas palabras, que le hicieron reírse por lo bajo. Aunque Kostas no podía oír lo que decía, supo que hablaban en turco. Hacían aquello a menudo, hablar en griego y en turco cuando estaban solos, alternando un idioma y el otro en la misma conversación.

Yusuf le pasó el brazo a Yiorgos por el cuello, le tocó la marca que tenía bajo la nuez, lo atrajo hacia sí. Se besaron. Con las frentes apoyadas una contra la otra, permanecieron sentados quietos mientras el sol se cernía enorme y fundido sobre ellos. Había una ternura natural en sus movimientos, una armonía de sombras y contornos, las formas sólidas disolviéndose en puro líquido, una suave corriente que Kostas sabía que existía solo entre amantes que llevaban mucho tiempo juntos.

Kostas retrocedió un paso. Mareado de pronto, tragó saliva con fuerza. Tenía en la boca el sabor del polvo y de la piedra cocida por el sol. Todo lo silenciosamente que pudo, se alejó, con la sangre martilleándole los oídos. Sus pensamientos se fragmentaron en otros pensamientos, y esos, en otros nuevos, así que no tenía manera de decir cómo se sentía en aquel momento. Había pasado muchísimo tiempo con aquellos dos hombres, un día sí y el otro también, pero nunca se le había ocurrido que pudieran ser algo más que socios.

El día que la ola de calor asoló Nicosia y los murciélagos de la fruta murieron a miles, el día que Kostas Kazantzakis descubrió nuestro secreto de la taberna, observé cómo su rostro se volvía más grave, su frente se frunció de preocupación. Se dio cuenta de que Yusuf y Yiorgos corrían un peligro mayor del que Defne y él habían corrido nunca. Dios sabía que había mucha gente en la isla que no toleraría una relación romántica entre una persona griega y una turca, pero era probable que el número de esa gente se cuadruplicase si la pareja en cuestión era homosexual.

Me oyes

Londres, finales de la década de 2010

Al tercer día, el epicentro del temporal se desplazó hacia el oeste, precipitándose sobre Londres. Aquella noche, las ventanas de la casa traquetearon por el viento que se levantó y la lluvia que azotaba los cristales. El barrió sufrió un apagón por primera vez en años. La electricidad tardó horas en volver. Sin electricidad, se sentaron juntos, apiñados, en la sala de estar a la luz de las velas, Kostas trabajando en un artículo, Ada mirando el móvil a cada segundo y Meryem tejiendo lo que parecía una bufanda.

Al final, Ada cogió una vela y se levantó.

—Me voy a la cama, estoy un poco cansada.

—¿Todo bien? —preguntó Kostas.

—Sí. —Ada asintió con firmeza—. Leeré un poco. Buenas noches.

En cuanto estuvo en su habitación, volvió a mirar el teléfono. Habían subido vídeos nuevos en varias redes sociales. En uno, una chica fornida, con un flequillo fino sobre las cejas, delante de la puerta de Brandemburgo en Berlín, sostenía un globo rojo que luego soltaba y empezaba a gritar a pleno pulmón. Para cuando el globo había salido flotando del encuadre, ella todavía no se había quedado sin aire. En un vídeo grabado en Barcelona, un adolescente gritaba recorriendo en monopatín una rambla flanqueada de árboles mientras los paseantes lo observaban entre curiosos e incrédulos. Otro vídeo, subido en Polonia, mostraba a un grupo de jóvenes, vestidos de negro de la cabeza a los pies, mirando fijamente a la cámara con las bocas bien abiertas, aunque en silencio. Debajo se leía: GRITANDO POR DENTRO. Algunos gritaban solos, otros en grupo. Todas las publicaciones usaban la misma etiqueta: #meoyesahora. Con cada vídeo que veía, Ada sentía que su sensación de pánico y confusión se agudizaba. No se podía creer que ella hubiese empezado aquella moda global y no tenía ni idea de cómo podría pararla nadie.

Flexionó las piernas contra el pecho y las rodeó con los brazos, como solía hacer de pequeña cuando les pedía a sus padres que le contaran un cuento. En aquel entonces, su padre, sin importar lo ocupado que estuviese, siempre encontraba tiempo para leerle. Se sentaban uno al lado del otro en la cama, de cara a la ventana. Su padre elegía los libros infantiles más insólitos: sobre murciélagos de la fruta, loros yacos, vanesas de los cardos... Libros con insectos y animales y, siempre, árboles.

Por el contrario, su madre prefería inventarse sus propias historias. Le relataba cuentos que nacían de su imaginación, enhebrando sus tramas a medida que avanzaba, volviendo atrás y cambiando cosas a su antojo. Sus temas eran más siniestros, incluían hechizos, apariciones y augurios. Pero una vez, recordó Ada, su madre compartió con ella un tipo diferente de historia. Tan perturbadora como, extrañamente, optimista.

Durante la Segunda Guerra Mundial, le contó, un batallón de infantería estaba desplegado a lo largo de los acantilados que daban al canal de la Mancha. Una tarde los soldados, cansados y astrosos, estaban patrullando la costa. Sabían que en cualquier momento podían ser objeto de un fuerte ataque de la artillería alemana, por mar o por aire. No les quedaba mucha comida, no tenían munición suficiente, y cuanto más lejos caminaban con grandes penurias con las botas caladas y rotas, más tiraba de ellos la tierra hacia abajo, como arenas movedizas.

En un momento dado, uno de ellos vio un espectáculo extraordinario en el horizonte: nubes de humo a la deriva sobre el canal, de un color tan vivo que parecía sobrenatural. Intentando no hacer ruido por temor a alertar al enemigo, les hizo señales a sus compañeros. Un instante después todos miraban en la misma dirección, con la sorpresa grabada en las caras, luego con puro terror. La nube misteriosa solo podía ser algún tipo de gas venenoso, un arma química que, empujada por el viento, se hinchaba y se desplazaba hacia ellos. Algunos soldados cayeron de rodillas y pronunciaron oraciones a un dios en el que hacía mucho habían dejado de creer. Otros encendieron cigarrillos, un último placer. No podían hacer nada más ni tenían ningún sitio al que escapar. El batallón se hallaba estacionado justo en el trayecto del mortal gas amarillo.

Uno de los soldados, en vez de rezar o fumar, se subió a una roca, se desabrochó la guerrera y empezó a contar. La solidez de los números le calmaba los nervios mientras esperaba que la muerte se abatiese sobre él. Veintidós, veintitrés, veinticuatro... Siguió contando sin dejar de observar cómo la amenaza se acercaba, expandiéndose y contrayéndose. Para cuando llegó al cien, ya se había aburrido de contar y cogió unos prismáticos. Fue entonces cuando vio la nube como lo que era.

—¡Mariposas! —gritó con todas sus fuerzas.

Lo que habían creído que era una masa de gas venenoso en verdad eran mariposas migrando desde el continente europeo hacia Inglaterra. Enjambres de vanesas de los cardos estaban cruzando el canal, dirigiéndose despacio hacia tierra firme. Aleteaban en el cielo abierto, revoloteaban y bailaban a la luz del verano, ajenas al frente de batalla, frío y gris.

Minutos después, ríos de mariposas, muchos miles de ellas, sobrevolaron el batallón. Y los soldados, algunos tan jóvenes que eran meros chiquillos, aplaudieron y vitorearon. Se rieron tanto que tenían lágrimas en los ojos. Nadie, ni siquiera sus comandantes, se atrevió a decirles que se callaran. Alzaron las manos hacia el firmamento, con expresiones de puro éxtasis, saltaron arriba y abajo y los más afortunados sintieron el roce de un par de alas sutiles en la piel, como un beso de despedida de las amantes que habían dejado atrás.

Al acordarse de la historia en aquel momento, Ada cerró los ojos y se quedó así hasta que un golpe en la puerta la sobresaltó. Suponiendo que sería su tía otra vez, que la llamaba para que probase otro de los platos que había preparado, gritó:

—¡No tengo hambre!

La voz de su padre surgió al otro lado de la puerta.

—Cariño, ¿puedo entrar?

Rápidamente, Ada escondió el teléfono debajo de la almohada y agarró un libro de su mesita de noche, *Yo soy Malala*.

—Claro.

Kostas entró con una vela en la mano.

—Ese libro que estás leyendo es genial.

—Sí, estoy de acuerdo.

—¿Tienes un momento para hablar?

Ada asintió.

Kostas puso la vela en la mesilla de noche y se sentó al lado de su hija.

—*Kardoula mou*, sé que he estado un poco distante este último año. He pensado mucho en eso. Lo siento si no he estado siempre ahí para ti.

—No pasa nada, papá, lo entiendo.

Él la miró con ternura.

—¿Podemos hablar de lo que pasó en el instituto?

A Ada le dio un vuelco el corazón.

—No hay nada que contar. Créeme. Solo grité, ¿vale? No tiene importancia. No volveré a hacerlo.

—Pero el director dijo...

—Papá, por favor, ese hombre es raro.

—Podemos hablar de otras cosas. —Kostas volvió a intentarlo—: ¿Cómo salió aquel proyecto de ciencias? Me olvidé de preguntarte. ¿Sigues trabajando con aquel chico..., cómo se llamaba, Zafaar?

—Sí —contestó Ada, un poco brusca—. Lo terminamos. Nos pusieron un sobresaliente a los dos.

—Fantástico. Estoy orgulloso de ti, cariño mío.

—Mira, sobre lo del grito, necesito que dejes de preocuparte. Me sentía estresada, eso es todo —dijo Ada, y en ese momento se creía cada palabra que pronunciaba—. Si sigues sacando el tema, no me vas a ayudar. Déjamelo a mí. Estoy trabajando en ello.

Kostas se quitó las gafas, les echó el aliento y despacio, con cuidado, las limpió con la camisa, como hacía siempre que no sabía qué decir y necesitaba tiempo para pensar.

Mirándolo, Ada sintió una oleada súbita de afecto por su padre. Qué fácil era engañar a los padres o, cuando no podías engañarlos, mantenerlos tras los muros de embustes que habías levantado. Si de verdad te empeñabas en ello y tenías cuidado de no dejar ningún cabo suelto, podías lograrlo durante muchísimo tiempo. Los padres, sobre todos los que eran tan distraídos como el suyo, necesitaban con desesperación que las cosas se desarrollasen sin problemas, y tenían tanta inclinación por creerse que el sistema que habían creado estaba funcionando bien que daban por sentada la normalidad incluso aunque les rodeasen señales de lo contrario.

En cuanto se le ocurrió aquel pensamiento, la culpa se abrió paso de manera inevitable. No tenía previsto hablarle a su padre del vídeo, era bochornoso, y de todas maneras él no podía hacer nada, pero quizá sí debería saber cómo se sentía ella.

—Papá, tenía ganas de hablar contigo de esto... Quiero cambiar de instituto.

—¿Cómo? No, Ada. No puedes hacerlo ahora que estás preparándote para sacarte el certificado de secundaria. Es un buen instituto. Tu madre y yo nos pusimos muy contentos cuando te admitieron.

Ada se mordió el interior de la mejilla, molesta por la manera en la que su padre había descartado sus inquietudes.

—Oye, si estás preocupada por tus notas, ¿por qué no estudiamos juntos durante las vacaciones? Me encantaría ayudarte.

—No necesito tu ayuda.

Ada apartó la vista, perturbada por su propio tono, por la prontitud de su indignación, tan a flor de piel.

—Mira, Aditsa —dijo Kostas; a la luz de la vela su piel se veía cetrina, como si estuviese moldeada en cera—. Sé que este último año ha sido muy duro para ti. Sé que echas de menos a tu madre...

—¡Para, por favor!

La expresión de tristeza de su padre le provocó un dolor punzante en el centro del pecho. Vio indefensión en sus ojos y aun así no hizo nada para sacarlo de allí. Se quedó callada, intentando entender cómo podía seguir pasando aquello entre ellos, aquel desconcertante transitar desde el afecto y el amor hasta el puro daño y el conflicto.

—¿Papá?

—¿Sí, cariño?

—¿Por qué cruzan las mariposas el canal y vienen aquí? ¿No les gustan los climas cálidos?

Si a Kostas la pregunta le pareció inesperada, no lo demostró.

—Sí, durante mucho tiempo los científicos han estado desconcertados. Algunos decían que era un error, pero que las mariposas no podían evitarlo, estaban condicionadas a hacerlo. Hasta lo tildaron de suicidio genético.

La palabra quedó suspendida en el espacio que había entre ellos. Ambos fingieron no darse cuenta.

—A tu madre le encantaban las mariposas —dijo Kostas. Su voz se elevó y bajó, como agua asentándose—. Mira, no soy un experto en mariposas, pero creo que es plausible que planeen sus desplazamientos más allá de su esperanza de vida, no en el transcurso de una sola generación, sino a lo largo de muchas.

—Eso me gusta. También explica un poco lo que nos ha pasado a nosotros. Mamá y tú os mudasteis a este país, pero seguimos emigrando.

La cara de él se ensombreció.

—¿Por qué dices eso? No vamos a ir a ninguna parte. Has nacido y te has criado aquí. Perteneces a este lugar. Eres británica, tienes una herencia mixta, lo que es una gran riqueza.

Ada chasqueó la lengua.

—¡Sí, claro, nado en la riqueza!

—¿A qué viene ese sarcasmo? —preguntó Kostas, ofendido—. Siempre te hemos tratado como un ser independiente, no como a una extensión de nosotros mismos. Construirás tu propio futuro y te apoyaré a cada paso del camino. ¿A qué viene la obsesión con el pasado?

—¿Obsesión? Si tengo que cargar con él...

Su padre la cortó.

—No, no es verdad. No tienes que cargar con nada. Eres libre.

—¡Y una mierda!

Kostas contuvo la respiración, estupefacto por la palabrota.

—No te importa creer que las mariposas jóvenes heredan las migraciones de sus antecesoras, pero cuando se trata de tu propia familia, no te parece posible.

—Solo quiero que seas feliz —dijo Kostas, con un nudo en la garganta.

Y entonces se volvieron a quedar callados y se dejaron llevar hasta el doloroso lugar que ambos compartían, pero que solo podían ocupar por separado.

Higuera

Una vez escuché a Yiorgos contarle a Yusuf una historia. Era bien entrada la noche, los clientes se habían ido, y el personal, después de recoger las mesas, fregar los platos y barrer la cocina, se había marchado a casa. Donde apenas momentos antes había habido risas, música y bullicio, reinaba la calma. Yusuf estaba sentado en el suelo, con la espalda contra la ventana; su sombra se proyectaba por el oscuro cristal. Con la cabeza apoyada en el regazo de Yusuf, Yiorgos estaba tumbado mirando al techo, con una ramita de romero entre los labios. Era su cumpleaños.

Habían cortado una tarta antes, un pastel de cereza y chocolate preparado por el cocinero, pero aparte de eso, aquella noche no era diferente de cualquier otra. Ninguno de los dos hombres se tomaba nunca un día libre. Trabajaban siempre y todo lo que ganaban, una vez cubiertos los gastos y el alquiler, se lo repartían.

—Tengo algo para ti —dijo Yusuf sacándose una cajita del bolsillo.

Me encantaba observar el cambio que se operaba en Yusuf cuando estaba solo con Yiorgos. Rara vez, por no decir ninguna, tartamudeaba cuando nos hablaba a nosotras, las plantas. Pero lo hacía notablemente menos cuando estaban los dos solos. El defecto de habla que lo había atormentado desde siempre se evaporaba casi por completo cuando estaba con su amado.

Yiorgos, con una sonrisa que suavizaba sus facciones marcadas, se incorporó apoyándose en un codo.

—Oye, creía que este año no nos íbamos a regalar nada el uno al otro. —No obstante, cogió la caja.

Yiorgos resplandecía con la brillante expectación de un niño que prevé una sorpresa y retiró el papel de seda.

—¡Ay, Dios mío! —Colgándole entre los dedos y de una cadena había un reloj de bolsillo, dorado y reluciente—. Es precioso, *chryso mou*, gracias. ¿Qué has hecho? Debe de haberte costado una fortuna.

Yusuf sonrió.

—Ábrelo. Hay un p-p-poema.

Grabados dentro de la tapa del reloj había dos versos, cuyas letras centelleaban como luciérnagas en la noche. Yiorgos los leyó en voz alta:

La llegada allí es tu destino.
Pero no te apresures en nada tu viaje...

—¡Ay, es Cavafis! —exclamó Yiorgos; era su poeta preferido. Le dio la vuelta al reloj y encontró allí dos letras: Y & Y.

—¿Te gusta? —preguntó Yusuf.

—¿Que si me gusta? ¡Me encanta! —dijo Yiorgos, con la voz cargada de emoción—. Te quiero.

La sonrisa de Yusuf se fue desdibujando hasta convertirse en otra cosa mientras pasaba los dedos por el pelo de Yiorgos. Lo atrajo hacia sí y lo besó con delicadeza; la tristeza que había en sus ojos se hizo más profunda. Yo sabía lo que le reconcomía. El día anterior se había encontrado una nota pegada a la puerta con un pegote de chicle. Un mensaje cortante, cobarde, escrito en mal inglés con letras de periódico recortadas, anónimo, manchado de tierra y de algo rojo para que pareciera sangre, y quizá lo fuera. Había leído la nota varias veces, las feas palabras —*sodomitas, homosexuales, pecadores*— se le clavaron como puñales, le cortaron una vena pegada al corazón y abrieron una herida; no era una herida nueva, sino una antigua que nunca había podido cicatrizar del todo. Desde que era un niño, lo habían acosado y ridiculizado sin cesar por no ser lo bastante hombre, primero su propia familia, luego los alumnos y profesores del instituto, incluso completos desconocidos; burlas y pullas lanzadas en repentinos ataques de rabia y desprecio, aunque nunca entendió de dónde surgían; nada de aquello era nuevo, pero esa vez llegaba con una amenaza. No se lo había mencionada a Yiorgos, porque no quería preocuparlo.

Aquella noche charlaron durante horas, sin dejarme dormir. Hice crujir mis ramas, para intentar recordarles que una higuera necesita algo de sueño y descanso. Pero estaban demasiado absortos el uno en el otro para hacerme caso. Yiorgos bebió bastante, acompañando el vino con chupitos de licor de algarroba de Panagiota. Aunque sobrio, de alguna manera Yusuf sonaba no menos entonado, se reía de todos los chistes tontos. Cantaron juntos y, ¡Dios mío!, aquellos dos hombres tenían una voz horrible. ¡Hasta Chico cantaba mejor que ellos!

Cerca del alba, ansiosa y exhausta, estaba a punto de quedarme dormida cuando oí a Yiorgos murmurar como para sí:

—Ese poema de Cavafis... ¿Crees que algún día podríamos irnos de Nicosia? Adoro esta isla, no me malinterpretes, pero a veces desearía que viviésemos en un sitio en el que hubiese nieve.

Hicieron planes para viajar, elaboraron una lista de todas las ciudades que querían visitar.

—A quién vamos a e-e-engañar, los dos sabemos que no nos vamos a ir —dijo Yusuf con un arrebato de emoción que era casi desesperación—. Los pájaros se pueden ir, nosotros no.

Hizo gestos hacia Chico, que dormía en su jaula debajo de un paño negro.

Yiorgos se quedó callado un momento. Después dijo:

—¿Sabías que antiguamente la gente no entendía por qué desaparecían muchos pájaros durante el invierno?

Le contó a Yusuf cómo los antiguos griegos le daban vueltas a lo que les pasaba a los pájaros cuando los días se volvían cambiantes y desde las montañas empezaban a soplar los vientos helados. Buscaban por los cielos vacíos, intentando encontrar pistas sobre dónde estarían escondidos todos aquellos milanos negros, gansos grises, estorninos, golondrinas y vencejos. Como ignoraban las pautas migratorias, los filósofos de la Antigüedad se inventaron su propia explicación: todos los inviernos, aseguraban, los pájaros se metamorfoseaban en peces.

Y los peces, dijo, eran felices en su nuevo medio. La comida era abundante en el agua, la vida menos penosa. Pero nunca olvidaban de dónde procedían y la manera en que solían elevarse sobre la tierra, livianos y libres. Nada podía reemplazar aquella sensación. Así que cuando todos los años al comenzar la primavera la nostalgia se volvía demasiado difícil de soportar, los peces volvían a convertirse en pájaros. Y así llenaban de nuevo el firmamento todos aquellos milanos negros, gansos grises, estorninos, golondrinas y vencejos.

Durante un tiempo, todo iba bien y estaban contentísimos por estar de vuelta en casa, en los cielos conocidos, hasta que la escarcha se acumulaba en las ramas de los árboles y tenían que regresar una vez más a las aguas de allá abajo, donde se sentían seguros, pero nunca completos, y de ese modo seguía y seguía el ciclo de peces y pájaros, pájaros y peces. El ciclo de la pertenencia y del exilio.

Era la cuestión inmemorial: irse o quedarse. Aquella noche aciaga, Yusuf y Yiorgos eligieron quedarse.

La luna

Chipre, mayo de 1974

La siguiente vez que se encontraron en La Higuera Feliz, Kostas llegó tarde. Como había estado ayudando a su madre a cortar leña y a apilar los troncos junto al hogar, no se había podido escapar antes. Cuando por fin se liberó, corrió todo el camino de su casa a la taberna.

Por suerte, Defne no se había ido. Allí estaba, en el cuartito de detrás de la barra, esperando.

—Lo siento muchísimo, amor —dijo Kostas cuando entró a la carrera.

Algo en la expresión de ella lo detuvo. Una dureza en su mirada. Se dejó caer en el asiento junto a Defne, recobrando el aliento. Sus rodillas se rozaron por debajo de la mesa. Ella se apartó, de manera casi imperceptible.

—Hola —dijo ella, sin buscar su mirada.

Kostas sabía que debía preguntarle por qué parecía tan afligida, pero una extraña lógica lo contuvo, como si al no presionarla para que expresara su dolor en palabras, pudiese conjurarlo, al menos por un ratito.

Defne rompió el silencio.

—Mi padre está en el hospital.

—¿Por qué? ¿Qué ha pasado? —Le cogió la mano, que sintió floja y sin vida en la suya.

Ella sacudió la cabeza, los ojos se le llenaron de lágrimas.

—Y mi tío..., el hermano de mi madre. ¿Te acuerdas de que te hablé de él? El que me vio una noche y me preguntó adónde iba.

—Sí, claro. ¿Qué ha pasado?

—Está muerto.

Kostas se quedó helado.

—Ayer, un comando armado de la EOKA-B detuvo el autobús en el que iban mi padre y mi tío y pidieron a todos los pasajeros que diesen sus nombres... Apartaron a los varones con nombres turcos o musulmanes. Mi tío llevaba un arma. Le pidieron que la entregase, él se resistió. Se gritaron. Todo fue muy rápido. Mi padre intentó intervenir. Se lanzó hacia delante y le dispararon. Ahora está en el hospital. Los médicos dicen que quizá se quede paralizado de cintura para abajo. Y mi tío... —Empezó a llorar—. Tenía veintiséis años. Acababa de prometerse con su novia. El otro día estaba bromeando con él.

Kostas tomó aire rápidamente, titubeó, forcejeando con las palabras.

—Lo siento mucho. —Pensó en abrazarla, pero como no estaba seguro de si ella querría, se contuvo, esperando, asimilando aquella nueva fisura que se abría entre ellos—. Lo siento mucho, Defne.

Ella apartó la vista.

—Si mi familia se enterase... Si supieran que me veo con un chico griego, nunca me perdonarían. Para ellos, es lo peor que podría hacer.

Kostas palideció. Era lo que había estado temiendo todo el tiempo, un preludio del final. Sentía tal presión en el pecho que le dio miedo que le pudiera estallar. Le supuso el esfuerzo de todos los músculos de su cuerpo mantener la compostura. Aunque pareciese extraño, lo único en que podía pensar en aquel momento era en el alfiletero que su madre usaba cuando cosía. Así estaba su corazón en ese instante, perforado por decenas de agujas. Con una voz que no era más que un ronco susurro, preguntó:

—¿Estás diciendo que deberíamos terminar? No puedo soportar verte sufrir. Haré lo que sea para evitarlo. Incluso aunque eso signifique no verte más. Dime, por favor, ¿ayudaría que me alejase?

Defne alzó la barbilla y lo miró a los ojos por primera vez desde que él había llegado.

—No quiero perderte.

—Yo tampoco quiero perderte —dijo Kostas.

Distraída, Defne se llevó el vaso a los labios. Estaba vacío.

Kostas se levantó y dijo:

—Voy por agua.

Descorrió las cortinas. La taberna estaba abarrotada aquella noche, una nube borrosa de humo de tabaco flotaba en el aire. Había un grupo de estadounidenses sentado junto a la puerta, con las cabezas inclinadas con ansia sobre los platos de *meze* que un camarero había dejado ante ellos.

Kostas vio a Yusuf en un rincón, ataviado con una camisa azul de lino, y a Chico posado en el estante de detrás de él, limpiándose las plumas.

Cuando se cruzaron sus ojos, Yusuf le sonrió, confiado, despreocupado. Kostas intentó devolverle el gesto, con su habitual actitud amistosa teñida de timidez ahora que sabía su secreto. Pero solo consiguió ofrecerle a cambio una sonrisa patética, con el corazón doliente por todo lo que Defne le acababa de contar.

—¿Estás bien? —dijo Yusuf gesticulando con la boca para que lo entendiese a pesar del ruido.

Kostas señaló la jarra vacía que llevaba en la mano.

—Solo vengo a por agua.

Yusuf le hizo señas al camarero que tenía más cerca, un griego alto y delgado que acababa de ser padre por primera vez.

Mientras Kostas esperaba el agua fresca, miró distraído alrededor, con la mente ofuscada por todo lo que Defne le había confiado. Los ruidos de la taberna que lo rodeaban eran como una mano en torno al mango de un cuchillo. Se fijó en una mujer rubia y rechoncha de una de las mesas de delante, que estaba sacando un espejito de su bolso para retocarse el maquillaje de los labios. El color se le quedaría grabado muchos años: un rojo intenso, un borrón de sangre.

Incluso largo tiempo después, en Londres, se descubría reviviendo aquel momento, y aunque todo pasó muy rápido, en su recuerdo los acontecimientos de aquella noche se reproducían siempre de manera espantosamente lenta. Una luz deslumbrante como él nunca había visto, como no se había imaginado que fuese posible. Un terrible silbido que le llenó los oídos, seguido de inmediato por un estruendo tremendo, como si mil piedras contundentes estuviesen machacándose unas contra otras. Y en ese momento..., sillas rotas, platos destrozados, cuerpos mutilados y, lloviendo sobre todo el mundo y todas las cosas, los trocitos más diminutos de cristal, que en su recuerdo eran siempre perfectamente redondos, como gotitas de agua.

El suelo se tambaleó y osciló bajo sus pies. Kostas cayó hacia atrás, empujado por una fuerza mayor que él, con un impacto extrañamente amortiguado. Después, silencio. Puro silencio, una clase de silencio que sonaba más fuerte que la explosión que acababa de sacudir el local entero. Se habría golpeado la cabeza contra un escalón de piedra de no haber sido por el cuerpo que había tendido debajo de él, el del camarero que le iba a llevar la jarra de agua.

Era una bomba. Una bomba casera lanzada al jardín desde una motocicleta y que destrozó toda la fachada. Cinco personas perdieron la vida en La Higuera Feliz aquella noche. Tres estadounidenses que visitaban la isla por primera vez, un soldado canadiense a punto de ser licenciado de su misión de mantenimiento de la paz y de volver a casa, y el joven camarero griego que acababa de ser padre.

Kostas se incorporó tambaleándose, agitando el brazo derecho. Cuando se dio la vuelta, con los ojos muy abiertos por el terror, vio la cortina rasgada de la parte trasera y a Defne saliendo desbocada con la cara lívida. Corrió hacia él.

—¡Kostas!

Él quiso decir algo, pero no se le ocurrió ni una sola palabra de consuelo. También quiso besarla; en medio de aquella carnicería humana parecía una cosa tan inoportuna y, sin embargo, quizá fuese lo único que se podía hacer. Sin decir palabra, la abrazó, con la ropa empapada con sangre de otros.

¿Habían sido los turistas estadounidenses o los soldados británicos el objetivo de los atacantes? ¿O era la taberna misma y sus dos propietarios? Siempre existía la posibilidad de que se tratara de un acto de violencia arbitrario, de los que cada vez había más en aquellos tiempos. Nunca lo sabrían.

Por todas partes había un olor acre, a humo, a ladrillos carbonizados y escombros. La entrada se había llevado el daño mayor, la puerta de madera estaba sacada de sus goznes; los azulejos y las fotografías enmarcadas, arrancados de las paredes; las sillas astilladas en pedacitos; había esquirlas de porcelana esparcidas. En un rincón, unas llamas pequeñas salían disparadas de debajo de una mesa volcada. Haciendo crujir los cristales bajo sus zapatos, Kostas y Defne se movieron en direcciones opuestas, intentando ayudar a los heridos.

Más tarde, justo cuando llegó la policía y mucho antes de que apareciese la ambulancia, Yiorgos y Yusuf les dijeron que debían irse y eso hicieron, saliendo de La Higuera Feliz por el patio de la parte trasera.

Fuera, la luna estaba llena y era lo único sereno que habían visto en todo el día. Brillaba con una belleza impasible, como una fría piedra preciosa contra un terciopelo oscuro, indiferente al dolor humano que tenía debajo.

Aquella noche, como ninguno de los dos quería irse a casa todavía, se quedaron juntos más tiempo de lo habitual. Pasearon un rato, subieron la colina de detrás de la taberna y se sentaron junto a un viejo pozo, oculto entre zarzas crecidas y matas de brezo. Escudriñaron por encima del pretil de piedra, notaron el tacto del musgo sedoso en la yema de los dedos, miraron en las profundidades del hueco, donde el agua estaba demasiado oscura para verla. No tenían monedas que tirar ni deseos que pedir.

—Déjame que te acompañe a casa —dijo Kostas—. Por lo menos parte del camino.

—No quiero irme —repuso ella frotándose la nunca, en la que un fragmento le había impactado antes sin que se diera cuenta—. Mi madre y Meryem se quedan con mi padre en el hospital esta noche.

Kostas sacó un pañuelo y le secó a Defne las lágrimas y el hollín de las mejillas. Ella le agarró la mano, posó la cabeza contra la palma de él, sin dejarlo ir. Él sintió el calor de la boca de ella, el barrido de sus pestañas en la piel. Había quietud en el aire, de pronto el mundo estaba muy lejos.

Defne le pidió que le hiciese el amor, y como él no respondió enseguida, ella retrocedió un paso y se quedó observándolo con la mirada resuelta, sin ningún indicio de timidez.

—¿Estás segura? —dijo él, con la cara un poco sonrojada a la luz de la luna.

Sería la primera vez para ambos.

Ella asintió con ternura.

Él la besó y dijo:

—Tengo que advertirte de que hay ortigas por aquí.

—Ya me he dado cuenta.

Él se quitó la camisa y se envolvió con ella la mano derecha. Inspeccionó la hierba y quitó tantas ortigas como pudo, arrancándolas por racimos como había visto tantas veces hacer a su madre para preparar sopa. Cuando levantó la cabeza, Dafne lo miraba con una sonrisa triste.

—¿Por qué me miras así?

—Porque te quiero —dijo ella—. Eres un alma noble, Kostas.

No te enamoras en mitad de una guerra civil, cuando te asedian las masacres y el odio por todas partes. Huyes, tan rápido como tus piernas puedan cargar con tus miedos, buscando la más básica de las supervivencias y nada más. Con alas prestadas subes al cielo y te elevas hacia la lejanía. Y si no te puedes ir, entonces buscas refugio, encuentras un lugar seguro donde encerrarte en ti mismo porque ahora que todo lo demás ha fracasado, todas las negociaciones diplomáticas y consultas políticas, sabes que solo queda el ojo por ojo, diente por diente, y no estás seguro en ninguna parte fuera de tu propia tribu.

El amor es la afirmación descarada de la esperanza. No te abrazas a la esperanza cuando la muerte y la destrucción están al mando. No te pones tu mejor vestido y te prendes una flor en el pelo cuando te rodean ruinas y cascotes. No entregas tu corazón en un momento en que se supone que los corazones tienen que permanecer sellados, sobre todo para los que no creen en tu religión, ni hablan tu idioma, ni son de tu sangre.

No te enamoras en Chipre en el verano de 1974. No allí, no en aquel momento. Y sin embargo, allí estaban los dos.

Higuera

Cuando explotó la bomba, algunas chipas prendieron fuego a una de mis ramas. En pocos segundos estaba en llamas. Nadie se dio cuenta. No durante un rato. Estaban todos conmocionados, intentando ayudar a los heridos desesperadamente, retirando los escombros caídos, incapaces de mirar los cadáveres. Había polvo y humo por todas partes, las cenizas se arremolinaban en el aire como polillas alrededor de una vela. Oía llorar a una mujer. Nada fuerte, era apenas audible, casi como un sonido apagado, como si estuviese demasiado asustada para hacer ningún ruido. Yo escuchaba y seguía ardiendo.

En las regiones propensas a los incendios, los árboles desarrollan una miríada de estratagemas para protegerse de la devastación. Se rodean de una corteza gruesa, escamada, o esconden sus gemas latentes bajo tierra. Os podéis encontrar con pinos con piñas duras, resistentes, listas para lanzar sus semillas al primer estremecimiento de calor intenso. Otros árboles dejan caer todas sus ramas bajas para que las llamas no asciendan con facilidad. Todos hacemos eso y más para sobrevivir. Pero yo era una higuera que vivía en el interior de una alegre taberna. No había motivo para adoptar semejantes precauciones. Mi corteza era fina; mis ramas, copiosas y delicadas, y no disponía de nada que me protegiese.

Fue Yusuf el primero que me vio. Corrió hacia mí, aquel hombre amable de lengua trabada, que en aquel momento se puso a sacudir los brazos, sollozando.

—*Ah, canim, ne oldu sana?* Corazón mío, ¿qué te ha pasado? —dijo una y otra vez en turco, con los ojos teñidos de pena.

Quise decirle que no estaba tartamudeando. Nunca lo hacía cuando hablaba conmigo.

Vi a Yusuf agarrar un mantel, después varios más. Me fue dando golpecitos en las ramas, saltando y brincando como un loco. Llegó con cubos de agua de la cocina. Entonces Yiorgos se unió a él y juntos se las arreglaron para apagar el fuego.

Una parte de mi tronco se chamuscó y varias ramas quedaron carbonizadas, pero estaba viva. Me pondría bien. Podría recuperarme de aquel horror, indemne, a diferencia de los que estuvieron allí aquella noche.

Una carta

Chipre, junio de 1974

Unas semanas después de que una bomba explotase en La Higuera Feliz, Panagiota le escribió una carta a su hermano, que vivía en Londres.

Mi querido Hristos:

Gracias por los preciosos regalos que nos mandaste el mes pasado, llegaron todos intactos. Saber que estás bien y que prosperas en Inglaterra es el mayor regalo para mi alma. Que la gracia del Señor os guíe siempre a ti y a tu familia y os rodee como un escudo de acero.

He reflexionado mucho antes de escribirte esta carta. Siento que ha llegado el momento en ya que no puedo seguir con el miedo encerrado en mi corazón. Estoy preocupada —aterrorizada— por Kostas. Recuerda, hermano, lo joven que era cuando Dios me dejó viuda con tres hijos para que los criase sola. Tres niños a los que les hacía muchísima falta en sus vidas la guía de un padre. Intenté ser madre y padre para ellos. Ya sabes lo duro que ha sido y sin embargo nunca me he quejado. Si me vieras ahora, hermano... Me pregunto si me reconocerás siquiera la próxima vez que me veas. He envejecido muy rápido. Mi pelo ya no es lustroso ni negro, y cuando me lo cepillo por la noche se me cae a mechones. Tengo las manos tan secas y ásperas como papel de lija y suelo hablar sola, como Eleftheria, la vieja loca que solía charlotear con fantasmas, ¿te acuerdas?

En un año he perdido a dos hijos, Hristos. No saber dónde está Andreas ahora, en este momento, si está preso o es libre, si está vivo o muerto, no es menos atroz que el día que trajeron el cadáver de mi querido Michalis a casa. Los dos se han ido, sus camas están frías y vacías. No puedo soportar la pérdida de un tercer hijo. Perderé la cabeza.

Todas las noches me pregunto si estoy haciendo lo correcto al seguir teniendo a Kostas a mi lado en Chipre. Y aunque haya sido lo correcto hasta ahora, ¿cuánto tiempo más puedo velar por él? Es casi un hombre adulto. A veces sale de casa y vuelve muchas horas después. ¿Cómo puedo tener la certeza de que está sano y salvo?

Esta isla ya no es sitio apropiado para hombres jóvenes. Hay sangre en las calles. Todos los días. Ni siquiera hay tiempo para limpiar la de ayer. Y este hijo mío es demasiado sensible. Se topa con un polluelo caído de un nido que ha encontrado la muerte entre las garras de un gato y no habla durante días. ¿Sabes que, si pudiera, habría dejado de comer del todo carne? Cuando tenía once años, se puso a llorar por unos pajaritos que yo estaba poniendo en conserva. Si crees que el tiempo lo ha endurecido, te equivocas. El día de la ola de calor vio un montón de murciélagos muertos en el jardín y se quedó desolado. Lo digo en serio, Hristos. Le destrozó el alma.

Me preocupa que no esté preparado en absoluto para lidiar con las adversidades de la vida, desde luego no con las adversidades de nuestra isla. Nunca he visto a nadie que sienta el dolor de los animales con tanta intensidad. Le interesan más los árboles y los arbustos que sus compatriotas. No es una bendición, estoy segura de que convendrás conmigo. No puede ser más que una maldición.

Pero hay más, mucho más. Sé que ha estado viéndose con una chica. Se escabullía de casa a horas raras, volvía con una mirada distraída y las mejillas encendidas. Al principio no me importó, a decir verdad. Fingí no darme cuenta de nada, con la esperanza de que le haría bien. Pensé que si enamoraba se mantendría alejado de las calles y de la política. Ya estoy harta de los *pallikaria*, esos jóvenes valientes pero imprudentes. Así que lo dejé estar. Simulé ignorancia, le permití que viese a esa chica. Pero eso fue hasta que me enteré por una vecina de quién era. Y ahora estoy aterrorizada.

¡Nuestro Kostas está enamorado de una turca! Se han estado viendo en secreto. Hasta dónde habrán llegado, no lo sé, y no puedo preguntar. Un cristiano no puede casarse con una musulmana, es una ofensa ante los ojos de Nuestro Señor. La familia de esa chica se podría enterar de la verdad cualquier día y entonces ¿qué le harán a mi hijo? O si alguien de nuestro lado se enterara, ¿qué pasaría entonces? ¿No hemos sufrido ya bastante? No puedo ser ingenua. Los dos sabemos, tú y yo, que hay gente de las dos comunidades dispuestas a escarmentarlos por lo que han estado haciendo. El castigo más leve dadas las circunstancias serían las habladurías y las calumnias. Cargaríamos con esa vergüenza para siempre. Pero no es ese mi mayor temor. ¿Y si sufren un castigo peor? Ni siquiera quiero pensar en ello. ¿Cómo puede hacerme Kostas esto? A su hermano mayor, Dios lo tenga en su gloria.

Ya no duermo como es debido. Kostas tampoco, al parecer. Lo oigo pasear arriba y abajo por su habitación todas las noches. No podemos seguir así, el miedo de que le vaya a pasar algo terrible me está destrozando el alma. No puedo respirar.

He decidido, después de considerarlo mucho, mandar fuera a Kostas, mandártelo a ti, a Londres. No hace falta que te diga, hermano, lo que eso supone para mi corazón. No necesito decírtelo. Lo que te estoy pidiendo, rogando, es que te hagas cargo de él. Por favor, hazlo por mí. Es un niño sin padre, Hristos. Necesita que una mano paterna le marque el camino. Necesita la ayuda y el consejo de su tío. Quiero que se mantenga alejado de Chipre, alejado de esa chica hasta que entre en razón y se dé cuenta de que se ha comportado como un tonto, como un imprudente.

Si estás de acuerdo, encontraré una buena excusa y le diré que se quedará solo una semana o así. Pero quiero que lo tengas allí más tiempo, hasta el final del verano por lo menos. Es joven. Pronto la olvidará. Quizá pueda ayudarte en la tienda y aprender el oficio. Seguramente será mejor para él que mirar pájaros o pasarse el día soñando despierto debajo de los algarrobos.

Llévate al pequeño Kostas a tu casa y con tu familia, por favor. ¿Lo harás por mí, hermano? ¿Cuidarás del único hijo que me queda? Sea cual sea tu respuesta, que la gracia de Nuestro Señor Jesucristo y el amor de Dios y la hermandad del Espíritu Santo sea contigo, ahora y siempre. Tu hermana, que te quiere,

PANAGIOTA

Pimientos

Londres, finales de la década de 2010

A la mañana siguiente, Meryem se sentó en el extremo de la mesa de la cocina delante de un cuenco de arroz hervido y tomate mezclado con especias y una montaña de pimientos verdes, lavados y vaciados, con los pedúnculos cortados con cuidado. Cuando vio a Ada, sonrió, pero la sonrisa desapareció en cuanto reparó en la expresión de su sobrina.

—¿Estás bien?

—Estoy bien —dijo Ada sin levantar la vista.

—En Chipre teníamos una cabra, ¿sabes? Era una hermosa criatura. Tu madre y yo siempre la estábamos acariciando. Le pusimos Karpuz porque le encantaban las sandías. Una mañana, *baba* se llevó a Karpuz al veterinario. La metió en la parte de atrás de un camión. Sofocante, lleno de polvo. Tenía otras cosas que hacer, así que dejó a Karpuz atada allí todo el día. Cuando la cabra volvió a casa, estaba estresadísima. Tenía la mirada vidriosa. —Meryem se inclinó y entornó los ojos—. Y tú ahora tienes el mismo aspecto que Karpuz después del viaje en camión.

Ada soltó un leve bufido.

—Estoy bien.

—Eso dijo Karpuz.

Ada inspiró despacio y puso los ojos en blanco. Podría haberle molestado el entrometimiento de su tía, pero lo raro fue que no lo hizo. Al contrario, sintió el impulso de abrirse a ella. Quizá podría confiar en aquella mujer que iba a estar allí poco tiempo. No había riesgo en compartir algunas cosas con ella. Además, necesitaba hablar con alguien, oír una voz diferente de las que le bullían en la cabeza.

—No me gusta mi instituto. No quiero ir más.

—¡Oh, vaya! —exclamó Meryem—. ¿Lo sabe tu padre?

—He intentado decírselo, pero no ha ido muy bien.

Meryem arqueó las cejas.

—No pongas esa cara, no es el fin del mundo —dijo Ada—. No voy a abandonar los estudios para unirme a una secta clandestina. Es solo que no me gusta ese instituto, eso es todo.

—Óyeme, *canim*, quizá te enfades conmigo por decirte esto, pero recuerda que los buenos consejos siempre son molestos y los malos nunca lo son. Así que si lo que digo te fastidia, tómatelo como un consejo bueno.

Ada entrecerró los ojos.

—Bien, veo que ya estás molesta —dijo Meryem—. Lo que intento decir es que eres joven, y los jóvenes son impacientes. No pueden esperar a que terminen las clases y empiece su vida. Pues déjame que te cuente un secreto: ¡ya ha empezado! Esto es la vida. Aburrimiento, frustración, intentar librarse de las cosas, desear algo mejor. Ir a otro instituto no cambiará las cosas. Así que sería mejor que te quedases. ¿Qué pasa? ¿Tus compañeros te lo están haciendo pasar mal?

Ada tamborileó con los dedos en la mesa para mantenerlos ocupados.

—Bueno... Hice algo feo delante de toda la clase. Ahora me da demasiada vergüenza volver.

Las arrugas de la frente de Meryem se hicieron más profundas.

—¿Qué hiciste?

—Grité... Hasta quedarme sin voz.

—¡Ay, bonita, no deberías levantarle la voz nunca a los profesores!

—No, no. A la profesora no. Fue como si le estuviese gritando a todo el mundo, a todo.

—¿Estabas enfadada?

Ada dejó caer un poco los hombros.

—Esa es la cosa, no creo que fuese enfado. Quizá es que no estoy bien. Mi madre tenía problemas de salud mental. Así que sí, podría tener lo que sea que tenía mi madre. Es genético, supongo.

Meryem dejó de respirar por un momento, aunque Ada no pareció darse cuenta.

—Mi padre dice que los árboles pueden recordar y que a veces los árboles jóvenes tienen una especie de «memoria almacenada», como si conociesen los traumas por los que han pasado sus antepasados. Eso es bueno, dice, porque los arbolitos pueden adaptarse mejor.

—No sé mucho de árboles —repuso Meryem, dándole vueltas a la idea—, pero las chicas de tu edad no deberían estar preocupándose por esas cosas. La pena es al alma lo que los gusanos a la madera.

—¿Te refieres a las termitas?

—Digamos que la historia es fea, ¿qué tiene que ver contigo? —prosiguió Meryem, ignorando el comentario de Ada—. No es un problema tuyo. Mi generación estropeó las cosas. Tu generación tiene suerte. No os tenéis que despertar un día con una frontera delante de vuestra casa o preocuparos por si a vuestro padre lo asesinan a tiros en la calle solo por su etnia o religión. Cómo me gustaría tener tu edad ahora.

Ada seguía mirándose las manos.

—Mira, todo el mundo ha hecho alguna tontería en su juventud y ha creído que no tenía arreglo. Quizá ahora mismo te sientas sola. Crees que tus compañeros se han reído de ti y a lo mejor lo han hecho, pero así es la naturaleza humana. Si te arde la barba, otros vendrán a encenderse la pipa con ella. Pero lo que quiero decir es que saldrás más fuerte de esto. Un día mirarás atrás y dirás: ¿por qué estaba tan preocupada por eso?

Ada sopesó esas palabras, aunque no se creyó ni una. Quizá fuera verdad en el pasado, pero en aquel nuevo mundo tecnológico los fallos tontos, si es que eso es lo que eran, una vez en línea se quedaban allí para siempre.

—No lo entiendes: grité como una loca, como si estuviese poseída —dijo Ada—. La profesora estaba asustada, se lo vi en los ojos.

—¿Has dicho... «poseída»? —repitió despacio Meryem.

—Sí, fue tan horrible que tuve que ir a hablar con el director. No dejaba de hacerme preguntas sobre mi situación familiar. ¿Es porque no puedo hacer frente a la muerte de mi madre? ¿O se trata de mi padre? ¿Hay algo que debería contarle? ¿Estoy teniendo problemas en casa? ¡Ay, Dios mío! Me hizo tantas preguntas personales que me dieron ganas de lanzarme sobre él y decirle que se callara.

Meryem jugueteaba con su pulsera, aún con el ceño fruncido y pensando. Cuando volvió a levantar la vista, tenía un brillo en los ojos, un resplandor rosado en las mejillas.

—Ahora lo entiendo —dijo, con una intensidad nueva—. Creo que ya sé cuál es el problema.

Higuera

Meryem es una persona rara, está llena de contradicciones. Busca ayuda en los árboles todo el tiempo, aunque no parece ser consciente de ello. Si está asustada o se siente sola o quiere disipar a los malos espíritus, toca madera, un antiguo ritual que se remonta a los días en que se nos consideraba sagrados. Cada vez que tiene un deseo que no se atreve a verbalizar, cuelga jirones de tela y lazos en nuestras ramas. Si está buscando algo —un tesoro enterrado o cualquier objeto trivial que haya perdido— deambula por ahí sujetando una rama bifurcada que ella llama *varita de zahorí*. Personalmente, no me molestan esas supersticiones; algunas hasta pueden ser provechosas para nosotras, las plantas. Los clavos oxidados que mete dentro de las macetas para ahuyentar a los *djinn* vuelven alcalina la tierra. De manera similar, la ceniza de madera que queda de las fogatas que enciende para eliminar algún maleficio contiene potasio, que puede ser nutritivo. Y en cuanto a las cáscaras de huevo que esparce con la esperanza de atraer a la buena fortuna, también son un abono enriquecedor. Lo único que me pregunto es cómo sigue llevando a cabo esos viejos rituales sin darse cuenta de que su origen procede de una reverencia profunda por nosotros, los árboles.

En el valle de Marathasa, en las montañas de Troodos, hay un roble de setecientos años. Los griegos os dirán que un grupo de campesinos se escondió debajo cuando huían de los turcos otomanos en el siglo XVI y que escaparon vivos de milagro.

Y en el monasterio de San Jorge de Alamán hay un *Ficus carica* que los turcos os dirán que surgió del cuerpo de un hombre muerto, después de que un higo que tenía en el estómago, lo último que había comido aquella noche, se convirtiese en árbol. Lo habían metido en una cueva con otros dos hombres y los habían matado con dinamita.

Escucho con atención y me parece asombroso que los árboles, solo con su presencia, se conviertan en salvadores de los oprimidos y en símbolo del sufrimiento de personas de bandos contrarios.

A lo largo de la historia hemos sido refugio para muchos. Un santuario no solo para los mortales humanos, sino también para los dioses y las diosas. Gaia, la diosa madre tierra, tuvo motivos para convertir a su hijo en higuera a fin de salvarlo de los rayos de Júpiter. En varias partes del mundo, cuando se cree que una mujer está maldita, la casan con una *Ficus carica* antes de que pueda prometerse con la persona a quien quiere de verdad. Por muy raras que me parezcan todas esas costumbres, entiendo de dónde provienen: las supersticiones son las sombras de los miedos desconocidos.

Así que cuando Meryem salió al jardín y me sorprendió con su presencia y empezó a andar de acá para allá, ajena al frío y al temporal, tuve el presentimiento de que estaba ideando un plan para ayudar a Ada. Y supe que recurriría, una vez más, a su reserva inagotable de mitos y creencias.

Definición del amor

Chipre, julio de 1974

El patio estaba apenas iluminado por la luna menguante; el viento cálido, que había estado silbando a través las copas de los árboles durante todo el día, por fin se había agotado y quedado tranquilo, y la noche era agradable y fresca. El penetrante olor a jazmín envolvía la balaustrada de hierro forjado como un hilo dorado en una tela tejida a mano y perfumaba el aire, mezclándose con los olores a metal quemado y a pólvora.

Defne se sentó sola en el rincón más alejado del patio de su casa, todavía despierta a una hora tan tardía. Se acurrucó junto al muro, donde sus padres no podrían verla si miraban por la ventana. Se acercó las rodillas al pecho y apoyó la cabeza en una mano. En la otra mano llevaba una carta que había releído ya varias veces, aunque las palabras seguían dando vueltas ante sus ojos, inescrutables.

Se quedó mirando la tomatera que su hermana tenía plantada en una gran maceta de barro. A lo largo del último año, aquella planta se había convertido en su aliada. Cada vez que se escabullía de noche para encontrarse con Kostas, bajaba en secreto por la morera que tenía delante del balcón y luego volvía a subir por ahí, aupándose y usando con cuidado la maceta como escalón.

No había visto a Kostas desde la noche de la explosión en La Higuera Feliz; salir a pasear se había vuelto casi imposible. Cada día las noticias se habían ido tornando más oscuras, más siniestras. Los rumores de que la junta militar de Grecia estaba conspirando para expulsar al presidente de Chipre, el arzobispo Makarios, se habían materializado. El día antes la Guardia Nacional chipriota y la EOKA-B habían dado un golpe de Estado para derrocar al arzobispo, elegido de manera democrática. El palacio Presidencial en Nicosia fue bombardeado e incendiado por las fuerzas armadas leales a la junta. En las calles estallaron refriegas entre los partidarios del arzobispo y los partidarios del régimen militar de Atenas. La radio estatal anunció que Makarios había muerto. Pero justo cuando empezaban a llorar su muerte, el arzobispo transmitió un mensaje a través de una estación de radio improvisada: «¡Chipriotas griegos! Conocéis esta voz. Soy Makarios. Soy a quien elegisteis para que fuese vuestro líder. No estoy muerto. Estoy vivo». Había escapado de milagro y nadie conocía su paradero.

En medio del caos, estalló la violencia entre las comunidades. Los padres de Defne le prohibieron que saliera de casa, ni siquiera para el abastecimiento básico. Las calles no eran seguras. Los turcos tenían que quedarse con los turcos, los griegos con los griegos. Confinada, se pasó las horas reflexionando, intentando encontrar la forma de hablar con Kostas.

Por fin, aquel día, cuando su madre salió para asistir a una reunión de vecinos y su padre se quedó dormido en su habitación, como solía pasarle después de tomarse su medicación diaria, Defne se escapó, a pesar de las protestas de su hermana. Corrió sin respiro hasta La Higuera Feliz, buscando a Yusuf y a Yiorgos. Por suerte, los dos estaban allí.

Desde la noche de la bomba, los dos hombres habían trabajado muchísimo para rehabilitar el lugar y habían conseguido re-

parar la mayor parte de los daños. Habían reconstruido la fachada y la puerta, pero entonces, aunque estaban listos para volver a
abrir, se habían visto obligados a cerrar por los disturbios que se
estaban desarrollando en la isla. Defne se los encontró apilando
sillas y mesas delante de la taberna, embalando los utensilios de
cocina antes de almacenarlos en cajones y cajas. Cuando la vieron, a ambos se les iluminó la cara, aunque enseguida la afabili-
dad se vio reemplazada por la inquietud.

—¡Defne! ¿Qué e-e-estás haciendo aquí? —preguntó Yusuf.

—¡Me alegro tanto de haberos encontrado! Me preocupaba
que os hubieseis ido.

—Vamos a cerrar —dijo Yiorgos—. El personal se ha despedi-
do. No quieren seguir trabajando. Y tú no deberías estar fuera de
casa. Es peligroso. ¿No te has enterado? Las familias británicas están volviendo a su país. Un vuelo fletado despegó esta mañana con
las mujeres y los hijos de los militares. Hay otro vuelo mañana.

Defne había oído hablar de cómo las señoras inglesas habían
embarcado en el avión con sus sombreros color pastel y sus vestidos a juego, y las maletas repletas. Se veía el alivio en sus caras.
Pero muchas también estaban llorosas, porque se iban de una isla
que habían llegado a querer.

—Cuando los occidentales salen corriendo —dijo Yiorgos—
significa que los que nos quedamos atrás estamos de mierda hasta el cuello.

—En mi comunidad todo el mundo está preocupadísimo
—dijo Defne—. Dicen que va a haber un baño de sangre.

—N-n-no perdamos la esperanza, esto pasará —terció Yusuf.

—Pero estamos muy contentos de verte —dijo Yiorgos—.
Tenemos una cosa para ti. Una carta de Kostas.

—Ah, menos mal, lo habéis visto. ¿Cómo está? Está bien,
¿verdad? ¡Gracias a Dios! —Le arrancó el sobre de la mano, se lo

apretó contra el pecho; abrió el bolso enseguida—. Yo también tengo algo para él. ¡Tomad, aquí está!

Ni Yusuf ni Yiorgos cogieron la carta.

Defne sintió que se le encogía el estómago, intentó ignorar la sensación.

—No puedo quedarme mucho. ¿Le daréis esto a Kostas?

—No podemos —dijo Yiorgos.

—Pero no pasa nada. No correréis peligro si vais a su casa. Por favor, es muy importante. Necesito decirle algo, es urgente.

Yusuf cambió el peso de un pie al otro.

—Entonces ¿n-n-no lo sabes?

—¿Si no sé el qué?

—Se ha marchado —dijo Yiorgos—. Kostas se ha ido a Inglaterra. Tenemos la sospecha de que su madre lo ha obligado; no le quedaba mucha opción. Intentó ponerse en contacto contigo. Vino varias veces preguntando por ti; la última vez dejó un sobre. Pero creíamos que al final te había encontrado. Que te lo habría dicho.

En el suelo junto a su zapato vio una falange de hormigas arrastrando un escarabajo muerto. Se quedó observándolas unos segundos, incapaz de entender cómo se sentía. No era dolor exactamente lo que la invadía, eso llegaría después. Tampoco era conmoción, aunque esta tampoco tardaría en caer sobre ella. Era como si la hubiese apresado una fuerza de gravedad irresistible, encerrándola para siempre en aquel sitio y en aquel momento.

Con la barbilla levantada y la mirada perdida, hizo una brusca inclinación de la cabeza. Sin decir una palabra, se marchó. Yusuf gritó su nombre, pero ella no respondió.

A lo lejos, las columnas de humo ascendían sobre los tejados; había zonas de la ciudad ardiendo. Adonde mirase, veía hombres con armas, amontonando sacos terreros, hombres con expresiones adustas y botas cubiertas de polvo. Civiles, soldados, paramilitares. ¿Dónde se habían metido las mujeres de la isla?

Se dirigió a las callejuelas, alejándose del tumulto, atravesando jardines y huertos. Sin rumbo fijo, siguió avanzando, con su sombra caminando junto a ella. El día se había ido atenuando hasta convertirse en noche, el mundo menguó de color. Para cuando llegó a su casa, horas más tarde, tenía los tobillos y los brazos llenos de arañazos de las zarzas, como si fuesen inscripciones en un idioma que no había aprendido.

Desde ese momento había estado callada, apartada, con los labios apretados de tanto concentrarse. Había hecho todo lo posible para comportarse con normalidad delante de Meryem, si no su hermana habría empezado a hacerle preguntas. Descubrió que no era tan difícil posponer el dolor, igual que había pospuesto leer la carta de Kostas hasta más tarde aquella noche.

Mi querida Defne:

No puedo creer que no haya podido verte antes de irme a Inglaterra. He empezado a escribirte esta carta, la he dejado y he vuelto a empezarla muchas veces. Quería darte la noticia en persona, pero no he conseguido ponerme en contacto contigo.

Es mi madre. Está llena de temores, es imposible razonar con ella. Está preocupada por si me pasa algo malo. Lloró y lloró y me rogó que me fuese a Londres. No podía negarme. Pero nunca más dejaré que vuelva a hacerme algo así. Está enferma, ya lo sabes. Su salud se está deteriorando. Desde que murió mi padre, ha trabajado sin parar para cuidar de nosotros. La muerte de Michalis la destrozó y ahora que Andreas ha desaparecido, soy el único al que puede recurrir. No podía soportar verla así. No podía decepcionarla.

Será por poco tiempo, te lo prometo. En Londres me quedaré con mi tío. No habrá ni un solo día en que no piense en ti, ni un solo latido de mi corazón en que no te eche de menos. Volveré dentro de dos semanas, como mucho. ¡Te llevaré regalos de Inglaterra!

No he tenido ni siquiera la ocasión de decirte lo que la otra noche significó para mí. Cuando nos fuimos de la taberna... La luna, el olor de tu pelo, tu mano en la mía, después de todo aquel horror, cuando nos dimos cuenta de que solo podíamos apoyarnos el uno en el otro.

¿Sabes en qué he estado pensando desde entonces? He estado pensando que eres mi país. ¿Es raro que diga eso? Sin ti, no tengo hogar en este mundo; soy un árbol caído con las raíces cercenadas a mi alrededor; me puedes derribar con el roce de un dedo.

Volveré pronto, no permitiré que esto vuelva a pasar. Y quizá la próxima vez, algún día, iremos juntos a Inglaterra, ¿quién sabe? Por favor, piensa en mí todos los días, estaré de vuelta antes de que te des cuenta.

Te quiero.

KOSTAS

Defne tenía la carta agarrada con tanta fuerza que la arrugó por los bordes. Volvió a contemplar la tomatera mientras los ojos se le iban llenando de lágrimas. Kostas le había contado que en Perú, donde se creía que tenían su origen los tomates, antiguamente los llamaban «una especie de ciruela con ombligo». A Defne le había gustado aquella descripción. Todo en la vida debería ser representado con el mismo detalle, había pensado, mejor que dándole nombres abstractos, una combinación arbitraria de letras. Un pájaro debería ser «una cosa con plumas que canta». O un coche «una cosa metálica con ruedas y una bocina». Una isla, «una cosa solitaria con agua rodeándola por todos lados». ¿Y el amor? Hasta aquel día, podría haber contestado a aquella pregunta de forma diferente, pero ahora estaba segura de que el amor debería ser llamado «una cosa engañosa con sufrimiento al final».

Kostas se había ido y ni siquiera había tenido la oportunidad de decírselo. Nunca había sentido tanto miedo del mañana. Ahora estaba sola.

Extranjero

Londres, julio-agosto de 1974

Cuando Kostas Kazantzakis llegó a Londres, lo recibieron en el aeropuerto su tío y la mujer de este, inglesa. La pareja vivía en una casa de ladrillo con revestimiento de madera y un jardincito cuadrado delante. Tenían un perro, un collie marrón, negro y blanco llamado Zeus, a quien le encantaba comer zanahorias hervidas y espaguetis crudos directamente del paquete. Kostas tardaría un tiempo en acostumbrarse a la comida de aquel país. Pero lo que le pilló desprevenido fue el cambio de clima. No estaba preparado para aquel nuevo cielo sobre su cabeza, con una luz tenue la mayor parte del tiempo y que solo a veces volvía a la vida parpadeando, como una bombilla zumbando debido al bajo voltaje.

Su tío, que se había instalado en Inglaterra de manera definitiva, era un hombre jovial de risa contagiosa. Trataba a Kostas con amabilidad y, llevado por la firme convicción de que un muchacho joven no debería estar ni ocioso ni quieto, enseguida puso a su sobrino a trabajar en la tienda. Allí Kostas aprendió a reponer las estanterías, recontar las existencias, manejar la caja registradora y llevar el libro de contabilidad. Era un trabajo duro, pero no le importaba. Estaba acostumbrado a estar alerta y aquello lo mantenía ocupado, y así los días lejos de Defne se volvían un poco más soportable.

Una semana después de su llegada, Kostas oyó las impactantes noticias: las fuerzas militares, respaldadas por la junta griega, habían derrocado al arzobispo Makarios; habían estallado tiroteos entre los partidarios de Makarios y el presidente de facto, Nikos Sampson, designado por los líderes golpistas. Kostas y su tío se enfrascaron en la lectura de todos los periódicos, conmocionados al saber que «los cadáveres plagaban las calles y había entierros masivos». Apenas dormía de noche y, cada vez que conciliaba el sueño, se sumía en sueños inquietantes.

Después siguieron hechos todavía más impensables: cinco días después de que el arzobispo Makarios fuese derrocado, tropas turcas fuertemente armadas aterrizaron en Kirenia; trescientos tanques y cuarenta mil soldados avanzaron sin tregua hacia el interior de la isla. Los aldeanos griegos que se encontraron en su camino se vieron obligados a correr hacia el sur buscando seguridad, dejándolo todo atrás. En medio de la vorágine del caos y la guerra, el régimen militar de Atenas cayó. Llegaron noticias sobre enfrentamientos entre buques de guerra turcos y buques de guerra griegos cerca de Pafos. Pero los combates más letales tuvieron lugar en la capital, Nicosia, y en los alrededores.

Muerto de miedo, Kostas intentaba encontrar todos los retazos de información que podía, siempre pegado a la radio para escuchar las últimas noticias. Las palabras ocultaban y confundían tanto como revelaban y explicaban: «invasión», decían las fuentes griegas; «operación de paz», decían las turcas; «intervención», decía la ONU. Desde los boletines lo asaltaban extraños conceptos que cobraban prioridad en su cabeza. Los artículos hablaban de «prisioneros de guerra», «separación étnica», «traslado de población»... No se podía creer que se refiriesen a un lugar que conocía tanto como su propio reflejo en el espejo. Ahora ya no era capaz de reconocerlo.

Su madre le mandó un mensaje frenético, diciéndole que no volviese. A través de kilómetros de atascos, se las había arreglado para salir de Nicosia en el último momento, asustada y luchando por salvar su vida. Tales eran la conmoción y el temor entre los civiles griegos, y tan absolutamente aterradores las historias y los testimonios que habían oído sobre el ejército que avanzaba que una niña del barrio se había muerto de un infarto. Sin poder llevarse ningún objeto personal consigo, Panagiota había buscado refugio con unos familiares en el sur. Ya no tenían casa. Ya no tenían jardín con cinco algarrobos. Le habían quitado todo lo que había construido con esmero y de lo que había cuidado amorosamente desde el día en que murió su marido y la dejó sola con tres hijos.

A pesar de las objeciones de Kostas, su tío canceló su billete de vuelta. No podía volver a una isla en llamas. Atrapado en una situación sobre la que no tenía ningún control, Kostas intentó contactar con Defne de todas las maneras que se le ocurrieron: telegramas, llamadas de teléfono, cartas... Al principio logró hablar con Yusuf y Yiorgos, pero luego, cosa rara, ellos también se volvieron ilocalizables.

Tras seis semanas sin recibir respuesta de Defne, Kostas consiguió localizar a Meryem a través de un amigo que trabajaba en la oficina de Correos y que la llevó a un teléfono a una hora preestablecida. Con voz baja y afligida, Meryem le confirmó que su dirección no había cambiado, que su casa estaba intacta. Defne recibía sus cartas.

—Entonces ¿por qué no me contesta? —preguntó Kostas.

—Lo siento. Me parece que no quiere saber más de ti.

—No me lo creo —dijo Kostas—. No me lo creeré hasta que se lo oiga decir a ella.

Hubo un silencio al otro lado del teléfono.

—Se lo diré, Kostas.

Una semana después, llegó una postal con la letra de Defne, pidiéndole que dejase de intentar ponerse en contacto con ella.

En el pequeño supermercado entraban todo tipo de clientes: obreros, taxistas, guardias de seguridad. También un maestro de mediana edad que enseñaba en un colegio cercano. Habiendo notado con anterioridad el interés de Kostas por el medioambiente y su conservación y luego al percibir su angustia y soledad, aquel hombre empezó a dejarle sus libros. Por las noches, sin noticias todavía de Defne, con los miembros doloridos por la jornada de trabajo, Kostas se quedaba despierto hasta tarde, leyendo en la cama hasta que se le cerraban los ojos. Durante el día, cada vez que tenía un hueco entre un cliente y otro, se sentaba detrás de la caja y leía con atención las revistas sobre naturaleza que vendían en la tienda. Solo cuando pensaba o leía sobre árboles encontraba algún solaz.

En una de aquellas revistas se topó con un artículo sobre los murciélagos de la fruta en el que se explicaba cómo y por qué morían cada vez más. El autor predecía que, en unas pocas décadas, el mundo experimentaría niveles peligrosos de calentamiento. A eso le seguirían las muertes colectivas de algunas especies, arbitrarias en apariencia, pero conectadas de manera profunda. El artículo destacaba el papel positivo que podían desempeñar los bosques para ralentizar el catastrófico cambio ecológico. Algo cambió en Kostas cuando leyó aquello. Hasta entonces no había sabido que uno podía dedicar su vida a estudiar las plantas. Se dio cuenta de que podía hacerlo y, si acababa significando llevar una vida de soledad, también podría hacerlo.

Siguió enviándole cartas a Defne. Al principio solo le hablaba de Chipre y, preocupado, le preguntaba cómo estaba ella, intentaba transmitirle palabras de ánimo y apoyo, muestras de amor. Pero, poco a poco, empezó también a hablarle de Londres: la mezcla étnica del barrio, los edificios públicos ennegrecidos por el hollín, los grafitis en las paredes, las pulcras casitas adosadas y sus setos recortados, los pubs llenos de humo y los grasientos desayunos fritos, los policías desarmados en las calles, las barberías griego-chipriotas...

Ya no esperaba respuesta, pero siguió escribiéndole de todas formas; siguió mandando sus palabras hacia el sur, como si liberase miles de mariposas migratorias que sabía que nunca volverían.

Higuera

Ahora que os habéis adentrado tanto en nuestra historia, hay otra cosa que necesito compartir con vosotros: soy un árbol melancólico.

No puedo evitar compararme con otros árboles de nuestro jardín —el espino blanco, el roble, el serbal de los cazadores, el endrino—, todos apropiadamente nativos de Gran Bretaña. Me pregunto si el motivo por el que soy más proclive a la melancolía que cualquiera de ellos es porque soy una planta inmigrante y, como todos los inmigrantes, llevo conmigo la sombra de otra tierra, o si es solo porque crecí entre seres humanos en una bulliciosa taberna.

¡Cuánto les encantaba discutir a los clientes de La Higuera Feliz! Hay dos temas de los que los seres humanos no se cansan nunca, sobre todo después de haberse tomado unas copas: el amor y la política. Así que he oído muchísimas historias y escándalos sobre ambos. Noche tras noche, mesa tras mesa, comensales de todas las nacionalidades se enfrascaban en acalorados debates a mi alrededor, las voces iban aumentando de volumen con cada copa, el aire se volvía cada vez más denso. Los escuchaba con curiosidad, pero me he formado mis propias opiniones.

Lo que os cuento, por lo tanto, sin duda está filtrado por mi propio entendimiento. Ningún narrador es del todo objetivo.

Pero siempre he intentado comprender todas las historias desde ángulos diversos, de perspectivas cambiantes, de discursos conflictivos. La verdad es un rizoma, el tallo subterráneo de una planta con brotes laterales. Hace falta cavar profundo para llegar a él y, una vez desenterrado, hay que tratarlo con respeto.

A principios de la década de los setenta, las higueras de Chipre se vieron afectadas por un virus que las fue matando lentamente. Los síntomas al principio no fueron evidentes. No había grietas en los tallos, no había úlceras sangrantes ni manchas en las hojas. Aun así, algo no iba bien. Los frutos caían de manera prematura, sabían ácidos y supuraban una pringue, como el pus de una herida.

Algo de lo que me di cuenta entonces y de lo que nunca me he olvidado fue que los árboles apartados y en apariencia solitarios no se veían afectados de la misma mala manera que los que vivían juntos, muy cerca unos de otros. Hoy, considero el fanatismo —de cualquier tipo— una enfermedad vírica. Va arrastrándose de forma amenazadora, haciendo tictac como un reloj de péndulo que nunca se queda sin cuerda, se apodera de ti con más rapidez cuando formas parte de una unidad cerrada, homogénea. Es mejor guardar cierta distancia con todas las creencias y certezas colectivas, me lo recuerdo a menudo.

Al final de aquel verano interminable, cuatro mil cuatrocientas personas habían muerto, miles habían desaparecido. Unos ciento sesenta mil griegos que vivían en el norte se mudaron al sur y unos cincuenta mil turcos se mudaron al norte. Se convirtieron en refugiados en su propio país. Las familias perdieron a sus seres queridos, abandonaron sus casas, pueblos y ciudades; los antiguos vecinos y los buenos amigos se fueron cada uno por su lado, a veces se traicionaron los unos a los otros. Debe estar escrito todo en los libros de historia, aunque cada lado contará solo su propia versión de las cosas. Las narraciones se contravienen, sin tocarse nunca, como líneas paralelas que jamás se cruzan.

Pero en aquella isla asolada por años de violencia étnica y atrocidades brutales, los seres humanos no eran los únicos que sufrían. También sufríamos nosotros, los árboles, y los animales también experimentaban adversidades y dolor conforme iban desapareciendo sus hábitats. Pero lo que nos pasó nunca le importó a nadie.

Sin embargo, a mí sí me importa y, mientras sea capaz de contar esta historia, incluiré en ella a las criaturas de mi ecosistema —los pájaros, los murciélagos, las mariposas, las abejas, las hormigas, los mosquitos y los ratones— porque si he aprendido algo es esto: donde hay guerra y divisiones dolorosas, no habrá ganadores, ni humanos ni de otro tipo.

CUARTA PARTE

Ramas

Proverbios

Londres, finales de la década de 2010

—Entonces ¿en qué estás trabajando ahora exactamente? —le preguntó Meryem a Kostas mientras lo observaba andar por la casa con sus notas en la mano.

—¡Ah! Va a presentar un artículo —intervino Ada—. A papá lo han invitado a Brasil, a la Cumbre de la Tierra. Quiere que vaya con él.

—Voy a compartir nuestra investigación por primera vez —dijo Kostas—. ¡No sé qué me pone más nervioso: la opinión de la comunidad científica o lo que piense mi hija!

Ada sonrió.

—El año pasado estuvo en Australia estudiando a los eucaliptos. Están investigando cómo reaccionan distintos árboles a las olas de calor y a los incendios incontrolados. Están intentando entender por qué unas especies sobreviven mejor que otras.

Omitió que su padre había acortado aquel viaje y vuelto a Londres en el primer avión al recibir la noticia de que su mujer estaba en coma.

—¡Ay, qué emocionante que viajéis juntos! —exclamó Meryem—. Ve, ve, escribe pues, termina tu trabajo, Kostas. No te preocupes por nosotras.

Sonriendo, Kostas les deseó buenas noches.

Escucharon sus pasos por el pasillo y, en cuanto lo oyeron cerrar la puerta, Ada se volvió hacia su tía:

—Yo también me voy a mi cuarto.

—Espera, tengo algo importante que decirte. Creo que sé por qué gritaste el otro día.

—Ah, ¿sí?

—Sí, he estado dándole vueltas. Dijiste que te pasaba algo malo, y que a tu madre le pasaba lo mismo. Problemas de salud mental, dijiste. Me entristeció oírlo porque sé que no es verdad. No te pasa nada malo. Eres una jovencita brillante.

—Entonces ¿cómo explicas lo que sucedió?

Meryem lanzó una mirada al pasillo y bajó la voz hasta reducirla a un susurro cómplice.

—Son los *djinn*.

—¿Los qué?

—Escucha, allí, en Chipre, mi madre siempre decía: «¡Si ves que se acerca una tormenta de arena, busca refugio, porque se están casando los *djinn*!».

—No tengo ni idea de qué estás hablando.

—Paciencia, te lo explicaré. Bien, los *djinn* son desvergonzadamente promiscuos. Tanto varones como hembras. Un *djinni* hembra puede tener hasta cuarenta maridos. ¿Sabes lo qué significa?

—Mmm... ¿Una vida sexual interesante?

—¡Significa demasiadas bodas! Pero ¿cuándo lo celebran? Esa es la cuestión fundamental, ¿no? Tienen que esperar a que llegue una tormenta. Una tormenta de arena o una tormenta invernal. Ahora mismo debe de haber hordas de *djinn* por las calles de Londres.

—Vale, ahora me estás asustando.

—No seas tonta, no hay nada que temer. Lo único que digo es que los *djinn* han estado esperando este momento. Están ahí fuera, bailando, bebiendo, celebrando una fiesta. Lo último que quieren es pisar a un ser humano. Aunque, estrictamente hablando, sean ellos los que están bajo nuestros pies. Como sea, si pisas a un *djinni* por error, puede obligarte a hacer cosas raras. Hay gente a la que le da ataques, suelta galimatías o se pone a gritar sin motivo.

—¿Estás intentando decirme que quizá estoy poseída? Porque cuando te lo dije fue de forma totalmente metafórica. No seas tan literal. No iba en serio.

—Bueno, yo siempre me tomo en serio a los *djinn* —dijo Meryem, hablando despacio, como si sopesara cada palabra—. Se mencionan en el Corán. En nuestra cultura, creemos que existen las criaturas invisibles.

—Bueno, te recuerdo que mi padre es un científico y que mi madre era una erudita y una artista. En esta casa no creemos en esas cosas. No somos religiosos, por si no te habías dado cuenta.

—¡Ah! Ya lo sé —exclamó Meryem, con un tono irritado—. Pero yo estoy hablando de sabiduría ancestral. Es parte de nuestra cultura. Tu cultura. Está en tu ADN.

—Genial —murmuró Ada.

—No te preocupes. Dios hizo las ramas bajas para los pájaros que no saben volar tan bien.

—¿Y eso qué significa?

—Significa que hay una cura. He estado preguntando por ahí. Hice unas llamadas y he encontrado un curandero buenísimo. No hay nada malo en ir a verlo.

—¿Un exorcista? —dijo Ada—. ¡Uau! ¿Hay exorcistas en Londres? Es una broma, ¿verdad?

—No es una broma. Iremos y veremos, ahora que está mejorando el tiempo; es el momento oportuno. Estoy esperando que me confirmen la cita. Y si no nos gusta, nos vamos. No vamos a buscar al ternero debajo del buey.

Ada inspiró y luego soltó el aire despacio.

—Mira, le puede pasar a cualquiera. No te lo tomes como algo personal —prosiguió Meryem—. Yo misma tuve que visitar a un curandero de joven.

—¿Cuándo?

—Cuando me casé.

—Eso es porque tu marido no era un hombre bueno. Estoy empezando a sospechar que era un gilipollas.

—Gilipollas —repitió Meryem, saboreando la palabra con la punta de la lengua—. Nunca digo palabrotas.

—Bueno, deberías. Sienta muy bien.

—No era un hombre bueno, tienes razón. Pero no tuvo nada de malo ver al exorcista. De hecho, quizá me ayudó. Escúchame, *cigerimin kösesi...* —Los ojos de Meryem recorrieron la habitación como si buscara algo que justo se hubiese acordado de haber perdido—. ¿Cómo se llama... cuando empiezas a sentirte mejor porque crees que un tratamiento te está funcionando?

—¿Efecto placebo?

—¡Eso es! Si te crees que el curandero te puede ayudar, te ayudará. Solo tienes que tomar medidas. Un barco de queso no navega solo con palabras.

—Todos esos proverbios, ¿son reales o te los inventas?

—Son todos reales —dijo Meryem, cruzándose de brazos—. Así que ¿qué dices? ¿Vamos a visitar al maestro de *djinn*?

—¡Maestro de *djinn*! —Ada se tiró del lóbulo de la oreja sopesando el asunto—. Quizá acepte esa tontería solo con una condición. Me dijiste que mi madre y mi padre fueron novios de adolescentes. Me dijiste que rompieron, que se terminó, pero que se volvieron a encontrar años después.

—Eso es.

—Cuéntame cómo pasó. ¿Cómo empezaron a salir otra vez?

—Ah, él volvió —suspiró Meryem—. Una mañana nos despertamos y oímos que Kostas Kazantzakis estaba en Nicosia. Yo creía que Defne había superado aquella fase de su vida. ¿No había sufrido bastante? Ni siquiera hablaba ya de él. Era una mujer adulta. Pero ya sabes lo que dicen: el oso se sabe siete canciones y todas hablan de la miel.

—¿Y eso qué significa?

—Significa que no lo había olvidado. Así que tuve una corazonada e intenté mantenerla alejada de él (el fuego y la pólvora no deben estar cerca), pero fracasé. Resulta que yo tenía razón al sentirme intranquila, porque cuando volvieron a verse fue como si todos aquellos años no hubieran pasado. Fue como si volvieran a ser niños. Le dije a Defne: «¿Por qué le das una segunda oportunidad? ¿No sabes que al jardinero que se enamora de las rosas le pinchan mil espinas?». Pero, una vez más, no me hizo caso.

Mil espinas

Chipre, principios de la década de 2000

Kostas Kazantzakis llegó al norte de Chipre en transbordador, porque no quería volar. Aunque el viaje de ocho horas no había sido especialmente complicado, se sentía desorientado, con náuseas. Mal de mar, supuso. Pero quizá no tuviese nada que ver con eso. Quizá su cuerpo estaba reaccionando de formas que su mente todavía no había comprendido. Estaba volviendo al lugar donde había nacido por primera vez después de más de veinticinco años.

Vestido con pantalones de pana marrón, una camisa de lino y una americana azul marino, con el pelo oscuro y ondulado alborotado por el viento, oteó el puerto con atención. Siguiendo el flujo de pasajeros, cruzó el muelle y bajó por la rampa del transbordador. Apretaba la barandilla con tanta fuerza que los nudillos se le pusieron blancos. Con cada segundo que pasaba su inquietud aumentaba. Bajo el fuerte sol de la tarde, miró con ojos entrecerrados los letreros que había a su alrededor, incapaz de entender las letras turcas, tan distintas del alfabeto griego. Intentó encontrar un respiro entre la multitud, en vano. Allá donde mirase había familias con niños, empujando carritos o llevando a los bebés arropados a pesar del calor. Los siguió, propulsado por la corriente como si bajo sus pies no hubiese un suelo firme sino solo aire.

Pasó el control de los pasaportes sin problemas, más rápido de lo que se había esperado. El joven oficial de policía turco lo saludó con una breve inclinación de la cabeza mientras lo estudiaba con atención, aunque no sin amabilidad. No le hizo ninguna pregunta personal, lo que sorprendió a Kostas. Había visualizado posibles situaciones de cómo lo recibirían y una parte de él, hasta el último momento, se había temido que no le permitieran entrar en la zona turca de la isla, incluso con pasaporte británico.

No había ido nadie a recogerlo y no se había atrevido a esperar que nadie lo hiciese. Arrastrando la maleta, más llena de equipo que de ropa, se adentró en las calles atestadas de la ciudad. Como no le gustó el aspecto del primer conductor de la fila de taxis, se entretuvo fingiendo interesarse por las mercancías de un vendedor ambulante. *Komboloi* en griego, *tespih* en turco. De coral rojo, esmeralda verde, ónice negro. No pudo evitar comprarse un rosario de ágata, solo para tener algo con lo que ocuparse.

El conductor del siguiente taxi parecía agradable, y Kostas negoció con él, precavido para que no lo engañasen. No le dijo al hombre que sabía hablar un poco de turco. Las palabras que había aprendido en su niñez eran como juguetes desportillados, comidos por las polillas; quería desempolvarlas y comprobar que funcionaban antes de intentar utilizarlas.

Tras media hora de trayecto en silencio, se fueron acercando a Nicosia, pasando por delante de casas recién construidas a ambos lados de la carretera. Había obras por todas partes. Kostas inspeccionó el paisaje luminoso, soleado. Pinos, cipreses, olivos y algarrobos se intercalaban con terrenos de tierra árida, quemada por el sol, monocroma. Habían talado los huertos de limoneros para dejar sitio a elegantes chalets y apartamentos. Le entristeció ver que aquella parte de la isla no era el paraíso verdeante que recordaba. En la Antigüedad, Chipre era conocida como «la isla verde», era famosa por sus densos y misteriosos bosques. La ausencia de árboles era un poderoso reproche por los terribles errores del pasado.

Sin preguntar si le importaba, el taxista encendió la radio y de los altavoces salió música pop turca. Kostas dejó escapar un suspiro. La alegre melodía le era tan familiar como las cicatrices de su cuerpo, aunque la letra fuese un misterio. Aun así, no era difícil imaginarse el tema: en aquella parte del mundo, todas las canciones trataban de amor o desengaño.

—¿Es la primera vez que visita Chipre? —le preguntó el taxista en inglés, mirándolo de refilón por el retrovisor.

Kostas dudó, pero solo un segundo.

—Sí y no.

—¿Sí? ¿No?

—Yo...

Una oleada de calor le subió al pecho. Ninguno de sus vecinos griegos seguía viviendo por allí, las casas que había conocido pertenecían ahora a desconocidos.

—Nací y me crie en esta parte de la isla —dijo.

—¿Es griego?

—Sí, lo soy.

El taxista ladeó la cabeza. Por un momento, Kostas creyó haber visto un destello de severidad en sus ojos. Para romper la posible tensión, se inclinó hacia delante e intentó cambiar de tema.

—Entonces ¿ha empezado ya la temporada de turistas?

En la cara del taxista afloró una sonrisa, lenta y cautelosa, como un puño que se abriera.

—Sí, pero tú no eres un turista, hermano, tú eres de aquí.

Y aquella sencilla palabra, *hermano*, tan inesperada y sin embargo tan tranquilizadora, quedó suspendida en el aire entre ellos. Kostas no dijo nada más; tampoco el taxista. Fue como si los dos hubiesen oído todo lo que necesitaban saber.

El hotel Afrodit era un edificio encalado de dos plantas y ceñido por el luminoso abrazo de color magenta de la buganvilla. Detrás del mostrador de recepción había una mujer ancha de hombros y de cara sonrosada, con un velo anudado sin apretar en la cabeza, al estilo musulmán tradicional. A su izquierda, apoltronado en un sillón de mimbre, un hombre que debía de ser su marido sorbía té. Tras él, la pared estaba abarrotada de un batiburrillo de objetos: banderas turcas de distintos tamaños, oraciones en letras árabes, amuletos contra el mal de ojo, portamacetas de macramé y postales de distintas partes del mundo, enviadas por clientes satisfechos. A Kostas le bastó echar un vistazo a la pareja para intuir que, a pesar de que el marido fuese nominalmente el propietario del lugar, era la mujer la que lo dirigía todo.

—Buenas tardes.

Sabía que lo esperaban.

—El señor Kazantzakis, ¿verdad? ¡Bienvenido! —dijo la mujer con alegría y una sonrisa que le dibujó hoyuelos en las mejillas redondeadas—. ¿Ha tenido buen viaje?

—No ha estado mal.

—Es un gran momento para visitar Chipre. ¿Qué lo trae por aquí?

Se esperaba aquella pregunta y tenía la respuesta preparada, pero aun así hizo una pausa.

—El trabajo —dijo con tono inexpresivo.

—Sí, es usted un científico. —La mujer alargó la última palabra; su inglés tenía un fuerte acento local—. Me dijo por teléfono que trabaja con árboles. ¿Sabía que todas nuestras habitaciones tienen nombres de árbol?

Le dio la llave de su habitación dentro de un sobre. Durante un segundo, Kostas no se atrevió a mirar el nombre garabateado en él, casi esperando que fuese La Higuera Feliz. El vello de la nuca se le erizó mientras leía por encima las palabras. Su habitación se llamaba Roble Dorado.

—Eso está bien —dijo con una sonrisa; cada vez le costaba más mantener los recuerdos a raya.

La habitación, en la planta de arriba, era espaciosa y muy luminosa. Kostas se tiró en la cama, y solo entonces se dio cuenta de lo exhausto que estaba. La colcha mullida lo invitaba a meterse dentro, como un baño caliente y perfumado, aunque no se permitió relajarse. Se dio una ducha rápida y se puso una camiseta y unos vaqueros. Cruzó la habitación y abrió la puerta doble que daba al balcón. Arriba, un águila —el animal compañero de Zeus— se elevaba en un cielo sin nubes y planeaba hacia el oeste, en busca de su siguiente presa. En cuanto salió, captó un olorcillo en la brisa que hacía mucho que había olvidado: a jazmín, a pino, a piedras quemadas por el sol. Un olor que creía haber enterrado en alguna parte del laberinto de la memoria. La mente humana era un lugar de lo más extraño, hogar y exilio a la vez. ¿Cómo podía conservar algo tan esquivo e intangible como un aroma cuando era capaz de borrar trozos concretos del pasado, bloque a bloque?

Tenía que encontrar a Defne. Aquella misma tarde. Si esperaba a la jornada siguiente, podría descorazonarse y posponerlo un día o quizá dos, asegurarse de estar ocupadísimo, tanto que toda la semana se le pasaría en un momento y llegaría la hora de preparar la maleta de nuevo. Pero justo en aquel instante, recién desembarcado del transbordador y todavía con el empuje de la añoranza que lo había llevado hasta allí desde Inglaterra, estaba seguro de que tenía la fuerza necesaria para ver a Defne.

Todo aquel tiempo había seguido recolectando ápices de información sobre ella. Sabía que era arqueóloga y que se había hecho un nombre en su sector. Sabía que no se había casado, que no tenía hijos. Había visto fotos suyas en los periódicos que vendían en las tiendas turcochipriotas de Londres, en las que se la veía hablando en conferencias académicas y seminarios. Pero ¿qué contaba nada de aquello de las particularidades de su vida actual? Había pasado muchísimo tiempo desde la última vez que se habían visto. No se podía llenar aquel gran vacío con los pocos datos irrisorios que había juntado y, sin embargo, eran lo único que tenía.

No tenía su número de teléfono y no quería llamar a la universidad en la que trabajaba. Los amigos comunes del pasado se habían desperdigado por distintos rincones del mundo y no podían ayudarle. Pero antes de irse de Londres dio con un contacto, y eso fue un comienzo tan bueno como cualquier otro.

Tenía un colega, David, con el que había colaborado en varios proyectos promovidos por el Programa de las Naciones Unidas para el Medio Ambiente. Luego cada uno había seguido su camino, pero no habían perdido el contacto. Hombre risueño que hablaba media docena de idiomas, propenso al alcohol y con una característica barba rubia rojiza, David vivía en Chipre desde hacía diez meses. En cuanto decidió viajar a la isla, Kostas lo llamó, esperando que pudiese ser el puente que lo condujese hasta Defne, sabiendo que los puentes aparecen en nuestras vidas solo cuando estamos preparados para cruzarlos.

Restos del amor

Chipre, principios de la década de 2000

Kostas llegó a la librería donde se habían citado y consultó su reloj. Como le quedaban unos minutos, hojeó los libros, algunos en inglés. En una sección encontró hileras de sellos con fechas que se remontaban a su niñez e incluso antes. Entre los miles de ellos había uno emitido en 1975 que mostraba la isla en dos colores opuestos, separados por una malla metálica. Cuánto simbolismo concentrado en cuatro centímetros cuadrados de papel.

En la tienda de souvenirs de al lado compró un amonites, una antigua concha marina, enrollado alrededor de sus propios secretos. Notando su peso en la mano, se puso a deambular. En un álamo vio un pájaro, un escribano cabecinegro con manchas amarillas en el pecho. Un pájaro paseriforme. Todos los años, aquella criatura minúscula emigraba desde las pasturas de Irán y los valles de Europa hasta las costas de la India y más al este todavía, atravesando distancias que escapaban a la comprensión de muchos humanos.

El escribano cabecinegro estuvo saltando a lo largo de la rama, después se detuvo. Por un instante, en comunión silenciosa, ambos se miraron. Kostas se preguntó lo que vería el pájaro en él: ¿un enemigo, un amigo u otra cosa? Lo que él vio fue una fascinante combinación de vulnerabilidad y resiliencia.

El sonido de unos pasos aproximándose lo sacó de su ensoñación. Alarmado, el pájaro se fue volando. Kostas volvió la cabeza
y vio a un personaje alto y corpulento que avanzaba deprisa hacia él.

—¡Kostas Kazantzakis, estás aquí! Reconocería ese pelo des-
greñado a un kilómetro de distancia —dijo David con un acento
inequívocamente británico.

Kostas dio un paso adelante, protegiéndose los ojos del sol
con una mano.

—Hola, David, gracias por quedar conmigo.

David estrechó la mano de Kostas con una amplia sonrisa.

—Debo admitir que me sorprendí cuando me llamaste para
decir que venías. Por lo que recuerdo, no querías volver a Chipre. Pero ¡aquí estás! ¿Qué es, por trabajo o por nostalgia?

—Por ambas —contestó Kostas—. Un poco de trabajo de
campo... También quería ver mi antigua ciudad, a algunos viejos
amigos...

—Sí, me lo contaste. Como ya te dije por teléfono, conozco
bien a Defne. Ven, te llevaré con ella. Está solo a cinco minutos
de aquí. Su equipo y ella llevan levantados desde primera hora de
la mañana. Te lo explicaré por el camino.

Al oír mencionar su nombre, Kostas sintió un pánico gélido
que se adueñaba de su pecho. Abriéndose paso por un sendero
lleno de baches, se encaminaron al noreste; el viento caliente
quemaba la cara.

—Entonces, cuéntame, ¿qué están haciendo exactamente ella
y su equipo?

—¡Ah! Colaboran con el CPD —dijo David—. El Comité
de Personas Desaparecidas. Es una cosa muy intensa. Después de
un tiempo te come el coco. Turcos y griegos están trabajando
juntos, para variar. La idea nació a principios de la década de los

ochenta, pero no se pudo hacer nada durante mucho tiempo porque ambos bandos no se ponían de acuerdo con el recuento.

—¿El recuento?

—De los desaparecidos durante los disturbios —contestó David, un poco sin aliento—. Al final, consiguieron cerrar una lista de dos mil dos víctimas. El número real es mucho mayor, claro, pero nadie quiere oír hablar de ello. Sea como fuere, es un comienzo. La ONU es socia, por eso estoy aquí, pero son los chipriotas los que hacen el trabajo verdadero. Estaré por aquí hasta final de mes, luego me voy a Ginebra. Ellos seguirán excavando, tu Defne y sus amigos.

—Los miembros del equipo, ¿son todos arqueólogos?

—Solo unos cuantos. Proceden de todas las profesiones: antropólogos, historiadores, genetistas, especialistas forenses... Los grupos los forma y aprueba la ONU. Trabajamos en distintas localizaciones, dependemos de informadores anónimos que nos cuentan cosas por toda clase de motivos particulares. Entonces empezamos a excavar. Parece una isla pequeña, pero cuando estás buscando a un desaparecido, hasta el lugar más pequeño se vuelve extremadamente grande.

—Y los lugareños, ¿apoyan el proyecto?

—Las reacciones hasta ahora han sido variadas. Tenemos muchos voluntarios jóvenes de ambos lados ansiosos por ayudar, lo que te da esperanza en la humanidad. Los jóvenes son sensatos. Quieren la paz. Y los viejos, algún tipo de punto y final. Son los de en medio los que causan problemas.

—Te refieres a los de nuestra generación —dijo Kostas.

—Exacto. Hay una minoría, pequeña pero que se hace oír, que recela de nuestro trabajo, ya sea porque teme que pueda despertar viejas animosidades o porque sigue albergándolas. Han amenazado a algunos miembros del CPD.

Se fueron acercando a un claro del bosque. Kostas oyó voces bajas a lo lejos y un sonido chirriante e insoportable de palas y picos apuñalando la tierra.

—Esa es la banda —dijo David, saludando con la mano.

Kostas vio a un grupo de unas doce personas, mujeres y hombres, trabajando duro al sol, con sombreros de paja y pañuelos. La mayoría tenía la cara medio cubierta con mascarillas de tela. Había grandes lonas impermeables negras extendidas en el suelo o suspendidas entre los árboles, como hamacas meciéndose.

Con el corazón cada vez más acelerado, Kostas escrutó el grupo, pero no pudo distinguir a Defne entre ellos. Se había imaginado aquel momento tantísimas veces, había pensado en tantas maneras en las que podía salir mal, que se sintió casi paralizado al estar inmerso en él. ¿Cómo reaccionaría ella cuando lo viese? ¿Se daría la vuelta y se alejaría?

—¡Eh, gente! —llamó David—. ¡Venid a conocer a mi amigo Kostas!

Uno a uno, los miembros del equipo dejaron lo que estaban haciendo y caminaron hacia él, con pasos tranquilos, sin prisa. Se quitaron los guantes y las máscaras, dejaron a un lado sus cuadernos e instrumentos y le dieron la bienvenida.

Kostas saludó a cada uno calurosamente, aunque no pudo evitar lanzar miradas a su alrededor para ver dónde estaría Defne. Y entonces la vio, posada en la rama de un árbol, sentada con las piernas colgando, con una expresión imposible de leer mientras lo observaba en silencio desde lo alto. Kostas vio una telaraña entre las ramas que tenía ella a su lado y, por un instante, Defne y aquellos hilos plateados se fusionaron en su mente, etéreos y frágiles como los restos del vínculo que había entre ellos.

—¡Ah! Siempre hace lo mismo —dijo David cuando se dio cuenta de dónde estaba mirando Kostas—. A Defne le encanta sentarse ahí como un pájaro, al parecer se concentra mejor subida a un árbol. Ahí es donde escribe nuestros informes. —David levantó la voz—: ¡Baja, va!

Sonriendo, Defne bajó de un salto y se acercó a ellos. El pelo moreno y ondulado le llegaba a los hombros. Llevaba unos pantalones caqui y una camisa de botones blanca y holgada. Calzaba botas de montaña. No parecía sorprendida. Parecía que había estado esperándole.

—Hola, Kostas. —Su apretón de manos fue breve, sin dejar traslucir nada—. David me dijo que vendrías. Me dijo que un amigo mío estaba preguntando por mí. Le dije: «¿En serio?, ¿quién?». Resultó que eras tú.

Kostas se quedó de piedra por el desapego de su tono, ni frío ni formal, pero sí mesurado y cauto, comedido. Los años habían grabado arrugas de expresión en su cara, las mejillas le habían adelgazado un poco, pero la mirada era lo que más había cambiado: una dura pátina se había depositado en aquellos ojos castaños grandes y redondos. El corazón de Kostas se encogió al ver lo hermosa que seguía siendo.

—Defne...

Su nombre le resultó extraño en la boca. Preocupado por si ella oía el latido de su corazón, se apartó un paso al lado y fijó la mirada en la lona más próxima. La respiración se le tensó cuando procesó lo que eran los fragmentos polvorientos, sucios, con manchas rojizas que había allí amontonados: un fémur roto, un ilion resquebrajado... Eran restos humanos.

—Nos dieron un soplo —dijo Defne al reparar en la expresión de Kostas—. Un campesino nos trajo aquí. Padre de seis hijos, abuelo de diecisiete nietos. El hombre estaba en los últimos estadios del alzhéimer, no reconocía ni a su propia mujer. Una mañana se despertó y empezó a murmurar cosas raras: «Hay una colina, un terebinto con un pedrusco al pie». Lo dibujó en un trozo de papel, describió este lugar. La familia contactó con nosotros, vinimos, excavamos y encontramos los restos justo donde él dijo.

En todas las veces que se había imaginado su encuentro, Kostas nunca había pensado que hablarían de cosas semejantes.

—¿Cómo lo sabía el campesino? —preguntó.

—¿Quieres decir que si sospecho que era el asesino? —Defne negó con la cabeza, y sus pendientes se balancearon—. ¡Quién sabe! ¿Un asesino o un testigo inocente? No es asunto nuestro. El CPD no se mete en ese tipo de indagaciones. Si hiciésemos averiguaciones o le pasásemos la información a la policía, nadie de la isla volvería a hablar con nosotros. No podemos permitírnoslo. Nuestro trabajo es encontrar a los desaparecidos para que las familias puedan dar a sus seres queridos un entierro digno.

Kostas asintió, mientras meditaba en sus palabras.

—¿Crees que puede haber otras tumbas por aquí?

—Es posible. A veces buscas durante semanas enteras y no consigues nada. Es frustrante. Algunos de los informantes no se acuerdan bien de los detalles, otros nos marean de forma deliberada. Buscas víctimas, te encuentras con huesos medievales, romanos, helenos. O fósiles prehistóricos. ¿Sabías que había hipopótamos pigmeos en Chipre? ¡Elefantes pigmeos! Entonces, justo cuando crees que no vas a ningún lado, encuentras fosas comunes.

Kostas miró alrededor, asimilando el entorno: la hierba teñida de oro bajo el sol, los pinos con sus copas en forma de cúpula. Se quedó mirando lo más lejos que pudo, hasta donde era capaz de ver, como si intentase acordarse de las cosas de las que se había separado.

—Y los desaparecidos que habéis encontrado aquí, ¿eran griegos o turcos? —preguntó con cautela.

—Eran isleños —dijo ella, y su voz en aquel momento sonó cortante—. Isleños, como nosotros.

Al oír eso, David intervino.

—Esa es la cosa, amigo mío. No lo sabes hasta que envías los huesos a un laboratorio y te mandan un informe. Cuando sostienes un cráneo entre las manos, ¿puedes decir si es cristiano o musulmán? Todo ese derramamiento de sangre, ¿para qué? Estúpidas, estúpidas guerras.

—No tenemos mucho tiempo, sin embargo —dijo Defne con voz apagada—. La generación anterior se está muriendo, y se lleva sus secretos a la tumba. Si no excavamos ahora, dentro de una década o así no quedará nadie para decirnos el paradero de los desaparecidos. Es una carrera contra el tiempo, en realidad.

Desde unos arbustos a lo lejos llegaba el canto zumbador de las cigarras. Kostas sabía que algunas especies de cigarras cantaban a frecuencias agudísimas y quizá estuviesen haciéndolo en aquel momento. La naturaleza siempre estaba hablando, contando cosas, aunque el oído humano era demasiado limitado para oírlas.

—Así que vosotros dos sois viejos amigos, ¿eh? —preguntó David—. ¿Ibais al mismo colegio o qué?

—Algo así —dijo Defne, alzando la barbilla—. Crecimos en el mismo barrio, hacía años que no nos veíamos.

—Bueno, me alegro de haberos puesto en contacto otra vez —dijo David—. Deberíamos salir todos a cenar esta noche. Esto hay que celebrarlo.

Un aroma intenso y delicioso impregnó el aire. Alguien estaba preparando café. Los miembros del equipo se dispersaron para descansar bajo los árboles, charlando bajito, en susurros.

David se subió a una piedra, sacó una caja plateada de tabaco y empezó a liarse un cigarrillo. Cuando terminó, se lo ofreció a

Defne, quien lo aceptó sonriendo, sin una palabra. Le dio una calada y se lo devolvió. Empezaron a fumar juntos, pasándose el cigarro entre ellos. Kostas apartó la vista.

—*Kafé?*

Una mujer griega alta y esbelta estaba repartiendo café en vasos de papel. Kostas le dio las gracias y cogió uno.

Caminó hacia el único terebinto que había y se sentó bajo su sombra. Su madre hacía pan con sus frutos y usaba su resina como conservante para el licor de algarroba. Una profunda sensación de tristeza lo invadió. Había hecho cuanto había podido para cuidar de su madre cuando Andreas y ella se reunieron con él en Inglaterra después de la partición de la isla, pero era demasiado tarde. El cáncer debido a la exposición pasiva al amianto ya estaba en fase de metástasis. Panagiota fue enterrada en un cementerio en Londres, lejos de todo lo que había conocido y querido. Se quedó quieto, absorbiendo los olores del tabaco y el café mientras los recuerdos se precipitaban sobre él.

En lo alto brillaba el sol, pleno y resplandeciente. En aquel calor, Kostas creyó oír las ramas que lo rodeaban crujir como manos artríticas. Miró a Defne, que había vuelto al trabajo; sus rasgos estaban tensos por la concentración mientras escribía en su cuaderno cada una de las cosas que habían desenterrado hasta el momento ese día.

Restos humanos... ¿Qué significaba aquello exactamente? ¿Unos cuantos huesos duros y tejido blando? ¿Ropa y accesorios? ¿Cosas lo bastante sólidas y compactas para caber en un ataúd? ¿O era más bien lo intangible —las palabras que mandamos al éter, los sueños que nos guardamos para nosotros, los vuelcos que nos da el corazón junto a nuestros amantes, los vacíos que intentamos llenar y no podemos articular nunca de forma adecuada— cuando todo ha sido dicho y hecho, lo que quedaba de una vida entera, de un ser humano...? ¿Podía aquello desenterrarse de verdad?

El sol empezaba a ponerse cuando los miembros del CPD dejaron las herramientas; las nubes en el horizonte estaban bañadas de un ámbar resplandeciente.

Metieron cada fragmento de hueso en bolsas de plástico, que cerraron y numeraron con cuidado. Las colocaron en cajas etiquetadas. Escribieron la fecha y el lugar de excavación en cada caja, así como los detalles del grupo que había llevado a cabo el trabajo. Cada retazo de información se guardaba y archivaba.

Agotados, empezaron a bajar la colina, dividiéndose en grupos más pequeños. Cerrando el grupo, Kostas caminó junto a Defne; un silencio incómodo crecía entre ellos.

—Las familias... —dijo Kostas después de un rato—. ¿Cómo reaccionan cuando les decís que habéis encontrado a sus muertos después de tantos años?

—Con gratitud, sobre todo. Había una anciana griega, que al parecer fue una costurera prodigiosa en su juventud. Cuando le informamos de que habíamos encontrado los huesos de su marido, lloró muchísimo. Pero, al día siguiente, apareció en el laboratorio con un vestido rosa lleno de volantes, y unos zapatos y un bolso plateados. Llevaba los labios pintados de color rojo intenso. No lo olvidaré nunca. Aquella mujer, que durante décadas solo se había vestido de negro, vino a recoger los restos de su marido con un vestido rosa. Dijo que por fin podía hablar con él. Dijo que se sentía como si volviese a tener dieciocho años y fuesen novios. ¿Te lo puedes creer? Unos cuantos huesos fue todo lo que le dimos, pero estaba tan feliz como si le hubiésemos dado el mundo.

Defne sacó un cigarrillo y lo encendió, protegiendo la llama entre las manos. Exhalando una nube de humo, preguntó:

—¿Quieres uno? —Kostas negó con la cabeza—. Y una vez una coincidencia nos rompió el corazón. Estábamos cavando en la carretera de Karpas. La zona era demasiado grande y tuvimos que contratar a un operario de excavadora. El tipo empezó a excavar y encontró un cuerpo. Así que se fue a su casa y se lo contó a su abuela, describiéndole la ropa del cadáver. «Ese es mi Alí», dijo la anciana y se echó a llorar. Al parecer, Alí Zorba tenía una caravana de camellos en la década de los cincuenta. Estaba volviendo de Famagusta cuando lo mataron y lo enterraron junto a la carretera. Todo aquel tiempo la gente había estado pasando por su lado sin saberlo.

Justo en aquel momento, David, que iba unos metros por delante, se volvió y lo llamó:

—¡Oye, Kostas! No te olvides hoy de la cena. Vamos a ir a una taberna, ¡la mejor de la ciudad!

Kostas se encogió al oír aquello, se le tensó todo el cuerpo.

Defne se dio cuenta.

—No es la taberna que estás pensando. Esa hace tiempo que no existe. La Higuera Feliz está en ruinas.

—Me gustaría visitarla —dijo Kostas, con el corazón lleno de tristeza—. Quiero ver la higuera.

—No hay mucho que ver, me temo, aunque el árbol debe de seguir dentro. Hace años que no he ido allí.

—Desde Inglaterra intenté ponerme en contacto con ellos muchas veces. Conseguí localizar a unos parientes de Yiorgos. Me dijeron que había muerto. No me contaron mucho, no pareció gustarles que les hiciese tantas preguntas. Nunca pude hablar con Yusuf o con su familia. Alguien me dijo que se había ido de Chipre, a Estados Unidos, pero no sé si es verdad.

—Entonces ¿no lo sabes? —Defne cerró los ojos con fuerza y después volvió a abrirlos—. Yusuf y Yiorgos desaparecieron en el verano de 1974, pocas semanas después de que te fueras. Están entre los miles de desaparecidos que estamos buscando.

Él ralentizó el paso, con un nudo en la garganta.

—Yo... Yo no...

—Es normal. Llevas fuera demasiado tiempo. —No había emoción en su voz, ni un rastro de rabia, amargura o lamento; sonó tan plana como una plancha de acero e igual de impenetrable.

Con una especie de desesperación consumiéndole el corazón, Kostas intentó decir algo, pero las palabras le parecieron absurdas. De todas formas, Defne no le dio la oportunidad. Apretando el paso, se reunió con David al frente.

Kostas se quedó rezagado, observándolos caminar juntos, cogidos del brazo. Cuando llegaron a una esquina que había más adelante, bajo una farola, David se dio la vuelta para decirle adiós con la mano y le gritó:

—Estaremos en El Jayyam Errante, pregunta por ahí y lo encontrarás. No llegues tarde, Kostas. ¡Dios sabe que todos necesitamos un trago después del día de hoy!

Higuera

Un árbol es un guardián de la memoria. Enmarañadas bajo nuestras raíces, ocultas en nuestros troncos, están las nervaduras de la historia, las ruinas de las guerras que nadie llegó a ganar, los huesos de los desaparecidos.

El agua que succionamos a través de nuestras raíces es la sangre de la tierra, las lágrimas de las víctimas y la tinta de las verdades que no han sido todavía reconocidas. Los seres humanos, sobre todo los vencedores que empuñan la pluma con la que escriben los anales de la historia, tienden a borrar tanto como a documentar. Nos queda a nosotras, las plantas, recoger lo indecible, lo no deseado. Como un gato que se hace un ovillo en su cojín favorito, un árbol se enrosca alrededor de los remanentes del pasado.

Cuando Lawrence Durrell, que se había enamorado de Chipre, decidió plantar cipreses en el jardín de detrás de su casa y metió la pala en la tierra, encontró esqueletos. Cómo iba a saber que no era en absoluto insólito. En cualquier parte del mundo donde hay o ha habido alguna vez una guerra civil o un conflicto étnico, pedid a los árboles indicios, porque somos los que reposan en silenciosa comunión con los restos humanos.

Mariposas y huesos

Chipre, principios de la década de 2000

El Jayyam Errante era una sencilla taberna con mesas con tapas de mosaico, cuadros pastoriles al óleo y una amplia selección de pescado metido en hielo.

Kostas llegó sobre las siete y media mirando el reloj, no muy seguro de si era pronto o tarde, ya que no le habían dicho a qué hora encontrarse con los demás.

En cuanto entró, lo saludó una mujer elegante, maquilladísima, de setenta y tantos años, con el pelo rubio platino peinado y recogido en lo alto en un intrincado moño.

—Tú debes de ser Kostas —dijo ella abriendo los brazos como para abrazarlo—. Soy Merjan. Soy de Beirut, pero llevo aquí tanto tiempo que me considero una chipriota honoraria. Bienvenido, querido.

—Gracias. —Kostas hizo una inclinación de la cabeza, un poco desconcertado por aquella efusiva acogida por parte de una desconocida.

—¡Vaya! —dijo Merjan—. Te has vuelto demasiado inglés, ¿no? Tienes que pasar más tiempo en el Mediterráneo. Volver a tus raíces. David dice que te fuiste de la isla de jovencito.

Al ver la expresión de sorpresa de Kostas, se echó a reír.

—Mis clientes me cuentan muchas cosas. Ven, deja que te lleve con tus amigos.

Merjan lo guio hasta una mesa al fondo, junto a la ventana. El lugar estaba abarrotado, los clientes eran estridentes y bulliciosos, y a medida que se adentraba en la taberna, Kostas sentía que el vello de la nuca se le erizaba. No podía evitar acordarse de La Higuera Feliz, las similitudes eran demasiado obvias para que las ignorase. No había vuelto a estar en un lugar así desde entonces y le parecía una traición estar allí ahora.

Solo cuando apartó la vista de lo que lo rodeaba tuvo una visión clara de la mesa a la que se dirigía. Había tres personas sentadas. Defne llevaba un vestido de color verde azulado, el mar de su pelo oscuro le caía sobre los hombros en ondas rebeldes. Se había cambiado los pendientes por un par de perlas con forma de lágrima que reflejaban la luz mientras bailaban en ese lugar tranquilo entre las orejas y la barbilla. Cuando llegó a la mesa, Kostas se dio cuenta demasiado tarde de que había estado mirando fijamente a Defne y a nadie más.

—¡Ah, aquí está! —exclamó David—. Gracias por entregárnoslo sano y salvo.

Le cogió la mano a Merjan y le plantó un beso en ella.

—Sin problema, querido. Cuidad bien de él —dijo la dueña antes de escabullirse con un guiño.

Kostas sacó la silla vacía que había junto a David y se sentó frente a una mujer de frente ancha y ojos grises y caídos detrás de unas gafas de pasta. Se presentó como María Fernanda.

—Estábamos hablando de exhumaciones, como de costumbre —dijo David, levantando un vaso de *raki*, de los que parecía haberse tomado ya unos cuantos.

Las otras estaban bebiendo vino. Kostas se sirvió una copa.

Sabía a corteza de árbol, a ciruelas dulces y a tierra oscura.

—María Fernanda es española —dijo Defne—. Ha desempeñado un papel muy importante documentando las atrocidades de la época de la Guerra Civil.

—¡Ay, gracias! Pero no fuimos los primeros —dijo María Fernanda sonriendo—. Se hicieron muchos progresos en el trabajo de campo forense en Guatemala en la década de los noventa, gracias al esfuerzo incansable de los activistas de los derechos humanos. Consiguieron descubrir un gran número de fosas comunes en las que habían enterrado a disidentes políticos y a comunidades rurales indígenas mayas. Luego vino Argentina. Por desgracia, hasta finales de la década de los ochenta no se incluyeron las exhumaciones en la resolución de conflictos. Una vergüenza.

David se volvió hacia Kostas.

—Los juicios de Núremberg sentaron un precedente. Fue entonces cuando la gente se dio cuenta de lo arbitraria que es la violencia y lo extendida que está en realidad. Vecinos que se vuelven en contra de sus vecinos, amigos que venden a sus amigos. Es una clase diferente de maldad, una que todavía no hemos asumido como seres humanos. Es un tema difícil a nivel mundial: los actos de barbarie que suceden fuera del campo de batalla.

—Es un trabajo duro —comentó María Fernanda—, pero siempre me digo que por lo menos no tenemos que peinar el océano.

—Está hablando de Chile —terció Defne, mirando a Kostas de reojo—. Miles de personas desaparecieron bajo Pinochet. En vuelos secretos repletos de prisioneros sobre el océano Pacífico y los lagos; eran torturados, drogados, muchos aún vivos. Les ataban rieles de ferrocarril a las víctimas, las arrojaban al agua desde helicópteros Puma. Los oficiales siempre lo negaron, pero hubo un informe del ejército que decía que habían «escondido» los cadáveres en el océano. ¡Escondido! ¡Cabrones!

—¿Cómo se averiguó la verdad? —preguntó Kostas.

—Por pura casualidad —contestó María Fernanda—. O por obra de Dios, si crees en esas cosas. El cuerpo de una de las víctimas fue arrastrado hasta la playa. Siempre me acordaré de su nombre: Marta Ugarte. Era profesora. La golpearon de manera terrible, la torturaron, la violaron. A ella también le ataron un trozo de metal y la tiraron desde un helicóptero, pero de alguna manera el alambre se soltó y el cuerpo salió a la superficie. Hay una fotografía de ella tomada justo después de que la sacaran del océano. Tiene los ojos abiertos, te traspasan el alma. Así es como la gente tomó conciencia de que había muchos más enterrados bajo las aguas.

Kostas sostuvo su copa de vino entre las manos, sintiendo su peso liso y redondeado. Escudriñó a través del líquido carmesí. No a sus compañeros de mesa, sino a una parte de su corazón que había mantenido cerrada muchísimo tiempo. Allí encontró viejas penas, algunas suyas, otras de la tierra en la que había nacido, ahora inseparables, estratificadas y comprimidas como formaciones de rocas.

Levantó la cabeza y le preguntó a María Fernanda:

—¿En qué otros sitios has trabajado?

—¡Ay! Por todo el mundo. Yugoslavia. Camboya. Ruanda... El año pasado participé en exhumaciones forenses en Irak.

—¿Y cómo os conocisteis Defne y tú?

Fue Defne quien contestó.

—Sabía de María Fernanda, le escribí. Me contestó con muchísima amabilidad y me invitó a España. El verano pasado conseguí una beca y fui a visitarla. Su equipo y ella llevaron a cabo tres exhumaciones, en Extremadura, Asturias y Burgos. Todas las veces, las familias españolas organizaron funerales preciosos para sus muertos. Fue muy conmovedor. Cuando volví a Chipre a reunirme con el CPD, invitamos a María Fernanda a observar nuestros métodos. ¡Y aquí está!

María Fernanda se metió una aceituna en la boca y masticó despacio.

—¡Defne estuvo increíble! Me acompañó a hablar con las familias, lloró con ellos. Yo estaba tan conmovida... Crees que no compartes el mismo idioma, piensas y entonces te das cuenta de que la pena es el idioma. Las que tenemos un pasado turbulento nos entendemos entre nosotras.

Kostas inspiró despacio, con respiraciones profundas, y la habitación pareció mecerlo, o quizá fuesen las palabras de María Fernanda.

—¿Alguna vez se te aparecen en sueños lo que ves durante el día? Perdóname si es una cuestión demasiado personal.

—No, no pasa nada. Solía tener sueños inquietantes —dijo María Fernanda, quitándose las gafas y frotándose los ojos—. Pero ya no. O quizá sea solo que no puedo acordarme.

—*Iniuriarum remedium est oblivio* —dijo David—. El olvido es el remedio para las heridas.

—Pero tenemos que recordar para sanar —objetó Defne. Se volvió hacia María Fernanda y dijo con un tono lleno de ternura—: Háblales de Burgos.

—Burgos fue el núcleo del franquismo. Allí no hubo frentes de batalla. Eso significa que todos los cuerpos que encontramos en fosas comunes eran de civiles. La mayor parte de las veces las familias no querían hablar del pasado. Solo querían dar a sus seres queridos un entierro decente; dignidad.

María Fernanda bebió un poco de agua antes de proseguir:

—Un día, fui en taxi a uno de los lugares de excavación. Llegaba tarde. El taxista parecía un buen tipo, cordial, divertido. Después de un rato pasamos por un sitio llamado Aranda de Duero, un pueblo precioso. Y el taxista me miró por el retrovisor y me dijo: «Esa es Aranda la Roja, llena de alborotadores. Los nuestros ejecutaron a muchos, jóvenes y viejos, tenía que hacerse». Y de pronto me di cuenta de que aquel hombre con el que había estado charlando del tiempo y de cosas triviales, aquel padre de tres hijos que con orgullo exhibía fotos de su familia en el salpicadero, apoyaba el asesinato en masa de civiles.

—¿Qué hiciste? —preguntó David.

—No podía hacer mucho. Estaba sola en la carretera con él. No hablé con él en lo que quedaba de camino. Ni una sola palabra. Cuando llegamos, le pagué y me fui sin siquiera mirarlo. Él por supuesto entendió por qué.

David encendió su pipa y exhaló, haciéndole gestos a Defne.

—¿Qué habrías hecho tú en su situación?

Todos la miraron. A la luz de las velas, sus ojos brillaban como bronce bruñido.

—No quiero sonar moralista. Perdonadme si es así, pero creo que le habría dicho a ese bastardo que parase el maldito coche y me dejase bajar. A lo mejor después habría tenido que hacer autostop, qué sé yo, ya habría pensado en eso luego —dijo.

Kostas la observó con atención: sabía que decía la verdad. En aquel instante fugaz, como un viajero nocturno que distingue una silueta lejana cuando estalla un relámpago, vislumbró a la chica que fue, su rabia frente a las injusticias, su sentido de la justicia, su pasión por la vida.

David fumó de su pipa.

—Pero no hace falta que todo el mundo sea un guerrero, querida. Si no, no tendríamos poetas, artistas, científicos...

—No estoy de acuerdo —dijo Defne, y bebió de su copa de vino—. Hay momentos en la vida en que todo el mundo tiene que convertirse en algún tipo de guerrero. Si eres poeta, luchas con tus palabras; si eres artista, luchas con tus cuadros... Pero no puedes decir: «Lo siento, soy poeta, paso». No dices eso cuando hay tanto sufrimiento, desigualdad, injusticia. —Apuró la copa y volvió a llenarla—. ¿Y tú, Kostas? ¿Qué habrías hecho tú?

Kostas respiró hondo, sintiendo el peso de la mirada de ella.

—No lo sé. Hasta que esté en esa situación, no creo que pueda saberlo en realidad.

Una media sonrisa afloró en el rostro de Defne.

—Siempre fuiste razonable, lógico. Un atento observador de las maravillas de la naturaleza y de los errores de la raza humana.

Su tono tenía cierta dureza, imposible de ignorar, que ensombreció el ánimo de la mesa.

—Oye, no nos juzguemos unos a otros —dijo David haciendo un gesto displicente con la mano—. Es probable que yo me hubiese quedado en el coche todo el viaje y hubiese seguido parloteando con el taxista.

Pero Defne no estaba escuchando. Estaba mirando a Kostas y solo a él. Y Kostas vio que en su súbita rabia subyacían todas las palabras que se habían quedado sin decir entre ellos, arremolinándose dentro de su alma como copos sueltos en una bola de nieve.

Le miró las manos, que habían cambiado con los años. Antes le encantaba pintarse las uñas, con un brillo rosa perlado. Ya no lo hacía. Ahora las tenía un poco descuidadas, llevaba las uñas cortas e irregulares, las cutículas despellejadas. Cuando volvió a levantar la mirada, se la encontró observándolo a él.

Mientras el pecho le subía y le bajaba por la rápida respiración, Kostas se inclinó y dijo:

—Hay otra cuestión que podríamos considerar, quizá una más difícil. ¿Qué habríamos hecho nosotros, cada uno de nosotros, si hubiésemos sido jóvenes de Burgos en la década de los treinta, atrapados en mitad de la Guerra Civil? Es fácil afirmar a posteriori que haríamos lo correcto. Pero, en realidad, ninguno de nosotros sabe dónde estaría cuando el fuego arrasa.

El camarero llegó entonces con los primeros platos, rompiendo el silencio que siguió: brochetas de cordero asadas con feta y menta, guiso de pescado al vino blanco, gambas al ajillo con mantequilla, pollo con siete especias y estofado libanés de hojas de yute...

—Cada vez que vengo a Chipre, engordo cinco kilos —comentó David dándose palmaditas en la barriga—. Eso es algo en lo que griegos y turcos se pueden poner de acuerdo.

Kostas sonrió, a pesar de que en ese momento pensaba que todos bebían demasiado rápido. Sobre todo Defne.

Como si le leyese el pensamiento, Defne le apuntó con la copa y dijo:

—Vale, entonces, cambiemos de tema, es demasiado lúgubre. Así que dinos, Kostas, ¿qué te ha traído de vuelta? ¿Han sido tus amados árboles o tus musgos y líquenes?

Se le ocurrió entonces que, igual que él había estado recopilando información sobre ella todos aquellos años, también ella habría estado investigando lo que él hacía para ganarse la vida. Sabía de sus libros.

Con cautela, respondió:

—En parte, el trabajo. Estoy estudiando si, y cómo, pueden las higueras ayudar en la pérdida de biodiversidad a lo largo del Mediterráneo.

—¿Las higueras? —dijo María Fernanda arqueando las cejas.

—Sí, yo diría que sostienen el ecosistema más que casi cualquier otra planta. Las higueras no solo alimentan a los seres humanos, sino también a animales e insectos a kilómetros a la redonda. En Chipre la deforestación es un problema grave. Por si fuese poco, durante la lucha contra la malaria, cuando secaron las marismas a principios del siglo XX, plantaron montones de eucaliptos y otras plantas australianas. Son especies invasivas no autóctonas que les hacen un daño enorme a los ciclos naturales de aquí. Ojalá las autoridades les hubiesen prestado más atención a las higueras locales... Bueno, no quiero aburriros con los pormenores de mi investigación.

Como siempre, Kostas temía que a la gente le pareciese tedioso su trabajo.

—No estamos aburridos para nada —dijo David—. Sigue, cuéntanos más. Aprender algo sobre las higueras siempre será mejor que una exhumación en masa.

—Las mariposas se alimentan de higos, ¿verdad? —intervino Defne.

Mientras decía aquello, abrió el brazalete de cuero que llevaba alrededor de la muñeca y dejó al descubierto un tatuaje pequeño en la cara interna del brazo.

—¡Ay, qué bonito! —se entusiasmó María Fernanda.

—Es una vanesa de los cardos —dijo Kostas, intentando no demostrar su sorpresa. La última vez que vio a Defne, no tenía ni el más minúsculo tatuaje en ninguna parte—. Vienen todos los años desde Israel y descansan en Chipre. Luego algunas se van a Turquía, otras a Grecia. Sin embargo, otras viajan desde el norte de África directamente a Europa Central. Pero este año está pasando algo insólito. Las que salieron del norte de África cambiaron su ruta. Nadie sabe por qué. Lo único que sé es que se dirigen a la isla y se reunirán con las demás que suelen venir aquí. Si nuestras suposiciones son correctas, en los próximos días veremos una migración masiva de mariposas. Supongo que estarán por toda la costa, en la parte griega y en la parte turca. Millones de ellas.

—Suena fascinante —dijo María Fernanda—. Espero que lleguen antes de que me vaya.

Se terminaron los postres y les habían servido el café, pero Defne había pedido otra botella de vino y no parecía querer bajar el ritmo.

—La última vez que te vi, ni bebías ni fumabas —dijo Kostas, sintiendo un pulso lento en las sienes.

Con una sonrisa minúscula en la comisura de los labios, Defne le dirigió una mirada fugaz y borrosa.

—Han cambiado muchas cosas desde que te fuiste.

—Eh, te acompaño, Defne —dijo David haciéndole señas al camarero para que le llevase otro vaso de *raki*.

—Pero tú no pareces beber mucho —le dijo María Fernanda a Kostas—. No fumas, tengo la sensación de que no mientes... ¿Nunca haces nada mal?

Defne emitió un sonidito que podría ser de incredulidad o de reconocimiento. El rubor le tiñó las mejillas cuando se dio cuenta de que los demás la estaban mirando.

—Bueno, una vez sí —dijo ella encogiéndose levemente de hombros—. Me dejó.

Una expresión de pánico apareció en la cara de María Fernanda.

—Ay, lo siento. No sabía que habíais estado juntos.

—Yo tampoco —dijo David, levantando las manos.

—¡Yo no te dejé! —exclamó Kostas, y se dio cuenta, demasiado tarde, de que había levantado la voz—. No contestaste a ninguna de mis cartas. Me dijiste que no volviera a ponerme en contacto contigo.

El rubor de las mejillas de Defne se intensificó, e hizo un gesto desdeñoso con la mano.

—No te preocupes, estaba bromeando. Es agua pasada.

Durante unos segundos, nadie dijo ni una palabra.

—¡Bueno, entonces brindemos por la juventud! —propuso David, levantando su vaso.

Todos siguieron su ejemplo.

Defne dejó la copa en la mesa.

—Dinos, Kostas, ¿tienen huesos?

—¿Perdón?

—Las mariposas. ¿Tienen huesos?

Kostas tragó saliva; notaba la garganta seca. Se quedó mirando la vela, que había ardido hasta quedar reducida a un cabo.

—El esqueleto de las mariposas no está dentro de su cuerpo. No tienen un armazón duro protegido bajo los tejidos blandos como nosotros; de hecho, se podría decir que toda su piel es un esqueleto invisible.

—Me pregunto qué se sentirá —musitó Defne—. Al llevar los huesos por fuera, quiero decir. ¡Imaginaos Chipre como una mariposa enorme! Entonces no tendríamos que excavar para buscar a los desaparecidos. Sabríamos que estamos cubiertos de ellos.

Por muchos años que pasaran, Kostas nunca se olvidaría de aquella imagen. Una isla mariposa. Preciosa, llamativa, adornada con un esplendor de colores, intentando despegar hacia el cielo y revolotear libre sobre el Mediterráneo, aunque lastrada, cada vez, por sus alas revestidas de huesos rotos.

Cuando por fin salieron los cuatro de la taberna en busca de aire fresco, recorrieron las calles sinuosas inhalando el aroma a jazmín y a cedro. La luna, a la que le faltaban unos días para estar llena, se ocultaba bajo un tul de nubes ligero como una pluma. Pasaron junto a casas de piedra con ventanas enrejadas que parecían siluetas recortadas de un teatro de sombras contra la luz anémica de las farolas.

Aquella noche, de vuelta en su habitación del hotel, Kostas tuvo un sueño perturbador. Estaba en una ciudad anónima que podía ser de cualquier parte: España, Chile o Chipre. Más allá de las dunas se elevaba una higuera y, tras ella, una calle vacía tachonada de lo que parecían desperdicios. Se acercó despacio para ver qué eran y entonces descubrió, para su horror, que eran peces moribundos. Frenético, buscó un cubo de agua. Corrió de un lado a otro tratando de recoger todos los peces posibles, pero seguían escapándoseles de entre los dedos, agitando las colas, boqueando.

A lo lejos vio a un grupo de personas mirándolo fijamente. Todos llevaban máscaras de mariposas. A Defne no se la veía por ninguna parte. Pero cuando Kostas se despertó en mitad de la noche, con el corazón desbocado, no tuvo ninguna duda de que había estado en alguna parte del sueño, detrás de una de aquellas máscaras, observándolo.

Mente inquieta

Chipre, principios de la década de 2000

A la mañana siguiente, temprano, Kostas se encontró con los miembros del equipo en el lugar de la excavación, ya inmersos en el trabajo. El comité había recibido otro soplo durante la noche y, una vez terminaran allí, empezarían a excavar en un lecho seco del río a unos setenta kilómetros de Nicosia. Por sus conversaciones, Kostas dedujo que preferían buscar en lugares apartados y zonas rurales. En ciudades y pueblos, los transeúntes siempre se acercaban a mirar, a hacer preguntas, a hacer comentarios, algunos de ellos indiscretos, incluso incendiarios. Si había algún hallazgo, las emociones se intensificaban. Una vez se había desmayado una mujer y tuvieron que atenderla. Los miembros del CPD preferían trabajar solos, rodeados de naturaleza, con los árboles como únicos testigos.

Cuando hicieron un descanso para el café, Kostas y Defne se sentaron juntos al lado de una adelfa silvestre y escucharon el zumbido de las cigarras en el calor creciente. Defne sacó una petaca de tabaco y se puso a liarse un cigarrillo. Kostas se dio cuenta de que llevaba la pitillera plateada de David. Sintió que el pecho se le atenazaba cuando se le ocurrió que quizá hubiesen pasado la noche juntos. Durante la cena había observado, unas cuantas veces, cómo la miraba David. Intentó aplacar su mente intranquila. ¿Qué derecho tenía él a pensar en la vida amorosa de ella cuando se habían convertido en extraños, no solo el uno para el otro, sino también para las personas que habían sido?

Defne inclinó la cabeza hacia él, tan cerca que Kostas vio en sus ojos oscuros las motas azules de un cobalto intenso.

—David ha dejado de fumar hoy.

—Ah, ¿sí?

—Sí, y para demostrar su determinación me ha dado su pitillera. Estoy segura de que me pedirá que se la devuelva cuando termine la tarde. Lo deja cada pocos días.

Kostas no pudo evitar sonreír en ese momento. Bebió un sorbo de café y preguntó:

—Entonces ¿durante cuánto tiempo tienes planeado hacer esto?

—Todo el que sea necesario.

—¿Qué significa eso? ¿Hasta que encuentres a la última víctima?

—¿No sería increíble? No, no soy tan ingenua. Sé que a muchos, de ambos bandos, no los encontraremos nunca. —Su mirada se volvió distante—. Aunque quizá no sea tan imposible. Piénsalo: cuando éramos más jóvenes, si alguien nos hubiese dicho que dividirían la isla a lo largo de líneas étnicas y que algún día tendríamos que buscar tumbas sin nombre, no nos lo habríamos creído. Ahora no nos creemos que pueda volver a unirse. Lo que creemos que es imposible cambia con cada generación.

Kostas la escuchaba mientras desmenuzaba un terroncito de tierra entre los dedos.

—Me he fijado en que hay más mujeres que hombres haciendo este trabajo.

—Hay muchas, sí, griegas y turcas. Algunas excavan, otras trabajan en el laboratorio. Después están las psicólogas, que van a hablar con las familias. La mayoría de nuestras voluntarias son mujeres.

—¿Por qué crees que es?

—Es obvio, ¿no? Lo que hacemos aquí no tiene nada que ver con la política o con el poder. Nuestro trabajo tiene que ver con el dolor. Y con el recuerdo. Y a las mujeres se nos dan mejor ambas cosas que a los hombres.

—Los hombres también recuerdan —dijo Kostas—. Y los hombres también sienten dolor.

—¿De verdad? —Al notar su voz entrecortada, lo miró a la cara—. Quizá tengas razón. Pero, por lo general, los hombres que se quedan viudos vuelven a casarse antes que las mujeres en esa misma situación. Las mujeres guardan luto, los hombres sustituyen.

Se pasó por detrás de la oreja un mechón de pelo que se le había soltado. Él sintió un impulso tan fuerte de tocarla que en aquel momento cruzó los brazos, como si le preocupase que pudiesen actuar por voluntad propia. Se acordó de cuando se encontraban en secreto, rodeados por la vasta noche, y los olivos se cernían grises a la luz tenue de la luna creciente. Se acordó de cuando, una noche en la taberna, ella le pidió agua y él la dejó sola un minuto, la noche que estalló la bomba en La Higuera Feliz. Aquella noche, sospechaba ahora, sus vidas cambiaron para siempre.

Miró el cigarrillo que tenía ella entre los dedos.

—Pero ¿por qué fumas, *ashkim*? ¿No sabes que no son más que unas cuantas caladas que desaparecen en cuanto las exhalas?

Defne entrecerró los ojos.

—¿Cómo?

—No te acuerdas, ¿verdad? Es lo que me dijiste al verme fumar aquella vez.

Pero enseguida se dio cuenta, por la expresión de ella, de que sí se acordaba. Pillada por sorpresa, Defne intentó restarle importancia riéndose.

—¿Por qué no contestaste a ninguna de mis cartas? —preguntó Kostas.

Hubo un silencio.

—No había nada que escribir.

Kostas se tragó el nudo que tenía en la garganta.

—Alguien del pasado se puso en contacto conmigo hace poco, un médico... —Kostas observó la cara de Defne, pero su expresión era impenetrable—. El doctor Norman vio mi nombre en un periódico. Yo acababa de sacar un libro nuevo, me hicieron una entrevista y así es como supo de mí. Quedamos, hablamos. Mencionó algo de pasada que hizo que me percatase de que hay cosas que sucedieron en el verano de 1974 de las que no sé nada. He tenido que venir a Chipre a verte.

—¿El doctor Norman? —dijo ella, arqueando un poco una ceja—. ¿Qué te dijo?

—No mucho, en realidad. Pero até cabos. Me dijo que le habías dado una nota y le habías pedido que me la entregase si algo salía mal. Se guardó la nota en el bolsillo, pero por desgracia la perdió. No sabía lo que decía porque no la había leído, ya que era privada. Eso no sé si creérmelo. Ahora estoy intentando entender por qué una chica tuvo que ver a un ginecólogo en el verano de 1974, en una época en que la isla estaba en llamas y había soldados por todas partes... A menos que fuese algo inesperado..., urgente..., un embarazo no deseado. Un aborto. —La miró con tristeza—. Quiero que sepas que desde que averigüé eso me siento fatal. Me siento culpable. Lo lamento muchísimo. Debería haber estado allí contigo. A lo largo de todos estos años, no había tenido ni idea.

Justo entonces, alguien del equipo gritó su nombre. Una nueva sesión estaba a punto de empezar.

Tras dar una última calada, Defne tiró el cigarrillo y lo aplastó con el tacón.

—Muy bien, volvamos al trabajo. Como te dije ayer, éramos jóvenes. A esa edad se cometen errores. Errores horribles.

Lo recorrió un escalofrío. Se levantó, dio un paso hacia ella, pero le costaba hablar.

—Mira —dijo Defne—, no quiero hablar de eso. Tienes que entender que cuando pasa algo terrible en un país (o en una isla), se abre un abismo entre los que se marchan y los que se quedan. No digo que sea fácil para los que se fueron, estoy segura de que tendrán sus propias dificultades, pero no se imaginan cómo ha sido para los que se quedaron.

—Los que se quedaron lidiaron con las heridas y luego con las cicatrices y debe de haber sido extremadamente doloroso —dijo Kostas—. Pero nosotros..., los fugitivos, como se nos podría llamar..., nunca tuvimos la oportunidad de sanar, las heridas nunca cicatrizan.

Defne ladeó la cabeza, pensando, y luego dijo a toda prisa:

—Lo siento, ahora tengo que trabajar.

Kostas la miró mientras se alejaba para reunirse con los otros. Se temió que aquel fuese el final: el final de ellos dos. Estaba claro que ella no quería hablar del pasado. Quizá prefería mantener una relación distante, aunque cordial. No le quedaba más que volver a su investigación y después a Inglaterra, de nuevo a su vieja vida, a las rutinas y a los ritmos que lo iban sofocando poco a poco, aunque nunca lo bastante rápido. Y así podría haber sido si, al final de aquella tarde, después de horas de cavar y limpiar, con los mechones de pelo oscuro escapándosele del pañuelo, la suave piel color aceituna de su frente manchada de tierra, ella no hubiese vuelto sobre sus pasos hacia él y no le hubiese dicho, con toda la tranquilidad:

—Entonces ¿qué te parece si esta noche te saco por ahí? Solo nosotros dos. A no ser que tengas otros planes.

Ella sabía, por supuesto, que no tenía ninguno.

Pícnic

Chipre, principios de la década de 2000

El sol declinaba cuando volvieron a verse aquella tarde. Defne se había cambiado y llevaba un vestido blanco largo con flores azules diminutas bordadas en el pecho. La luz menguante le acariciaba la cara, dejándole en las mejillas tonos sutiles como pinceladas y reflejos de cobre espolvoreados por el pelo castaño. En la mano llevaba una cesta.

—Hay que caminar un poco, ¿te importa? —preguntó Defne.

—Me gusta caminar.

Pasaron por delante de tiendas de souvenirs y casas con rosas trepadoras en las fachadas. Las paredes encaladas, antes llenas de consignas, ahora resplandecían limpias y lustrosas a ambos lados de la calle. Todo parecía tranquilo, pacífico. Las islas saben engañar y hacer creer a la gente que su serenidad es eterna.

Dejaron atrás las calles atestadas y no tardaron en encontrarse a las afueras de la ciudad, con los ojos fijos en el camino cubierto de agujas de pino que tenían delante, como si avanzaran contra un viento tenaz y reseco. Pero aquella noche solo soplaba una suave brisa y el aire estaba cargado de promesas. Aunque tenía la mente acelerada y su lengua se esforzaba por encontrar las palabras que quería decir, una especie de alegría invadió a Kostas. Vio matas de ajo blanco, de mostaza de campo, tagarninas, alcaparras, cuyos brotes se abrían paso a través de la tierra seca. Se concentró en los árboles como hacía siempre cuando se sentía a la deriva: olivos, naranjos amargos, mirtos, granados... y uno que había apartado, un algarrobo. La voz de su madre resonó en sus oídos: «¿Quién quiere chocolate cuando hay algarrobos, *agori mou*?».

Notó que Defne no solo caminaba rápido, sino que además parecía disfrutar de ello. Las mujeres con las que había salido en el pasado habían sido por lo general reacias a las largas caminatas. Eran criaturas urbanas, gente ocupada, siempre con prisas. Incluso aquellas que aseguraban que les gustaba andar se aburrían enseguida. Una y otra vez, en aquellas salidas, Kostas se había sentido molesto con sus acompañantes por no vestirse de manera apropiada: la ropa era demasiado fina; los zapatos, no aptos para el paseo.

Ahora, tratando de seguirle el ritmo a Defne, le sorprendió verla avanzar decidida con sus sandalias planas. Se abría paso por campos arados y caminos de tierra, entre matas de brezo llenas de flores moradas y de aulaga amarilla que le rozaban y se le agarraban al dobladillo de su falda. Él la seguía, sintonizando cualquier pequeña señal de ella —el timbre de su risa, la profundidad de su silencio—, preguntándose si en algún lugar de su corazón seguiría queriéndolo.

Una perdiz se agitó entre los arbustos. Un halcón abejero planeaba y flotaba en las corrientes térmicas, rastreando a los pequeños mamíferos del suelo. Miles de ojos los miraban desde las hojas, ojos formados por diminutos detectores de luz que discernían diferentes longitudes de onda y realidades dispares y le recordaban a Kostas que el mundo que veían los seres humanos era solo uno de los muchos existentes.

Cuando llegaron a la cima de la colina se pararon a admirar las vistas. Viejas casas de piedra brillaban en la distancia, tejados rojos de terracota, un cielo infinito, generoso. Si alguna vez hubo un centro en este mundo, tenía que estar allí. A Kostas se le ocurrió que aquello debía de ser lo que habían visto innumerables viajeros, peregrinos y expatriados, y que ese era el motivo por el que se habían quedado allí.

Defne abrió la cesta que se había negado a dejarle llevar a él. Dentro había una botella de vino, dos copas, una tarrina de higos y sándwiches pequeñitos con rellenos diversos que había preparado ella en casa.

—Espero que no te importe hacer un pequeño pícnic conmigo —dijo extendiendo una manta sobre la tierra.

Kostas se sentó a su lado, sonriendo. Le conmovió que se hubiese tomado la molestia de preparar todo aquello. Mientras comían despacio, saboreando cada bocado, igual que habían hecho la primera vez que fueron juntos a La Higuera Feliz, Kostas le habló a Defne de su vida en Inglaterra. Se le hizo un nudo en la garganta cuando habló de la muerte de Panagiota, de su relación complicada y tensa con su hermano menor, que se había vuelto más distante con el paso de los años, de su incapacidad de volver a la isla en todo aquel tiempo como si le asustara lo que pudiera encontrarse allí o como si lo retuviese un persistente conjuro. No mencionó que, aunque su trayectoria laboral había sido satisfactoria, a menudo se sentía solo, pero tenía el presentimiento de que ella ya lo sabía.

—Tenías razón. Hubo un embarazo —dijo Defne después de haberlo escuchado en un silencio pensativo—. Pero ha pasado tanto tiempo desde que me prohibí pensar en él que no estoy segura de querer hacerlo ahora. Preferiría dejarlo todo atrás.

Kostas intentó no preguntar ni decir nada, solo comprender, estar allí para ella.

Defne se mordió el labio, tirando de una pielcita.

—También me has preguntado que cuánto tiempo tengo previsto trabajar con el CPD. Quiero pensar que hasta que encuentre a Yusuf y a Yiorgos. Esos dos hombres arriesgaron sus vidas por mí. No creo que lo supieras.

—No —dijo Kostas con un rictus de amargura.

—Me vuelve loca no saber qué les pasó. Cada pocos días llamo al laboratorio para ver si han encontrado algo. Allí trabaja una científica, Eleni, que es muy amable, pero lo más probable es que ya esté harta y cansada de mis llamadas.

Se rio, un sonido frágil. En su risa había una aspereza, una dureza que le recordaron a Kostas a losas rajadas, fracturadas, como a azulejos rotos.

—No debería contártelo —dijo Defne—, es muy embarazoso, pero la loca de mi hermana cree que tendríamos que recurrir a una vidente. Meryem ha concertado una cita con una médium chiflada. Al parecer, esa mujer ayuda a las familias desconsoladas a encontrar a sus desaparecidos. ¿Te lo puedes creer? Ahora en Chipre es una profesión.

—¿Tú quieres ir?

—En realidad no —respondió ella mientras se agachaba, movía un poco la tierra y desenterraba una acedera. Su largo rizoma quedó colgando entre sus dedos. La cavidad profunda y estrecha del suelo parecía a un agujero de bala. Metió un dedo en ella y tragó saliva, con la respiración atascada en la garganta—. Solo si tú vienes conmigo.

—Iré contigo. —Kostas se inclinó y le acarició el pelo con mucha delicadeza.

Hubo un tiempo en el que creyó que los dos podrían elevarse por encima de sus circunstancias, mandar sus raíces hacia arriba, hacia el cielo, desatadas y liberadas de la gravedad, como árboles en un sueño. Cuánto deseaba que ambos pudiesen volver a aquel tiempo lleno de esperanza.

—Iré contigo donde sea —dijo.

Su voz sonó distinta entonces, más llena, como si hubiese surgido de algún lugar muy profundo de su interior. E incluso aunque sospechaba que el cinismo habitual de ella quizá no le permitiese creerlo, tampoco parecía dispuesta a dudar de él, y por eso se refugió en ese espacio liminal entre la creencia y la duda, justo como había hecho otra noche de lo que ahora parecía otra vida.

Defne se acercó más a él y hundió la cabeza en su cuello. No lo besó y no dio ninguna señal de que quisiera que él la besara, pero le dio un abrazo fuerte y genuino, y eso era cuanto él necesitaba. Lo colmó la sensación de que ella estuviese a su lado, del latido de su corazón contra la piel. Defne le tocó la cicatriz de la frente, una cicatriz tan antigua que él había olvidado hacía tiempo, una marca que se le había quedado el día de la ola de calor, cuando se tropezó con un cajón de madera, desesperado por salvar a los murciélagos.

—Te he echado de menos —dijo ella.

En aquel momento, Kostas Kazantzakis supo que la isla lo había atrapado en su órbita con una fuerza mayor de la que él podía resistir y que no volvería a Inglaterra a corto plazo, no sin ella a su lado.

Incienso digital

Londres, finales de la década de 2010

El día antes de Navidad, de espaldas a las ramas decoradas —un haz que Kostas había recogido en el jardín, había pintado con aerosol y había adornado con bolas navideñas como árbol festivo alternativo—, Meryem estaba tumbada en el sofá, callada y retraída, lo que era inusitado en ella. No dejaba de mirar la pantalla del móvil con la expresión dolida de quien ha sufrido una injusticia.

—¿Sigues esperando a que te den cita con ese exorcista? —le preguntó Ada al pasar por su lado.

Meryem levantó apenas la cabeza.

—No, eso ya está hecho. Nos esperan el viernes.

—Bueno, gracias por no avisarme.

Ada miró de reojo a su tía, pero la mujer estaba demasiado distraída para notarlo.

—¿Todo bien? —preguntó Ada.

—Mmm, he perdido algo y ahora no consigo encontrarlo. ¡Odio la tecnología!

Ada se dejó caer en el otro extremo del sofá con una novela en la mano, una de la que había oído hablar mucho. Había empezado a leerla justo la noche antes. Levantó el libro de manera que le tapaba casi toda la cara y los ojos de Sylvia Plath miraron fijamente a su tía.

Pasó un minuto, Meryem suspiró.

—¿Necesitas ayuda? —preguntó Ada.

—Estoy bien —contestó su tía de manera brusca.

Ada se enfrascó en el libro. Durante un rato, ninguna de las dos habló.

—¡Ay! ¿Por qué lo intento siquiera? ¡Ha desaparecido! —dijo Meryem frotándose las sienes—. Muy bien, échame una mano, por favor, pero no me juzgues.

—¿Por qué te iba a juzgar?

—Nunca se sabe. —Meryem puso el teléfono entre ambas—. He borrado una aplicación por error. Creo que eso es lo que ha pasado. Estoy intentando recuperarla, pero no quiero volver a pagar todo ese dinero. ¿Qué hago?

—Veamos. ¿Cómo se llama?

—No lo sé. Tiene una cosa azul en el nombre.

—Eso no es de mucha ayuda. ¿Para qué sirve?

Meryem se alisó la falda.

—Bueno, la uso para protegerme del mal de ojo.

Ada enarcó muchísimo las cejas.

—¿En serio? ¿Hay una aplicación para eso?

—Sabía que me ibas a juzgar.

—Solo intento entenderlo.

—Mira, vivimos en un mundo moderno. Todos andamos ocupados. A veces vas con prisa y no tienes tiempo para encender incienso. O no hay sal que echarte por encima. O a lo mejor estás con gente refinada y no puedes escupir. La aplicación hace todo eso por ti.

—¿Quieres decir que quema incienso digital, echa sal digital y escupe al aire de forma digital?

—Sí, algo así.

Ada negó con la cabeza.

—¿Y cuánto has pagado por ese timo?

—Es una suscripción, la renuevo cada mes. Y no pienso decirte cuánto. Cualquier cantidad que te diga te parecerá demasiado.

—Por supuesto. ¿No ves que te están tomando el pelo? ¡A ti y a cientos, quizá a miles de crédulos!

Bastó una búsqueda rápida para encontrar decenas de aplicaciones similares, algunas para la protección, otras para atraer la buena suerte y otras para leer los posos del café, las hojas de té o los sedimentos del vino. Ada dio con la aplicación borrada y volvió a descargarla sin pagar nada.

—¡Ay, gracias! —exclamó Meryem aflojando el ceño fruncido—. Cuando Dios quiere complacer a un alma humilde, le hace perder el burro y luego le ayuda a encontrarlo.

Ada recorrió líneas de la portada de su libro con la yema del dedo, luego el lomo.

—Háblame de mi abuela. ¿Era como tú? ¿Temía que pudiese pasar algo malo en cualquier momento?

—En realidad no —contestó Meryem, con los ojos brillantes por el recuerdo, que después se le volvieron a nublar—. Mi madre solía decir que, aunque el mundo entero se volviese loco, los chipriotas permanecerían cuerdos. Porque bañábamos a los bebés de los demás, y ellos a los nuestros. Nos recogíamos las cosechas los unos a los otros. Las guerras estallan entre desconocidos que ni siquiera saben el nombre de los otros. Nada malo podía pasar allí. Así que no, tu abuela no era temerosa como yo. No lo vio venir.

Ada observó a su tía y notó que se le hundían un poco los hombros.

—¿Sabes en qué estaba pensando? Tengo que hacer un trabajo de historia y a lo mejor podrías ayudarme.

—¿De verdad? —Meryem se llevó una mano al pecho como si le hubiesen halagado con un cumplido inesperado—. Pero ¿sabré las respuestas?

—No es una prueba. Es más como una entrevista. Te haré unas cuantas preguntas sobre de dónde vienes, cómo eran las cosas cuando eras joven, ese tipo de cosas.

—Eso lo puedo hacer, pero ¿no crees que deberías preguntarle a tu padre? —dijo Meryem con prudencia.

—Padre no me habla mucho de Chipre. Pero tú sí puedes.

A continuación, Ada se recostó y retomó su libro. Desde detrás de las páginas de *La campana de cristal*, con tono severo y distante, dijo:

—Si no, no iré contigo a ese exorcista.

Vidente

Chipre, principios de la década de 2000

Dos días después, mientras la oración de la tarde reverberaba desde las mezquitas cercanas de Nicosia, Kostas se encontró con Defne y Meryem frente al Büyük Han. Le sorprendió ver que la histórica posada —construida por los otomanos como *caravanserai*, convertida por los británicos en cárcel de la ciudad— era ahora un centro de arte, artesanía y comercios. En una cafetería que había dentro del antiguo patio se tomaron una infusión de tila cada uno.

Meryem suspiró mirando a Kostas de soslayo. En contra de su costumbre, había permanecido callada desde que se habían encontrado, pero ya no pudo contenerse más.

—Imagínate mi sorpresa cuando Defne me dijo que habías vuelto. ¡No me lo podía creer! Le dije que se mantuviera alejada de ti. Voy a decirte lo mismo a ti a la cara. Aléjate de ella. Dios sabe lo nerviosa que me pones, Kostas Kazantzakis. Te fuiste cuando estaba embarazada...

Con los ojos echando chispas, Defne la interrumpió:

—*Abla*, basta. Te dije que no sacaras el tema.

—Vale, vale. —Meryem levantó ambas manos—. Bueno, Kostas, perdona que te pregunte, sé que es una grosería, pero ¿cuándo vuelves a Inglaterra? Espero que pronto.

—*Abla!* Prometiste que serías amable con él. Yo soy la que lo ha invitado a venir.

—Bueno, sí soy amable, ese es mi problema. —Meryem se metió un terrón de azúcar entre los dientes y lo chupó con ganas antes de volver a hablar—. Siempre era yo la que os encubría.

Kostas asintió.

—Siempre te estaré agradecido por eso. Siento ponerte nerviosa. Sé que nos ayudaste mucho entonces.

—Sí, y mira adónde nos ha llevado.

—¡*Abla*, por última vez!

Meryem sacudió la mano, no estaba claro si para desdeñar o para agradecer el comentario. Irguió la espalda.

—Bueno, en cuanto a la cita de hoy: pongámonos de acuerdo primero en las normas. La vidente a la que vamos a visitar, madame Margosha, es una persona importante. Se ha hecho un nombre entre la comunidad de los videntes. Digáis lo que digáis, no la ofendáis. Esta mujer es poderosa de verdad. Tiene contactos en todas partes y con eso quiero decir también contactos en el otro mundo.

Defne puso los codos en la mesa y se inclinó hacia delante.

—¿Cómo sabes eso? No lo sabes.

Meryem siguió sin prestarle atención.

—Es rusa, nació en Moscú. ¿Sabéis por qué vino a Chipre? Un día tuvo un sueño. Vio una isla llena de tumbas desconocidas. Se despertó bañada en lágrimas. Se dijo a sí misma: «Debo ayudar a esa gente a encontrar a sus seres queridos». Por eso está aquí. Las familias acuden a ella en busca de ayuda.

—Qué magnánima —murmuró Defne—. ¿Y cuánto cobra por cada acto de generosidad?

—Sé que no crees en estas cosas y que Kostas tampoco, pero no olvides que estás haciendo esto por tus amigos. Quieres saber qué les pasó a Yusuf y a Yiorgos, ¿no? Y yo estoy haciendo esto por ti. Así que los dos tenéis que prometerme que no seréis irrespetuosos.

—Lo prometo —dijo Kostas con ternura.

Defne abrió las manos sonriendo.

—Haré lo que pueda, hermanita, pero no te prometo nada.

La vidente vivía en una casa de dos plantas con rejas de hierro forjado en las ventanas, no lejos de la Línea Verde, en una calle que bajo dominio británico se llamaba Shakespeare Avenue. Después de la partición, las autoridades turcas la habían renombrado como avenida Mehmet Akif, un poeta nacionalista. Pero en aquel entonces la mayoría se refería a ella como Dereboyu Caddesi, la avenida junto al río.

Lo primero que les impactó cuando entraron en la casa fue el olor, que no era del todo desagradable, pero sí fuerte, penetrante. Una mezcla de sándalo, mirra, pescado frito y patatas asadas del almuerzo, y de rosa y jazmín pulverizados con mucha generosidad por alguien a quien le gustaba el perfume intenso.

Con un saludo frío, el ayudante de la vidente —un adolescente desgarbado— los condujo a la planta de arriba, a una sala con pocos muebles y suelo de madera salpicado por los últimos rayos del sol que brillaban a través de unas grandes vidrieras.

—Volveré dentro de un segundo, por favor, sentaos —dijo el muchacho en un inglés con acento muy marcado.

Poco después volvió y les anunció que madame Margosha estaba lista para recibirlos.

—¿A lo mejor debería ir sola? —dijo Meryem con ansiedad.

Defne arqueó las cejas.

—Decídete. Me has arrastrado hasta aquí ¿y ahora quieres entrar sola?

—Está bien, ve tú. Te esperaremos —dijo Kostas.

Pero apenas había desparecido pasillo abajo cuando volvió corriendo, con las mejillas coloradas.

—¡Quiere veros a los dos! ¡Es increíble! Ha sabido enseguida que éramos hermanas, y la diferencia de edad, y que Kostas era griego.

—¿Y eso te impresiona? —dijo Defne—. Debe de habérselo dicho su ayudante. Me ha oído llamarte *abla* y llamar a Kostas por su nombre, ¡su nombre griego!

—Pues vale —dijo Meryem—. ¿Podéis daros prisa? No quiero hacerla esperar.

La habitación que estaba al otro lado del vestíbulo estaba bien iluminada y era espaciosa, aunque completamente abarrotada de objetos que parecían haberse acumulado a lo largo de una vida larga e itinerante: lámparas de pie con pantallas de seda y borlas, sillas desparejadas, retratos solemnes en las paredes, tapices y colgaduras, aparadores con pilas de libros encuadernados en piel y pergaminos, estatuas de ángeles y santos, muñecas de porcelana con ojos de vidrio, jarrones de cristal, candelabros de plata, quemadores de incienso, cálices de peltre, figuritas de porcelana...

En el centro de aquel cajón de sastre había una esbelta mujer rubia de pómulos prominentes. Todo en ella era pulcro y angular. Parpadeando con lentitud con sus ojos de un azul grisáceo, del color de un lago helado, les hizo una inclinación de la cabeza. Llevaba al cuello un colgante con una perla rosa del tamaño de un huevo de codorniz. Cada vez que se movía, reflejaba la luz.

—¡Bienvenidos! Tomad asiento. Me alegra veros a los tres juntos.

Meryem se sentó en una silla, mientras que Defne y Kostas eligieron unos taburetes que había cerca de la puerta. Madame

Margosha tomó asiento en un sillón amplio, detrás de un escritorio de nogal.

—Bueno, ¿qué os trae por aquí, el amor o la pérdida? Suele ser lo uno o lo otro.

Meryem carraspeó.

—Hace años, mi hermana y Kostas tenían dos buenos amigos, Yiorgos y Yusuf. Ambos desaparecieron en el verano de 1974. Nunca se encontraron sus cuerpos. Queremos saber qué les pasó. Y si están muertos, queremos encontrar sus tumbas para que sus familias puedan darles una sepultura digna. Por eso necesitamos tu ayuda.

Madame Margosha entrelazó los dedos y su mirada pasó lentamente de Meryem a Defne y luego de Defne a Kostas.

—Así que estáis aquí por una pérdida. Pero algo me dice que también estáis aquí por amor.

Defne frunció los labios, cruzó las piernas y luego las volvió a cruzar.

—¿Va todo bien? —preguntó la vidente.

—Sí... No... ¿No es como obvio? —dijo Defne—. Quiero decir, ¿no ha perdido algo todo el mundo y no busca el amor todo el mundo?

Meryem se deslizó hasta el borde de la silla.

—Perdón, madame Margosha; por favor, no haga caso a mi hermana.

—Está bien —dijo la vidente, concentrada en Defne—. Me gustan las mujeres directas, que dicen lo que piensan. Es más, te diré una cosa: no te cobraré nada si no quedas satisfecha al final de la sesión. Pero si quedas satisfecha, te cobraré el doble de mi tarifa.

—Pero no podemos... —intentó intervenir Meryem.

—¡Trato hecho! —dijo Defne.

—¡Trato hecho! —dijo madame Margosha alargando una mano de manicura perfecta.

Durante un momento, las dos mujeres se quedaron enlazadas en el apretón de manos, mirándose fijamente a los ojos, midiéndose.

—Veo fuego en tu alma —dijo madame Margosha.

—No me cabe duda. —Defne retiró la mano—. ¿Podemos concentrarnos ahora en Yusuf y en Yiorgos?

Asistiendo para sí misma, madame Margosha giró el anillo de plata que llevaba en el pulgar.

—Hay cinco elementos que nos ayudan en nuestras búsquedas más profundas. Cuatro más uno: fuego, tierra, aire, agua y espíritu. ¿Cuál os gustaría que invocara?

Los tres se miraron desconcertados.

—A no ser que pidáis otra cosa, iré con el agua —dijo madame Margosha.

Cerró los ojos y se arrellanó en el sillón. Sus párpados eran casi traslúcidos, surcados por diminutos vasos capilares azules.

Durante un largo minuto, nadie habló ni se movió. Luego, en el silencio incómodo, la vidente dijo bajito:

—En Chipre, la mayoría de los desaparecidos están ocultos en los lechos de los ríos o colinas que dan al mar, o a veces en pozos... Si puedo persuadir al agua para que nos ayude, encontraremos las pistas que necesitamos.

Meryem contuvo la respiración y se acercó aún más al filo de la silla.

—Veo un árbol —dijo Madame Margosha—. ¿Qué es, un olivo?

Kostas se inclinó hacia Defne. No le hacía falta mirarla para saber lo que estaba pensando: que era una apuesta segura mencionar los olivos en un sitio como aquel, donde abundaban.

—No, no es un olivo, quizá sea una higuera... Una higuera, pero está dentro, no fuera. ¡Qué raro, una higuera dentro de una habitación! Hay mucho ruido... Música, risas, todo el mundo habla a la vez... ¿Qué es ese lugar? ¿Es un restaurante? Comida, mucha comida. ¡Ah! ¡Ahí están vuestros amigos! Ahora los veo, están cerca, ¿están bailando? Creo que se están besando.

Sin poder evitarlo, Kostas sintió un escalofrío en la nuca.

—Sí, se están besando... Los llamaré a ver si responden. Yusuf... Yiorgos... —La respiración de madame Margosha se hizo más lenta, un sonido áspero manaba de su garganta—. ¿Adónde han ido? Han desaparecido. Lo intentaré otra vez: ¡Yusuf! ¡Yiorgos! Eh, ahora veo un bebé. ¡Qué hermoso niñito! ¿Cómo se llama? Veamos... Oh, ya lo entiendo, se llama Yusuf Yiorgos. Está sentado en un sofá, rodeado de almohadones. Está masticando un mordedor. Qué mono... ¡Ay, no! Ay, pobrecito...

Madame Margosha abrió los ojos y se quedó mirando a Defne. Solo a ella.

—¿Estás segura de que quieres que siga?

Quince minutos después, los tres estaban de vuelta en la avenida junto al río. Defne iba por delante a toda prisa, con los labios tan apretados que parecían una raya, Kostas la seguía a paso moderado y tras ellos se arrastraba una Meryem muy afectada. Se detuvieron delante de una joyería, cerrada en ese momento. Las luces de neón del escaparate, mezcladas con los reflejos relucientes de las pulseras, los brazaletes y los collares de oro les afilaron los rasgos.

—¿Por qué has hecho eso? —dijo Meryem enjugándose los ojos con el dorso de la mano—. No era necesario tratarla mal. Iba a contárnoslo.

—No, no iba a contárnoslo. —Defne se apartó el pelo de la cara—. Esa mujer es una charlatana. Nos estaba devolviendo la información que le dimos. Dice: «Veo una cocina grande, luminosa, podría ser una casa o un restaurante...». Entonces intervienes tú: «¡Debe de ser una taberna!». Así que ella dice: «Sí, sí, es una taberna». ¿Y eso te impresiona?

Meryem desvió la mirada.

—¿Sabes lo que más me duele? La forma en que me tratas, como si no tuviese cerebro. Tú eres inteligente, vale, y yo no. Yo soy convencional, tradicional. ¡Meryem, el ama de casa! Me menosprecias, a mí y a tu familia. ¡A tus propias raíces! *Baba* te adora, pero para ti nunca fue lo bastante bueno.

—Eso no es verdad. —Defne le puso la mano en el brazo a su hermana—. Mira...

Meryem retrocedió, jadeando.

—No quiero oírlo. Ahora no. Solo necesito estar sola, por favor.

Mientras se alejaba con rapidez, las luces de la avenida se reflejaban en su largo pelo rojizo.

Una vez sola con Kostas, Defne lo miró con detenimiento; tenía la cara medio oculta en la sombra y parecía profundamente pensativo. Levantó las manos y dijo:

—Me siento fatal. ¿Por qué soy siempre así? Lo he estropeado, ¿no? Meryem tiene razón. Cuando te fuiste, las cosas en casa se complicaron. Yo estaba triste siempre y lo pagué con mis padres. Nos peleábamos a todas horas. Los llamaba anticuados, estrechos de mente.

Kostas cambió el peso de una pierna a la otra.

—¡Eh! Deja que te invite a una copa —dijo Defne cuando se dio cuenta de que él no diría nada—. ¡Emborrachémonos a lo grande! Tengo todo el dinero que no le hemos pagado a la vidente.

Kostas la miró con concentración absoluta.

—¿No crees que deberías contármelo?

—¿El qué?

—Esa mujer ha hablado de un niño, Yusuf Yiorgos. En esta isla, es impensable que un niño lleve un nombre griego y uno turco. Imposible. A menos que fueras tú la que diera a luz a ese bebé...

Defne apartó la mirada, aunque solo un segundo.

—Cuando supe lo del embarazo, supuse que hubo un aborto. Pero ahora me doy cuenta de que a lo mejor me equivoqué. ¿Abortaste o no? Dímelo, Defne.

—¿Por qué me preguntas esas cosas? —dijo ella mientras abría el bolso y sacaba un cigarrillo, que no encendió—. No me digas que crees en esas mierdas de la vidente. ¡Eres un científico! ¿Cómo puedes tomarte nada de eso en serio?

—No me importa la vidente, me importa lo que le pasó a nuestro bebé.

Defne se encogió cuando él dijo aquello, como si hubiese tocado un hierro al rojo.

—No tenías ningún derecho a ocultarme el embarazo —dijo Kostas.

—¿Que no tenía derecho? ¿En serio? —La mirada de Defne se endureció—. Tenía dieciocho años. Estaba sola. Muerta de miedo. No tenía adónde ir. Si mis padres se enteraban, no me imaginaba lo que podía pasar. Estaba avergonzada. ¿Sabes lo que se siente al averiguar que estás embarazada y ni siquiera poder salir y pedir ayuda? Había soldados por todas partes. En una ciudad dividida, en el peor momento posible, con la radio repitiendo día y noche: «¡Quedaos en casa!» y con nuevas medidas de emergencia cada hora y sin saber lo que te depararía el mañana, y con el pánico por todas partes, y la gente atacándose unos a otros y muriendo ahí fuera, ¿sabes lo que es intentar ocultar un embarazo cuando el mundo parece estar desmoronándose y no tener nadie con quien hablar? ¿Dónde estabas tú? Si no estabas allí entonces, no tienes derecho a juzgarme ahora.

—No te juzgo.

Pero ella ya se había alejado.

A la cruda luz de neón de la tienda, Kostas se quedó quieto, presa de una sensación de indefensión tan profunda que por un segundo no pudo respirar. Distraído, su mirada recayó en el escaparate junto al que estaba y contempló el oro y la plata exhibidos con esmero en estanterías de cristal: anillos, pulseras, collares comprados para sellar bodas, cumpleaños, aniversarios felices, todo lo que se habían perdido durante todo aquel tiempo.

Defne no quería hablar con él, pero él necesitaba saber la verdad. A la mañana siguiente, lo primero que haría sería llamar al doctor Norman y le preguntaría por lo que había pasado en el verano de 1974, cuando él estaba a kilómetros de distancia.

No es tu *djinni*

Londres, finales de la década de 2010

Ahora que había pasado la tormenta, el cielo se había desvaído en un gris pálido, aunque seguía oscuro por los bordes, como una fotografía indeseada arrojada al fuego. Por la tarde, Ada y su tía salieron de casa con el pretexto de ir de compras, pero en realidad iban a ver al exorcista.

—Todavía no me puedo creer que haya accedido a esto —murmuró Ada mientras se dirigían a la estación del metro.

—Tenemos muchísima suerte de que haya aceptado vernos —dijo Meryem, repiqueteando con los tacones de cuña.

—Bueno, no creo que el tipo tenga lista de espera.

—Pues la tenía. ¡El primer hueco era para dentro de dos meses y medio! He tenido que usar todos mis encantos por teléfono.

Se bajaron en Aldgate East, donde hicieron una breve escala en una cafetería y pidieron dos bebidas: un *chai latte* para Ada, un moca con chocolate blanco y doble de nata para Meryem.

—Recuerda: ni una palabra a tu padre. No me perdonaría nunca. ¿Prometido?

—No te preocupes, no se lo contaría de todas maneras. Papá se sentiría decepcionado si se enterase de que malgasto mi energía en truquitos de magia. ¡Nos unen la vergüenza y el secreto!

Para cuando llegaron a la dirección eran casi las tres, y el sol ni siquiera se intuía en el cielo plomizo.

La bulliciosa calle estaba bordeada de plátanos sin hojas. Había bloques recién construidos, restaurantes hindúes, cadenas de pizzerías, restaurantes halal, puestos de pasminas y saris, tiendas que habían pertenecido a oleadas sucesivas de inmigrantes, desde los hugonotes franceses y los judíos de Europa del este a las comunidades de Bangladés y Pakistán. En los locales de kebab, los bloques de carne daban vuelta con lentitud en los escaparates, perdidos en un trance propio, como los últimos invitados de una fiesta que hubiese durado demasiado. Meryem observaba el entorno fascinada, tan desconcertada como encantada con aquel Londres cuya existencia desconocía.

Andando en sentido contrario al tráfico, llegaron a una casa adosada de ladrillos rojos. No había timbre, solo una aldaba de bronce con forma de escorpión con la cola levantada que golpearon con firmeza.

—A alguien le gusta alardear —dijo Ada mientras inspeccionaba el lujoso llamador con cierto desagrado.

—¡Calla! Cuidado con lo que dices —susurró Meryem—. No se bromea con los hombres santos.

Antes de que Ada pudiese responder, la puerta se abrió. Las recibió una mujer joven con un pañuelo verde lima en la cabeza y un vestido de tono similar que le llegaba a los tobillos.

—*Assalamu alaikum* —saludó Meryem.

—*Walaikum salaam* —repuso la mujer con una seca inclinación de la cabeza—. Pasad. Os esperábamos más temprano.

—El metro se ha retrasado mucho —dijo Meryem, omitiendo mencionar las tiendas que había insistido en visitar por el camino.

En el vestíbulo había zapatos de varias tallas ordenados en fila, todos señalando a la puerta de entrada. Desde arriba llegaba el alboroto de niños peleándose, el rítmico golpeteo de una pelota. Un bebé lloraba en alguna parte del pasillo. Un olor sutil flotaba en el aire: a guiso, viejo y nuevo.

Meryem se detuvo un momento con el rostro demudado.

Ada miró a su tía con curiosidad.

—¿Qué pasa?

—Nada. Acabo de acordarme de que hace mucho llevé a tu madre a una famosa vidente de Chipre. Tu padre también vino con nosotras.

—¡Anda ya! ¿En serio? ¿Mi padre accedió a eso?

Pero ni hubo tiempo de comentarlo. Las condujeron a una habitación de la parte de atrás. Dentro había filas de sillas de plástico mirando hacia delante; oraciones en árabe enmarcadas colgaban de las paredes. Una familia de cuatro miembros formaban un corrillo en un rincón y hablaban entre ellos en voz baja. Sentada al lado de la puerta una anciana hacía punto, algo que parecía un jersey, tan diminuto que tenía que ser para una muñeca. Ada y Meryem se sentaron junto a ella.

—Es la primera vez, ¿verdad? —dijo la mujer con una sonrisa cómplice—. ¿Es para la jovencita?

Meryem asintió ligeramente con la cabeza.

—¿Y usted?

—¡Ah! ¡Nosotros llevamos años viniendo! Lo intentamos todo: médicos, pastillas, terapias. Nada sirvió. Entonces alguien nos recomendó este sitio. Que Alá los recompense.

—Entonces ¿dice usted que funciona? —preguntó Meryem.

—Funciona, pero hay que ser paciente. Está en buenas manos. Aquí es donde curan a todos los *majnun*.

De la otra habitación llegó un grito que hendió el aire.

—No se preocupen. Es mi hijo —dijo la mujer mientras tiraba de un cabo de lana—. También grita de noche mientras duerme.

—Entonces a lo mejor no está funcionando —sugirió Ada.

Meryem frunció un poco el ceño.

Pero la mujer no pareció ofendida.

—El problema es que hay más de un *djinn* molestándole. El jeque le quitó diez, bendito sea, pero todavía le queda uno. Después mi hijo será libre.

—Uau —dijo Ada—. Diez *djinn*, falta uno. Podría montar su propio equipo de fútbol.

Meryem frunció todavía más el ceño.

Pero de nuevo, a la mujer no pareció molestarle. En ese momento se le ocurrió a Ada que, a ojos de aquella desconocida, ella también era uno de los *majnun*, y como tal podía decir cosas locas y hacer cosas todavía más locas y aun así sería perdonada. ¡Qué fácil! Quizá en un mundo regido por normas y reglas que no tenían mucho sentido y que por lo general favorecían a unos pocos sobre la mayoría, la locura fuese la única libertad verdadera.

Un poco después, las llamaron para que entrasen a ver al exorcista.

La sala estaba apenas amueblada: un sofá rojo ocupaba el lateral entero de una pared sobre una alfombra de tonos jade y azul. Había cojines bordados esparcidos aquí y allí. Una mesita baja y redonda ocupaba el centro y, junto a ella, una cesta repleta de botellas y frascos de cristal.

En la pared de enfrente había una chimenea que parecía un añadido posterior, con los azulejos desconchados y la losa de mármol de la repisa resquebrajada. Encima colgaba un kílim decorativo que era una representación tejida de un bazar: puestos repletos de especias; un pavo real ufano, exhibiendo la magnificencia de su abanico de plumas; hombres vestidos con trajes orientales sentados en taburetes de madera, algunos tomando café, otros fumando en narguiles. Daba la impresión de que más que un lugar real, aquella imagen era un Oriente Próximo imaginado por alguien.

En el centro de la escena, el hombre que supusieron que sería el exorcista estaba sentado con las piernas cruzadas. Una barba corta y redonda enmarcaba sus ojos hundidos y su cara angulosa. No se levantó a saludarlas. Tampoco les dio la mano. Asintiendo, les hizo un gesto para que ocupasen su lugar en la alfombra frente a él.

—¿Quién es la paciente?

Meryem carraspeó.

—Mi sobrina, Ada, ha estado sufriendo unos problemas. El otro día en el instituto gritó delante de toda la clase. No podía parar.

Ada se encogió de hombros.

—Fue en clase de historia. A todo el mundo le entran ganas de gritar en la clase de la señora Walcott.

Si el exorcista entendió el chiste, no sonrió.

—Parece obra de los *djinn* —dijo, solemne—. Son astutos. Primero se apoderan del cuerpo. Es el eslabón más débil. La gente hace cosas inesperadas. Algunos farfullan en reuniones serias, otros bailan en mitad de una calle transitada o, como tú, gritan... Si se deja sin tratar, empeora. Los *djinn* conquistan la mente. Entonces es cuando empieza a notarse la depresión. Ansiedad, ataques de pánico, pensamientos suicidas. Después los *djinn* van a por el alma. Esa es la última fortaleza.

Ada dirigió una mirada a su tía y vio que estaba escuchando con atención.

—Pero Dios es misericordioso. Donde hay enfermedad, hay cura —dijo el exorcista.

Como a propósito, la puerta se abrió y entró la misma joven con una bandeja llena de cosas: un cuenco plateado con agua, un tarro de tinta negra, un trozo de papel amarillento por los bordes, una pizca de sal, una ramita de romero y una pluma. Colocó la bandeja delante del hombre y se retiró a un rincón, evitando todo contacto visual. ¿Sería la aprendiz del exorcista?, se preguntó Ada. ¿Y qué clase de trabajo era aquel? ¿Como de ayudante de mago, pero sin la purpurina y el aplauso?

—Tienes que concentrarte —dijo el hombre, inspeccionando a Ada—. Quiero que mires el agua de este cuenco. Cuando me oigas rezar, no te muevas, no pestañees, quédate quieta. Si tenemos suerte, verás la cara del *djinni* que te ha estado fastidiando. Intenta averiguar su nombre. Es importante. Una vez que sepamos quién es el culpable, podremos llegar al fondo del problema.

Ada entrecerró los ojos. Una parte de ella quería levantarse y salir corriendo. Otra parte sentía curiosidad por ver qué iba a pasar.

Mientras tanto, el exorcista mojó la pluma en la tinta y garabateó una oración siete veces. Dobló el papel y lo dejó caer en el cuenco antes de añadir la sal y el romero. Se sacó un rosario de ámbar del bolsillo, empezó a pasar las cuentas mientras rezaba, alzando y bajando la voz con cada respiración.

Ada miró fijamente el agua, ahora turbia por la tinta arremolinada, esforzándose por mantener quieta la mirada, esperando una señal, que se desentrañara algún misterio. No pasó nada. El ruido de los niños jugando en la planta de arriba, el clic-clac de las cuentas del rosario, el continuo murmullo sibilante en árabe... No le parecía que estar sentada allí esperando un milagro tuviera algún sentido. Lo que es más: le parecía absurdo. Cerró la boca, solo que demasiado tarde: una aguda risilla nerviosa se le escapó de la garganta.

El exorcista se interrumpió.

—Es inútil. No consigue concentrarse. Los *djinn* no lo permitirán.

Meryem se acercó a Ada.

—¿Has visto algo?

—He visto un cofre del tesoro —susurró Ada—. Sé dónde está enterrado el oro. ¡Vamos!

—Como he dicho, los *djinn* son astutos —comentó el exorcista—. Están jugando con su mente. Saben que solo pueden gobernar a los seres humanos si los tememos. Por eso se esconden.

Ada pensó entonces en su padre, que siempre decía que el conocimiento era el antídoto frente al miedo. Quizá el exorcista y el científico pudiesen llegar a un acuerdo sobre aquel asunto.

—Tendremos que probar con un enfoque distinto. —El hombre le hizo señas a la chica del rincón—. Jamila, ven aquí.

Hizo que las dos jóvenes se sentaran en unos cojines una frente a la otra y les echó un chal sobre las cabezas hasta los hombros. A ambos lados, colocó astillas de madera ardiendo empapadas en aceite perfumado que desprendían un olor punzante a *oud* y a almizcle.

Bajo el chal, Ada estudió de cerca a la chica, como si fuese su propio reflejo en un espejo distorsionado. Reconoció algo de sí misma en Jamila, un rastro de su propia incomodidad. En ese momento se dio cuenta del parecido físico entre el exorcista y la chica. Eran padre e hija. ¿Cómo se le había pasado por alto antes? En otro universo, podrían haber nacido una en la familia de la otra: la hija del científico y la hija del exorcista. De ser así, ¿habría sido una persona completamente diferente o seguiría siendo la misma?

¿Sufría también Jamila accesos de tristeza y sensación de inutilidad?, se preguntó Ada. ¿Empezaba cada generación inevitablemente en el punto en que la anterior había renunciado, asimilando todas sus desilusiones y sueños sin cumplir? ¿Era el momento presente una mera continuación del pasado, cada palabra un epílogo a lo que ya se había dicho o dejado sin decir? Extrañamente, la idea era tan reconfortante como inquietante: le quitaba un peso de encima. Quizá por eso la gente elegía creer en el destino.

—Muy bien —dijo el exorcista con un tono más dominante esta vez—. ¡Te hablo a ti, criatura del fuego sin humo! ¡Deja tranquila a Ada! Si necesitas una presa, toma a Jamila en su lugar.

—¿Cómo? —dijo Ada, quitándose con un movimiento rápido el chal de la cabeza y parpadeando—. ¿Qué está pasando?

—Cállate, niña —dijo el exorcista—. Vuelve a ponerte el chal. Haz lo que te digo.

—Pero ¿por qué has dicho «Toma a Jamila»?

—Porque queremos que el *djinni* se vaya con Jamila. Porque ella sabe cómo lidiar con las de su clase.

—De ninguna manera lo voy a permitir. No es justo. ¿Por qué va a tener que lidiar ella con mi problema?

—No te preocupes. Jamila ya lo ha hecho antes. Está bien entrenada.

Ada se puso en pie de un salto.

—No, gracias. Me quedo con mi *djinni*.

—No es tu *djinni* —dijo el exorcista.

—Bueno, lo que sea, no voy a dejar que transfieras mi criatura malvada a tu hija porque te paguemos. ¡Yo ya he terminado aquí!

Cuando se levantó, apartando el humo del incienso con la mano, Ada creyó haber visto en la cara de la otra chica un levísimo rastro de sonrisa.

—Es el *djinni* la que habla, no le hagáis caso —dijo el exorcista.

Meryem suspiró.

—Lo dudo. A mí me suena a Ada.

Aun así, tuvieron que pagar la consulta. Exorcizaran o no al *djinni*, se aplicaba la misma tarifa.

Fuera caía una lluvia fina, de la que parece inofensiva, demasiado ligera para mojar, aunque siempre lo hacía. Los charcos relucían en las aceras y las luces de los coches que pasaban se reflejaban en el asfalto, haciendo que por un momento los colores fueran más vívidos, el mundo más líquido. El fuerte olor a moho de las hojas caídas flotaba en el aire.

—¿Tienes frío? —preguntó Meryem.

—Estoy bien —respondió Ada—. Perdona, te he hecho quedar mal.

—Bueno, debería habérmelo imaginado. Tampoco salió bien aquella vez que llevé a tus padres a ver a la vidente. —Meryem se subió el cuello del abrigo. Se le dulcificó la cara—. ¿Sabes qué...? Por un momento, en esa habitación, me ha parecido ver a tu madre en ti. Eras igual que ella.

Había tal ternura en la voz de su tía que a Ada se le encogió el corazón. Nadie le había dicho aquello antes. Por primera vez se le ocurrió que su padre podría estar viendo lo mismo; todos los días estaría presenciando en sus gestos, en su manera de hablar, en su rabia y su pasión, reflejos de su madre muerta. Si así era, debía de parecerle tan conmovedor como desgarrador.

—Tía Meryem, no creo que lleve un *djinni* dentro.

—Puede que tengas razón, *canim*. Quizá solo sea..., ya sabes, ha sido muy duro para ti. Quizá le demos otros nombres a la tristeza porque estamos demasiado asustados para llamarla por su nombre.

A Ada se le llenaron los ojos de lágrimas. Se sintió entonces más cerca de aquella mujer de lo que jamás habría imaginado que pudiese llegar a estar. Sin embargo, cuando abrió la boca, lo que salió fue diferente:

—Que sepas que no te perdonaré nunca que no vinieras al funeral de mi madre.

—Lo entiendo —dijo Meryem—. Debería haber venido. No pude.

Caminaron juntas, la gente las adelantaba a derecha e izquierda. De vez en cuando pisaban una piedra suelta del pavimento que salpicaba fango y les manchaba la ropa, sin que ninguna de las dos se diese cuenta.

Alma antigua

Chipre, principios de la década de 2000

Cuando volvió al hotel Afrodit, Kostas no podía dormir, no dejaba de darle vueltas a todo lo que había dicho Defne... y a lo que no había dicho. Hacia el amanecer, se vistió y bajó en busca de una taza de té. En la recepción no había nadie, solo la gata acurrucada en su cesta, persiguiendo en sueños conejos silvestres. Kostas abrió el cerrojo de la puerta y se escabulló afuera. El intenso olor a tierra fue un alivio después del olor a humedad y a cerrado de su habitación.

A lo lejos, cerca de las colinas onduladas, vio acacias. De dulce aroma y crecimiento rápido, eran una especie foránea e invasiva de Australia. Las habían plantado con gran profusión por toda la isla, con buena intención sin duda, pero con poco entendimiento del ecosistema local y la complejidad de sus aguas freáticas, que estaban en ese momento cambiando y destruyéndose en silencio. Kostas sabía que no eran solo los burócratas con apenas ningún conocimiento de ecología los que habían causado el problema. Las acacias también contaban con el favor de los cazadores ilegales de pájaros, que seguían plantándolas con ese único propósito.

Una lenta neblina empezó a levantarse del suelo, poco consistente y débil, como las esperanzas infundadas. Sintió un dolor de cabeza en ciernes y caminó más deprisa, esperando que el aire fresco le ayudase. Solo cuando estuvo más cerca de los árboles vio frente a él, acechantes, las redes de hilo fino suspendidas en el aire y, colgados de ellas como macabros banderines, pajaritos cantores atrapados.

—¡Ay, no! ¡Ay, Dios mío!

Echó a correr.

La red estaba cargada de currucas, sílvidos, pinzones, bisbitas, lavanderas, collalbas y de esas valientes y alegres alondras, maravillosas cantantes, las primeras en todos los coros del amanecer... Los habían atrapado en las profundidades de la noche. Kostas se puso de puntillas y tiró con fuerza de la red, pero, como estaba asegurada por los cuatro lados, no cedió. Solo consiguió arrancar una esquina. Desesperado, echó un vistazo a los árboles que lo rodeaban. Dondequiera que mirase, veía liga pegajosa esparcida por las ramas altas y bajas. Estaba rodeado de pajaritos cantores muertos, con las alas extendidas, enredados y quietos, con los ojos vidriosos, como encerrados en cristal.

Unos tres metros más adelante en el camino, se encontró con un petirrojo pegado a una rama cabeza abajo; su pecho era de color rojo anaranjado, tenía el pico un poco abierto, yacía inerte, aunque seguía respirando. Con dulzura, intentó liberarlo, pero el adhesivo era demasiado fuerte. Se le retorcieron las tripas porque se sentía inútil, incapaz de hacer nada, reacio a dejarlo estar. Cuando segundos más tarde se dio cuenta de que el corazón del pájaro se había parado, lo invadió un alivio culpable.

En Londres siempre le había asombrado cuánto se esforzaban los petirrojos para hacerse oír por encima del clamor urbano, abriéndose camino con sus trinos entre el estruendo del tráfico, los trenes y las máquinas de la construcción. Un esfuerzo constante con pocos descansos: engañados por las luces brillantes en las horas de oscuridad, muchos pájaros asumían que debían seguir cantando. Cuando uno empezaba, los otros lo imitaban, defendiendo sus territorios. Les costaba una cantidad enorme de energía no ser capaces de distinguir cuándo terminaba el día y empezaba la noche. Kostas entendía lo extenuante que era la vida para los pájaros de la ciudad, así que le parecía doblemente cruel que hubiesen encontrado la muerte en aquella isla idílica.

Sabía, por supuesto, que eso pasaba en todo Chipre. *Ambelopoulia*, el caviar local: pajaritos cantores cocinados, asados, fritos, adobados, hervidos. Se consideraban una exquisitez, un plato popular. En el sur. En el norte. En el territorio de la ONU. En la zona militar británica. Entre los isleños, los más ancianos lo tenían por una tradición inofensiva y los jóvenes lo veían como una manera de demostrar su temple. Kostas recordaba las manos y la cara de su madre, mientras colocaba ordenadamente los pájaros en la encimera antes de adobarlos para hacer conservas. «No hagas eso, mamá. No quiero comerlos nunca más».

Pero lo que estaba viendo en aquel momento era más que una costumbre local. Durante sus años de ausencia había surgido un mercado negro: traficar con pájaros muertos se había convertido en un negocio rentable para las bandas internacionales y sus colaboradores. Los pájaros atrapados en Chipre se pasaban de contrabando a otros países, donde se vendían a precios considerables: Italia, Rumanía, Malta, España, Francia, Rusia, hasta Asia... Algunos restaurantes los presentaban en el menú; otros los servían a escondidas a precios especiales. Y los clientes valoraban aquel privilegio, era una cuestión de orgullo cuántos podían consumir de una sentada. De modo que se seguía masacrando a los pájaros, cazándolos furtivamente de manera indiscriminada. Cada año, en Chipre se mataban más de dos millones de pajaritos cantores.

No eran solo los paseriformes; otros también quedaban atrapados en las redes: lechuzas, ruiseñores, incluso halcones. Después de la salida del sol, sin prisa, los cazadores furtivos iban a comprobar sus presas: uno por uno, revisaban los pájaros, los mataban clavándoles un palillo de dientes en la garganta. A los que podían venderse los colocaban en recipientes; en cuanto a aquellos por los que no les pagaban nada, los descartaban.

Los cazadores furtivos no necesitaban dispararles, los engañaban con sus propios cantos. Escondían altavoces tras los arbustos por los descampados y reproducían sonidos aviares pregrabados para atraer a sus presas. Y los pájaros acudían; buscando a sus semejantes, volaban directos a las trampas mientras la noche se cerraba sobre ellos. Entre la hora más oscura y la primera luz, ya enganchados en la red, muchos pajaritos cantores se rompían las alas en su desesperación por escapar.

Al regresar al hotel, Kostas hizo la llamada que había estado planeando desde el día anterior. No respondió nadie, así que dejó un mensaje en el contestador: «Buenos días, doctor Norman, soy Kostas... Estoy en Chipre. Decidí viajar después de que hablásemos. Gracias por venir a verme aquel día, significó mucho para mí. Ojalá hubiese sabido mucho antes lo que sé ahora. Pero hay cosas que sigo sin entender. He visto a Defne y... Doctor Norman, ¿podríamos hablar, por favor? Es importante. Por favor, llámeme.

Le dejó su número y colgó. Se dio una ducha, el agua fría fue un bálsamo para su piel. Después de un somero desayuno tardío, fue andando a la comisaría de policía más cercana.

—Quiero poner una denuncia.

Al principio creyeron que se refería a un crimen o a un robo y lo tomaron en serio. Luego, al oír su nombre y darse cuenta de que era griego, empezaron a desconfiar y a sospechar de sus intenciones. Pero al saber que su denuncia era por la matanza de pajaritos cantores, los policías no pudieron disimular su diversión. Le prometieron que investigarían «el asunto» y que se pondrían en contacto con él, pero Kostas supo que no debía esperar una respuesta a corto plazo.

Por la tarde, visitó la base militar británica. El administrativo que estaba allí, un hombre que parpadeaba compulsivamente, demostró ser más accesible, si bien igual de poco diligente.

—Me temo que es un gran desastre. Sucede bajo nuestras propias narices. En teoría es ilegal, pero eso no disuade a los cazadores furtivos. Hay un tráfico enorme. El mes pasado atrapamos a un contrabandista en el aeropuerto: encontraron tres mil quinientos veintinueve pájaros en sus maletas. A aquel tipo lo pillamos, pero a la mayoría no los pillaremos nunca.

—Entonces ¿no van a hacer nada al respecto? —preguntó Kostas.

—Es una cuestión sensible. Nuestra presencia aquí es delicada, debe entenderlo. No podemos molestar a la población local. Seré honesto con usted: a la gente no le gusta que se empiecen a hacer preguntas sobre los pajaritos cantores.

Kostas se levantó; ya había oído bastante.

—Mire, si destruye una red, montarán una nueva en otro sitio —dijo el administrativo—. Debo advertirle que algunas de esas bandas son peligrosas. Estamos hablando de mucho dinero.

Cuando volvió al hotel, Kostas le preguntó a la mujer de la recepción si había algún mensaje para él, esperando que Defne le hubiese dejado uno. Nada. Se quedó en su habitación toda la tarde, casi todo el tiempo sentando en el balcón, intentando leer pero incapaz de concentrarse, observando la isla, sabiendo que Defne estaba allí, en alguna parte, que se había alejado de él quizá por unos días, quizá para siempre. Mientras iba cayendo la noche, pensó en las redes que estarían levantando, invisibles a los ojos, ligeras y sutiles como barba de maíz, letales.

Después de medianoche volvió a salir, pertrechado con un cuchillo y un montón de papel. Ocultándose entre las sombras, destruyó todas las trampas que encontró, asegurándose de rajar las fibras. Cubrió la liga pegajosa esparcida por las ramas con papel y, después de que se le acabara, con hojas de los árboles. Se movía rápido, el sudor le chorreaba por la espalda. Cuando no encontró más redes y no pudo seguir caminando, volvió al hotel, se derrumbó sobre la cama y durmió profundamente y sin sueños.

A la noche siguiente volvió a salir, pero esta vez lo atraparon. Los cazadores furtivos se habían escondido entre los arbustos, curiosos por averiguar quién estaba destruyendo las trampas.

Había siete, uno tan joven que era casi un escolar. No sintieron la necesidad de ocultar sus caras. Kostas vio la dureza de sus ojos antes de que empezaran a darle puñetazos y patadas.

Al día siguiente, tumbado en la cama, no habría respondido al teléfono de no haber estado esperando la llamada del doctor Norman. Moviéndose con dificultad, levantó el auricular. Era la recepcionista.

—Hola, señor Kazantzakis. Tiene una visita. Hay alguien aquí que quiere verle. Dice que se llama Defne.

Kostas intentó sentarse, pero una punzada de dolor le atravesó la caja torácica. Se le escapó un quejido.

—¿Está usted bien?

—Sí —dijo Kostas con voz ronca—. ¿Podría decirle que suba, por favor?

—Lo siento, no permitimos a parejas no casadas en nuestras habitaciones. Tendrá que bajar.

—Pero... —Kostas dudó un momento—. Bien. Dígale que bajaré enseguida.

Bajó despacio, paso a paso, respirando con esfuerzo. El menor movimiento le provocaba un espasmo agónico a lo largo del costado.

Cuando entró en el vestíbulo, la recepcionista sofocó un grito de asombro. Kostas había llegado tan tarde la noche anterior que se las había arreglado para arrastrarse hasta su habitación sin que nadie lo viese en aquel estado lamentable.

—¡Señor Kazantzakis! ¿Qué le ha pasado? ¡Ay, Dios mío! ¿Quién le ha hecho eso? —exclamó agitando los brazos, frenética—. ¿Quiere que llamemos a un médico? ¿Se ha puesto hielo? ¡Tiene que ponerse hielo!

—Estoy bien, no es tan grave como parece —dijo Kostas, intentando mirar a Defne a los ojos por encima de la cabeza de la mujer.

Al darse cuenta de que estaba obstruyendo, la recepcionista se apartó a un lado.

Kostas caminó hacia Defne, que lo miraba con una expresión de pura tristeza. Sin embargo, no parecía sorprendida, y Kostas se preguntó si había estado esperando que pasara algo así, que se metiese en problemas. Dando un paso adelante, Defne le tocó los labios, cortados e hinchados, le acarició con ternura el moretón en carne viva que tenía bajo el ojo izquierdo, del color de una ciruela dejada al sol.

—Este color realza tus ojos —dijo ella, con apenas un atisbo de sonrisa en las comisuras de los labios.

Él se rio y le dolió; el corte en el labio le ardía.

—Ay, querido —dijo ella y lo besó.

En aquel instante le pasaron por la cabeza tantas ideas, seguidas por una sensación de sosiego y liviandad tan pura, que se dejó llevar mientras ella lo guiaba. El olor de su pelo, la calidez de su piel seguían siéndole tan familiares, como si sus caminos nunca se hubiesen separado y el tiempo fuese un mero soplo de viento.

Más tarde, cuando caía la noche, Defne se las arregló para entrar a hurtadillas en su habitación, ya que la mujer de la recepción había desaparecido de manera misteriosa, quizá por casualidad, quizá por amabilidad o por pura lástima.

La primera vez que hicieron el amor, aquel primer contacto después de años de separación, fue como si se alzara una cortina de niebla que puso al descubierto un deseo desnudo. Por fin, la mente, con sus temores sin fin y sus arrepentimientos y penas, se acalló hasta ser un susurro. Y fueron sus cuerpos los que recordaron lo que ellos habían olvidado hacía tanto tiempo, palpitando con una fuerza que creían que solo podía pertenecer a la juventud, a su juventud. La carne tenía una memoria propia; recuerdos tatuados sobre la piel, capa sobre capa.

El cuerpo de un antiguo amante es un mapa que te arrastra a sus profundidades y te lleva de nuevo a una parte de ti que creías haber dejado atrás, en otro tiempo, en otro lugar. También es un espejo, aunque picado y resquebrajado, que muestra todos los aspectos en los que has cambiado y que, como todos los espejos, sueña con volver a completarse.

Después, tumbados en la cama, con la cara de ella apretada contra su pecho, él le habló del petirrojo con las alas rotas. Le explicó que cinco mil millones de pájaros volaban a África y al norte del Mediterráneo para pasar allí el invierno y que, de aquellos, mil millones eran masacrados cada año. Por lo tanto, cada pajarillo que veía en el cielo era un superviviente. Igual que ella.

Describió lo que había en las maletas del contrabandista al que habían detenido y registrado en el aeropuerto: 3.529 pájaros en total. Era el pájaro número 3.530 del que quería hablarle. Quizá fuese una alondra común, abatiéndose en picado en la noche, siguiendo a sus compañeras, pero reduciendo la velocidad en el último segundo y volando en tangente justo por encima del límite de la red. ¿Qué la había salvado a ella y no a las otras? La crueldad de la vida residía no solo en sus injusticias, daños y atrocidades, sino también en la arbitrariedad de todo.

—Solo los seres humanos hacemos esas cosas —dijo Kostas—. Los animales no. Las plantas no. Sí, los árboles a veces les hacen sombra a otros árboles, compiten por el espacio, el agua y los nutrientes, la batalla por la supervivencia... Sí, los insectos se comen unos a otros, pero la matanza en masa para provecho personal es característica de nuestra especie.

Tras haber escuchado cada palabra con atención, Defne se incorporó apoyándose en el codo y escrutó la cara de Kostas; el pelo le caía sobre los hombros desnudos.

—Kostas Kazantzakis... —dijo—. Eres extraño, siempre lo he pensado. Creo que los hititas te trajeron a esta isla en algún momento de la Edad del Bronce tardía y se olvidaron de llevarte de vuelta con ellos. Cuando te conocí, ya tenías miles de años. Y estás lleno de conflictos, amor mío, como cualquiera que haya vivido tanto tiempo. En un momento dado puedes ser tan amable y paciente y tranquilo que me dan ganas de llorar, un instante después estás por ahí arriesgando tu vida, golpeado por bandas mafiosas. Cuando me haces el amor, cantas sobre pajaritos cantores. Tienes un alma antigua.

Kostas no dijo nada. No podía. Defne se apretaba contra sus
costillas y a él le dolía horrores, pero no quería que se moviese,
ni siquiera un centímetro, así que se quedó quieto y la abrazó
con fuerza, tratando de soportar la oleada de dolor.

—O eres un héroe anónimo o un loco magnífico, no me decido —dijo Defne.

—Un loco anónimo, sin duda.

Ella sonrió y lo besó, haciendo movimientos circulares con el
dedo sobre su pecho, dibujando pequeños salvavidas para que
él se agarrase mientras flotaba y nadaba en la ternura de aquel
momento. Esa vez, cuando hicieron el amor, sus ojos no dejaron
de mirarse, sus movimientos fueron lentos y pausados, elevándose en olas sostenidas.

Él dijo su nombre una y otra vez. Con cada respiración los
músculos, los huesos, todo el cuerpo le dolía y palpitaba como
una herida punzante y sin embargo se sintió más vivo de lo que
se había sentido en mucho mucho tiempo.

QUINTA PARTE

Ecosistema

Higuera

Al día siguiente llegaron las mariposas. Aparecieron en Chipre en un número sin precedentes, se derramaron en nuestras vidas a borbotones y remolinos, con movimientos amplios, como un gran río aéreo teñido del dorado más brillante. Motearon el horizonte entero con sus puntos amarillo-negros y sus tonos amarillo-naranjas. Se posaron en las piedras recubiertas de musgo y en las orquídeas, que los lugareños llamaban *Lágrimas de la Santa Virgen*. Aletearon sobre las ventanas enrejadas y las veletas y cruzaron la Línea Verde con su oxidado cartel antiguo de NO PASAR. Se posaron en una isla dividida, revolotearon entre nuestras más profundas enemistades como si fuesen flores de las que extraer néctar.

De todas las *Vanessa cardui* que llegaron a descansar en mis ramas, cada una con una personalidad distinta, una se quedó anclada en mis recuerdos. Como muchas otras, aquella vanesa de los cardos en particular había viajado desde el norte de África. Mientras me contaba sus viajes, la escuché con respeto, sabiendo qué clase de emigrantes resistentes son: se las ve en casi todas partes alrededor del globo, pueden volar durante unos impresionantes cuatro mil kilómetros. Nunca he entendido por qué los seres humanos consideran frágiles a las mariposas. Optimistas, es posible, pero frágiles, ¡nunca!

Nuestra isla, con sus árboles en flor y sus exuberantes praderas, era un lugar ideal para descansar y reponerse desde la perspectiva de la mariposa. Cuando dejase Chipre, retomaría el vuelo hasta Europa, de donde nunca regresaría, aunque algún día sus descendientes sí irían. Sus hijas harían el viaje a la inversa y las hijas de aquellas seguirían la misma ruta de vuelta, y así continuaría esa migración generacional, en la que lo que importaba no era el destino final, sino estar en movimiento, buscando, cambiando, transformándose.

La mariposa sobrevoló los bosquecillos de almendros con sus alegres pétalos —los blancos producen almendras dulces y los rosas, amargas—, revoloteó dejando atrás los campos de alfalfa, siguiendo la promesa de la seductora budelia. Por fin, encontró un lugar que parecía bien iluminado y acogedor.

Era un cementerio militar, muy bien organizado, con caminos de gravilla que bordeaban las lápidas, tan sereno y completo en su aislamiento que era casi como si fuera de él no existiese nada. Aquel era el último lugar de descanso de los soldados británicos que habían muerto durante el conflicto de Chipre, salvo de aquellos de origen hindú, la mayoría de los cuales habían sido incinerados.

El sur del cementerio lo supervisaba la Guardia Nacional grecochipriota. El norte y el oeste lo vigilaba la Guardia Nacional turca. Y ambos lados eran controlados por el puesto de observación de la ONU. Todos vigilaban a todos de manera constante y quizá los muertos los vigilasen a todos ellos. Las lápidas estaban ruinosas, en estado de abandono, necesitadas de reparación. En el pasado, cuando llevaron a un grupo de albañiles grecochipriotas a arreglarlas, el ejército turco se había opuesto a su presencia. Y cuando llamaron a un grupo de trabajadores turcochipriotas, fue el mando griego el que puso objeciones. Al final dejaron que las tumbas se fuesen desmoronando poco a poco.

El sol le acariciaba las alas a la mariposa mientras ella saltaba de una lápida a otra, mirando los nombres grabados en ellas. Se fijó en las edades. Qué jóvenes eran todos aquellos soldados que habían venido desde tan lejos para morir allí. El 1.er Batallón de los Gordon Highlanders. El 1.er Batallón del Regimiento Real de Norfolk.

Luego se topó con una tumba más grande: la del capitán Joseph Lane, asesinado por dos pistoleros de la EOKA en 1956. Según rezaba la inscripción, había besado a su mujer y a su bebé de tres meses cuando salió para ir a trabajar, apenas momentos antes de que le disparasen por la espalda.

Crecían allí una serie de árboles: pinos, cedros, cipreses. Un eucalipto extendía sus hojas de color gris azulado en un apartado rincón. *Hacedor de viudas*, lo llamaban. Los eucaliptos, por encantadores que sean, tienen la costumbre de dejar caer ramas enteras que hieren e incluso matan a los que son lo bastante tontos para acampar debajo. Sabiendo esto, la mariposa voló en dirección contraria. Y fue entonces cuando descubrió algo inesperado: niños pequeños, fila tras fila. Casi trescientos bebés británicos habían fallecido en la isla, arrancados de los brazos de sus padres por una misteriosa dolencia que aún nadie ha sido capaz de explicar del todo.

Cuando la mariposa me contó aquello, me quedé sorprendida. Una no se espera encontrar bebés en un cementerio militar. Me pregunté cuántas familias volvían al Mediterráneo a visitar sus tumbas. Cuando los isleños vemos a turistas, asumimos que habrán venido por el sol y el mar, sin sospechar jamás que la gente a veces viaja a kilómetros de distancia de su casa solo para poder llorar la pérdida de alguien.

En aquella sección del cementerio fue donde la vanesa de los cardos se cruzó con un grupo de jardineros. Con cautela, se posó en un robusto geranio, desde el que no los perdió de vista. Estaban plantando flores en los lechos de las tumbas —azafranes, narcisos, antimonias— racionando con cuidado el agua, que escaseaba. Un rato después, los jardineros se tomaron un descanso. Extendieron una manta debajo de un pino, evitando con inteligencia el eucalipto, se sentaron con las piernas cruzadas y se pusieron a hablar en susurros por respeto a los muertos. Uno sacó una sandía de su bolsa y la cortó en gruesas rodajas con su cuchillo. Envalentonada por la dulce fragancia, la mariposa se acercó y se posó en una tumba cercana. Mientras esperaba la oportunidad de saborear aquel jugo azucarado, miró alrededor y vio la inscripción de la lápida:

NUESTRO QUERIDO BEBÉ
EN RECUERDO DE YUSUF YIORGOS ROBINSON
NICOSIA, ENERO DE 1975-NICOSIA, JULIO DE 1976

Cuando la vanesa de los cardos me contó aquello, le pedí que lo repitiera todo. ¿Había alguna posibilidad de que, distraída por la promesa de la sandía, no recordase bien las cosas? Sin embargo, yo sabía que son grandes observadoras, atentas a todos los detalles. Para compensar mi grosería le ofrecí mi higo más carnoso. Maduro y blando, porque una mariposa solo puede «comer» líquidos.

Aquel fue el día en que miles de lepidópteros llenaron los cielos de Chipre y uno de ellos se posó un momento en una de mis ramas. Fue en ese instante cuando supe de un hecho concreto que desde entonces y para siempre me ha ensombrecido. Empecé a conectar varios elementos que faltaban en la historia, plenamente consciente de quién era aquel bebé y de por qué le habían puesto el nombre de Yusuf y de Yiorgos. Porque en la vida real, a diferencia de los libros de historia, las historias nos llegan no en su integridad, sino en trocitos y pedazos, segmentos rotos y ecos parciales; una frase completa aquí, un fragmento allí, una pista oculta en medio. En la vida, a diferencia de los libros, tenemos que tejer nuestras historias con hilos tan finos como las venas sutiles que recorren las alas de una mariposa.

Acertijos

Chipre, principios de la década de 2000

Al día siguiente, a Kostas lo despertó el timbrazo del teléfono. A su lado, Defne se movió, y se le dilataron un poco las aletas de la nariz, como si hubiese captado un aroma durante el sueño. Alargando con cuidado la mano por encima de su cuerpo dormido, Kostas descolgó el auricular.

—¿Hola? —dijo en un susurro.

—Ah, hola. Soy el doctor Norman.

Kostas se incorporó de inmediato, ya completamente despierto. Salió de la cama y se encaminó al balcón, tirando del cordón lo más lejos posible de la pared. Se sentó en el suelo y sostuvo el auricular entre la mejilla y el hombro.

—Siento no haber estado cuando me llamó —dijo el doctor Norman—. Habíamos ido a la casa que tenemos en el campo... Hasta hoy no he recibido su mensaje.

—Gracias, doctor. Cuando hablamos en Londres, no me encontraba al tanto de ciertas cosas y no pude hacerle las preguntas adecuadas. Pero ahora... —Se interrumpió al darse cuenta de que Defne se había girado hacia un lado; el sol se colaba por las cortinas y le acariciaba la espalda desnuda. Inhaló rápidamente antes de volver a hablar—. Cuando nos vimos, me dijo que había intentado ayudar a Defne, pero no se explicó. Supongo que lo que quería decir es que le practicó un aborto. ¿Tengo razón?

Siguió un silencio largo, antes de que el doctor Norman volviese a hablar.

—Me temo que no puedo contestar a esa pregunta. Estoy obligado a respetar la confidencialidad. No sé con exactitud qué le habrá dicho Defne, pero no estoy autorizado a dar información personal de mis pacientes, con independencia de los años que hayan pasado.

—Pero, doctor...

—Lo siento mucho, no puedo ayudarle en este asunto. Si permite que un viejo le dé su opinión, le aconsejo que lo deje estar. Fue hace mucho tiempo.

Cuando Kostas colgó, después de otro minuto de tensa charla trivial, se quedó quieto, mirando la franja del horizonte a través de la barandilla del balcón.

—¿Con quién hablabas?

Sobresaltado, se volvió. Defne se había levantado, descalza, con el cuerpo medio cubierto por una sábana. En cuanto la vio, supo que lo había oído todo.

—Era el doctor Norman —dijo—. Se ha negado a contarme nada.

Defne se sentó en la única silla que había en el balcón, sin importarle que la pareja de la recepción pudiese verla desde el patio de abajo.

—¿Tienes un cigarrillo? —Kostas negó con la cabeza—. Ya sé que no fumas —dijo Defne distraída—, pero esperaba que tuvieses un paquete en el fondo de la maleta. A veces uno hace cosas que van en contra de su naturaleza.

—Por favor, Defne... —dijo Kostas cogiéndole la mano y trazando las líneas de su palma con el pulgar, como buscando la calidez que había encontrado la noche anterior—. No más acertijos. Necesito saber qué pasó cuando me fui de Chipre. ¿Qué le ocurrió a nuestro bebé?

En los ojos de ella vio una emoción superponerse a otra.

—Murió —dijo Defne con una voz plana como un muro—. Lo siento. Creía que estaría seguro con aquella familia.

—¿Qué familia?

—Una pareja inglesa. Gente responsable, respetable. Estaban desesperados por tener un hijo. Me pareció lo correcto. Me prometieron que cuidarían muy bien de él y sé que lo hicieron. Fue un niño feliz. Me dejaban ir a verlo. Le decían a todo el mundo que yo era la niñera. No me importaba, mientras pudiese estar con él.

Le empezaron a correr lágrimas por las mejillas, aunque su expresión seguía siendo tranquila, como si no se hubiese dado cuenta de que estaba llorando.

Kostas apoyó la cabeza en su regazo, hundió la cara en su aroma. Defne le pasó los dedos por el pelo. El espacio entre ellos se empequeñeció, una ternura se desplegó donde antes había habido dolor.

—¿Me lo contarás todo? —pidió Kostas.

Y esta vez, Defne lo hizo.

Verano de 1974. Las carreteras eran polvorientas e irregulares, costaba conducir por ellas; el sol abrasaba, con esa clase de calor que se mete en los poros y ya no se va.

Lo había intentado todo. Había levantado hasta el último de los muebles pesados que encontró en la casa, había saltado desde muros altos, se había dado baños de agua hirviendo y había bebido taza tras taza de infusión de olmo rojo, cuyo sabor amargo le había quemado la garganta. Cuando un método fallaba, se embarcaba en el siguiente. Hacia finales de semana, exasperada, usó una aguja de punto, empujando la punta afilada dentro de ella; el dolor fue tan inesperado que se dobló en dos y las rodillas cedieron bajo su peso. Después se tumbó en el suelo del baño, temblando, sollozando, con la voz dentada como una sierra que le cortase su mismo ser. Sabía que en la comunidad había comadronas que podían provocarle el aborto, pero ¿cómo conseguiría que la ayudasen sin que sus padres se enterasen? ¿Y qué pasaría si se enteraban? Que estuviese embarazada ya era bastante vergonzoso; que fuese de un hombre griego, era inconcebible.

Cuando salió tambaleándose del baño, se encontró a su hermana pegada a un transistor. Meryem la miró de reojo.

—¿Estás bien? Estás hecha un guiñapo.

—Es el estómago —dijo Defne, sonrojándose—. Debo de haber comido algo que me ha sentado mal.

Pero Meryem no le estaba prestando atención.

—¿Has oído las noticias? ¡Ha llegado el ejército turco! Han desembarcado en Kirenia, vienen para acá.

—¿Qué?

—Los griegos han mandado dos torpederos de la armada para detenerlos, pero los ha alcanzado la fuerza aérea turca. ¡Estamos en guerra!

Defne no fue capaz de procesar la noticia enseguida, su mente era un torbellino de incredulidad. Pero entendió que las calles no tardarían en llenarse de soldados, grupos paramilitares, vehículos acorazados. Sabía que si iba a abortar, aquel momento era la única posibilidad para encontrar la manera. Al cabo de unos cuantos días cerrarían las carreteras, quizá impondrían de manera indefinida el toque de queda. No había tiempo para pensar, tiempo para dudar. Cogió todo el dinero que encontró en la chaqueta de su padre, vació el tarro de monedas de la cocina, salió de casa sin la menor idea de adónde ir. Había médicos turcos en la zona, pero le preocupaba que alguien pudiese informar a su familia. Y a medida que iban surgiendo nuevas fronteras entre un barrio y otro era casi imposible contactar con un médico griego. Su única posibilidad era uno británico, pero todo el personal médico extranjero estaba abandonando la isla.

—No puedo hacerlo —dijo el doctor Norman.

La había examinado, tratando de formularle el menor número posible de preguntas. Se mostró amable y paternal y parecía entender el apuro en el que Defne se encontraba. Pero no la ayudaría.

—Tengo dinero —dijo ella, abriendo el bolso—. Por favor, es todo lo que tengo. Si no es bastante, trabajaré y le pagaré, se lo prometo.

El médico respiró hondo, con cansancio.

—Guárdatelo. No se trata de dinero. Nuestros consultorios están cerrados. No estamos autorizados a trabajar. Mis dos enfermeras ya se han vuelto a Inglaterra y yo me voy mañana por la mañana.

—Por favor —dijo Defne con los ojos llenos de lágrimas—. No tengo ningún otro sitio al que acudir. Mi familia nunca me perdonará.

—Lo siento, no puedo atenderte —repitió el médico, con la voz ahogada.

—Doctor...

Defne empezó a explicarse, pero luego se calló; algo le oprimía el pecho. Inclinó la cabeza con brusquedad, agarró el bolso, se dio la vuelta y se encaminó a la puerta; de pronto el despacho parecía demasiado pequeño para contenerla.

El médico la observó unos segundos mientras la presión le crecía detrás de los ojos, palpitante.

—Espera. —El doctor Norman suspiró para sí—. Hay otro avión dentro de dos días. Supongo que podría irme en ese.

Defne se detuvo y recorrió su rostro algo que se parecía vagamente al alivio. Alargó las manos para aferrar las del médico, llorando: toda la tensión que había estado acumulando dentro por fin encontró salida.

—Hija mía, cálmate.

Hizo que se sentara; le dio un vaso de agua. En el pasillo sonaba el tictac constante de un reloj; cada golpe era un latido del corazón.

—Tengo una hermana que pasó por un calvario similar cuando tenía más o menos tu edad. —Se le arrugó la frente cuando aquel recuerdo afloró—. Se había enamorado locamente, planeaba casarse. Resultó que el hombre ya tenía familia. Tenía mujer y cinco hijos, ¿te lo puedes creer? Cuando se enteró de que estaba embarazada, cortó todos los lazos con ella. Fue la semana antes de las elecciones generales de 1950, era invierno. Mi hermana no me lo contó entonces, sino después. Se fue sola a algún sitio a que la operasen encima de una mesa de cocina. La trataron con dureza. Después tuvo complicaciones que le cambiaron la vida. Ya nunca pudo tener hijos. Quiero ayudarte porque me temo que si no lo hago, terminarás en una consulta clandestina.

Al escuchar sus palabras, Defne se mareó.

—Aunque hay un problema —dijo el doctor Norman, con tono todavía amable pero con una intensidad distinta—. Nos han ordenado que lo cerremos todo. Esta tarde devolveré las llaves, así que no puedo realizar la intervención aquí.

Ella asintió despacio.

—Creo que sé dónde podemos ir.

Al día siguiente, a última hora de la tarde, el cuarto de atrás de La Higuera Feliz había sido transformado en una clínica improvisada. Yiorgos y Yusuf habían recogido las sillas, habían juntado tres mesas y puesto manteles recién lavados en ellas, intentando que todo estuviese lo más limpio y cómodo posible. Había pasado una semana entera desde que la taberna había cerrado sus puertas a los clientes. A pesar de las noticias de enfrentamientos militares y víctimas civiles, del éxodo de la población de ambos lados de la isla y de los rumores de una partición permanente, los dos hombres, socios desde hacía largos años, se habían quedado donde estaban, incapaces de marcharse de Nicosia. Ya que no querían separarse, ¿adónde irían, al norte o al sur? A medida que el caos que los rodeaba se volvía más vertiginoso, más se hundían ellos en un estado de letargo. Cuando Defne les contó su apuro, le ofrecieron su ayuda enseguida.

De pie en el centro del local, el doctor Norman preparó el cloroformo que usaría como anestésico. No le daría a Defne la dosis habitual, estaba demasiado pálida y agitada, y temía que su cuerpo débil y estresado no lo soportara. Mientras esterilizaba el instrumental, Defne rompió a llorar.

—Hija mía, sé valiente —dijo el doctor Norman—. Va a salir bien. Te voy a sedar; no notarás nada. Pero, por favor, piénsalo una vez más: ¿esto es de verdad lo que quieres? ¿No hay forma de que puedas hablar con tu familia? Quizá lo entiendan.

Con las mejillas bañadas en lágrimas, Defne negó con la cabeza.

—Ay, Defne querida, n-n-no llores. —Yusuf, a su lado, le acariciaba el pelo—. N-n-no tienes por qué hacerlo. Mira, nosotros podemos c-c-criar al niño. Siempre serás la madre, la gente

no tiene por qué saberlo. Será un s-s-secreto. Yiorgos y yo lo cui-
daremos. Encontraremos la m-m-manera. ¿Qué d-d-dices?

Pero sus amables palabras solo la hicieron llorar más.

Yiorgos corrió a la cocina, de la que volvió con un vaso de
zumo de algarroba. Defne lo rechazó; solo con verlo se acordaba
de Kostas.

Cerraron las ventanas y enseguida volvieron a abrirlas, el calor era sofocante. El aire de fuera olía a citronela, que habían
plantado para librarse de los mosquitos. Mientras tanto, Chico,
encerrado en su jaula para que no molestase a nadie, graznaba
palabras que había aprendido en tiempos más felices.

—¡Hola, beso-beso! *Oh là là!*

Y fue entonces cuando oyeron el ruido de un motor. Se acercaba un coche, los neumáticos crujieron sobre la gravilla. Luego
otro. Los clientes nunca conducían hasta tan lejos, ya que la taberna estaba enclavada entre los olivares y preferían aparcar en el
claro que había a unos treinta metros y subir la colina.

—Iré a mirar —dijo Yiorgos—. Es probable que sean algunos de los habituales esperando colarse para tomar algo a escondidas. Les diré que vuelvan en otro momento.

—Espérame —dijo Yusuf, y fue a reunirse con él.

Pero no eran clientes fieles con ganas de beber una copa en su
local favorito. Era un grupo de desconocidos: hombres jóvenes,
mugrientos, hoscos, dando vueltas con el coche, desahogándose,
buscando pelea, con aliento a alcohol. Bajaron de los coches, todos
excepto uno. Llevaban palos y porras que empuñaban con torpe-
za, como si se hubiesen olvidado de por qué los habían cogido.

—Está cerrado —dijo Yiorgos, con un deje de cautela mientras intentaba averiguar sus intenciones—. ¿Buscabais algo?

Ninguno de los hombres dijo ni una palabra. Sus expresiones
se endurecieron cuando echaron un vistazo a la taberna, la rabia

fue desplazando a la frivolidad. Entonces Yusuf reparó en algo que en principio había pasado por alto. Uno de los hombres también llevaba una lata de pintura, de la que despuntaba una brocha.

Yusuf no podía apartar la vista de la pintura. Era de color rosa fuerte, el color del chicle que se había encontrado una vez pegado en la puerta con una nota amenazante. Del color de las bayas que crecían en los arbustos de hoja perenne que se aferraban de forma precaria a los costados de los acantilados, agarrados peligrosamente al vacío.

Higuera

De entre todos los animales de mi ecosistema, a algunos los admiraba y otros me disgustaban en silencio, pero no recuerdo lamentar haber conocido a nadie, ya que he intentado entender y respetar todas las formas de vida. Excepto una vez. Excepto a ella. Ojalá no la hubiese conocido o pudiese, al menos, encontrar la manera de borrarla de mis recuerdos. Incluso aunque lleva mucho tiempo muerta, a veces sigo oyendo aquel sonido agudo, una vibración inquietante en el aire como si se estuviese acercando con rapidez, zumbando en la oscuridad.

Los mosquitos son la némesis de la humanidad. Han matado a la mitad de los seres humanos que han caminado sobre la Tierra. Siempre me asombra que a la gente le aterroricen los tigres y los cocodrilos y los tiburones, por no mencionar a los vampiros y a los zombis imaginarios, y se olviden de que su enemigo más letal no es sino el mismísimo y diminuto mosquito.

Con sus pantanos, marismas, turberas y arroyos, Chipre solía ser un paraíso para ellos. Famagusta, Lárnaca, Limasol... hubo un tiempo en que estaban por todas partes. Una antigua tablilla de arcilla encontrada aquí rezaba: EL DEMONIACO MOSQUITO BABILÓNICO ESTÁ AHORA EN MI TIERRA; HA ASESINADO A TODOS LOS HOMBRES DE MI PAÍS. Bueno, habría sido más exacto que hubiese dicho: «La mosquito demoniaca ha asesinado...», ya que es la hembra de la especie la que causa la carnicería, pero supongo que no es la primera vez que las mujeres han sido borradas de la historia.

Llevan aquí desde siempre, aunque no tanto como nosotros, los árboles. Por todo el mundo pueden encontrarse mosquitos desde los tiempos prehistóricos atrapados en nuestra resina o savia petrificada, durmiendo con tranquilidad en sus tumbas de ámbar. Es extraordinario que sigan llevando la sangre de los reptiles prehistóricos, de los mamuts, de los tigres dientes de sable, de los rinocerontes lanudos...

Malaria. La enfermedad que diezmó a multitudes de soldados y civiles por igual. Eso fue hasta que Ronald Ross —el médico escocés con la cara alargada y el bigote terminado en punta— hizo el descubrimiento que los médicos llevaban pasando por alto desde los tiempos de Hipócrates. En un humilde laboratorio de la India, Ross practicó una incisión en el estómago a un mosquito anófeles y allí estaba la prueba que había estado buscando. No era el gas de los pantanos lo que transmitía la malaria, sino un parásito. Provisto de aquel conocimiento, se dispuso a erradicar la enfermedad por todo el Imperio británico. Ross visitó Chipre un venturoso día de 1913.

Sin embargo, la lucha contra los mosquitos tendría que esperar hasta el final de la Segunda Guerra Mundial, cuando un médico turco, Mehmet Aziz, lanzó la campaña en serio. Como había sufrido la fiebre de aguas negras de niño, sabía de primera mano lo perniciosa que era. Con el apoyo del Fondo de Desarrollo Colonial, se entregó a la causa. Lo que me parece notable es que no prestase atención a las divisiones étnicas o religiosas que estaban desgarrando la isla y se concentrase únicamente en salvar vidas humanas. Empezando por la península de Karpas, Aziz hizo que rociaran con insecticida todos los lugares de cría y luego otra vez, para eliminar a las posibles larvas. Le llevó cuatro arduos años, pero al final triunfó.

Desde entonces Chipre ha estado libre de malaria, aunque eso no significó la total erradicación de los mosquitos. Siguieron criando en canalones y fosas sépticas. Como les encanta volar alrededor de las higueras y les gustan las frutas maduras o en descomposición, conocí a muchos a lo largo de los años.

Por la taberna revoloteaban todas las noches, molestando a los clientes. Deslumbrantemente veloces, pasaban a toda prisa, zumbando arriba y abajo en el intervalo entre dos latidos. Para mantenerlos a raya, Yusuf y Yiorgos colocaban macetas de albahaca, romero o hierba limón en las mesas. Y cuando eso no bastaba, quemaban granos de café. Pero conforme la noche avanzaba y los clientes sudaban por el alcohol y el calor, emanando ácido láctico, los bichos perniciosos volvían a abalanzarse sobre ellos. Aplastarlos tampoco era una solución. Las torpes manos humanas no son rivales para la velocidad de sus alas. Incluso así, no corren riegos. Se acordarán del olor de la persona que intentó matarlos y la evitarán un rato, dejando el tiempo suficiente para que su presa se olvide de ellos. Son así de pacientes, esperan el momento adecuado para saborear la sangre.

También atacan a los animales: ganado, ovejas, cabras, caballos... y loros. Con picaduras del pico hasta las garras, el pobre Chico se quejaba todo el tiempo. Francamente, nada de eso me molestaba entonces. Había aceptado a los mosquitos como eran, sin dedicarles ningún otro pensamiento, es decir, hasta que la conocí a ella, en agosto de 1976. Para entonces La Higuera Feliz llevaba cerrada casi dos años y Chico hacía tiempo que no estaba. Solo quedaba yo en la taberna. Seguía esperando la vuelta de Yiorgos y Yusuf. Esperaba fielmente. Aquel verano produje mi mejor cosecha hasta entonces. Eso es lo que pasa con los árboles, que podemos crecer en mitad de los escombros, extender nuestras raíces bajo los desechos del ayer. Mis higos, colmados de sabor, siguieron sin cosechar en mis ramas, sin recoger del suelo, donde atraían a todo tipo de animales e insectos.

La mosquito apareció de la nada en plena noche y me encontró, sola y angustiada, añorando el pasado. Se encaramó a una de mis ramas y miró alrededor con nerviosismo porque detectó en el aire el olor de la citronela. Despegó enseguida para evitarlo y aterrizó en una rama del lado opuesto.

Me habló de sus hijos. Con independencia de lo que se piense de los mosquitos hembra, no puede negarse que son buenas madres: pueden succionar una cantidad de sangre de hasta tres veces su peso corporal y usarla como suplemento prenatal. Pero la mosquito me dijo que en los últimos tiempos no podía atender como era debido a sus huevos porque el infame parásito la había infectado. Intentando desesperadamente alimentar a su prole, terminó alimentando al enemigo que llevaba dentro.

Así es como llegué a saber que recientemente había habido un aumento de notificaciones de malaria por todo el Mediterráneo, un repunte en el número de casos debido al cambio climático y a los viajes internacionales. Los mosquitos habían desarrollado resistencia al DDT y los parásitos a la cloroquina. Sin embargo, aquello no me sorprendió demasiado. Los seres humanos pierden la concentración con facilidad. Inmersos en sus políticas y sus conflictos, se distraen y es entonces cuando proliferan las enfermedades y las pandemias. Pero lo que la mosquito me contó a continuación me dejó desconcertada. Me habló de un bebé al que había picado varias veces: Yusuf Yiorgos Robinson. Me recorrió un escalofrío desde las puntas de las ramas hasta las raíces laterales.

Cientos de bebés británicos murieron en la década de los sesenta en Chipre, por causa aún hoy desconocida. Y cuando el hijo de Defne, adoptado por una pareja inglesa, sucumbió por insuficiencia respiratoria aguda provocada por el parásito transmitido por el insecto, fue enterrado en el mismo sitio, al lado de los otros niños que habían perdido sus vidas en la isla una década antes.

Cuando me enteré de aquello me invadió la tristeza. Intenté no odiar a la mosquito. Me recordé a mí misma que ella también era víctima del parásito, y que a veces lo que llamamos culpable no es más que otro nombre para una víctima no reconocida. Pero yo no era capaz de verlo así. No conseguí superar la amargura y la rabia que se apoderó de mí. Hasta el día de hoy, cada vez que oigo ese zumbido en el aire, mi tronco se endurece, mis ramas se tensan y mis hojas tiemblan.

Soldados y bebés

Chipre, principios de la década de 2000

En el balcón del hotel, Defne dejó de hablar y Kostas se levantó y la estrechó entre sus brazos, sintiendo que el dolor de ella lo atravesaba. Durante un rato los dos miraron en silencio la isla extendiéndose ante sus ojos. Un halcón gritó en lo alto mientras surcaba las corrientes de aire a kilómetros por encima de la tierra.

—¿Quieres que baje a buscarte cigarrillos?

—No, cariño. Quiero terminar. Quiero contártelo todo, solo por esta vez, y no volver a hablar nunca más de aquel día.

Kostas volvió a sentarse en el suelo y apoyó otra vez la cabeza en el regazo de Defne, que siguió acariciándole el pelo y trazando círculos en su cuello con los dedos.

—Me quedé dentro de la taberna con el doctor Norman. Al principio, no le prestamos atención a lo que estaba ocurriendo fuera. Supusimos que al cabo de un minuto habría pasado, fuese lo que fuese. Oímos un altercado. Voces rabiosas. Gritos. Palabrotas. Luego todo se volvió realmente aterrador. El médico me pidió que me escondiese debajo de una mesa y él hizo lo mismo. Esperamos, intentando no hacer ruido. Y no creas que no me he flagelado por mi cobardía todos estos años. Debería haber salido, haber ayudado a Yiorgos y a Yusuf.

Kostas estaba a punto de decir algo, pero ella lo interrumpió con un gesto cortante. Con una sacudida impaciente de la cabeza, continuó, más rápido esta vez.

—Cuando los ruidos se volvieron más fuertes, Chico entró en pánico. El pobre pájaro se puso nervioso, empezó a chillar como un loco, daba golpes contra la jaula. Era horrible. Tuve que abandonar mi escondite para dejarlo salir. Chico había hecho tanto ruido que los hombres de fuera lo oyeron. Quisieron entrar a ver qué era. Pero Yiorgos y Yusuf les impidieron el paso. Hubo un forcejeo. Se disparó un arma. Aun así, el médico y yo esperamos en silencio. Durante cuánto tiempo, no lo sé. Se me entumecieron las piernas. Cuando salimos, el cielo estaba oscuro y reinaba un silencio inquietante. En el fondo de mi ser sabía que había pasado algo terrible y que no había hecho nada para impedirlo.

—¿Qué crees que ocurrió?

—Creo que esos matones llevaban un tiempo vigilando la taberna. Sabían que Yusuf y Yiorgos eran una pareja gay y querían darles una lección. Es probable que pensaran que el sitio estaba cerrado. Iban a destrozarlo, romper las ventanas, partir unas cuantas cosas, escribir calumnias desagradables en las paredes y marcharse. Con el caos que había por toda la isla, confiaban en que nadie se molestaría en investigar un incidente tan trivial y que se saldrían con la suya. Pero las cosas no salieron según lo planeado. No esperaban que los dueños estuviesen allí. Tampoco esperaban encontrar resistencia.

Defne fue ralentizando la mano con que acariciaba el cuello a Kostas hasta detenerla.

—Y ni Yusuf ni Yiorgos habrían contraatacado así, eran los seres más dulces del mundo. Creo que se pusieron sobreprotectores por mí; les debió de preocupar que los hombres forzaran la entrada y me encontrasen con el médico. ¿Cómo hubiésemos explicado lo que estábamos a punto de hacer? ¿Qué nos habrían hecho entonces? Por eso Yusuf intentó impedirles la entrada y Yiorgos entró corriendo a buscar su pistola; las cosas se les fueron de las manos.

—Cuando salisteis, ¿no estaban allí?

—No. No había nadie. Buscamos por todas partes. El médico no dejaba de decir que teníamos que irnos, que era peligroso estar fuera tan tarde. Pero a mí no me importaba. Me quedé allí sentada, aturdida. Me castañeteaban los dientes, me acuerdo, aunque no hacía frío, no era por eso. Tenía la idea absurda de que la higuera debía de haberlo presenciado todo. Deseé encontrar la manera de hacer que el árbol me hablase, era lo único que tenía en la cabeza. Creí que me iba a volver loca. Fui al día siguiente, luego al otro... Todos los días de aquel mes fui a la taberna y esperé a que Yiorgos y Yusuf regresaran. Siempre le llevaba algo de comida a Chico, aquellas galletas que le gustaban tanto, ¿te acuerdas? El loro no estaba bien. Quería llevármelo a casa, pero todavía no había podido hablarle a mi familia de mi situación, no sabía cómo iban a reaccionar. Una mañana llegué a la taberna y Chico no estaba. Nunca pensamos en cómo afectan nuestras guerras y luchas a los animales, pero sufren igual que nosotros.

Kostas advirtió que la mirada de Defne se volvía cauta, el mentón se le endureció, las mejillas se le hundieron. Por su forma de apretar los labios intuyó que su mente estaba en otro sitio, en la cueva oscura y estrecha que la tenía esclavizada, y que lo dejaba a él fuera.

—Aquellos hombres... ¿eran griegos o turcos? —preguntó con un nudo en la garganta.

Por toda respuesta, Defne repitió las palabras que le había dicho pocos días antes, la primera vez que se vieron después de muchos años:

—Eran isleños, Kostas, igual que nosotros.

—¿No volviste a ver a Yusuf y a Yiorgos?

—No volví a verlos nunca. Decidí tener al bebé, fueran cuales fuesen las consecuencias. Mi hermana ya sabía de nosotros. Le conté que estaba embarazada. Meryem me dijo que era imposible que les contara a mis padres toda la verdad. Teníamos que dejar tu nombre fuera de aquello. Así que entre las dos ideamos un plan. Con toda la delicadeza posible, Meryem les dio la noticia. Mi padre se quedó mortificado. A sus ojos, había deshonrado su apellido. Jamás he visto a nadie cargar así con su vergüenza, como si se hubiese vuelto su piel, inseparable de él. Era un hombre que estaba paralizado de la cintura para abajo... Había perdido su trabajo y a sus amigos y estaba sufriendo física y mental y económicamente, pero para él el honor lo era todo. Y cuando se enteró de que yo no era la hija que él creía, se quedó destrozado. No me miraba a la cara, dejó de hablarme, y mi madre... No sé si su reacción fue mejor o peor. Estaba fuera de sí de la rabia, gritaba sin parar. Pero creo que el silencio de mi padre al final me afectó más. Y aquí tienes otro motivo para odiarme: Meryem y yo decidimos decirles que el niño era de Yusuf y que íbamos a casarnos, pero que había desaparecido de manera misteriosa. Mi madre fue a la taberna a buscarlo, pero por supuesto allí no había nadie. Llamó incluso a la familia de Yusuf para preguntarles dónde estaba, acusándolos de cosas de las que no tenían conocimiento. Y yo todo el tiempo me mantuve callada, despreciándome por haber mancillado el nombre de un buen hombre, cuando ni siquiera sabía si estaba vivo o muerto.

—Ay, Defne...

Ella hizo un gesto vago con la mano, para no permitirle que dijese nada más. En silencio, se levantó, entró en la habitación y empezó a vestirse.

—¿Te vas? —preguntó Kostas.

—Voy a dar un paseo —dijo ella sin mirarlo—. ¿Por qué no vienes conmigo? Me gustaría llevarte al cementerio militar.

—¿Por qué? ¿Qué hay allí?

—Soldados —dijo ella con dulzura—. Y bebés.

Higuera

Después de que Yusuf y Yiorgos desaparecieran y La Higuera Feliz cerrase, Chico cayó en una depresión profunda. Empezó a arrancarse las plumas y a morderse la piel: un mapa rojo y crudo de dolor se fue extendiendo por su carne expuesta. A los loros les pasa igual que a los seres humanos: sucumben a la melancolía, pierden toda la alegría y la esperanza, cada día les parece más insoportable que el anterior.

El pájaro no comía como es debido, aunque tenía comida de sobra. Podía sobrevivir sin problema con la provisión de frutas y frutos secos, insectos y caracoles, rompiendo los sacos de la despensa, por no mencionar las galletas que le llevaba Defne. Pero casi no tenía apetito. Cuando intenté ayudarle, me di cuenta de lo poco que lo conocía. Todos aquellos años habíamos vivido en la misma taberna, compartido un espacio, un loro exótico y una higuera, pero nunca habíamos intimado. Nuestras personalidades no es que armonizaran exactamente. Pero en tiempos de crisis y desesperación, pueden florecer las amistades más improbables; eso también lo he aprendido.

Un loro amazónico de cabeza amarilla, una especie en peligro de extinción originaria de México, es una imagen inusual en Chipre. Por aquí no se encuentran los de su clase. No entre los miles de pájaros paseriformes que embellecen fugazmente nuestro cielo cada año. La presencia de Chico era una anomalía y yo la había aceptado como tal, sin preguntarme nunca de dónde lo había sacado Yusuf.

Cuando le pregunté por su vida pasada, Chico me dijo que había vivido en una mansión en Hollywood. No me lo creí, por supuesto. Me sonó a invención. Debió de darse cuenta de mi escepticismo, porque se molestó. Mencionó el nombre de una actriz norteamericana famosa por su voluptuosa figura y sus numerosos papeles en películas que se han convertido en clásicos. Dijo que adoraba a los pájaros exóticos, que tenía una colección entera de ellos en el jardín. Me contó que cada vez que aprendía una palabra nueva, la actriz lo recompensaba con un premio. Le aplaudía y decía: «¡Querido, qué listo eres!».

Chico dijo que después de una tórrida aventura con un jefe de la mafia, durante la cual se embarcó en un crucero por el Mediterráneo en un yate privado, a la actriz había terminado gustándole Chipre. Le gustó sobre todo Varosha, la «Riviera francesa del Mediterráneo oriental», donde se compró una espectacular residencia. No era la única persona famosa que había descubierto aquel lugar paradisiaco. En un día cualquiera se podía ver a Elizabeth Taylor salir de un hotel deslumbrante, a Sophia Loren bajando de su coche, con la falda subiéndosele por encima de las rodillas, o a Brigitte Bardot paseando por la playa, mirando con fijeza el mar como si esperase a que alguien emergiera de él.

La actriz decidió pasar más tiempo allí. Le convenía —el clima, el glamur—, pero había un problema: ¡echaba de menos a sus loros! Así que hizo todos los trámites para llevarlos consigo. Diez pájaros en total. Metidos en contenedores apestosos y asfixiantes, cargados de un avión a otro, fueron despachados desde Los Ángeles hasta Chipre. Y así fue como Chico y su clan terminaron en nuestra isla.

El viaje no fue fácil para los pájaros. Al ser fotosensibles, el trayecto a través de océanos y continentes les resultó penosísimo. Dejaron de beber y de comer como es debido, nostálgicos dentro de sus ornamentales jaulas de latón. Uno murió. Pero los restantes, cuando por fin llegaron a su destino, se adaptaron con rapidez a su nuevo hogar en Varosha, en el distrito sur de Famagusta. Tiendas deslumbrantes, casinos ostentosos, marcas exclusivas, el último grito de todo estaba allí... La música tronaba desde los coches descapotables de colores brillantes que volaban a lo largo de las avenidas principales. Los yates de lujo y las embarcaciones turísticas se balanceaban arriba y abajo en el muelle. Bajo la luna, el mar relucía con el resplandor que salía de las discotecas y sus aguas oscuras se engalanaban como carrozas de carnaval.

Los turistas viajaban hasta Varosha desde todas las partes del mundo para celebrar lunas de miel, graduaciones, aniversarios de boda... Ahorraban para poder pasar unos días en aquel famoso centro turístico. Bebían cócteles de ron y cenaban en exquisitos bufés; practicaban surf, nadaban y disfrutaban del sol en las playas de arena, empeñados en conseguir un bronceado perfecto, con el horizonte azul y claro extendiéndose frente a sus ojos. Incluso hallándose en el paraíso, sabían por los reportajes periodísticos que se estaban gestando problemas en sus márgenes, las noticias hablaban de tensión entre las comunidades turca y griega. Pero dentro de los confines del distrito turístico, el espectro de la guerra civil era invisible y la vida parecía nueva, eternamente joven.

Chico me contó que eran nueve compartiendo el mismo espacio: cuatro parejas y él. Era el único sin compañera. Se sentía dolido, excluido. Los loros son rigurosamente monógamos. Leales y cariñosos, se emparejan de por vida. Cuando tienen polluelos los crían juntos, los machos y las hembras comparten la tarea.

Son así, amos y amas de casa. Nada de aquello favorecía a Chico. Cuando los otros formaron pareja, se quedó solo. No tenía a nadie a quien querer y nadie que lo quisiera. Y para empeorar las cosas, la actriz, que entonces tenía un novio nuevo y una apasionante película nueva en curso, estaba más ocupada que nunca. Pasaba días y semanas enteras lejos de casa, le confiaba los loros al ama de llaves, dejaba listas de instrucciones largas y detalladas pegadas en la puerta del frigorífico: qué darles de comer, cuándo administrarles las gotas, cómo revisarles las alas para ver si había rastros de ectoparásitos. Listas que languidecían sin que nadie las leyera.

Al ama de llaves no le gustaban los loros porque le parecían ruidosos, escandalosos y mimados. Los veía como una carga y no lo disimulaba. A los otros pájaros, ocupados con sus propias familias, no les preocupaba tanto. Pero a Chico sí, solo y vulnerable como estaba. Una mañana salió volando por una ventana abierta y dejó atrás a los suyos y a la actriz y toda aquella comida de gourmet. Sin saber adónde ir, voló sin descanso hasta llegar a Nicosia, donde Yusuf, por una carambola del destino, lo encontró encaramado en un muro, graznando angustiado, y se lo llevó con él.

Ahora a Chico le preocupaba que Yusuf también se hubiese ido. Los seres humanos son todos iguales, dijo. Indignos de confianza y egoístas hasta la médula.

Protestando con todas mis fuerzas, intenté explicarle que ni Yusuf ni Yiorgos desaparecerían así como así, tenía que haberles pasado algo que los tuviese retenidos, pero yo misma estaba cada vez más angustiada.

Ninguno de los dos sabía entonces que, solo unas semanas después, la suerte de Varosha quedaría sellada. En el verano de 1974, después de que se instalara el ejército turco, toda la población de la ciudad, más de treinta y nueve mil personas, tuvo que huir, dejando atrás todas sus pertenencias. Entre ellas debía de estar el ama de llaves. Me la imagino haciendo la maleta, saliendo a la carrera por la puerta y evacuando el lugar con los demás. ¿Se habría acordado de llevarse los loros con ella? ¿O al menos de dejarlos libres? Para ser justos, es probable que esperase volver a los pocos días. Eso es lo que creía todo el mundo.

Nadie pudo volver. Mujeres con botas blancas de caña alta y tacón bajo, minifaldas, vestidos con falda de vuelo y cintura alta, vaqueros de campana; hombres con camisas desteñidas, mocasines, pantalones de pata de elefante, chaquetas de tweed. Estrellas de cine, productores, cantantes, jugadores de fútbol o los *paparazzi* que iban tras ellos. Pinchadiscos, bármanes, crupieres, bailarinas gogó. Y las muchas muchas familias de la zona que llevaban generaciones allí y no tenían otro lugar al que llamar hogar. Los pescadores que llevaban el pescado recién capturado a los restaurantes elegantes, donde se vendían a diez veces su precio, los panaderos que trabajaban de noche para preparar los panes rellenos de queso y los vendedores callejeros que recorrían el paseo marítimo vendiendo globos, algodón de azúcar, helados para los niños y los turistas. Todos se fueron.

Las playas de Varosha fueron acordonadas con alambre de espino, barreras de cemento y carteles que ordenaban a los visitantes que no se acercasen. Poco a poco, los hoteles se desintegraron en redes de cables de acero y postes de hormigón; los pubs se quedaron fríos y húmedos y desiertos, las discotecas se desmoronaron; las casas con macetas en los alféizares se disolvieron en el olvido. Aquel centro turístico internacional, antes opulento y de moda, se convirtió en una ciudad fantasma.

Siempre me he preguntado qué les pasó a aquellos loros del Amazonas que una actriz de Hollywood se trajo a Chipre. Espero que se las arreglaran para salir de la residencia por alguna ventana abierta. Los loros viven mucho tiempo y hay posibilidades de que hayan sobrevivido a base de frutas e insectos. Si pasáis cerca de las barricadas de Varosha, quizá vislumbréis un destello verde claro entre los edificios abandonados y la decadencia y oigáis un par de alas batiendo como una vela desgarrada en la tormenta.

Chico sabía muchas palabras. Su talento era extraordinario: imitaba sonidos electrónicos, sonidos mecánicos, sonidos animales, sonidos humanos... Podía identificar decenas de objetos, pulverizar conchas de berberechos e incluso resolver rompecabezas y, si le dabas una piedrecita, la usaba para partir nueces.

En la taberna vacía, mientras los dos esperábamos el regreso de Yusuf y Yiorgos, Chico exhibía sus dones para mí.

«¡Ven, pajarito, pajarito!», gritaba desde la silla de detrás de la caja registradora donde solía sentarse Yusuf todas las noches a saludar a los clientes, ahora recubierta por dos centímetros de polvo.

«S'agapo», canturreaba Chico en griego, «te quiero», algo que le había oído a Yiorgos susurrarle a Yusuf. Y después, cuando fue asimilando la verdad y se dio cuenta de que no vendría nadie, se arrancaba otra pluma de su carne magullada y repetía para sí mismo una palabra que había aprendido en turco: «Aglama». «No llores».

Amonites

Chipre, principios de la década de 2000

Después de visitar el cementerio militar y de que Kostas viera por primera vez dónde estaba enterrado su hijo, caminaron en silencio cogidos de la mano. Atravesaron campos de antimonias con sus flores de color naranja pálido acariciadas por el viento, mientras los cardos y las zarzas les arañaban los tobillos desnudos.

Por la tarde alquilaron un coche y condujeron hacia el castillo de San Hilarión. Les sentó bien la larga y difícil subida a la ladera, escarpada y serpenteante, el carácter puramente físico de la ascensión. Cuando alcanzaron la cima, contemplaron el paisaje desde una ventana gótica esculpida en la antigua estructura, con el aliento entrecortado y el pulso acelerado.

Aquella noche, una vez que el castillo hubo cerrado y tanto los turistas como los lugareños se hubieron ido, ellos siguieron deambulando por allí, porque aún no estaban preparados para volver y estar en compañía de otras personas. Se sentaron en una roca en la que el santo había descansado una vez, desgastada por los siglos de tránsito.

Poco a poco, el crepúsculo dio paso a la noche; conforme la oscuridad que los rodeaba se hizo más densa, regresar por el camino por el que habían llegado se volvió imposible, así que decidieron pasar la noche allí. Como era una zona militar, corrían un riesgo al quedarse fuera del horario permitido. Junto a unas matas de azafrán silvestre, de un radiante blanco rosáceo bajo el pálido gajo de la luna, hicieron el amor. Estar así, desnudos, a cielo abierto, con el cielo infinito como único dosel, fue una experiencia aterradora, lo más cerca que habían estado de la libertad en mucho tiempo.

Comieron avellanas y moras secas, la única comida que llevaban. Bebieron agua de los termos que cargaban en las mochilas y luego whisky. Tras unos cuantos sorbos, Kostas bebió más despacio, pero Defne no. Una vez más, Kostas se dio cuenta de que ella bebía muy rápido y demasiado.

—Quiero que vengas conmigo —dijo, con los ojos fijos en Defne, como temeroso de que pudiese desaparecer entre un parpadeo y otro.

Negando con la cabeza, ella abarcó con un gesto el espacio vacío que había entre ellos.

—¿Adónde?

—A Inglaterra.

Justo entonces, la luna asomó rauda de detrás de una nube, dándole apenas el tiempo suficiente para detectar el cambio en su expresión: una sorpresa momentánea, la retirada después. Reconoció su modo de encerrarse en sí misma, a la defensiva.

—Podemos volver a empezar, te lo prometo —dijo Kostas.

Cuando la nube se alejó, la vio absorta en sus pensamientos. Entonces Defne lo miró con detenimiento: observó sus labios, con el corte todavía sanando, los cardenales alrededor de los ojos, que iban cambiando despacio de color.

—¿Esto es...? Un momento, ¿me estás pidiendo que me case contigo?

Kostas tragó saliva, molesto consigo mismo por no haberse preparado mejor. Podría haber llevado un anillo. Se acordó de la joyería en la que se habían parado después de visitar a la vidente. Debería haber regresado al día siguiente, pero ocupado en seguir a los pajaritos cantores, no había tenido ocasión.

—No se me dan muy bien las palabras —dijo Kostas.

—Me lo suponía.

—Te quiero, Defne. Siempre te he querido. Sé que no podemos volver atrás en el tiempo. No estoy intentando pasar por alto lo que sucedió, tu sufrimiento, nuestra pérdida, pero quiero que nos demos una segunda oportunidad. —Al recodar que seguía llevando el fósil en el bolsillo de la chaqueta, lo sacó—. ¿Sería terriblemente inapropiado que te diese un amonites en vez de un anillo?

Defne se rio.

—Esta criatura marina vivió hace millones de años, imagínate. Conforme fue envejeciendo, fue añadiendo nuevas cámaras a su concha. Los amonites sobrevivieron a tres extinciones masivas y ni siquiera eran buenos nadadores. Pero tenían una capacidad de adaptación fascinante, la tenacidad era su punto fuerte. —Le dio el fósil—. Quiero que vengas conmigo a Inglaterra. ¿Te casarás conmigo?

Defne cerró los dedos alrededor de la piedra lisa mientras palpaba su delicado dibujo.

—Pobre Meryem, tenía razón al preocuparse cuando se enteró de que habías vuelto. Si hacemos esto, es probable que mi familia no me perdone nunca. Mi padre, mi madre, mis primos...

—Déjame que hable con ellos.

—No es una buena idea. Meryem ya sabe de nosotros, pero mis padres todavía no tienen ni idea. Les contaré todo, estoy harta de esconderme. Ahora sabrán que durante todos estos años les he mentido respecto a que Yusuf fuese el padre de mi hijo... Que había todavía más motivo para que renegasen de mí... No estoy segura de que me absuelvan algún día por mancillar a un hombre turco para proteger a mi amante griego, qué desastre... —Se pasó la mano por el pelo y habló con la mandíbula apretada—. Pero tu familia tampoco se alegrará. Tu hermano pequeño, tu tío, tus primos...

Kostas frunció el ceño.

—Lo entenderán.

—No, no lo entenderán. Después de todo lo que han pasado, nuestras familias lo verán como una traición.

—El mundo ha cambiado.

—Los odios tribales nunca mueren —dijo ella, levantando el amonites—. Solo se van añadiendo nuevas capas a las conchas endurecidas.

El silencio se alargó. La brisa soplaba entre los árboles, agitando los arbustos que tenían delante, y Defne tembló muy a su pesar.

—Sin ningún apoyo familiar, sin un país, estaremos muy solos —dijo ella.

—Todo el mundo está solo. Solo seremos más conscientes de ello.

—Tú fuiste quien me hizo leer a Cavafis. ¿Te has olvidado de tu propio poeta? ¿Crees que puedes abandonar tu tierra natal porque mucha gente lo haya hecho, así que uno más, uno menos, no importa? Al fin y al cabo, el mundo está lleno de inmigrantes, fugitivos, exiliados... Envalentonado, te escapas y te marchas lo más lejos que puedes, pero un día miras atrás y te das cuenta de que tu tierra natal ha viajado contigo todo el tiempo, como una sombra. Allá adonde vayamos, esta ciudad, esta isla nos seguirán.

Kostas le cogió la mano, le besó la yema de los dedos. Defne cargaba con el pasado a flor de piel, el dolor le corría por debajo de la piel como la sangre.

—Lo conseguiremos si los dos creemos en ello.

—No se me da muy bien creer —dijo Defne.

—Lo suponía —dijo él a su vez.

Incluso ya entonces, Kostas sabía que era propensa a accesos de melancolía. Le sobrevenían en oleadas sucesivas, flujo y reflujo. Cuando llegaba la primera oleada, apenas tocándole los dedos de los pies, era una ondulación tan ligera y traslúcida que podría perdonársele por creer que era insignificante, que se desvanecería pronto, sin dejar huella. Pero luego le seguía otra, y la siguiente, crecida hasta los tobillos, y después la siguiente que le cubría las rodillas, y antes de que se diera cuenta estaba sumergida en un dolor líquido hasta el cuello, ahogándose. Así es como la depresión la absorbía.

—¿Estás seguro de que quieres casarte conmigo? —dijo Defne—. Porque no soy una persona fácil, como ya sabes, y tengo...

Kostas le puso el dedo en los labios, interrumpiéndola por primera vez.

—Nunca he estado más seguro de nada. Pero está bien si necesitas más tiempo para pensarlo... o para rechazarme.

Defne sonrió entonces, un indicio de timidez se le coló en la voz. Se inclinó hacia él, su aliento le rozó la piel.

—No necesito pensar, cariño. Siempre he soñado con casarme contigo.

Y como no quedaba nada por decir, o eso sintieron, se quedaron callados un rato, escuchando la noche, atentos a cada crujido, a cada susurro.

—Hay una última cosa que quiero hacer antes de que nos vayamos de la isla —dijo Kostas al cabo—. Quiero ir a la taberna y ver cómo está la vieja higuera.

Higuera

De todos los insectos, si hay uno que es imposible obviar cuando cuentas la historia de una isla, es la hormiga. Nosotros, los árboles, les debemos mucho. También los seres humanos, si vamos al caso. Sin embargo, las consideran insignificantes, sin mayor importancia, como hacen a menudo con las cosas que yacen bajo sus pies. Las hormigas son las que sustentan, oxigenan y mejoran el suelo sobre el que griegos y turcos han peleado de manera tan amarga. Chipre también les pertenece.

Las hormigas son resistentes y trabajadoras, capaces de transportar veinte veces su propio peso corporal. Con un ciclo vital que sobrepasa al de casi cualquier otro insecto, también son las más inteligentes, en mi opinión. ¿Las habéis observado alguna vez arrastrando a un milpiés o atacar en grupo a un escorpión o devorar a una salamanquesa entera? Es igual de fascinante que aterrador, todos los pasos están sincronizados a la perfección. ¿Qué sucede en la mente de una sola hormiga en ese momento? ¿Cómo alcanza una esa clase de confianza interior, la firmeza para enfrentarse a un enemigo mucho mejor provisto para el combate? Gracias a su memoria olfativa, las hormigas son capaces de registrar rastros de olor, olfatear a una intrusa de otra colonia y, cuando están lejos de su casa, recordar el camino de vuelta. Si aparecen obstáculos en su camino, grietas en el suelo o ramitas caídas, construyen puentes con sus cuerpos aferrándose unas a otras como hábiles acróbatas. Todo lo que aprenden lo transfieren a la siguiente generación. El conocimiento no es propiedad de nadie. Lo recibes, lo devuelves. De esa manera, una colonia recuerda lo que sus miembros, como individuos, olvidaron hace tiempo.

Las hormigas conocen nuestra isla mejor que nadie. Están familiarizadas con sus rocas ígneas, sus piedras calizas recristalizadas, sus antiguas monedas de Salamina, y son expertas en el uso de la resina que gotea de las cortezas de los árboles. También saben dónde yacen enterrados los desaparecidos.

El año que Kostas Kazantzakis volvió a Chipre, una colonia de hormigas fijó su hogar entre mis raíces. Lo estaba esperando porque hacía poco me habían infestado los pulgones, esos insectos diminutos que succionan la salvia de las hojas y transmiten virus y provocan un estrés profundo a los árboles. Si Yusuf y Yiorgos hubiesen estado allí, jamás habrían permitido que pasara. Todos los días comprobaban si tenía plagas en las ramas, me pulverizaban las hojas con cuidado con vinagre de manzana, cuidaban de mí, pero entonces estaba sola, indefensa. Donde aparecen pulgones es seguro que les seguirán las hormigas, con lo que les gusta cosechar los dulces excrementos de los pulgones. Pero ese no fue el único motivo por el que construyeron toda una colonia en mí. A las hormigas les encantan los higos muy maduros y, ahora que nadie los cosechaba, todos los míos lo estaban. Un higo no es exactamente una fruta, ¿sabéis? Es un sicono: una estructura fascinante que alberga flores y semillas en su cavidad, con una abertura apenas visible a través de la cual pueden entrar las avispas y depositar su polen. Y, a veces, aprovechando la ocasión, también las hormigas se cuelan por esa abertura y comen lo que pueden.

Así que me acostumbré a oír el correteo de miles de patitas minúsculas de acá para allá. Una colonia es una sociedad basada de forma exclusiva en la clase. Siempre y cuando todos los miembros acepten la desigualdad como norma y concuerden con la división del trabajo, el sistema funciona a la perfección. Las trabajadoras buscan comida, mantienen los espacios vitales ordenados y atienden las necesidades interminables de la reina; las soldados protegen a la comunidad contra depredadores y peligros; los zánganos ayudan a perpetuar la especie y mueren después de aparearse. Luego están las princesas, las futuras reinas. Hay que preservar el estamento social a toda costa.

Una noche, cuando me disponía a dormir, oí un ruido insólito. Con solo unos cuantos asistentes como séquito, la reina estaba subiendo por el largo y accidentado camino de mi tronco.

Jadeando todavía por el arduo ascenso, empezó a contarme su historia. Dijo que había nacido junto a un viejo pozo, no muy lejos. Tenía buenos recuerdos de haber crecido allí. Como princesa era consciente de que cuando el tiempo fuese propicio, se le pediría que abandonase su lugar de nacimiento para fundar su propio reino. La colonia estaba prosperando, la población crecía. Como necesitaban más espacio, habían estado agrandando el asentamiento mediante pasajes subterráneos y túneles que conectaban las cámaras con los nidos. Pero en un terrible error de ingeniería, las trabajadoras habían roído demasiado el muro. Una tarde, la parte oriental del pozo cedió y se derrumbó. En un segundo, el agua que se filtró ahogó a cientos. Algunas especies de hormigas puedan nadar, pero aquellas no. Las supervivientes se dispersaron en todas direcciones, buscando refugio. Después de aquella catástrofe, dijo la reina, tuvo que dejar su hogar lo más rápido que pudo para empezar una nueva vida.

Durante el vuelo nupcial, mantuvo la cabeza alta y voló rápido mientras los zánganos se esforzaban por alcanzarla. Cruzó por encima de una pista de arena, trepando arriba y abajo por las marcas de neumáticos. Atravesó las ruinas de la taberna. En cuanto me vio, supo que allí era donde fundaría su reino. Aquí se apareó y se arrancó a bocados las alas como si descartase un vestido de novia, de manera que no podría volver a volar. Se convirtió a sí misma en una máquina ponedora de huevos en toda regla.

Con los rasgos retorcidos por la tristeza, dijo entonces que cuando los muros cayeron, encontraron, allí en el fondo del pozo, a dos hombres muertos. No tenía ni idea de quiénes eran hasta que me conoció y supo de la pareja propietaria de aquel lugar.

Dejé caer mis ramas a medida que fui comprendiendo la terrible verdad que subyacía a sus palabras. Ante mi aflicción, me aseguró que las hormigas no habían tocado a Yusuf y a Yiorgos. Los habían dejado allí, intactos. Alguien los encontraría pronto, ahora que estaban medio al descubierto.

Después de que la reina y su séquito de leales cortesanos se hubiesen marchado, fui sumiéndome en una extraña apatía que empeoró en los días que siguieron. No me sentía bien. Como cualquier ser vivo, una higuera puede sufrir múltiples enfermedades e infecciones, solo que esta vez apenas tenía fuerzas para defenderme. Las puntas de mis hojas se enrollaron sobre sí mismas, mi corteza empezó a soltarse. La pulpa de mis higos se puso de un color verde enfermizo y después se volvió temiblemente harinosa.

Conforme mi inmunidad fue disminuyendo y mis fuerzas menguando, caí presa de uno de mis peores enemigos: el barrenador de la higuera, un gran escarabajo con cornamenta, el *Phryneta spinator*. Como en una pesadilla, la hembra descendió sobre mí y puso sus huevos en la base de mi tronco. Indefensa y llena de temor, esperé, sabiendo que aquellas larvas no tardarían en

Raíces portátiles

Chipre, principios de la década de 2000

Cuando Defne y Kostas se acercaron a La Higuera Feliz, se la encontraron hundida entre la maleza. Había baldosas rotas y escombros del edificio esparcidos por todas partes, como restos después de una tormenta. Sabiendo que era la primera vez que Kostas veía el lugar después de años, Defne se quedó rezagada para darle tiempo a asimilarlo.

Kostas abrió la puerta, cuya madera estaba podrida y sin vida, colgando de sus goznes. Dentro, las malas hierbas se habían abierto camino a través de las grietas del suelo, las baldosas estaban manchadas de líquenes y las paredes embadurnadas de moho, negras como el hierro. En un rincón, un marco de ventana, con el cristal fragmentado desde hacía mucho, crujía despacio con la brisa. En el aire flotaba un olor fétido, de hongos y putrefacción.

En el momento en el que entró, todo le volvió de golpe. Las noches impregnadas de los olores deliciosos de la comida humeante y el hojaldre tibio, la charla y la risa de los clientes, la música y las palmas, los platos que se rompían conforme iba transcurriendo la noche... Se acordó de las tardes en que había subido con gran dificultad la colina cargado con las botellas de licor de algarroba y aquellas barritas de sésamo y miel que le encantaban a Yiorgos y lo feliz que era su madre con el dinero que llevaba a casa... Le brillaron los ojos cuando se acordó de Chico agitando las alas, de Yiorgos contando chistes a una pareja de recién casados y de Yusuf observándolo todo, con su silencio acostumbrado y su mirada atenta. Qué orgullosos estaban de lo que habían creado juntos. Aquella taberna era su hogar, su refugio, todo su mundo.

—¿Estás bien? —dijo Defne, abrazándolo.

Se quedaron quietos un momento, mientras la respiración de él se ralentizaba y se ajustaba a la de ella y su corazón se iba calmando.

Defne ladeó la cabeza y miró alrededor.

—Imagínate, la higuera lo ha presenciado todo.

Con cuidado, Kostas se separó de ella y se acercó a la *Ficus carica*. Frunció el ceño.

—Ay, esta higuera no está en buenas condiciones. Está enferma.

—¿Qué?

—Está infestada. Mira, los parásitos se han extendido por todas partes.

Señaló las ramas cubiertas de diminutas perforaciones, la pulpa reducida a serrín al pie del tronco, las hojas secas esparcidas por el suelo.

—¿No puedes ayudarla?

—Veré qué puedo hacer. Vamos a buscar unas cosas.

Volvieron una hora después, con varias bolsas. Con ayuda de un mazo, Kostas derribó partes del muro sur de la taberna, desmoronado por el moho. Quería asegurarse de que al árbol le llegase más luz del sol y oxígeno. Después cortó las ramas enfermas con unas tijeras de podar. Luego, inyectó insecticida con una jeringa en los túneles excavados por las larvas. Para impedir que los insectos mortíferos volviesen a desovar, cercó la porción inferior del tronco con malla de sombra y llenó las heridas supurantes del árbol con un sellador.

—¿Se pondrá mejor el árbol? —preguntó Defne.

—Este árbol es hembra y es fuerte. —Kostas se enderezó, se enjugó la frente con el dorso de la mano—. No sé si se pondrá mejor. Las larvas están por todas partes.

—Ojalá pudiese venir con nosotros a Inglaterra —dijo Defne—. Ojalá los árboles fuesen portátiles.

Kostas entrecerró los ojos mientras se le ocurría una nueva idea.

—Podríamos hacerlo.

Defne lo miró, incrédula.

—Puedes criar una higuera a partir de un esqueje. Si la plantamos enseguida en Londres y la cuidamos, hay una posibilidad de que sobreviva.

—¿Hablas en serio? ¿Se puede hacer?

—Se puede —dijo Kostas—. Quizá no le guste el clima inglés, pero tal vez esté bien allí. Mañana por la mañana volveré y comprobaré cómo sigue y sacaré una estaca de una rama sana. Así podrá viajar con nosotros.

Higuera

Al día siguiente, mientras esperaba emocionada a que volviese Kostas, una abeja que conocía hacía ya un tiempo me hizo una visita. Sentía un respeto profundo por las de su especie; ninguna otra encarna el ciclo de la vida igual que las *Apidae*. Si desaparecieran, el mundo jamás se recuperaría de su pérdida. Chipre era su paraíso, pero el paraíso no les había resultado fácil. Usando el sol como brújula, las incansables recolectoras visitaban hasta trescientas flores en un vuelo, lo que suponía más de dos mil flores en un solo día.

Así era la vida de la abeja: trabajo, trabajo, trabajo. A veces bailaba un poco, aunque eso también formaba parte de su trabajo. Cuando se topaba con una buena fuente de néctar, hacía la danza de la abeja cuando volvía a la colmena para informar a las demás de hacia dónde debían dirigirse después. Pero a veces bailaba porque se sentía agradecida de estar viva. O porque estaba drogada por haber asimilado por accidente demasiado néctar espolvoreado con cafeína.

Los seres humanos tienen ideas estereotipadas sobre las abejas. Si les pides que dibujen una —y en eso, lo que resulta sorprendente, los niños y los adultos son parecidos—, garabatearán una mancha redonda y regordeta y cubierta de denso vello y de rayas amarillas y negras. Pero, en realidad, la variedad de abejas es muy amplia: algunas son de un color naranja vívido, otras de un siena tostado o morado profundo, unas lucen un brillo metálico verde o azul, mientras que otras tienen colas de un rojo vivo o de un blanco puro que brillan al sol. ¿Cómo pueden parecer idénticas al ojo humano cuando existe una fascinante variedad de ellas? Por supuesto, es maravilloso que se alabe a los pájaros por que tengan un número impresionante de especies, diez mil, pero ¿por qué suele pasar inadvertido que las abejas tienen al menos el doble de ese número y otras tantas personalidades?

La abeja me contó que no lejos de la taberna había un campo de flores divinas y plantas frondosas en plena floración. Solía volar hasta allí ya que, además de margaritas y amapolas, se hallaban en él las más dulces equináceas, mejoranas y su favorita, el sedum, con sus tonos rosados y pétalos suculentos agrupados, con forma de estrellas diminutas. En los márgenes de aquel campo había un edificio insulso y blanco. Un cartel en la pared rezaba: LABORATORIO CMP-ZONA PROTEGIDA DE LAS NACIONES UNIDAS.

Había pasado por aquel sitio innumerables veces en su trayecto de ida y vuelta hacia la colmena. En ocasiones, por capricho, se desviaba de su camino y entraba volando en el laboratorio por una ventana abierta. Le gustaba revolotear por allí, observar a la gente que trabajaba dentro e irse por donde había llegado. Pero aquel día, cuando entró en el edificio sin ningún propósito o plan, pasó algo inesperado. Uno de las miembros del personal, sabe Dios por qué, había decidido que era buena idea cerrar todas las ventanas. ¡La abeja quedó atrapada!

Intentando en vano no entrar en pánico, se lanzó contra los cristales de todas las ventanas, trastabillando arriba y abajo por las superficies vítreas, incapaz de encontrar una salida. Desde su punto de vista, veía las flores de fuera tan cerca que casi podía saborear su néctar, pero por mucho que se esforzara no podía alcanzarlas.

Frustrada y exhausta, la abeja se posó en lo alto de un armario para recuperar el aliento. Se fijó en la habitación que ahora se había convertido en su celda. Había catorce científicos contratados —grecochipriotas y turcochipriotas— y a esas alturas ya los conocía a todos. Todos los días entre semana los griegos viajaban desde el sur y los turcos viajaban desde el norte y se encontraban en aquella tierra de nadie. Allí era adonde llevaban todos los restos humanos que se descubrían en las distintas exhumaciones que se llevaban a cabo por toda la isla.

Todo lo que desenterraban los equipos de excavación, lo limpiaban y clasificaban los científicos de aquel laboratorio, que despegaban unos huesos de otros huesos y separaban los conjuntos de restos humanos. Trabajaban solos o en pequeños grupos, encorvados sobre mesas largas y estrechas en las que disponían los rompecabezas de los esqueletos: columnas vertebrales, omóplatos, articulaciones de la cadera, vértebras, dientes maxilares... Los recomponían, pieza por pieza, asociando los fragmentos a partes más grandes. Era un trabajo de lenta meticulosidad y en el que no se toleraban los errores. La reconstrucción de un solo pie, compuesto por veintiséis huesos individuales, llevaba horas; o de una mano, que contaba con veintisiete huesos y mil roces y caricias ahora perdidos. Al final, como si emergiera de aguas turbias, salía a la superficie la identidad de la víctima: el sexo, la altura y la edad aproximada.

Algunos de los restos estaban demasiado fracturados para servir de algo o ya no contenían ADN, destruido por bacterias nocivas. Las piezas sin identificar se almacenaban con la esperanza de que, en un futuro no demasiado lejano, cuando avanzaran la ciencia y la tecnología, el misterio pudiese resolverse.

Los científicos escribían informes extensos sobre sus descubrimientos, incluidas las descripciones detalladas de la ropa y los objetos personales, cosas que, aunque eran perecederas, podían conservarse por un tiempo sorprendente. Un cinturón de cuero con una hebilla de metal grabada, un collar de plata con una cruz o una media luna, zapatos de piel arañados y de tacones desgastados... Una vez, había llegado una cartera al laboratorio: dentro, junto a algunas monedas y una llave de una cerradura desconocida, había fotos de Elizabeth Taylor. La víctima debía de ser admiradora de la actriz. Las descripciones de aquellos objetos estaban destinadas tanto a los familiares de los desaparecidos como a los archivos del CPD. Las familias querían conocer siempre ese tipo de detalles. Pero lo que de verdad querían saber era si sus seres queridos habían sufrido.

En un momento dado, la abeja se quedó dormida, agotada. Estaba acostumbrada a dormir por ahí en incómodas posturas. A veces echaba una cabezadita dentro de una flor. Lo necesitaba, ya que las recolectoras privadas de sueño tienen dificultades para concentrarse y encontrar el camino de vuelta a casa. Incluso en la colmena duermen la siesta en la periferia mientras las obreras, que limpian y alimentan a las larvas, ocupan las celdas más cercanas al centro. Así que mi amiga tenía el sueño ligero por naturaleza.

Cuando despertó, era mediodía. El personal se había ido a almorzar, todos menos una joven griega que seguía trabajando. Como la había observado muchas veces antes, la abeja sabía que le gustaba quedarse sola con los huesos y que a veces les hablaba. Pero aquella tarde, sola en el laboratorio, la científica descolgó el teléfono y marcó un número. Mientras esperaba que sonase, no dejaba de lanzar miradas ansiosas a las mesas que tenía a derecha e izquierda, sobre las que había expuestos huesos y cráneos.

—¿Hola? —dijo la científica por teléfono—. Hola, Defne, hola. Soy Eleni. Del laboratorio. Bien, gracias. ¿Qué tal va el trabajo de campo?

Charlaron un poco, era una aburrida conversación humana, hasta que algo que dijo Eleni llamó la atención de la abeja.

—Oye, una cosa... La pareja por la que preguntabas, tus amigos... Puede que los hayamos encontrado. El ADN coincide en los dos casos.

Intrigada, la abeja se acercó volando a escuchar.

—¡Oh, no! —gritó Eleni, agarrando un periódico y agitándolo de manera salvaje alrededor.

¿Quién se iba a imaginar que a aquella mujer que se pasaba el día con cadáveres y esqueletos le aterrorizaban las abejas?

Mi pobre amiga, una vez más malinterpretada y confundida por algo que no era, recibió un golpe en la cabeza. Cayó dentro de una taza de café, por suerte vacía salvo por unas cuantas gotas. Mientras se ponía en pie, débil y mareada, oyó murmurar a Eleni:

—¿Adónde habrá ido...? Perdona, Defne, había una abeja por aquí. Me dan un poco de miedo.

«¿Un poco?», pensó mi amiga. Si eso era lo que hacían los seres humanos con un poco de miedo, imaginaos lo que serán capaces de hacer con muchísimo miedo. Se las arregló para trepar por la pared de la taza y secarse las alas.

—Sí, por supuesto que puedes venir a verlos —estaba diciendo Eleni en aquel momento—. ¿Ay, de verdad que te vas a Inglaterra mañana? Entiendo. Perfecto. Esta tarde va bien. De acuerdo, hablamos cuando vengas.

Media hora después, la puerta se abrió y una mujer entró corriendo; los demás científicos no habían vuelto todavía de comer.

—Ah, Eleni, gracias por llamarme.

—Hola, Defne.

—¿Estás segura de que son ellos?

—Eso creo. He comprobado los resultados del ADN dos veces con las referencias de sus familias solo para asegurarme y las dos veces estaban por encima del umbral.

—¿Dónde los han encontrado, lo sabes?

—En Nicosia. —Eleni hizo una pausa, dudando de si compartir con Defne la siguiente información—. Dentro de un pozo.

—¿Un pozo?

—Sí, eso me temo.

—¿Todo este tiempo han estado allí?

—Eso es. Los habían encadenado el uno al otro, ninguno podía salir a la superficie. Nos han dicho que el pozo se derrumbó hace poco y que cuando los albañiles empezaron a trabajar encontraron los restos —dijo Eleni, con un tono apagado—. Siento mucho tu pérdida. Debo decir que nunca habíamos visto algo así. Por lo general, hay un grecochipriota enterrado aquí, un turcochipriota enterrado allá. Matados por separado. Enterrados por separado. Pero nunca antes un griego y un turco juntos.

Defne se quedó quieta, con las manos suspendidas sobre la mesa antes de agarrarse al borde.

—¿Cuándo informaréis a las familias?

—Pensaba hacerlo mañana. Una familia está en el norte, otra en el sur.

—Así que ahora estarán separados —dijo Defne con un hilo de voz—. No pueden enterrarlos uno al lado del otro. Qué triste... Tanto tiempo buscándolos y quizá habría sido mejor que no los hubiésemos encontrado... Si hubiesen podido quedarse perdidos juntos...

Eleni le puso una mano en el hombro con dulzura.

—Ah, antes de que me olvide... —Fue hasta su mesa y sacó un estuche de plástico—. También encontraron esto.

Un reloj de bolsillo.

Defne bajó los ojos.

—Era de Yiorgos. Un regalo de cumpleaños de Yusuf. Debería haber un poema dentro... de Cavafis. —Se calló—. Lo siento, Eleni... Necesito aire. ¿Podemos abrir las ventanas?

En el acto, la abeja se espabiló. Aquella era su oportunidad, quizá la única. En cuanto abrieron la ventana, mi amiga reunió fuerzas y zigzagueando logró salir. Voló todo lo rápido que pudo y no se detuvo hasta llegar a un lugar seguro, al campo de flores.

Pequeños milagros

Chipre-Londres, principios de la década de 2000

Cuando volvió, Kostas examinó con atención la *Ficus carica*. Con un par de tijeras de podar hizo un corte recto y otro diagonal en un tallo limpio. Aunque sabía que era mejor utilizar varios brotes por si alguno no sobrevivía, el árbol estaba en tan malas condiciones que solo pudo conseguir uno, que envolvió con cuidado y guardó en su maleta.

Sería difícil, aunque no imposible. Los pequeños milagros suceden. Igual que la esperanza podía brotar desde las profundidades de la desesperación o la paz germinar entre las ruinas de la guerra, un árbol podía crecer de la enfermedad y la descomposición. Si aquella estaca de Chipre se enraizaba en Inglaterra, sería genéticamente idéntica a la higuera, pero en absoluto la misma.

En Londres plantaron la estaca en una maceta de cerámica blanca y la pusieron en una mesa junto a la ventana en el pequeño apartamento de Kostas, que daba a una plaza tranquila y arbolada. Allí fue donde supieron que Defne estaba embarazada, ambos sentados juntos con las piernas cruzadas en el suelo del cuarto de baño, con la cabeza inclinada sobre la prueba casera de embarazo.

Una bombilla zumbaba y parpadeaba sobre sus cabezas porque el voltaje fluctuaba. Defne no olvidaría nunca la alegría que iluminó el rostro de Kostas, sus ojos resplandecientes rebosantes de algo parecido a la gratitud. Ella también estaba contenta, aunque inquieta y un poco asustada. Sin embargo, la alegría de Kostas era tan pura que le parecía una traición hablarle de las punzadas de ansiedad que le pinchaban la piel y le astillaban la mente. Uno de sus sueños recurrentes de aquellos días era que se perdía en un bosque denso y oscuro con un bebé en los brazos e iba chocándose contra los árboles incapaz de encontrar la salida, mientras las ramas le raspaban los hombros y le arañaban la cara.

Solo una vez, alrededor de un mes después, Defne preguntó:

—¿Y si todo sale mal?

—No pienses siquiera en esas cosas.

—Soy mayor para tener un bebé, los dos lo sabemos, y si hay complicaciones...

—Todo saldrá bien.

—Pero ya no soy joven.

—Deja de decir eso.

—¿Y si resulta que soy una madre horrible? ¿Y si fracaso?

Defne vio en la forma en que Kostas apretó la mandíbula cuánto se estaba esforzando por encontrar las palabras para calmarla, cuánto necesitaba que ella creyese en el futuro que construían juntos. Y Defne lo intentó. Unos días rebosaba confianza y expectación, otros se las arreglaba bien, pero había días, y sobre todo noches, en que oía, en algún lugar a lo lejos, un tictac constante como un metrónomo, los pasos de la conocida melancolía acercándose. Se sentía culpable por sentirse así y se reprochaba, juzgaba y reprendía por ello sin parar. ¿Por qué no podía apreciar sin más aquella sorpresa que la vida le había dado y vivir el momento con plenitud? ¿Qué sentido tenía estresarse tanto? Preocuparse por si sería una buena madre de un bebé todavía por nacer era como sentir nostalgia de un lugar que nunca había visitado.

Entretanto, Kostas descubrió que de la estaca habían brotado hojas nuevas. Estaba exultante. Poco a poco fue convenciéndose de que las cosas iban tomando forma para él, para ellos, su vida entera, compuesta por piezas de rompecabezas que por fin se entrelazaban, encajaban. Su trabajo como botánico y naturalista estaba empezando a obtener mayor atención de personas tanto dentro como fuera de su campo; recibía invitaciones para dar charlas y conferencias, para colaborar con revistas y, discretamente, se dispuso a escribir un libro nuevo.

Defne interpretó la capacidad de resistencia de la estaca como un buen presagio. El embarazo la había vuelto supersticiosa de una forma inusitada en ella y había hecho aflorar un aspecto suyo sorprendentemente parecido a su hermana, aunque ella nunca lo admitiría. Dejó de beber. Dejó de fumar. Retomó la pintura. A partir de ese momento, en su mente el destino del bebé y el destino del árbol se fusionaron. Conforme iba creciendo su vientre, así crecía la necesidad de la higuera de un espacio mayor. Kostas la cambió a una maceta más grande y la vigilaba a diario. Se mudaron a una casa en el norte de Londres, y para entonces la *Ficus carica* era ya lo bastante fuerte para trasplantarla al jardín y eso hicieron.

A pesar de la chimenea que no tiraba y del tejado con goteras, de las grietas que cruzaban las paredes de arriba a abajo y de los radiadores que nunca se calentaban del todo, en aquella casa fueron felices. Ada nació a principios de diciembre, sietemesina. Tenía los pulmones débiles y hubo de pasar varias semanas en la incubadora. Mientras, al pequeño arbolito no le estaba yendo mucho mejor en su enfrentamiento con el nuevo clima. Tuvieron que envolverlo en arpillera, cubrirlo con cartón, aislarlo. Pero para cuando llegó el verano, las dos estaban sanas y creciendo, la higuera y la niña.

Higuera

El último animal que recuerdo que me visitó en mi ecosistema antes de dejar la isla para siempre fue un ratón. Hay una verdad fundamental que, aunque es relevante para todo el mundo y merece reconocimiento, no se menciona nunca en los manuales de historia. En cualquier sitio en que el género humano haya luchado sus guerras, convirtiendo tierras fértiles en campos de batalla y destrozando hábitats enteros, los animales se han instalado en el vacío que han dejado detrás los humanos. Los roedores, por ejemplo. Cuando la gente asola los edificios que un día le proporcionaron alegría y orgullo, los ratones los reclamarán en silencio como su propio reino.

A lo largo de los años he conocido a muchos: hembras, machos, ratoncitos crías rosáceos, ya que a todos ellos les encantan los higos. Pero aquel ratón en concreto era bastante extraordinario, porque había nacido y crecido en un lugar icónico, el Ledra Palace.

«¡Uno de los mejores hoteles de Oriente Próximo!»: así se anunciaba el establecimiento cuando se construyó en la segunda mitad de la década de los cuarenta. Aunque los inversores no es que estuviesen del todo satisfechos con aquel eslogan: Oriente Próximo, pensaban, no era un destino atractivo para los turistas occidentales. «¡Uno de los mejores hoteles de Europa!»: eso tampoco sonaba tentador; no cuando el fantasma de la Segunda Guerra Mundial seguía recorriendo el continente europeo. «¡Uno de los mejores hoteles del Cercano Oriente!»: eso funcionaba mejor. «Cercano» lo hacía parecer convenientemente al alcance de la mano, mientras que «Oriente» le añadía su pizca de exotismo. «Cercano Oriente» era lo bastante oriental; lo bastante, pero no demasiado.

Diseñado por un arquitecto judío alemán, superviviente del Holocausto, el Ledra Palace requeriría doscientas cuarenta mil libras chipriotas y dos años para terminarse. Las arañas se importaron de Italia, los frisos de mármol de Grecia. Su ubicación era ideal: cerca del centro medieval de Nicosia, no lejos de los muros venecianos que la rodeaban, en una calle que antiguamente se llamaba Eduardo VII. Con doscientas cuarenta habitaciones, descollaba entre las casas bajas y las calles estrechas de la ciudad vieja. Había incluso un retrete y un baño en cada habitación, lujo que en la época solo ofrecía ese hotel. Disponía de bares, salones, pistas de tenis, una zona de juego infantil, restaurantes de primera categoría, una piscina enorme en la que zambullirse bajo el sol despiadado y una sofisticada sala de baile que no tardaría en estar en boca de toda la ciudad.

El día de la inauguración, en octubre de 1949, todo el mundo estaba allí: los oficiales coloniales británicos, los notables locales, los dignatarios extranjeros, los aspirantes a famosos... Ahora que la Segunda Guerra Mundial había terminado, la gente necesitaba creer que el suelo que tenía bajo los pies era sólido, que los edificios que erigían eran fuertes y que aquellas ruinas, aquellos horrores nunca se repetirían. ¡Qué gran año para el optimismo, 1949!

A lo largo de mi larga vida he observado una y otra vez ese péndulo psicológico que guía la vida humana. Cada pocas décadas oscilan hacia una zona de optimismo desenfrenado e insisten en verlo todo a través de un cristal rosado, solo para que luego los acontecimientos los desafíen y los sacudan y los catapulten de nuevo a su apatía habitual y a su lánguida indiferencia.

El júbilo que rodeó el nacimiento del Ledra Palace duró todo lo posible. ¡Qué fiestas increíbles! En la suntuosa sala de baile resonaban el repiqueteo de los tacones altos, el saltar de los corchos, el encendedor Ronson al abrirse delante del cigarrillo de una dama, el chasquido de los dedos mientras la orquesta tocaba «Smooth Sailing» hasta el amanecer, terminando siempre la velada con «Que sera, sera». Los escándalos estallaban bajo su techo ornamental y las habladurías, como el champán, corrían sin cesar. Era un lugar de dicha. Una vez que cruzaban el umbral, los visitantes sentían que habían entrado en otra dimensión, en la que podían dejar de lado las preocupaciones cotidianas y olvidarse de la violencia y los conflictos étnicos que quedaban a unos metros apenas de las paredes del hotel.

Aunque dentro del Ledra Palace todos hacían lo imposible por dejar fuera el mundo real, no siempre lograban impedir que se colara, como la vez que encontraron panfletos escritos en un inglés impecable desperdigados por el vestíbulo, como si el viento los hubiese arrastrado hasta allí: ¡HEMOS INICIADO LA LUCHA PARA LIBERARNOS DEL YUGO INGLÉS. MUERTE O VICTORIA! O como en noviembre de 1955, cuando la EOKA atacó el hotel con intención de asesinar al gobernador británico, sir John Harding, que estaba allí tomando una copa. Lanzaron dos granadas: la primera explotó, causando daños considerables, pero la segunda no porque el atacante se había olvidado de tirar de la anilla. Un oficial recogió la granada sin explotar, se la metió en el bolsillo y salió del hotel. Y la orquesta siguió tocando el «Learnin' the Blues», de Frank Sinatra. Incluso cuando la entrada del hotel estuvo sellada con sacos terreros y toneles y los temores a otro ataque rondaban por los pasillos, la música nunca dejó de sonar.

A lo largo de los años, personajes de todo tipo frecuentaron el hotel: políticos, diplomáticos, escritores, miembros de la alta sociedad, prostitutas, gigolós y espías. También líderes religiosos. Allí fue donde el arzobispo Makarios conoció al embajador británico. Y allí fue donde se abrieron las conversaciones intercomunitarias en 1968, si bien acabaron fracasando de manera espantosa. Con la escalada de la violencia, los periodistas internacionales que cubrían «la historia de Chipre» acudieron en tropel con sus máquinas de escribir y sus cuadernos de notas. A continuación llegaron los soldados, las fuerzas de paz de las Naciones Unidas.

Durante todas aquellas maniobras, el establecimiento siguió funcionando... hasta el verano de 1974. Los huéspedes estaban repantingados en *chaises longues*, tomando cócteles bajo el sol de la tarde, cuando les dijeron que tenían que evacuar el hotel, cosa que hicieron con tal temor y tal pánico que se limitaron a agarrar lo que pudieron y huir. Las facturas se las mandaron luego por correo con una nota adjunta:

Esperamos que haya tenido un agradable viaje de vuelta a casa y que su estancia en el Ledra Palace Hotel fuese placentera hasta el desafortunado momento en que estalló la invasión turca el sábado 10 de julio de 1974, de la que no cabe duda que todos guardaremos una experiencia memorable. [...] Le adjunto su factura por la cantidad de [...]. Agradeceríamos mucho un pronto pago.*

---

* De una carta original publicada en *The Observer*, Londres, 15 de septiembre de 1974.

Después hubo cráteres de mortero en las paredes y agujeros de balas que miraban como cuencas vacías. Un silencio perturbador reinaba en los pasillos. Pero, bajo la superficie, revoloteaba una plétora de sonidos: los escarabajos barrenadores excavaban túneles dentro de las balaustradas, el óxido se comía los candelabros de bronce y, de noche, las tablas del suelo crujían por los años, un ruido como de barniz agrietándose. También se oía el correteo de las cucarachas, el arrullo de las palomas que anidaban en el techo y, sobre todo, los susurros de los ratones.

Residían en las grietas del vestíbulo, salían disparados por los costosos suelos de roble, derrapaban arriba y abajo de los parapetos. Cuando les daba el arrebato, se trepaban a la araña de la sala de baile, se balanceaban con las colas, se columpiaban de un lado a otro y saltaban al espacio vacío de abajo. Se les daba bien saltar desde las alturas.

Nunca pasaban hambre porque había muchísimo con lo que deleitarse en un hotel antes palaciego: empapelado desgarrado, alfombras enmohecidas, yeso mojado. El arquitecto que había diseñado el edificio había incluido una espaciosa biblioteca en la parte de atrás, que estaba abarrotada de libros, revistas y enciclopedias. En aquella biblioteca era donde pasaba el ratón la mayor parte de sus días, royendo las páginas y dejando las marcas de sus dientes en decenas de tomos forrados de cuero. Mordisqueó los veinticuatro volúmenes de la *Enciclopedia Británica,* saboreó la encuadernación de bocací color vino con sus letras doradas en el lomo. También devoró los clásicos: Sócrates, Platón, Homero, Aristóteles...; *Historias,* de Heródoto; *Antígona,* de Sófocles; *Lisístrata,* de Aristófanes.

Allí se habría quedado el ratón hasta el final de sus días de no ser por una ferviente e inesperada actividad en las instalaciones: turcochipriotas y grecochipriotas habían empezado a reunirse en la planta baja del Ledra Palace bajo el auspicio del contingente de la ONU ubicado en el hotel. Por primera vez, las dos comunidades hacían progresos hacia la paz y la reconciliación.

Los miembros del CPD se sentaron en las salas designadas, se escucharon unos a otros, debatieron sobre a quién incluir en las estadísticas de la violencia. Ningún bando quería que aumentasen las cifras porque ¿qué imagen daría de ellos al mundo, que los estaba observado? Pero entonces quedaba pendiente la cuestión de si los adversarios griegos que habían sido asesinados por ultranacionalistas griegos se contarían entre los desaparecidos. Asimismo, ¿se incluiría también a los adversarios turcos asesinados por ultranacionalistas turcos? Las comunidades que todavía no habían asumido su propio extremismo, ¿estarían dispuestas alguna vez a reconocer lo que habían hecho con sus propios disidentes?

Supe por el ratón de campo que también Defne había participado en aquellas reuniones, que habían sido un trabajo preliminar esencial para reconstruir la confianza entre las comunidades antes de que las excavaciones pudieran empezar en serio.

Después de compartir todo aquello conmigo y de atiborrarse de mis higos, el ratón siguió su camino. No volví a verlo. Pero, antes de irse, mencionó que el último libro con el que se había deleitado había sido de alguien llamado Ovidio. Había disfrutado de sus palabras y, de las miles de frases con las que se había encontrado, una en particular se le había quedado grabada:

Algún día este dolor te será útil.

Yo esperaba que tuviese razón y que un día, en un futuro no muy lejano, todo aquel dolor les sería útil a las generaciones futuras nacidas en la isla, a los nietos de aquellos que habían vivido durante el conflicto.

Si vais a Chipre ahora, todavía podréis encontrar algunas lápidas de viudas griegas y turcas con una inscripción en distintos
alfabetos, pero con una súplica similar:

SI ENCONTRÁIS A MI MARIDO,

POR FAVOR, ENTERRADLO A MI LADO.

SEXTA PARTE

Cómo desenterrar un árbol

Entrevista

Londres, finales de la década de 2010

Para Nochevieja habían planeado una cena tranquila, nada demasiado complicado, claro que ninguna cena podía ser sencilla si cocinaba Meryem. Decidida a terminar un año difícil con un poco de dulzura en la boca y una sensación de calidez en la barriga, usó todos los ingredientes que encontró en la cocina para prepararles un banquete. Cuando los relojes dieron la medianoche y los fuegos artificiales estallaron al otro lado de las ventanas, Ada dejó que los mayores la abrazasen y sintió su amor envolviéndola, suave pero fuerte como una tela tejida con robustas fibras vegetales.

Al día siguiente, Meryem empezó a guardar sus cosas, aunque, después de todas las compras que había hecho en el este de Londres, le costó cerrar las cremalleras de sus maletas de Marilyn Monroe. Pasó toda la tarde con Ada en la cocina, ilusionada como estaba de enseñarle a su sobrina conocimientos culinarios básicos y de darle algunos consejos «femeninos».

—Mira, Adacim, necesitas una figura femenina en tu vida. A lo mejor a tus ojos yo no soy muy buen ejemplo, pero ya llevo muchos muchos años siendo mujer. Puedes llamarme en cualquier momento. Yo también te llamaré a menudo, si te parece bien.

—Claro.

—Podemos hablar de lo que sea. Quizá no sepa las respuestas. Como se suele decir, si el calvo conociera un remedio para la caída del pelo, se lo restregaría por la cabeza. Pero a partir de ahora siempre estaré ahí, nunca volveré a alejarme, te lo prometo.

Ada le dirigió una mirada larga y pensativa.

—¿Y la entrevista? —le preguntó—. ¿Quieres hacerla antes de irte?

—¿Los deberes? Sí, me había olvidado. ¡Hagámosla ahora! —Meryem se deshizo la trenza y se la rehízo con prontitud—. Pero hagamos té primero, ¿vale? Si no, no puedo pensar bien.

Cuando el samovar empezó a hervir, llenando la cocina de un tenue vapor, Meryem sacó dos vasitos pequeños. Los llenó de té hasta la mitad, y después colmó uno con agua caliente y el otro con leche, frunciendo un poco el ceño con este añadido.

—Gracias —dijo Ada, aunque nunca le había gustado demasiado el té—. ¿Lista?

—Lista.

Ada pulsó la grabadora del teléfono y abrió el ordenador portátil sobre su regazo.

—Bien, cuéntame cómo era la vida cuando eras pequeña. ¿Tenías jardín? ¿En qué clase de casa vivías?

—Sí, teníamos jardín —dijo Meryem, y se le iluminó la cara—. Teníamos mimosas y magnolias. Yo cultivaba tomates en macetas... Teníamos una morera en el patio. Mi padre era un hombre que se había hecho a sí mismo. Era un cocinero famoso, aunque rara vez cocinaba en casa. Eso era trabajo de mujeres. *Baba* no había recibido una buena educación, pero siempre estuvo a favor de que sus hijas estudiaran. Nos mandó a Defne y a mí a los mejores colegios. Recibimos una educación inglesa, nos creíamos parte de Europa. Resultó que los europeos no estaban de acuerdo.

—¿Fue una infancia feliz?

—Mi infancia estuvo dividida en dos partes. La primera fue feliz.

Ada ladeó la cabeza.

—¿Y la otra?

—Las cosas cambiaron, lo sentías en el aire. Se solía decir que los griegos y los turcos eran uña y carne. No se puede separar la uña de la carne. Al parecer no era así. Sí se podía. La guerra es una cosa terrible. Todas las guerras. Pero las guerras civiles quizá sean las peores, cuando los antiguos vecinos se convierten en enemigos nuevos.

Ada escuchó con atención mientras Meryem le hablaba de la isla: de cuando dormían al aire libre en las noches más calurosas del verano, extendían los colchones en la veranda, Defne y ella se metían debajo de una red blanca diáfana que las protegía de los mosquitos y contaban las estrellas; de lo contentas que se ponían cuando su vecina griega les ofrecía dulce de membrillo, aunque su postre favorito desde siempre era el pastel de Año Nuevo, el *vasilopita*, que llevaba una moneda escondida dentro; y de cómo su madre, convencida de que el plato de una vecina nunca había que devolverlo vacío, lo rellenaba con flan de almáciga con sirope de rosas; de cómo, después de la partición, había sacos terreros y puestos de vigilancia en las calles donde antes jugaban y pasaban el rato; y de cómo los niños en las calles hablaban con los soldados irlandeses, canadienses, suecos, daneses, aceptando a las tropas de las Naciones Unidas como parte inevitable de la vida cotidiana...

—Imagínate, Adacim, que un soldado rubio, de piel clara, que nunca ha visto el sol, aparece desde kilómetros de distancia y se planta allí, solo para asegurarse de que no matas a tus antiguos vecinos de la puerta de al lado o que ellos no te matan a ti. ¿No te parece muy triste? ¿Por qué no podemos vivir todos en paz sin soldados y sin metralletas?

Cuando dejó de hablar, su mirada, ausente por unos minutos, volvió a concentrarse en su sobrina.

—Cuéntame, ¿te enseñan algo de Chipre en el instituto?

—En realidad, no.

—Lo suponía. Todos esos turistas que viajan al Mediterráneo en vacaciones quieren sol, mar y calamares fritos. Pero nada de historia, por favor, es deprimente. —Meryem tomó un sorbo de té—. En otros tiempos me molestaba. Pero ahora pienso que quizá tengan razón, Adacim. Si lloras por todas las penas del mundo, al final te quedarás sin ojos.

Después de decir aquello, se echó atrás con una sonrisita que desapareció completamente cuando oyó lo que Ada le preguntó a continuación.

—Creo que entiendo por qué a los miembros más viejos de la familia les resultó difícil aceptar el matrimonio de mis padres. Es una generación distinta. Es probable que todos ellos sufrieran mucho. Lo que no entiendo es por qué mis propios padres no hablaban nunca del pasado incluso después de mudarse a Inglaterra. ¿Por qué el silencio?

—No estoy segura de poder responder a eso —dijo Meryem con una nota de cautela en la voz.

—Inténtalo —dijo Ada inclinándose hacia delante y parando la grabadora—. Esto no es para el instituto, por cierto. Es para mí.

Silencios

Londres, principios de la década de 2000

Nueve meses después de que naciese Ada, Defne decidió volver a trabajar para el Comité de Personas Desaparecidas. Aunque estaba a tres mil kilómetros de Chipre, creía que todavía podía ser de ayuda en la búsqueda de los desaparecidos. Empezó a visitar las comunidades de inmigrantes de la isla instaladas en varios barrios y suburbios de Londres. Quería hablar sobre todo con los ancianos que habían sobrevivido a los conflictos y que al final de sus vidas quizá estuvieran dispuestos a compartir algunos secretos.

Casi todos los días de aquel otoño se ponía su gabardina azul y recorría las calles donde había letreros en griego y en turco mientras la lluvia tamborileaba sobre las aceras y corría por los canalones. Casi sin excepción, después de una charla amistosa, alguien le señalaba una casa u otra, insinuándole que quizá encontrase allí lo que buscaba. Las familias que conoció de esa manera solían ser cálidas y acogedoras, le ofrecían té y pastas, pero siempre quedaba entre ellos un velo de desconfianza tácito, aunque palpable para todos los que se encontraban en la habitación.

En ocasiones Defne notaba que un abuelo o una abuela estaban dispuestos a hablar cuando no había otros miembros de la familia alrededor. Porque se acordaban. Los recuerdos eran tan huidizos y tenues como mechones de lana dispersos en el viento. Muchos de aquellos hombres y mujeres, nacidos y crecidos en pueblos mezclados, hablaban griego y turco, y unos pocos, víctimas del alzhéimer, se deslizaban por las laderas del tiempo en un idioma que no habían utilizado en décadas. Unos habían presenciado atrocidades, otros habían oído hablar de ellas, y otros más le parecieron esquivos.

Durante aquellas difíciles conversaciones, Defne llegó a la conclusión de que las manos eran la parte más honesta del cuerpo humano. Los ojos mentían. Los labios mentían. Las caras se ocultaban tras miles de máscaras. Pero las manos rara vez mentían. Observaba las manos de los ancianos, descansando recatadamente sobre sus regazos, marchitas, arrugadas, llenas de manchas, retorcidas y azules de venas, criaturas con sus propias mentes y conciencias. Se dio cuenta de cómo, cada vez que hacía una pregunta incómoda, las manos respondían con su propio lenguaje, inquietas, gesticulantes, estrujándose los dedos.

Cuando intentaba animar a sus entrevistados para que se sincerasen, Defne se cuidaba de no exigir más de lo que estaban dispuestos a darle. La perturbaba, sin embargo, observar las profundas desavenencias entre los miembros de distintas edades de las familias. Con demasiada frecuencia, la primera generación de supervivientes, los que más habían sufrido, eran los que conservaban el dolor a flor de piel y los recuerdos como esquirlas incrustadas bajo la piel, algunos asomando, otros completamente invisibles a la vista. Por su parte, la segunda generación elegía suprimir el pasado, tanto lo que sabían como lo que no. Por el contrario, la tercera generación estaba ansiosa por escarbar y desenterrar los silencios. Qué extraño que en las familias marcadas por la guerra, por los desplazamientos forzosos y los actos de brutalidad, fuesen los más jóvenes los que parecían guardar los recuerdos más antiguos.

Detrás de las muchas puertas a las que llamó, Defne se encontró con una plétora de recuerdos de familia traídos desde la isla. La conmovió ver colchas de retales, tapetes de ganchillo, figuritas de porcelana y relojes en las repisas de la chimenea, transportados con amor a través de las fronteras. Pero además también tomó conciencia de la presencia de artefactos culturales que parecían completamente fuera de lugar: iconos robados de las iglesias, tesoros de contrabando, mosaicos rotos, saqueos históricos. La opinión pública internacional apenas prestaba ninguna atención a cómo el arte y las antigüedades entraba en el mercado. Los clientes de las capitales occidentales los adquirían alegremente sin cuestionarse su proveniencia. Entre los compradores había cantantes, artistas y famosos.

La mayoría de las veces, Defne hacía sola aquellas visitas, pero en ocasiones la acompañaba una colega del CPD. Una vez el hijo mayor de un superviviente de noventa y dos años las trató con tanta grosería —las acusó de indagar de forma innecesaria en el pasado cuando el pasado pasado está, de portarse como peones de las potencias occidentales y de sus grupos de presión y sus lacayos, y de dar una imagen terrible de la isla en el panorama internacional— que su colega griega y ella abandonaron muy alteradas la casa. Pararon en un semáforo para recuperar el aliento, con las caras apergaminadas bajo el resplandor del alumbrado de vapor de sodio.

—Hay un pub a la vuelta de la esquina —dijo la otra mujer—. ¿Y si tomamos algo rápido?

Encontraron una mesa al fondo del local; el olor de las moquetas empapadas de cerveza y los abrigos húmedos extrañamente les pareció reconfortante. Defne llegó de la barra con dos copas de vino blanco. Era la primera bebida alcohólica que tomaba desde que se había enterado de que estaba embarazada. En aquel momento, estaba dando el pecho. Con algo parecido al alivio iluminándole la cara, acunó la copa entre las manos, sintiendo entibiarse su frescor poco a poco. Se rio, nerviosa, y antes de que se dieran cuenta, ambas mujeres se estaban riendo tan fuerte, con lágrimas en los ojos, que los demás clientes empezaron a mirarlas con desaprobación, preguntándose qué sería tan divertido, sin que nadie se imaginase que era dolor de lo que se estaban liberando.

Cuando aquella noche Defne llegó tarde a casa, se encontró a Kostas dormido en el sofá con el bebé al lado. Se despertó sobresaltado al oír sus pasos.

—Lo siento, cariño, te he despertado.

—No pasa nada. —Se levantó despacio, desperezándose.

—¿Cómo está Ada? ¿Le has dado la leche que dejé?

—Sí, lo hice, pero se despertó llorando dos horas después, así que probé a darle leche de fórmula. Si no, no paraba.

—Ay, lo siento —repitió Defne—. Debería haber vuelto antes.

—No pasa nada, no te disculpes, necesitabas un descanso —dijo Kostas mirándole a la cara—. ¿Estás bien?

Defne no respondió, y Kostas no estaba seguro de que lo hubiese oído.

Defne le besó la frente a la niña, le sonrió a la cara arrugada, a la boca de botón de rosa y después dijo:

—No quiero que Ada cargue con las cosas que nos hacen daño. Quiero que me lo prometas, Kostas. No le hablarás mucho de nuestro pasado. Solo unos cuantos datos, pero eso es todo, nada más.

—Cariño, no puedes impedir que los niños hagan preguntas. Cuando crezca, tendrá curiosidad.

Fuera, un camión se abría camino por la calle, a aquella hora tan tardía, su estruendo llenó el vacío que sus voces habían ocupado un momento antes.

Defne frunció el ceño, dándoles vueltas a las palabras de Kostas.

—La curiosidad es temporal. Viene y se va. Si Ada intenta indagar más, siempre puedes contestarle sin contestarle de verdad.

—Venga, Defne —dijo Kostas tocándole el brazo.

—¡No! —exclamó Defne apartándose.

—Es tarde, hablemos mañana —dijo él; la gélida reacción de Defne y su gesto brusco le hirieron como el filo de una cuchilla.

—Por favor, no me trates con condescendencia. —Los ojos oscuros de ella eran inescrutables—. Llevo mucho tiempo pensando en esto. He visto cómo es. Hablo con gente todo el tiempo. No se va, Kostas. Una vez que lo tienes en la cabeza, ya sea tu propio recuerdo o el de tus padres o el de tus abuelos, ese puto dolor se vuelve parte de tu carne. Se queda contigo y te marca para siempre. Te arruina el pensamiento y determina cómo te concibes a ti mismo y a los demás.

La niña se revolvió justo en ese momento y los dos se giraron hacia ella, preocupados por si habían hecho demasiado ruido. Pero fuese cual fuese el sueño en el que estaba sumida, Ada todavía seguía en él, con una expresión resplandeciente de calma, como si estuviese intentando escuchar.

Defne se sentó en el sofá con los brazos colgando, como una muñeca inerte.

—Prométemelo, es lo único que te pido. Si queremos que nuestra hija tenga un futuro feliz, debemos apartarla de nuestro pasado.

Kostas sintió el olor a alcohol en el aliento de Defne: un tenue olor a cobre en el aire que le recordó a una noche lejana, cuando se quedó sentado quieto y desamparado, mirando a los pajaritos cantores en los tarros de conserva. ¿Había empezado a beber otra vez? Se dijo que Defne necesitaba salir una noche, un poco de tiempo para sí misma después de los meses difíciles del embarazo y de cuidar de la niña. Se dijo que no había de qué preocuparse. Ahora eran una familia.

Cocina

Londres, finales de la década de 2010

El día antes de marcharse, Meryem, deseosa de dar más consejos, redobló sus enseñanzas, disparó un torrente de trucos de cocina y de limpieza.

—No te olvides, usa siempre vinagre para quitar la cal de la alcachofa de la ducha. Intenta fregar la bañera con medio pomelo. Espolvorea sal de roca primero. ¡Quedará impecable!

—Muy bien.

Meryem pasó revista a la cocina desde todos los ángulos.

—Veamos, le quité la cal al hervidor eléctrico, abrillanté los cubiertos. ¿Sabes cómo quitar el óxido? Frótalo con una cebolla. Y luego, qué más... Ah, sí, quité las manchas de café de la mesa: es sencillo, solo necesitas dentífrico, es como cepillarse los dientes. Ten siempre bicarbonato en casa, hace milagros.

—Entendido.

—Muy bien, por último, ¿quieres que haga algo especial al horno antes de irme?

—No lo sé. —Ada se encogió de hombros. De los recovecos de su memoria le llegó un sabor que hacía mucho que no probaba—. Quizá *khataifi*.

Meryem pareció tan contenta como molesta al oír aquello.

—De acuerdo, hagámoslo, pero se llama *kadayif*—dijo, traduciendo del griego al turco.

—*Khataifi, kadayif*—dijo Ada—. ¿Qué diferencia hay?

Pero para Meryem había diferencia, porque seguía corrigiendo nombres con el mismo celo con que un profesor de gramática corrige una coma entre sujeto y verbo: no *halloumi*, sino *hellim*; no *tzatziki*, sino *cacik*; no *dolmades*, sino *dolma*; no *kourabiedes*, sino *kurabiye*..., y así seguía y seguía. En lo que concernía a Meryem, «*baklava* griego» era «*baklava* turco» y mala suerte para los sirios o los libios o los egipcios o los jordanos o cualesquiera otros que reclamasen su amado postre, pues tampoco era suyo. Mientras que el menor cambio en su vocabulario alimentario podía irritarla, la etiqueta «café griego» era la que le hacía hervir la sangre en particular, porque para ella era, y siempre sería, «café turco».

Para entonces, Ada hacía tiempo que había descubierto que su tía estaba llena de contradicciones. Aunque podía ser respetuosa y empática con otras culturas de una manera conmovedora y era hiperconsciente de los peligros de las animosidades culturales, en la cocina se transformaba de forma automática en una especie de nacionalista, una patriota culinaria. A Ada le parecía divertido que una mujer adulta pudiese ser tan quisquillosa con las palabras, pero se guardaba sus opiniones. Sin embargo, sí dijo medio en broma:

—Caray, qué sensible eres con la comida.

—La comida es un tema delicado —dijo Meryem—. Puede causar problemas. Ya sabes lo que dicen: come el pan nuevo, bebe el agua clara y, si tienes carne en el plato, dile al mundo que es pescado.

Si la comida era un tema delicado, el sexo era el siguiente punto complicado en la lista de Meryem. Nunca era capaz de abordar el asunto de manera directa, prefería dar vueltas alrededor de él en círculos difusos.

—¿No tienes amigos en el instituto?

—Unos cuantos. Ed, por ejemplo.

—¿Ed es Edwina?

—No, es Edward.

Meryem arqueó muchísimo las cejas.

—Estopa con tizones. A tu edad, los chicos no son «amigos». Quizá cuando sean viejos y estén débiles y no tengan dientes... Pero ahora mismo solo piensan en una cosa.

En los ojos de Ada hubo un destello de malicia.

—¿Y qué cosa es esa?

Meryem agitó la mano.

—Ya sabes de lo que hablo.

—Solo quería que me lo dijeras explícitamente —replicó Ada—. Así que los chicos quieren sexo, pero las chicas no. ¿Es eso?

—Las mujeres son distintas.

—¿Distintas porque no tenemos deseos sexuales?

—¡Porque estamos ocupadas! Las mujeres tenemos cosas más importantes que hacer. Cuidar de nuestras familias, de nuestros padres, de nuestros hijos, nuestras comunidades, asegurarnos de que todo vaya sobre ruedas. ¡Las mujeres sostenemos el mundo, no tenemos tiempo para tonterías!

Ada apretó los labios, reprimiendo una sonrisa.

—¿Qué te hace tanta gracia?

—¡Tú! Tu manera de hablar. Hablas como si no hubieses visto nunca un documental sobre naturaleza. ¿Por qué no tienes una charla con mi padre para que te hable de antílopes, abejas, dragones de Komodo...? A lo mejor te sorprende oír que a las hembras les interesa mucho más el sexo que a los machos.

—Por los bebés, *canim*. Ese es el único motivo. Si no, a las señoras animales no les interesaría el sexo.

—¿Y los bonobos?

—No he oído hablar nunca de ellos.

Ada sacó el teléfono y le enseñó una foto a su tía.

Pero Meryem no pareció impresionada.

—Eso es un mono, nosotros somos humanos.

—Compartimos casi el noventa y nueve por ciento del ADN con los bonobos. —Ada volvió a guardarse el móvil en el bolsillo—. De todas formas, me parece que esperas demasiado de las mujeres. Quieres que se sacrifiquen por la felicidad de los demás, que se intenten amoldar a todo el mundo y que cumplan con unos ideales de belleza que no se basan en la realidad. Es injusto.

—El mundo es injusto —dijo Meryem—. Si una piedra cae sobre un huevo, es malo para el huevo; si un huevo cae sobre una piedra, sigue siendo malo para el huevo.

Ada observó con atención a su tía.

—No creo que las mujeres tengamos que ser tan duras con nosotras mismas.

—Bueno, nunca hay que decir amén a una oración imposible.

—¡No es imposible! ¿Por qué no podemos ser como los gansos de Canadá? Los machos y las hembras parecen casi iguales. Y, además, la mayoría de las hembras de los pájaros ni siquiera tienen plumas llamativas. Por lo general, es el macho el que tiene una apariencia más colorida.

Meryem negó con la cabeza.

—Lo siento, pero no. Para los seres humanos, las normas son distintas. Una mujer necesita un plumaje bonito.

—Pero ¿por qué?

—Porque si no, otra hembra se abalanzará y le arrebatará a su pareja. Y, créeme, cuando un pájaro hembra llega a mi edad, no quiere estar sola en su nido.

Entonces Ada dejó de hacer preguntas, no porque estuviese de acuerdo con nada de lo que decía su tía, sino porque sintió una vez más, debajo de toda aquella charla vivaz y de la asertiva personalidad, lo tímida y vulnerable que era en realidad aquella mujer.

—Lo tendré en cuenta —dijo—. Entonces ¿tienes algún truco de limpieza más?

Maneras de ver

Londres, finales de la década de 2010

Kostas estaba sentado tecleando en su estudio —el antiguo cobertizo—; la luz azulada de la pantalla del ordenador perfilaba cada rasgo de su cara. Se había construido allí un refugio para él, con el escritorio lleno de documentos, libros y artículos académicos apilados. De vez en cuando echaba un vistazo por la ventana, dejaba que su mirada se posara en el jardín. Ahora que el temporal Hera había pasado, había algo nuevo en el aire, la sensación de esa paz delicada que llega tras una batalla feroz. Pocas semanas después, llegaría la primavera y desenterraría a la higuera.

La semana que murió Defne, él estaba en Australia en un viaje de investigación, dirigiendo a un equipo internacional de científicos. Después de que unos incendios incontrolados arrasaran grandes áreas de bosque, sus colegas y él querían estudiar si los árboles que habían sobrevivido a sequías o calores extremos en otras épocas, o los árboles con antepasados expuestos a traumas similares, reaccionaban a los incendios presentes de manera distinta a los otros.

Habían llevado a cabo numerosos experimentos sobre plantas perennes en suelos ricos en ceniza, pero se concentraban de forma fundamental en una especie común, el *Eucalyptus grandis*.

Cuando sometieron los plantones de los supervivientes a fuegos de alta intensidad en condiciones de laboratorio, descubrieron que los árboles cuyos ancestros habían sufrido dificultades reaccionaban con más celeridad y producían más proteínas, que usaban luego para proteger y regenerar sus células. Sus conclusiones estaban en la línea de estudios anteriores que habían demostrado que especies de álamos genéticamente idénticas que crecían en condiciones similares reaccionaban de manera distinta a los traumas, como las sequías, según de dónde procedieran. ¿Podía significar todo aquello que los árboles no solo tenían una especie de memoria, sino que también se la transmitían a sus retoños?

Llamó a Defne, ansioso por compartir con ella sus descubrimientos, pero no la localizó. Volvió a llamarla más tarde ese mismo día y después probó con el fijo y con el móvil de Ada, pero tampoco hubo respuesta.

Aquella noche no pudo dormir: sentía una opresión en el pecho, como si una serpiente hubiese enroscado sus anillos alrededor de él. A las tres de la madrugada, el teléfono que tenía al lado de la cama empezó a sonar. La voz de Ada, casi irreconocible, los gritos ahogados entre sus palabras, no menos desesperados que sus sollozos. A través de las pesadas cortinas, el letrero de neón de fuera de su habitación de hotel proyectaba una luz parpadeante: primero naranja, luego blanca y después se hacía la oscuridad total. En el cuarto de baño, mientras se lavaba la cara, los ojos que lo miraban con fijeza desde el espejo eran los de un desconocido asustado. Abandonó el experimento y al equipo, fue en taxi al aeropuerto y volvió a Londres en el primer vuelo.

Desde niño, los árboles le habían ofrecido solaz, un santuario propio, y había percibido la vida a través de los colores y la densidad de sus ramas y de su follaje. Sin embargo, también le aquejaba un extraño sentimiento de culpa por su profunda admiración por las plantas, como si por prestar tanta atención a la naturaleza estuviese descuidando algo, si no más crucial, sí al menos igual de urgente e imperioso: el sufrimiento humano. Con tanto como amaba el mundo arbóreo y su complejo ecosistema, ¿estaba, de alguna manera indirecta, evitando las realidades cotidianas de la política y los conflictos? Una parte de él entendía que la gente, sobre todo de donde él procedía, podía verlo así, pero una parte aún mayor rechazaba la idea con fiereza. Siempre había creído que no había jerarquías —o que no debería haberlas— entre el dolor humano y el dolor animal, y que los derechos humanos no prevalecían sobre los derechos animales o, de hecho, sobre los de las plantas, si vamos al caso. Sabía que muchos de sus compatriotas se ofenderían profundamente si expresaba aquello en voz alta.

De vuelta en Nicosia, cuando estuvo observando el trabajo del Comité de Personas Desaparecidas, un pensamiento indecible le había pasado por la mente. Era un pensamiento pacífico, en lo que a él respectaba. De los cuerpos de los desaparecidos, si eran desenterrados, se ocuparían sus seres queridos, que les darían los entierros dignos que se merecían. Pero incluso los cuerpos que no se encontrasen nunca no quedarían exactamente desamparados. La naturaleza cuidaría de ellos. La hierbaluna y la mejorana crecían del mismo suelo, la tierra se abriría como una rendija en una ventana para hacer sitio a las eventualidades. Miríadas de pájaros, murciélagos y hormigas llevaban aquellas semillas muy lejos, donde se convertirían en vegetación nueva. De las maneras más sorprendentes, las víctimas seguían viviendo, porque eso es lo que la naturaleza hace con la muerte: transformar finales abruptos en mil nuevos comienzos.

Defne entendía cómo se sentía Kostas. A lo largo de los años habían tenido sus desacuerdos, pero cada vez habían llegado a respetar sus diferencias. Eran una pareja inverosímil no porque ella fuese turca y él griego, sino porque sus personalidades eran dispares, hasta un punto asombroso. Para ella, el sufrimiento humano era primordial y la justicia el objetivo final, mientras que para él la existencia humana, aunque sin duda era indeciblemente valiosa, no tenía una prioridad especial en la cadena ecológica.

Se le hizo un nudo en la garganta al mirar la foto enmarcada que tenía en el escritorio, tomada en un viaje a Sudáfrica, los tres solos. Con la yema del índice tocó la cara de su mujer, trazó la sonrisa confiada de su hija. Defne se había ido, pero Ada estaba allí y a él le preocupaba estar fallándole. Había estado retraído y taciturno aquel último año, una nube de letargo se había cernido sobre todo lo que decía y lo que no podía decir.

Tiempo atrás, Ada y él habían estado muy unidos. Como un bardo que imbuye de suspense cada historia, podía hablarle de las margaritas de chocolate que florecían de noche, de las piedras vivas que crecían con lentitud —piedras que florecían— y que curiosamente parecían guijarros y de la *Mimosa pudica,* una planta tan tímida que se encogía ante el más mínimo roce. Le alegraba el corazón ver la fascinación infinita de su hija por la naturaleza; siempre contestaba con paciencia a sus preguntas. En aquel entonces, tan fuerte era su vínculo que Defne, solo medio en broma, se quejaba diciendo: «Estoy celosa. ¡Mira cómo te escucha Ada! Te admira, cariño».

Aquella fase de la vida de Ada —porque solo fue una fase, con independencia de cuántos años durase— se había terminado. Ahora, cuando su hija lo miraba, veía sus debilidades, sus fracasos e inseguridades. Quizá algún día, en el futuro, sobrevendría una fase más positiva, pero todavía no habían llegado a eso. Kostas cerró los ojos, pensó en Defne, en sus ojos inteligentes, en su sonrisa pensativa, en sus accesos súbitos de rabia, en su profundo sentido de la justicia y la igualdad... ¿Qué haría ella si estuviese en su lugar en ese momento?

«Lucha, *ashkim*... Lucha por salir de esta».

Siguiendo un impulso, Kostas se levantó y se alejó del escritorio. Recorrió el pasillo que unía su estudio a la casa, sintiendo cierta molestia en los ojos debido al cambio de luz. Cuando llegó a la habitación de Ada, encontró la puerta abierta. Su hija llevaba el pelo sujeto con un lápiz en un moño poco apretado; tenía la cabeza inclinada sobre el teléfono y sus rasgos estaban tensos por la profunda concentración; mostraba una reflexión nerviosa que le recordó a Defne.

—Hola, cariño.

Ada escondió el teléfono de inmediato.

—Hola, papá.

Él fingió no darse cuenta. No tenía sentido que le soltara un discurso contra el uso excesivo de los dispositivos digitales.

—¿Cómo van los deberes?

—Bien —dijo Ada—. ¿Cómo va el libro?

—Estoy a punto de terminarlo.

—Vaya, uau, genial, felicidades.

—Bueno, no sé si está bien... —Hizo una pausa, carraspeó—. Me preguntaba si te gustaría leerlo y decirme qué te parece. Significaría mucho para mí.

—¿Yo? Pero si no sé nada de árboles...

—No importa, sabes mucho de todo lo demás.

Ada sonrió.

—Vale, guay.

—Guay.

Kostas golpeteó los nudillos contra la puerta, tocando un ritmo que había oído ese día, luego mencionó a un artista que sabía que Ada escuchaba noche y día.

—No está mal. Es bastante bueno, en realidad. Un cantante molón con temas brutales...

Ada esta vez contuvo la sonrisa, divertida por el intento patético de su padre de conectar mediante el rap emo, del que no tenía ni idea. Quizá ella debería intentar hablar el idioma de su padre.

—Papá, ¿te acuerdas de que siempre me decías que cuando la gente mira un árbol, nadie ve nunca lo mismo? El otro día pensaba en eso, pero no lo recordaba exactamente. ¿Cómo era?

—Bueno, creo que dije que es posible deducir el carácter de una persona basándose en qué se fija primero al mirar un árbol.

—Continúa.

—Eso no se basa en ninguna metodología científica ni investigación empírica...

—¡Ya lo sé! Sigue.

—Lo que quería decir es que algunas personas se plantan delante de un árbol y lo primero que ven es el tronco; esas personas priorizan el orden, la seguridad, las normas, la continuidad. Luego están las que eligen las ramas antes que ninguna otra cosa: esas anhelan el cambio, la sensación de libertad. Y luego, las que se sienten atraídas por las raíces, aunque estén ocultas bajo tierra: esas sienten un profundo apego emocional con su herencia, su identidad, sus tradiciones...

—¿Y cuál eres tú?

—No me preguntes. Yo me gano la vida estudiando a los árboles —dijo alisándose el pelo—, aunque creo que durante mucho tiempo estuve en el primer grupo. Ansiaba cierto orden, una seguridad.

—¿Y mi madre?

—Del segundo grupo, sin duda. Ella siempre veía primero las ramas. Amaba la libertad.

—¿Y la tía Meryem?

—Tu tía probablemente sea del tercer grupo. De las tradiciones.

—¿Y yo?

Kostas sonrió, sosteniéndole la mirada a su hija.

—Tú, cariño mío, eres de una tribu muy diferente. Tú ves un árbol y quieres conectar el tronco con las ramas y las raíces. Quieres abarcarlo todo con la mirada. Y ese es un talento muy grande, tu sed de saber. Nunca la pierdas.

Aquella noche, en su habitación, escuchando al cantante al que su padre andaba esforzándose por aficionarse, Ada abrió las cortinas y contempló la oscuridad que cubría el jardín. Invisible como era, sabía que la higuera estaba allí, esperando su momento, creciendo, cambiando, recordando, tronco y ramas y raíces, todos juntos.

Higuera

Los antiguos creían que había un mástil que atravesaba el universo y unía el inframundo con la tierra y con el cielo, y que en el centro de ese mástil se alzaba, poderoso y magnífico, el gran árbol cósmico. Sus ramas sostenían en lo alto al sol, la luna, las estrellas y las constelaciones, y sus raíces llegaban al fondo del abismo. Pero cuando tenían que definir qué tipo de planta podía ser exactamente, los seres humanos entraban en amargo desacuerdo. Unos decían que solo podía ser un álamo balsámico; otros sostenían que tenía que ser un tamarindo; y aún algunos insistían en que era un cedro o un nogal o un baobab o un sándalo. Así es como la humanidad se dividía en naciones hostiles, en tribus en guerra.

Era algo muy insensato, en mi opinión, ya que todos los árboles son esenciales y merecen atención y reconocimiento. Se podría decir incluso que hay un árbol para cada estado de ánimo y para cada momento. Cuando tengáis algo precioso que entregarle al universo, una canción o un poema, deberíais compartirlo con un roble dorado antes que con nadie. Si os sentís desalentados e indefensos, buscad un ciprés mediterráneo o un castaño de Indias en flor: ambos tienen una resistencia sorprendente y os hablarán de los incendios a los que han sobrevivido. Y si queréis resurgir más fuertes y más buenos de vuestras adversidades, encontrad un álamo temblón del que aprender, un árbol tan tenaz que es capaz de ahuyentar hasta las llamas que pretenden destruirlo.

Si estáis sufriendo y no tenéis a nadie dispuesto a escucharos, quizá os haga bien pasar un tiempo junto a un arce azucarero. Si por el contrario sufrís de autoestima excesiva, hacedle una visita a un cerezo y observad sus flores, que, aunque sin duda hermosas, no son menos efímeras que la vanagloria. Para cuando os vayáis, os sentiréis más humildes, más con los pies sobre la tierra.

Para recordar el pasado, buscad un acebo bajo el que sentaros; para soñar con el futuro, elegid mejor un magnolio. Y si lo que tenéis en mente son los amigos y las amistades, el compañero más apropiado sería una pícea o un gingko. Cuando lleguéis a una encrucijada y no sepáis qué camino tomar, el silencio contemplativo al lado de un sicomoro podría serviros de ayuda.

Si sois artistas en busca de inspiración, un jacaranda azul o un árbol de la seda de dulce aroma podrían estimular vuestra imaginación. Si es renovación lo que estáis buscando, buscad un olmo montano, y si tenéis muchísimos remordimientos, un sauce llorón os dará consuelo. Cuando estéis en problemas o en vuestras horas más bajas y no tengáis a nadie en quien confiar, un espino blanco sería la mejor opción: no en vano los espinos blancos sirven de morada a las hadas y se sabe que guardan ollas con tesoros.

Para encontrar la sabiduría, probad con un haya; la inteligencia, a un pino; la valentía, a un serbal; la generosidad, a un avellano; la alegría, a un enebro; y si necesitáis aprender a dejar atrás lo que no podéis controlar, recurrid a un abedul con la corteza plateada pelándose y desprendiéndose de sus capas como si fuesen una piel vieja. Por otro lado, si lo que buscáis es el amor, o si es el amor lo que habéis perdido, acudid a la higuera, siempre a la higuera.

Lo oculto

Londres, finales de la década de 2010

La noche que se fue su tía, Ada se acostó temprano con dolores menstruales. Mientras aferraba una bolsa de agua caliente contra el vientre, intentó leer un poco, pero un embrollo de pensamientos le corría por la mente y le impedía concentrarse. A través de la ventana veía las luces navideñas del vecino, que seguían parpadeando; de alguna manera parecían menos brillantes, menos festivas ahora que las celebraciones habían terminado. En el aire flotaba la sensación de cosas llegando a su fin, casi como una exhalación.

El dolor menstrual no era lo único que le molestaba. Las palabras de su tía sobre tener una figura femenina en casa habían reavivado en su alma una preocupación conocida: que un día no muy lejano su padre podía volver a casarse. Desde la muerte de su madre, esa sospecha se había vuelto parte de sí misma, tanto como los latidos de su corazón. Pero aquella noche no quería volver a verse atrapada en las telarañas de la ansiedad que se le daba tan bien tejer.

Salió al pasillo. Un resquicio de luz se colaba por debajo de la puerta de su padre. Debía de estar levantado tarde otra vez. En otros tiempos, sus padres se quedaban trabajando juntos de manera regular hasta altas horas, encorvados cada uno en un extremo de la mesa, con la cabeza metida en sus libros y el fantasma de Duke Ellington sonando de fondo.

Llamó a la puerta, la abrió. Se encontró a su padre al ordenador, con la frente iluminada por su resplandor, los ojos cerrados, la cabeza ladeada y una taza de té enfriándose sobre la mesa.

—¿Papá?

Por un momento, con un terror sigiloso de perderlo también a él, temió que pudiese estar muerto, y solo cuando vio que su pecho subía y bajaba pudo relajarse un poco.

Cambió el peso al otro pie y el parquet crujió.

—¿Ada? —Kostas despertó de golpe, frotándose los ojos—. No te he oído entrar. —Se puso las gafas, le sonrió—. Cariño, ¿por qué no estás durmiendo? ¿Va todo bien?

—Sí, es solo que... Antes me hacías sándwiches de queso a la plancha, ¿por qué ya no los haces?

Kostas arqueó las cejas.

—Tenemos la nevera llena de las inagotables sobras de tu tía y ¿echas de menos mis sándwiches?

—No es lo mismo —dijo Ada—. Como los que hacíamos antes.

Era uno de sus secretos culpables. A pesar de las objeciones de Defne, los dos se sentaban por la noche delante del televisor a comer con ganas los sándwiches, sabiendo que no era la cosa más sana, pero disfrutándolos de todas formas.

—De hecho, me apetece uno —dijo Kostas.

La cocina, bañada por la luna, olía vagamente a vinagre y bicarbonato. Ada ralló queso mientras Kostas untaba con mantequilla las rebanadas de pan y las colocaba en la sartén.

Las palabras le salieron atropelladamente antes de que Ada pudiese contenerlas.

—Soy muy consciente de que llegará el día en que quizá quieras salir con alguien... y creo que me parecerá bien.

Kostas se volvió hacia ella, con una mirada interrogante.

—Pasará —dijo Ada—. Solo necesito que sepas que estaré bien si vuelves a salir con gente. Quiero que seas feliz. Mamá habría querido que fueses feliz. Si no, cuando me vaya a la universidad, estarás solo.

—¿Y si hacemos un trato? —propuso Kostas—. Yo sigo haciéndote sándwiches a la plancha y tú dejas de preocuparte por mí.

Cuando acabaron de hacerlos, se sentaron el uno frente al otro en la mesa de la cocina; el aire de la noche se condensaba en gotitas de agua en los cristales de las ventanas.

—Quería mucho a tu madre. Era el amor de mi vida. —Su voz ya no sonaba cansada, sino que casi era luminosa, como un hilo dorado desenrollándose.

Ada se miró las manos.

—No he entendido nunca por qué lo hizo. Si yo le hubiese importado..., si le hubieses importado tú..., no lo habría hecho.

Jamás habían hablado de manera abierta sobre la muerte de Defne. Era un carbón ardiente en el centro de sus vidas, imposible de tocar.

—Tu madre te quería muchísimo.

—Entonces ¿por qué...? Bebía un montón, ya lo sabes. Tomó muchas pastillas cuando no estabas, a pesar de que debía de saber que podía ser peligroso. Dijiste que no fue un suicidio. El forense dijo que no fue un suicidio. Entonces ¿qué fue?

—Era algo más fuerte que ella, Aditsa.

—Lo siento, me cuesta creerlo. Ella lo eligió, ¿o no?, aunque sabía lo que nos haría. Fue muy egoísta. No la puedo perdonar. Tú no estabas aquí, yo era la única que estaba en casa con ella. Se pasó el día entero en su habitación. Creí que estaría durmiendo o algo, e intenté no hacer ruido. ¿Te acuerdas de cómo se ponía a veces...? Se cerraba en banda. Pasó la tarde y seguía sin dar señales. Llamé a la puerta; ni un solo ruido. Entré y no estaba en su cama... «Se habrá ido», pensé como una estúpida. «A lo mejor se ha ido por la ventana y me ha dejado...». Entonces la vi, tumbada en la alfombra como una muñeca rota, sujetándose las rodillas con fuerza. —Ada parpadeó con furia—. Debió de caerse de la cama.

Kostas bajó la mirada, recorrió las líneas de la palma de su mano con la yema del pulgar. Cuando alzó los ojos, estaban llenos de dolor, pero también de algo parecido a la paz.

—Cuando era un joven botánico, me llamó un académico de Oxfordshire. Era un erudito, un profesor de lenguas y literatura clásicas, pero no sabía nada de árboles y tenía un castaño en su jardín que no estaba bien. No entendía qué le pasaba, así que me pidió que lo ayudase. Inspeccioné las ramas, las hojas. Tomé muestras de la corteza, comprobé la calidad del suelo. Todos los resultados de las pruebas fueron buenos. Pero cuanto más lo observaba, más convencido estaba de que el profesor tenía razón. El castaño se estaba muriendo, y yo no entendía por qué. Al final, cogí una pala y empecé a cavar. Fue entonces cuando aprendí una lección que no he olvidado nunca. Verás, las raíces del árbol crecían rodeando la base del tronco, estrangulando el flujo de agua y de nutrientes. Nadie se había dado cuenta porque no se veía, todo sucedía bajo la superficie...

—No lo entiendo —dijo Ada.

—Se llama «constricción», y puede estar causada por muchos factores. En este caso, el castaño había crecido en un contenedor circular antes de que lo trasplantaran como arbolito. Lo que quiero decir es que el árbol estaba siendo estrangulado por sus propias raíces. Como sucedía bajo tierra, era indetectable. Si no se detectan a tiempo las raíces que constriñen, empiezan a ejercer una presión sobre el árbol que acaba siendo excesiva.

Ada se quedó callada.

—Tu madre te quería muchísimo, más que a nada en el mundo. Su muerte no tuvo nada que ver con la falta de amor. Ella florecía y prosperaba con tu amor, y me gustaría creer que también con el mío, pero, por debajo, algo la estrangulaba: el pasado, los recuerdos, las raíces.

Ada se mordió el labio, no dijo nada. Se acordó de que cuando tenía seis años se rompió el pulgar, que se le hinchó hasta el doble de su tamaño; de la carne inflamada y que presionaba contra sí misma. En ese momento, las palabras en la boca parecían hacer eso mismo.

Kostas cogió su plato, se dio cuenta de que Ada ya no quería hablar.

—Vamos a ver si encontramos alguna película que nos apetezca ver.

Aquella noche, Ada y Kostas se comieron los sándwiches frente al televisor. No se pusieron de acuerdo en la película, pero fue agradable sentarse allí a buscar una, y fue ligero también aquel momento mientras duró.

Halcón cínico

Londres, finales de la década de 2010

El primer día del trimestre, Ada despertó temprano, demasiado nerviosa para dormir. A pesar de que le sobraba tiempo, se vistió deprisa, y comprobó el contenido de su mochila, aunque la noche anterior lo había preparado todo con mucho esmero. Como no tenía apenas apetito, se conformó con un vaso de leche como desayuno. Se cubrió unos cuantos granos que le habían salido por la noche con corrector; después le preocupó que así fuesen más visibles todavía. Intentó aplicarse un poco de lápiz de ojos y rímel; después cambió de opinión y se pasó los siguientes diez minutos desmaquillándose. Al verla presa del pánico, su padre insistió en llevarla en coche.

Cuando Kostas aparcó delante del instituto, Ada contuvo la respiración; quieta como una estatua de mármol, se negó a bajar del coche. Se quedaron viendo a los otros alumnos, apiñándose delante de las puertas, juntándose y separándose en grupos como las piezas cambiantes de un caleidoscopio. Aun con las ventanillas cerradas, oían las charlas y las carcajadas.

—¿Quieres que entre contigo? —preguntó Kostas.

Ada negó con la cabeza.

Kostas alargó la mano y apretó la de su hija.

—Todo va a ir bien, Ada *mou*. Confía en mí.

Ada hizo una mueca, pero no dijo nada; tenía la mirada fija en las hojas secas que había atrapadas debajo de los limpiaparabrisas.

Kostas se quitó las gafas y se frotó los ojos.

—¿Te he hablado alguna vez de los arrendajos?

—No, papá. Me parece que no.

—Son unos pájaros extraordinarios. Sumamente inteligentes. Su comportamiento deja perplejos a los ornitólogos.

—¿Por qué?

—Porque esos pequeños pájaros, que solo miden unos veinticinco centímetros, son excelentes imitando a los halcones. Sobre todo, a los busardos hombrorrojos.

Ada apartó la mirada, le habló a su reflejo en la ventanilla:

—¿Por qué hacen eso?

—Bueno, los científicos creen que ese mimetismo da señales a otros arrendajos, los advierte de que hay un halcón cerca. Pero hay gente que cree que podría haber otra explicación, que podría ser una estrategia de supervivencia: cuando el pájaro se asusta, hacerse pasar por halcón le calma. De esa manera, el arrendajo asusta a sus enemigos y se siente más valiente.

Ada le lanzó una mirada a su padre.

—¿Me estás diciendo que finja ser otra persona?

—No es fingir. Cuando el arrendajo se eleva por el cielo y chilla desafiante como un busardo hombrorrojo, en ese momento se convierte en uno. Si no, no podría emitir el mismo sonido. ¿Entiendes a qué me refiero?

—Muy bien, papá, capto el mensaje. Iré y revolotearé por la clase como un halcón.

—Como un halcón cínico —dijo Kostas sonriendo—. Te quiero, estoy orgulloso de ti. Y si esos chavales te lo hacen pasar mal, encontraremos la manera de arreglarlo. Por favor, no te preocupes.

Ada le acarició la mano a su padre. Había algo infantil en la necesidad que tenían los adultos de historias. Tenían la ingenua convicción de que si les contaban una anécdota inspiradora —la fábula apropiada en el momento adecuado—, podrían levantarles el ánimo a sus hijos, motivarlos para que consiguieran grandes logros y básicamente para que cambiaran la realidad. No tenía sentido contarles que la vida era más complicada que eso y que las palabras eran menos mágicas de lo que ellos suponían.

—Gracias, papá.

—Te quiero —repitió Kostas.

—Yo también te quiero.

Ada cogió la mochila y la bufanda que su tía le había tejido y salió del coche. Caminó despacio, las piernas le pesaban cada vez más conforme se iba acercando al edificio. Unos pasos más adelante, vio a Zafaar apoyado contra una balaustrada, charlando con un grupo de chicos. Sintió una punzante puñalada de dolor cuando se acordó de cómo se había reído de ella. Apretó el paso.

—¡Eh, Ada! —Zafaar la había visto y se había separado de sus amigos para hablar con ella. Ada se paró; se le tensaron los músculos de la espalda—. ¿Cómo estás?

—Bien.

—Oye, me sentí mal por ti cuando pasó aquello.

—No hace falta que te sientas mal por mí.

Zafaar cambió el peso de una pierna a la otra.

—No, en serio. Sé lo de tu madre, lo siento.

—Gracias.

Zafaar esperó a que ella dijese algo más y, cuando no lo hizo, se metió las manos en los bolsillos de la chaqueta. Se ruborizó.

—Bueno, nos vemos —dijo deprisa.

Ada lo observó alejarse con un andar más ligero hacia donde estaban sus amigos.

En la clase, Ada habló un poco con Ed, escuchando solo a medias sus explicaciones sobre cómo mezclar ritmos usando dos platos. Después ocupó su sitio habitual junto a la ventana y fingió no reparar en las miradas curiosas y los susurros furtivos, en las risitas esporádicas.

En el pupitre de al lado, Emma-Rose la observaba con una especie de desapego inquisitivo.

—¿Estás mejor?

—Estoy bien, gracias.

Unos ruidos procedentes de la otra punta de la clase las distrajeron: unos chicos se agarraban de las gargantas como si estuviesen ahogándose o gritando en silencio; tenían las bocas muy abiertas, los ojos cerrados, las caras rojas por la malicia contenida.

—No les hagas caso, son todos idiotas —dijo Emma-Rose con una mueca que enseguida se convirtió en sonrisa—. Ah, ¿has oído lo que ha pasado? Zafaar le ha dicho a Noah que está colado por una de la clase.

—¿En serio...? ¿Sabes quién es? —dijo Ada tratando de no mostrar interés.

—Todavía no. Tengo que hacer más averiguaciones.

Ada sintió que le ardían las mejillas. No esperaba ser ella, pero quizá, solo quizá, había una oportunidad.

Minutos después entró la señora Walcott.

—Hola a todos. ¡Qué maravilloso volver a veros! Espero que hayáis pasado unas vacaciones fantásticas. Doy por hecho que habéis entrevistado a un familiar mayor y aprendido mucho de su vida. Por favor, sacad vuestro trabajo y pasaré a recogerlo.

Sin esperar a oír las respuestas, la profesora pasó directamente a explicar la lección. Ada miró a Emma-Rose y la vio poner los ojos en blanco. No pudo evitar sonreír por ese gesto juvenil al recordar los comentarios de su tía. Ojeó las notas de su entrevista y su redacción y sintió una oleada de orgullo ante la idea de que la señora Walcott fuese a leer sobre la vida de su tita Meryem.

Esa noche, llamó su tía.

—Adacim, ¿qué tal ha ido en el instituto? ¿Te lo han hecho pasar mal?

—En realidad, ha ido bien. Sorprendentemente bien.

—Maravilloso.

—Sí, supongo —dijo Ada—. ¿Te estás poniendo tu ropa colorida?

Su tía soltó una risita.

—Todavía no.

—Empieza por esa falda verde pistacho —dijo Ada, e hizo una pausa—. ¿Sabes qué?, el verano que viene, después de la Cumbre de la Tierra, mi padre ha prometido llevarme a Chipre.

—¿De verdad? —repuso Meryem, animándose—. Qué buenísima noticia. Siempre he esperado esto. Ay, estoy impaciente. Te lo enseñaré todo. Te llevaré a todas partes... Pero, espera, ¿qué lado vas a visitar? Quiero decir, no tiene nada de malo ver los dos, pero ¿cuál será el primero? ¿Norte o sur?

—Iré a la isla —dijo Ada, con un tono nuevo—. Solo quiero conocer a isleños, como yo.

Cómo desenterrar una higuera en siete pasos

1. *Localiza el sitio preciso del jardín donde enterraste tu higuera hace semanas o meses.*

2. *Despega con cuidado las capas aislantes que colocaste encima.*

3. *Excava toda la tierra y las hojas, asegurándote de no hacerle daño con la pala o el rastrillo.*

4. *Inspecciona la higuera y comprueba si el frío la ha dañado.*

5. *Levanta el árbol con cuidado y desanuda las cuerdas atadas a su alrededor. Algunas ramas pueden romperse o doblarse, pero el*

árbol no se resentirá y se alegrará de volver a estar en posición vertical.

6. *Vuelve a compactar la tierra alrededor de las raíces para asegurarte de que el árbol está bien apoyado y listo para enfrentarse a la primavera.*

7. *Dile algunas palabras bonitas a tu higuera para darle la bienvenida al mundo.*

Higuera

Siento que el crudo invierno ha empezado a aflojar sus garras, que la rueda de las estaciones empieza a girar de nuevo. Perséfone, la diosa de la primavera, vuelve a la tierra, con una guirnalda de flores plateadas en su cabello dorado. Avanza con pies ligeros por el suelo, llevando en una mano un ramo de amapolas rojas y espigas de trigo y en la otra una escoba para apartar la nieve y quitar el barro y la escarcha. Puedo oír los recuerdos sólidos licuándose y el agua escurriéndose desde los aleros, contando su propia verdad, ploc ploc ploc.

En la naturaleza todo habla sin cesar. Los murciélagos de la fruta, las abejas, las cabras montesas, las culebras... Unas criaturas chillan, otras gritan, otras graznan, parlotean, croan o pían. Los peñascos retumban, las piñas crujen. Los lagos salados narran historias de combates y de regresos a casa; las rosas mosquetas cantan al unísono cuando sopla el meltemi; los huertos de cítricos recitan odas a la eterna juventud.

Las voces de nuestras tierras natales nunca dejan de resonar en nuestra mente: las llevamos con nosotros adondequiera que vayamos. Aun hoy, aquí en Londres, enterrada en esta tumba, aún oigo aquellos mismos sonidos y me despierto temblando como un sonámbulo que se da cuenta de que se ha aventurado de manera peligrosa en la noche.

En Chipre todas las criaturas, grandes y pequeñas, se expresan; todas menos las cigüeñas. Aunque la isla no está exactamente en sus rutas migratorias, de vez en cuando unas cuantas cigüeñas solitarias se desvían de su trayectoria debido a las corrientes de aire, y pasan varios días allí antes de proseguir con su viaje. Son grandes, gráciles y, a diferencia de cualquier otro pájaro, incapaces de cantar. Pero los chipriotas os contarán que eso no siempre fue así. Hubo un tiempo en que estas aves zancudas de largas patas trinaban melodías cautivadoras sobre reinos lejanos y destinos desconocidos, seducían a su auditorio con historias de odiseas ultramarinas y aventuras heroicas. Los que las oían quedaban tan extasiados que se olvidaban de regar sus cosechas, esquilar sus ovejas, ordeñar sus vacas o de chismorrear a la sombra con sus vecinos, y, de noche, hasta se olvidaban de hacer el amor a la persona amada. ¿Para qué agotarse trabajando o meterse en chismorreos o entregarle a alguien tu corazón cuando lo único que querías era zarpar hacia orillas lejanas? La vida se detenía. Al final, irritada porque el orden de las cosas se hubiese interrumpido, Afrodita se entrometió, como siempre hace. Maldijo a todas las cigüeñas que sobrevolaran Chipre. A partir de entonces, estas aves guardaron silencio independientemente de lo que viesen u oyesen allí abajo.

Leyendas, quizá, pero no les resto importancia.

Creo en las leyendas y los secretos no expresados que con cuidado intentan transmitir.

Aun así, no os creáis al pie de la letra lo que os he contado ni todo lo que quizá he omitido, porque tal vez no sea la narradora más imparcial. Tengo mis propios sesgos. Al fin y al cabo, nunca he sentido demasiada simpatía por los dioses y las diosas y sus hostilidades y rivalidades sin fin.

Me pareció conmovedor que aquella noche Meryem, bendita sea, levantase una torre de piedras en el jardín, un puente hecho de canciones y oraciones para que yo pudiera dejar este mundo en paz y seguir viaje hacia el siguiente, si es que hay uno. Como deseo, es un deseo hermoso. Pero mi hermana y yo siempre hemos tenido opiniones dispares. Mientras que Meryem quería que yo migrase al más allá, con la esperanza de que me condujeran a través de las puertas del paraíso, yo prefería quedarme donde estoy, enraizada en la tierra.

Después de morir y de que el vacío me tragase entera como una enorme boca bostezando, floté sin rumbo durante un tiempo. Me vi a mí misma tumbada en la cama de hospital en la que había estado en coma y supe que era triste, pero no lograba sentir lo que sabía; era como si hubiesen levantado un cristal entre mi corazón y la tristeza que lo rodeaba. Pero entonces se abrió la puerta y entró Ada con flores en la mano, su sonrisa expectante se fue disipando con cada uno de sus pasos tímidos y no fui capaz de seguir mirando.

No estaba preparada para dejarlos. Tampoco podía reubicarme. Quería seguir anclada al amor, lo único que les queda por destruir a los seres humanos. Pero ¿dónde podría residir ahora que ya no estaba viva y me faltaba un cuerpo, una concha, una forma? Y entonces lo supe. ¡En la vieja higuera! ¿Dónde buscar refugio sino en su abrazo arbóreo?

Después del funeral, mientras el día declinaba y la luz se convertía en oscura quietud, vagué por encima de la higuera y bailé en círculos alrededor de nuestra *Ficus carica*. Me filtré en sus tejidos vasculares, absorbí agua de sus hojas y volví a respirar la vida a través de sus poros.

Pobre higuera. Cuando me metamorfoseé en ella, descubrió de pronto que estaba profundamente enamorada de mi marido, pero no me importó en absoluto; me hizo feliz, de hecho, y me pregunté qué pasaría si algún día Kostas la correspondía, si un humano podía enamorarse de un árbol.

Las mujeres, por lo menos en el lugar del que yo vengo, y por sus propios motivos personales, se han convertido, en muchas ocasiones, en flora autóctona. Defne, Dafne, Daphne... Al atreverse a rechazar a Apolo, Dafne se convirtió en laurel. Su piel se endureció hasta volverse una corteza protectora, los brazos se alargaron y tomaron la forma de ramas esbeltas y el pelo se desplegó en sedoso follaje mientras que, como nos cuenta Ovidio, «los pies, antes tan rápidos, se adhieren al suelo con raíces hondas». Mientras que Daphne se transformó en un árbol para evitar el amor, yo me transmuté en un árbol para aferrarme al amor.

El aire se está calentando, el cielo sobre Londres adquiere el tono más tímido del azul. Siento un pálido rayo de sol peinando la tierra con lentitud insoportable. La renovación llevará tiempo. La curación llevará tiempo.

Pero sé y confío en que, en cualquier momento, mi amado Kostas Kazantzakis saldrá al jardín con una pala en la mano, quizá otra vez con su vieja parka azul marino, la que compramos juntos en una tienda de segunda mano en Portobello Road, y me desenterrará y me sacará, me sostendrá entre sus brazos con cariño y, detrás de sus hermosos ojos, grabados en su alma, seguirán estando los restos de una isla en los confines del mar Mediterráneo, los vestigios de nuestro amor.

Nota a los lectores

Muchas de las historias sobre los desaparecidos mencionadas en la novela están basadas en relatos verídicos. *Beneath the Carob Trees: The Lost Lives of Cyprus,* de Nick Danziger y Rory MacLean, publicado por el Comité de Personas Desaparecidas (UNDP), es un texto profundamente conmovedor para los que deseen seguir leyendo sobre el tema.

Mientras estaba investigando para esta novela, las exhumaciones llevadas a cabo en España y América Latina fueron de gran importancia para mí. La historia sobre el taxista es ficticia, pero está inspirada por un relato real —en el comentario espeluznante que les hizo un guía franquista a representantes de la Cruz Roja— con el que me topé en el excelente libro de Layla Renshaw *Exhuming Loss: Memory, Materiality and Mass Graves of the Spanish Civil War.*

La historia de cuando al abuelo de Kostas le dispararon los soldados durante el toque de queda refleja una tragedia similar que sí tuvo lugar y que se menciona en *The British and Cyprus: An Outpost of Empire to Sovereign Bases, 1878-1974,* de Mark Simmons. Otro libro esclarecedor es *The Cyprus Problem: What Everyone Needs to Know,* de James Ker-Lindsay.

El artículo que Kostas lee en agosto de 1974 está inspirado en otro publicado un año después, el 9 de agosto de 1975, en

Science: «Are we on the brink of a pronounced global warming?», escrito por el científico climático y geoquímico estadounidense Wally Broecker, uno de los primeros en advertir sobre la conexión entre las emisiones de carbono inducidas por el hombre y el aumento de las temperaturas.

La información sobre los floricultores y las coronas para los soldados británicos muertos, así como varios detalles llamativos sobre la isla, está sacada del maravilloso libro de Tabitha Morgan *Sweet and Bitter Island: A History of the British in Cyprus. Limones amargos,* de Lawrence Durrell, es un esclarecedor, personal y perspicaz retrato de Chipre entre 1953 y 1956. *British Imperialism in Cyprus: The Inconsequential Possession,* de Andrekos Varnava, es un relato espectacular sobre el periodo entre 1878 y 1915, mientras que la antología *Nicosia Beyond Borders: Voices from a Divided City,* editado por A. Adil, A. M. Ali, B. Kemal y M. Petrides, expone de forma magistral las voces de escritores tanto grecochipriotas como turcochipriotas. Para anécdotas personales, mitos e historia, *Journey into Cyprus,* de Colin Thubron, es una lectura cautivadora.

Me encontré con una carta enviada a los huéspedes del Ledra Palace Hotel (publicada en *The Observer* el 15 de septiembre de 1974) en *Sarajevo's Holiday Inn on the Frontline of Politics and War,* de Kenneth Morrison.

Cuando investigué a los mosquitos, se me quedó grabado un libro en particular : *El mosquito: La historia de la lucha de la humanidad contra su depredador más letal,* de Timothy C. Winegard.

Para instrucciones detalladas sobre cómo enterrar una higuera, véase: <https:// www.instructables.com/Bury-a-Fig-Tree/>.

El comentario sobre el optimismo y el pesimismo en las plantas está inspirado en un artículo coescrito por Kouki Hikosaka, Yuko Yasumura, Onno Muller y Riichi Oguchi: *Trees in a*

Changing Environment: Ecophysiology, Adaptation and Future Survival, editado por M. Tausz y N. Grulke. Sobre el sugerente tema de la herencia epigenética y cómo los recuerdos pueden transmitirse de una generación a la siguiente, no solo en las plantas sino también en los animales, véase *Lo que las plantas saben: Un estudio de los sentidos en el reino vegetal*, de Daniel Chamovitz.

La sección sobre que los seres humanos no ven los árboles se grabó para la serie Countdown de TED sobre la crisis climática y las formas de construir un mundo con emisiones de gases de efecto invernadero cero.

Para leer más sobre experimentos con árboles, véase: <https://www.sciencedaily.com/releases/2011/07/110711164557.htm>.

Para adquirir valiosos conocimientos sobre el extraordinario mundo de las higueras, véase *Gods, Wasps and Stranglers: The Secret History and Redemptive Future of Fig Trees*, de Mike Shanahan; *Figs: A Global History*, de David Sutton; *The Cabaret of Plants*, de Richard Mabey, y *En un metro de bosque: un año observando la naturaleza*, de D. G. Haskell, también son grandes obras de acompañamiento. El título de uno de los libros de Kostas está inspirado en *La red oculta de la vida: Cómo los hongos condicionan nuestro mundo, nuestra forma de pensar y nuestro futuro*, de Merlin Sheldrake.

Numerosos aspectos de esta novela están basados en hechos y acontecimientos históricos, incluida la suerte que corrieron Varosha/Famagusta, las misteriosas muertes de los bebés británicos y la caza ilegal de pajaritos cantores... He querido también rendir homenaje al folclore local y a las tradiciones orales. Pero todo lo que hay aquí es ficción: una mezcla de asombro, sueños, amor, pena e imaginación.

Glosario

abla: hermana mayor (turco).

agori mou: «mi niño» (griego).

ambelopoulia: plato de pajaritos cantores asados, fritos, adobados o hervidos (griego).

askim: «amor mío» (turco).

ayip: vergüenza (turco).

baba: padre (turco).

baklava: dulce turco de masa filo o fideos y frutos secos, endulzados con jarabe de azúcar o sirope de miel (turco).

börek: empanada (turco).

canim: «querido», «alma mía» (turco).

caravanserai: posada con un patio central para los viajeros (del persa *karwan-sarai*).

chryso mou: «tesoro mío» (griego).

cigerimin kösesi: «trocito de mi hígado», expresión de afecto (turco).

dolmades: hortalizas u otros vegetales rellenos.

Dur! Dur dedim!: «¡Alto! ¡Alto he dicho!» (turco).

halloumi: queso originario de Chipre, generalmente de mezcla de oveja y cabra (turco).

halva: dulce de Oriente Próximo a base de harina, mantequilla y azúcar (turco).

hamam: baño (turco).

kapnistiri: quemador de incienso (griego).

kardoula mou: «corazón mío» (griego).

karidaki glyko: nuez dulce (griego).

karpuz: sandía (turco).

keftedes/köfte: albóndigas (turco).

khataifi: postre popular (griego); en turco, *kadayif.*

komboloi: rosario (griego).

kourabiedes: especie de galleta de mantequilla (griego); en turco, *kura-biye.*

levendi mou: «mi joven valiente» (griego).

lokma/loukumades: dulce de masa frita, endulzada y espolvoreada con canela (turco).

lokum: delicia turca.

ma'rifa: conocimiento/conocimiento interior (árabe).

majnun: loco (árabe).

mána: madre (griego).

manti: empanadillas pequeñas (plato tradicional turco).

mati: mal de ojo (griego).

melitzanaki glyko: conserva hecha con berenjenas tiernas (griego).

meze (*mezze, mazza*): selección de aperitivos que se sirve en algunas zonas de Oriente Próximo, los Balcanes, el norte de África, Grecia, Turquía y el Levante.

moro mou: «mi bebé» (griego).

mou: «mi» (griego).

mugumo: higuera sagrada para el pueblo kikuyu de Kenia.

nazar: mal de ojo (turco).

paidi mou: «mi niño» (griego)

palikari mou: «mi campeón» (griego).

pallikaria: joven fuerte (griego).

pastelli: barritas de sésamo, un aperitivo (griego).

raki: licor anisado típico de Turquía (turco).

saganaki: queso frito (griego).

souvlaki: carne asada con verduras y aderezos (griego).

tahini: pasta de semillas de sésamo molidas (turco).

tespih: rosario (turco).

tzatziki: salsa de yogur (griego).

xematiasma: ritual para eliminar el mal de ojo (griego).

yassou: «hola» (griego).

© Constantine Markides

*Chumbera creciendo a través de una verja de alambre
en la frontera de Nicosia, Chipre.*

Agradecimientos

Cuando me fui de Estambul la última vez, hace muchos años, no sabía que no volvería. Desde entonces me he preguntado qué me habría llevado conmigo en la maleta de haberlo sabido: un libro de poemas, un azulejo lacado de color turquesa, un adorno de cristal, una caracola vacía arrastrada por las olas, el chillido de una gaviota en el viento... Con el tiempo empecé a pensar que me habría encantado llevarme un árbol, un árbol mediterráneo con raíces portátiles, y fue esa imagen, ese pensamiento, esa posibilidad inverosímil la que le dio forma a esta historia.

Siento una inmensa gratitud por Mary Mount por su excelente orientación editorial, su afinada atención por los detalles y su inquebrantable fe en la literatura. Gracias de corazón a Isabel Wall, que empodera a las escritoras de la manera más delicada. En Viking trabajo con mujeres amables, cariñosas y fuertes, algo por lo que estoy agradecida de verdad.

Gracias a Jonny Geller, mi maravilloso agente: por escuchar, por estar siempre ahí a mi lado, incluso cuando una historia me lleva a través de valles de ansiedad y ríos de depresión. Gracias a las almas hermosas y trabajadoras de Curtis Brown.

Muchas gracias a Stephen Barber, querido amigo y alma del Renacimiento. Cuánto aprendo de nuestras conversaciones, de las gardenias a los fósiles moleculares. Mucho amor y un agradecimiento enorme para ti, Lisa Babalis: cómo podría expresar mi gratitud, *se efharisto pára poli*, Lisa. Gracias afectuosas y todo mi respeto a Gülden Plümer Küçük y a sus colegas del Comité de Personas Desaparecidas, por cuanto habéis hecho para promover la paz, la reconciliación y la coexistencia.

Gracias infinitas a Karen Whitlock, por tu cuidado meticuloso y la generosidad de tu corazón; qué alegría y qué bendición trabajar contigo. Mi aprecio para Donna Poppy, Chloe Davis, Elizabeth Filippouli, Hannah Sawyer, Lorna Owen, Sarah Coward y Ellie Smith, y también para Anton Mueller, quien, con sus palabras entusiastas, sigue inspirándome desde el otro lado del Atlántico.

Gracias, Richard Mabey, por tu amor por la naturaleza; Robert Macfarlane, por tu amor por la tierra; Jonathan Drori, por tu amor por los árboles y James Ker-Lindsay, por tu amor por una isla tan cercana a nuestros corazones.

Como siempre, a mi familia, cuyo amor y apoyo me inspiran, y que nunca deja de corregirme mis numerosos errores de pronunciación, *teşekkür ediyorum yürekten*.

Sobre todo, quiero dar las gracias a los habitantes de Chipre que con suma paciencia contestaron a mis preguntas y compartieron conmigo sus experiencias y sentimientos: en particular, a los jóvenes grecochipriotas y turcochipriotas con cuya valentía, clarividencia y sabiduría es de esperar que construyan un mundo mejor que el que les hemos entregado.

Índice

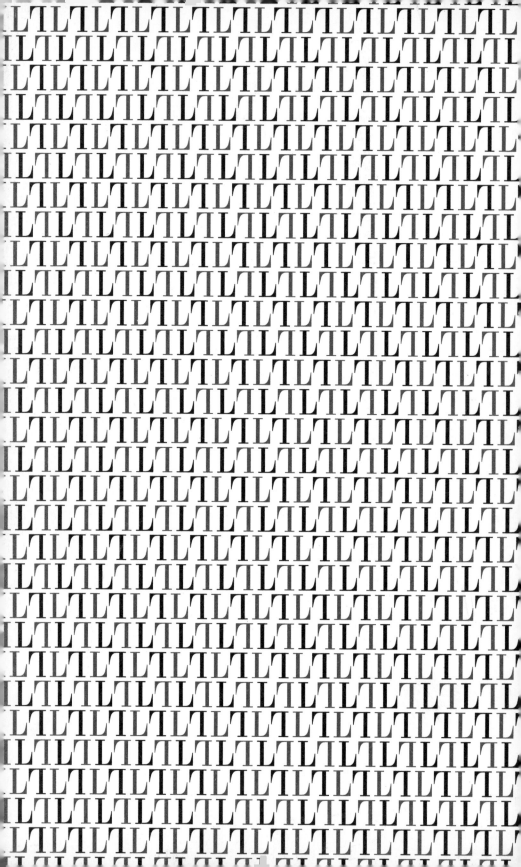